Charlene Seebe
Das Erbe der Yroma
Faljans Auge

CHARLENE SEEBE

DAS ERBE DER YROMA

FALJANS AUGE

Bibliografische Information der Deutschen Nationalbibliothek: Die Deutsche Nationalbibliothek verzeichnet diese Publikation in der Deutschen Nationalbibliografie; detaillierte bibliografische Daten sind im Internet über http://dnb.dnb.de abrufbar.

Lektorat: du & ich Lektorat (@du_ich_lektorat)
Korrektorat: Jace Moran (@dunkelwelten)
Buchsatz: Jack Sandman (@jack.sandman_autor)
Coverdesign: Jaqueline Kropmanns (@jaquelinekropmanns.coverdesign)
Illustrationen: Murphi Winter (@murphis_sketchbook)

Verlag: BoD · Books on Demand GmbH,
Überseering 33, 22297 Hamburg, bod@bod.de
Druck: Libri Plureos GmbH, Friedensallee 273,
22763 Hamburg
ISBN: 978-3-8192-8024-5

Für all jene, die in der Dunkelheit
nach ihrem eigenen Licht suchen,
die stolpern und dennoch
immer wieder aufstehen.

Diese Geschichte gehört euch.

Hinweis:

Dieses Buch behandelt ernste und emotionale Themen. Eine ausführliche Content Warnung findest du am Ende des Buches. Bitte entscheide selbst, ob du sie vorab lesen möchtest.

Kapitel 1

Halen seufzte genervt. „Wieso hat das so lange gedauert?"

Nicholas trat näher an sie heran, seine Stiefel knirschten leise auf dem mit Stroh bedeckten Boden. „Verzeih, aber ich bin zweimal gegen eine Wand gelaufen. So dunkel habe ich es mir immer auf dem Grund des Meeres vorgestellt!"

Halen schreckte vor Nicholas' Händen zurück, die sich in ihrem Gesicht wiederfanden.

„Das ist mein Auge", witzelte sie.

Doch dann fanden seine Hände, was sie wollten. Er umfasste Halens Hinterkopf und ließ sie zu ihrem Nacken hinuntergleiten. In sanfter Umklammerung presste er seine Lippen begierig auf ihre.

Halen löste sich. „Nic!"

„Was ist? Willst du mich etwa ein ganzes Jahr hinhalten? Bis wir verheiratet sind, kann ich nicht warten." Nicholas' Stimme klang flach, fast resigniert. Halen spürte, dass er versuchte die Enttäuschung zu verbergen, die in seinem Tonfall deutlich zu hören war.

Selbst im schwachen Licht der Nacht wirkte Nicholas für seine siebzehn Jahre erstaunlich erwachsen. Er stand mit einer unerschütterlichen Ruhe, die eher zu einem Mann als zu einem Jungen passte – die Schultern gerade, den Blick fest, als könne ihn nichts aus der Fassung bringen.

Halen atmete tief ein. Sie war zwei Jahre älter als ihr Gegenüber, und trotzdem fühlte sich der Gedanke, einen Jungen zu heiraten, der für sie wie ein Bruder war, vollkommen surreal an. Nicholas war ihr vertraut wie niemand sonst, und vielleicht war genau *das* das Problem.

„Nein", betonte sie ernst, die Gedanken an die Zukunft beiseiteschiebend. „Aber deswegen sind wir nicht hier."

Halen spürte die Wärme seiner Hände auf ihren Wangen. In seinen Augen spiegelte sich das Mondlicht, das durch die Risse der hölzernen Wände fiel.

Nicholas trat einen Schritt näher, die Stirn in Falten gelegt. „Und warum treffen wir uns mitten in der Nacht im Stall?" Seine Stimme klang gedämpft, fast widerstrebend.

„Ich muss raus aus Wyatt Castle. Ich muss in die Stadt."

Nicholas ließ seine Hände sinken. Vergeblich versuchte Halen seinen Gesichtsausdruck zu deuten, doch das Dunkel verschluckte seine Züge. In Gedanken stellte sie sich vor, wie er bedauernd das Gesicht verzog. Sicher würde er jetzt lieber in seiner warmen Bettstatt mit ihr liegen, anstatt hier an diesem untröstlichen Ort zu sein.

„Heiliger Elass, was hast du vor?"

Halen presste die Lippen zusammen. „Du hast versprochen, keine Fragen zu stellen."

„Das war, bevor ich wusste, dass du mit mir einen nächtlichen Spaziergang durch eine verseuchte Stadt machen willst."

„Die Kettelseuche ist vorbei. Es gab seit Tagen keinen Ausbruch mehr. Und die Toten können dir nichts mehr anhaben."

„Sie können mich anstecken!"

„Aber das wird nicht passieren." Halen legte sich ein dreieckiges Tuch vor das Gesicht und knotete es im Nacken fest. Dann reichte sie Nicholas auch eins.

„Binde dir das über Mund und Nase", riet sie ihm. Halens Stimme klang gedämpft durch den Stoff. „So steckst du dich nicht an."

„Sag mir, wo du hinwillst", drängte Nicholas.

Halen atmete tief aus, als sie den Stoff in Nicholas' Gesicht sah. Ein leichter Druck in ihrer Brust löste sich, als sie bemerkte, dass er ihn richtig angelegt hatte. Sie öffnete den Mund, doch bevor ein Wort ihre Lippen verlassen konnte, durchbrach das raue Krächzen eines Vogels die Stille der Nacht.

Der Laut hallte durch die engen Gassen von Wyatt und drang bis zur Festung, die durch eine mächtige Mauer von der Stadt getrennt war. Halen fröstelte bei dem Gedanken an das leidende Tier. Ihr Magen zog sich zusammen, als sie an die unsäglichen Qualen dachte, das es ertragen musste. Sie konnte nicht länger warten – sie musste es befreien.

An Nicholas' schweren Atemzügen erkannte sie, dass er verstanden hatte. Sein Schweigen war wie ein drückender Schatten, der sich zwischen sie schob. Und je länger die Stille anhielt, desto mehr wuchs in ihr das Gefühl, dass etwas zwischen ihnen stand. Sie wollte nicht warten, bis ihre Zweifel die Oberhand gewannen. Ohne Vorwarnung packte sie die Hand ihres Verlobten und zog ihn weiter in Richtung der Stadt.

11

Nicholas protestierte, doch nach ein paar Schritten schien ihm klar zu werden, dass er den Weg unmöglich allein zurückfinden würde. Er war auf Halen angewiesen, deren scharfe Augen selbst das hartnäckige Schwarz dieser Nacht durchblickten.

Dass es sich bei dem schrecklich leidenden Tier um einen Waldkauz handeln musste, hatte Halen an seinem Ruf ausmachen können. Schon unzählige Male hatte sie diesem gelauscht. Waldkäuze hielten sich häufig in dieser Gegend auf. In den sumpfigen Weiden Wyatts jagen sie Mäuse, Kröten und Jungkaninchen; ihre Nester jedoch bauen sie in den hohen Baumhöhlen des nördlichen Waldes.

Die Erinnerung an die Vögel verblasste allmählich, als der drückende Sommerwind über die steinernen Wege zog. Halen und Nicholas hatten die Festungsmauer erreicht. In sicherer Entfernung kauerten sie hinter einem alten Holzhaufen, der ihnen gerade genug Deckung bot. Vor ihnen ragte eins von insgesamt acht massiven Stadttoren in die Nacht. Das Westtor war von Wyatt Castle aus der einzige Zugang zur Stadt. Zwei Wachen standen wachsam davor, ihre Lanzen fest in den Händen. Ihre Schatten erstreckten sich ruhig im silbernen Mondlicht, die Spitzen der Waffen scharf auf den Pflastersteinen.

„Ich hoffe, dass ich das nicht bereuen werde, Hal", flüsterte Nicholas, seine Stimme schwankte zwischen Zweifel und Sorge, als er einen letzten Blick auf die Festung hinter sich warf.

„Scht!", zischte Halen zurück, ohne ihn anzusehen. Ihre Augen brannten von der Anspannung, als sie die Wachen musterte. Der Mond warf lange Schatten, die die unruhigen Bewegungen der Männer verstärkten. Der Mann auf der linken Seite rieb sich wiederholt die Lider, als versuche er, der Schläfrigkeit zu entkommen. Der andere stützte sich mit einem unterdrückten Gähnen auf seine Lanze, die in der Dunkelheit wie ein stummer Wächter neben ihm stand.

Ein leises Geräusch in der Ferne ließ ihn aufhorchen. Er blinzelte in die Dunkelheit, dann schien er einen Moment lang unentschlossen zu verharren. Schließlich drehte er sich um und schlenderte mit langsamen, gleichmäßigen Schritten in Richtung der Festung. Der andere blieb kurz stehen, als ob er etwas abwägen wollte, bevor er ihm schließlich nachging.

Halen hob den Kopf und schaute zum Himmel. Eine dichte Wolke schob sich vor den Mond und das Torhaus wurde von der Dunkelheit verschluckt. Sie lächelte zufrieden. „Jetzt!" Ohne ein Geräusch zu verursachen, erhob sie sich.

Gemeinsam huschten sie zum Tor. Dort angekommen kniete Halen sich vor die schwere Holzkonstruktion und tastete mit ihren Fingern nach dem versteckten Mechanismus. Sie hatte ihren Vater oft dabei beobachtet, wie er das Tor öffnete, als sie noch ein Kind war. Der kleine Riegel war in die massive Struktur des Tors eingearbeitet – unscheinbar, aber leicht zu öffnen für die, die ihn kannten.

„Gib mir Rückendeckung!", raunte sie Nicholas zu, während sie den Hebel mit einem leisen Knirschen zur Seite schob. Ein schmaler Spalt öffnete sich, gerade groß genug, dass sie hindurchschlüpfen konnten.

Halen atmete durch. Endlich. Sie hatten es in die Stadt geschafft. Für einen Augenblick huschte ein silberner Lichtstrahl über den gepflasterten Weg vor ihnen. Kurz darauf verschlang der Himmel den Mond und die Dunkelheit regierte wieder Wyatt.

Sie hoffte, dass die regenbehangenen Wolken diese leuchtende Scheibe für eine Weile verdecken würden. Die Dunkelheit war ihr Schutzmantel, den sie in dieser heißen Augustnacht mehr als nur gut gebrauchen konnten. Jederzeit könnte jemand aus dem Fenster spähen und sie entdecken. Dann wäre ihre Befreiungsaktion gescheitert, und ihr gefiederter Schützling würde sterben.

Winzige, kalte Schweißperlen bildeten sich auf ihrer Stirn. Halen war darauf bedacht, keinerlei Geräusche zu verursachen. Wann immer sie die Steine unter Nicholas' Füßen knirschen hörte, gab sie ihm mit einem „Scht" zu verstehen, behutsamer zu sein.

Stoisch setzte Halen einen Fuß vor den anderen, schlich mit gesenktem Kopf entlang der Hauswände und duckte sich unter den Fenstern hindurch. Die Gassen von Wyatt kannte sie so gut, dass sie sie mit verbundenen Augen hätte durchqueren können. Früher, vor der Kettelseuche, war sie fast täglich hier gewesen. Auch wenn sie nur in Begleitung ihrer überfürsorglichen Tante Lydia hinausdurfte, hatte sie jede Gelegenheit genutzt, um dem einengenden Gemäuer von Wyatt Castle zu entkommen.

Gerüche von verbranntem Fleisch stiegen ihr in die Nase. Vergeblich versuchte sie, sie mit einem Ärmel vor dem Gesicht abzuschwächen.

Sie bogen gerade in die nächste Gasse ein, als Halen über ein Hindernis auf der Straße stolperte und das Gleichgewicht verlor. Mit einem dumpfen Schmatzen landete sie auf den Knien – mitten im Dreck. Ein fauliger Gestank schlug ihr entgegen, und sie verzog das Gesicht. Der Boden war feucht und schmierig. Als sie versuchte, sich abzustützen, um wieder auf die Füße zu kommen, versanken ihre Hände in einer klebrigen Substanz. Halens Magen verkrampfte sich.

Was zur Hölle war das? Exkremente? Abfälle? Wahrscheinlich beides. Halen schluckte und atmete durch den Mund, um den Geruch zu verdrängen.

„Alles in Ordnung?", fragte Nicholas mit Besorgnis in der Stimme.

„Nichts passiert", presste seine Begleiterin heraus, ohne sich nach ihm umzusehen.

Sie versuchte, gleichmäßig zu atmen und die von der Kettelschwärze verunstaltete Leiche unter sich zu ignorieren. Doch der faulige Geruch, den der tote Körper verströmte, machte das fast unmöglich. Halen rappelte sich auf. Sie hielt ihre Hände davon ab, das Tuch fester über Mund und Nase zu ziehen, und wischte sie stattdessen an den Hosenbeinen ab.

Ihr Blick wanderte zum Ende der Gasse, das vom flackernden Kerzenschein eines Fensters erhellt wurde.

Mit zusammengekniffenen Augen starrte sie auf das, was sich vor ihr abspielte, unfähig, es zu fassen. Es war ein schwarzer Schatten in der Gestalt eines Tieres. Und – hatte es etwa Flügel? Halen konnte zwei Beine und einen Schnabel erkennen. Ungläubig schüttelte sie den Kopf.

Nicholas schien zu spüren, dass etwas nicht stimmte. „Halen, was ist los?" Seine Hand berührte ihre Schulter, doch Halen nahm dies kaum wahr.

Ich fantasiere, redete sie sich ein. Die Kettelseuche ließ Menschen die ungeheuerlichsten Dinge sehen. Trotzdem blieb ihr Atem flach, ihre Nackenhaare stellten sich auf. Langsam drehte sie den Kopf, unfähig, dem Schock zu entkommen. Grelles Mondlicht flutete die Gasse – die Gestalt war verschwunden.

„Hal?" Halen hörte Nicholas kaum. Ihr Herz raste. Ohne nachzudenken, packte sie ihn am Arm und zog ihn mit sich.

Nicholas stolperte hinter ihr her. „Was ist los?"

Halen keuchte. „Lauf!"

„Halen, warte!" Seine Stimme war drängend, aber sie ließ nicht locker.

Die Schattengestalt hatte Halen bis dahin nur in ihren Albträumen gesehen.

Ist sie meinetwegen hier? Will sie mir etwas sagen? Oder werde ich jetzt verrückt wie Mutter?

Sie schüttelte den Kopf, als könne sie so die wirren Gedanken wieder sortieren. Dann wurde ihr bewusst, dass sie nicht mehr auf ihre Umgebung geachtet hatte. Keuchend kam Halen an der nächsten Hauswand zum Stehen. Erschöpft lehnte sie ihren Rücken gegen die kühlen Steine und schloss für kurze Zeit die Augen.

Nicholas wollte etwas sagen, brachte jedoch nur ein unverständliches Röcheln heraus.

„Hol mich das ewige Eis!", versuchte er es erneut. „Was ist bloß in dich gefahren?"

„Ich …" Halen schluckte schwer, ihr Herz hämmerte noch immer gegen ihre Rippen. „Ich habe mich nur erschrocken." Doch ihre Stimme klang rau, als hätte die Angst ihr die Kehle zugeschnürt.

Ihre Hände tasteten nach dem kleinen Beutel, der ihr um die Taille hing. Er war noch da. Vor ihrem geistigen Auge tauchte die Kette mit dem fein geschnitzten Eulenanhänger auf. Sie war sich nicht sicher, ob sie ihr Glück oder Pech brachte.

„Lass uns zurückgehen, Hal", flehte Nicholas.

„Nein, wir müssen weiter." Halen klang entschlossener, als ihr zumute war.

Behutsam setzten sie ihren Weg in Richtung Westen fort und hielten erst an, als das schrille Todesgeschrei des Waldkauzes ihnen durch Mark und Bein fuhr. Gleich mussten sie da sein – am westlichsten Punkt Wyatts, wo das Landtor den Rand der Stadtmauer ablöste. Einst führte der Weg hier hinaus, doch seit der Seuche blieb dieses Tor unzugänglich.

Halen spürte noch das Echo des markerschütternden Schreies in ihren Knochen, als ihr Blick nach oben glitt – und sie erstarrte. Dort, am schweren Holz des Tores, hing der Waldkauz. Seine Flügel waren grotesk ausgebreitet, als hätte er sich im letzten Moment gegen das Unvermeidliche gewehrt. Doch es war vergebens gewesen. Zwei lange, rostige Nägel trieben sich mitten durch seine Flügel und hielten ihn fest wie eine makabre Warnung.

Sie musste sich auf Zehenspitzen stellen, um den Vogel von den massiven Nägeln zu lösen, die ihn brutal mit dem Holz des Landtors fixierten.

Halen setzte das mitgebrachte Eisen unter den Kopf des Nagels an, ihre Hand zitterte vor Nervosität. Der Kauz schrie erbärmlich laut auf, und für einen Moment hielt sie inne. Sie zwang sich, ruhig zu bleiben, und mit einem schnellen Ruck hatte sie den ersten Nagel aus dem Holz befördert, wodurch ein Flügel des Tieres endlich befreit war.

Der Vogel flatterte wild. Halen hielt ihn mit dem rechten Arm an Ort und Stelle, doch das Tier wehrte sich mit all seinen verbliebenen Kräften, fauchte und schrie angstgeplagt. Sein Schnabel schnappte nach ihren Fingern, während sich seine Krallen in ihren Ärmel gruben.

„Hal, lass mich helfen!" Nicholas trat näher und griff nach dem zitternden Körper des Vogels, um seine flatternden Flügel unter Kontrolle zu bringen.

„Halt ihn gut fest!", keuchte Halen, während sie den nächsten Nagel ins Visier nahm. Der Kauz schlug verzweifelt mit seinem freien Flügel und versuchte, sich loszureißen.

„Ich hab ihn", presste Nicholas hervor, obwohl der Schnabel des Tieres immer wieder nach seiner Hand schnappte.

Halens Herz hämmerte, als der Vogel flatterte und kreischte. Sie musste ihn beruhigen – musste verhindern, dass er sich selbst verletzte. Die Angst, er könnte den Flügel vom festsitzenden Nagel reißen und sich dabei schwer verletzen, lag wie ein schwerer Stein in ihrer Brust.

Sie warf Nicholas einen kurzen Blick zu und konzentrierte sich dann wieder auf ihre Aufgabe.

Mit der linken Hand setzte sie das Nageleisen an und zog den zweiten Nagel mit aller Kraft heraus. Als die Befreiung geglückt war, entließ Nicholas den Kauz aus seinem Griff.

Prompt stürzte er zu Boden, doch Halen schaffte es gerade noch, ihn aufzufangen. In ihren Händen bebte das Tier, wand sich vor Angst und suchte nach einem Ausweg. Nun, da kein Eisen mehr seine Flügel durchbohrte, versiegten die Schreie allmählich, bis nur noch ein zittriges Gurgeln blieb. Halens Tränen fielen lautlos auf das weiche Gefieder. Sie würde den Kauz in den Wald zurückbringen. Dorthin, wo er hingehörte und geschützt war vor dem abergläubischen Herrscher Wyatts. Die Seuche hatte ihn so weit getrieben, dass ihm in seiner verzweifelten Wut alles zuzutrauen war.

Kapitel 2

Wann immer eine ungewöhnliche Hitze die Inseln von Solandis überfällt, dauert es nicht lange, bis sich eine Seuche ausbreitet. Wyatt befand sich in einem Ausnahmezustand und die Menschen waren verzweifelt genug, um vor den Toren von Wyatt Castle um Hilfe zu flehen. Einige versuchten sogar, mit Leitern oder Seilen die steilen Mauern zu erklimmen, obwohl die Steine von der Sonneneinstrahlung unerträglich heiß glühten. Die Wenigen, die es hinaufschafften, wurden mit schweren Steinen von oben abgeworfen. Wenn das nicht half, wurde auch mal ein Pfeil verschwendet.

Dennoch ließ Uthred Arkin, der Herrscher von Wyatt, nichts unversucht, um das Volk von seiner Macht und Stärke zu überzeugen. Schließlich musste er beweisen, dass er mächtiger war als die Seuche, die seine Untergebenen dezimierte – selbst, wenn er dafür die falschen Mittel wählen musste.

So bediente er sich nicht zuletzt ihres Aberglaubens. Am gestrigen Morgen hatte er einen Kauz fangen lassen, um diesen dann, lebendig und mit ausgebreiteten Flügeln, an das Landtor der Stadt zu schlagen. Die geflügelten Dämonen erschienen wie ein angemessenes Opfer, um den Zorn des allmächtigen Gottes Elass zu besänftigen. Das Wehklagen des Volkes verstummte, und Halen fragte sich, ob dies auf Ehrfurcht vor ihrem Gott oder auf nackte Angst vor ihrem Herrscher zurückzuführen war.

Allein auf der Festung herrschte weiterhin ein geregelter Tagesablauf. Dessen oberste Regel hatten Halen und Nicholas heute Nacht gebrochen. Sie hatten die sichere Festung verlassen und waren damit das Risiko eingegangen, selbst an der Seuche zu erkranken. Oder – schlimmer noch – die Krankheit mit nach Wyatt Castle zu bringen.

Es war kein Leichtes gewesen, sich des Nachts hinauszuschleichen. Wyatt Castle und die umliegende Stadt lagen auf einer Flussinsel, getrennt durch eine mächtige Mauer, die das Herrschergeschlecht schützen sollte. Wyatt war seit dem Ausbruch der Seuche vor einem Monat abgeriegelt worden. Es führten Wege hinaus, aber keine zurück – jedenfalls, soweit die meisten wussten.

Halen war auf dem Weg zu den Stallungen, jeder Schritt schien schwerer zu wiegen als sonst. Die Anstrengung der letzten Nacht hing ihr noch in den Knochen. Gemeinsam mit Nicholas hatte sie die verwundete Eule vom Landtor befreit – ein Unterfangen, das ihr nicht nur zerkratzte Hände, sondern auch eine nahezu schlaflose Nacht eingebracht hatte.

Müdigkeit brachte ihre Augen zum Brennen, doch sie zwang sich, eine aufrechte Haltung beizubehalten, als sie am Westtor vorbeiging.

Dort hatte sich bereits der Lord von Wyatt eingefunden.

Die Haltung ihres Vaters war wie immer tadellos, doch sein Blick ruhte ungeduldig auf dem Tor. Halen verlangsamte ihre Schritte und versteckte sich hinter einer Hausecke.

Das Geräusch von Hufen auf dem gepflasterten Boden drang an ihre Ohren. Der Steward tauchte in ihrem Sichtfeld auf: Ein hagerer Mann, der ohne viel Aufhebens vom Pferd stieg und Uthred Arkin eine knappe Verbeugung schenkte.

Der Steward nahm sich das Tuch, das er für seinen wöchentlichen Rundgang durch die Stadt streng über Mund und Nase gebunden hatte, ab, und legte es ordentlich beiseite. Dann ging er mit einem selbstbewussten Schritt zu dem Unterstand, in dem sich der Altar zu Ehren Elass' befand. Mit einer gewissen Zeremonie warf er den Stoff in das immerwährende Torffeuer, das in einem flimmernden Tanz loderte. Danach griff er zum Eimer neben dem Altar, um sich die Hände zu waschen, gefolgt von seinem verschwitzten Gesicht, als wollte er sich in der heiligen Atmosphäre erneuern.

Erst jetzt trat der Steward zu seinem Lord und sie wechselten kaum hörbare Worte. Neugierig blieb Halen stehen und tat so, als würde sie die Schnallen an ihren Stiefeln richten.

Ob ihm aufgefallen ist, dass die Eule am Landtor verschwunden ist?, fragte sie sich beunruhigt. Mit Sicherheit hatte er das. Ned war schließlich derjenige, den Lord Arkin für diese unheilvolle Aufgabe auserkoren hatte. Um sicherzustellen, dass er von der Seuche unberührt war, hatte man ihn für zwei Tage und zwei Nächte einsam und allein in den zweiten Zwillingsturm gesperrt.

Es war ein Prüfstein, wie es die Heiler nannten – eine letzte Gewissheit, dass sein Leib der Krankheit widerstand. Als die Tür zum Turm wieder geöffnet wurde, musste er Arme, Beine und Hals entblößen, damit man ihn auf jegliche Male oder Zeichen untersuchen konnte, die auf die Seuche hindeuten würden. Erst, als man ihn für rein erklärt hatte, wurde er zurück in den Dienst genommen.

Halen huschte weiter in den Schatten einer näheren Holzhütte und spähte vorsichtig hervor. Uthred Arkin stand in königlicher Manier. Seine weit auseinanderstehenden Beine verliehen seiner Erscheinung Selbstvertrauen und Standhaftigkeit. Die linke Hand hatte er in seine Hüfte gestützt. Doch reine rechte, mit der er nachdenklich sein hellbärtiges Kinn massierte, verriet sein Unbehagen.

Ihr Blick wanderte zur Sonne, die sich langsam, aber sicher dem Zenit näherte. Ein Fluchen lag ihr auf der Zunge. Wenn sie nicht bald aufbrach, würde sie zu spät zum Schwertunterricht bei Hengist kommen.

Sie straffte die Schultern und zwang sich, ihren müden Körper in Bewegung zu setzen. Bevor sie zum Unterricht konnte, musste sie noch bei den Stallungen vorbeischauen. Sie trat aus dem Schatten und versuchte, dem Lord nicht ins Gesicht zu sehen. Doch die Unruhe in ihr wuchs, bis sie nicht länger widerstehen konnte. Als sie für einen Moment hinsah, begegneten sich ihre Blicke. Sie fühlte sich ertappt, als ob er ihre Gedanken gelesen hätte, und ein Hauch von Unsicherheit kroch in ihr hoch. Aber der Lord schien abgelenkt, seine Gedanken in eine andere Richtung verloren. Ein Gefühl der Erleichterung durchströmte sie, als er den Kontakt wieder abbrach.

Halen lief schnurstracks weiter, durchkreuzte den weiten, von Wirtschaftsgebäuden gesäumten Hof und die angrenzenden Kräutergärten. Vor der Tür zur Küche blieb sie stehen und lugte vorsichtig durch den Spalt. Als sie sich sicher war, unbemerkt zu sein, huschte sie lautlos in den Raum und stibitzte einen großen Schenkelknochen vom Schwein, der noch vom Abendessen übrig war. Der Knochen war größtenteils von Fleisch befreit, doch für Hancock würde er ausreichen. Sie verschwand so schnell, wie sie gekommen war, und lief als nächstes zu den Pferdeställen, in denen auch ihr treuer Wolfshund seinen Schlafplatz hatte.

Jeden Tag brachte Halen Hancock ein paar Reste Fleisch oder Tierknochen aus der Küche mit. Dies war unlängst zu einem Ritual geworden. Nachdem der Wolfshund alles aufgefressen hatte, folgte er ihr für den restlichen Tag wie ein Schatten und ließ erst von ihr ab, wenn sie ihn in der Abenddämmerung zurück in den Stall brachte. So auch heute. Gesättigt tänzelte Hancock neben seiner Herrin her, bis sie den umzäunten Übungsplatz erreicht hatten.

Halen kam keine Sekunde zu spät, die Sonne hatte gerade ihren Zenit erreicht.

Nicholas hatte bereits eine vorbildliche Haltung eingenommen: Sein linker Fuß zeigte auf den Lehrer, während sein rechtes Bein im rechten Winkel dazu nach hinten gerichtet war. Einige Male wippte der junge Mann hin und her, um sein Gewicht gleichmäßig auf beide Beine zu verlagern. Anmutig lag das hölzerne Schwert in seinen Händen, bevor er damit kurz die Klinge seines Lehrers berührte – der Kampf war eröffnet.

Hengist war ein kleiner Mann, dessen schlaksige Gestalt so manchen über seine Manneskraft hinwegtäuschen konnte. Er führte seinen ersten Schlag aus, indem er mit seinem Schwert mit beiden Händen über dem Kopf ausholte und die Klinge von schräg oben auf Nicholas' linkes Schlüsselbein herabsausen ließ. Sein Schüler reagierte schnell und parierte den gegnerischen Schlag so hoch er konnte. Halen wusste, dass er die Schwertspitze erheblich höher als das Heft halten musste, um Hengists Waffe im richtigen Winkel zu treffen. Mit voller Wucht trafen die Schwerter aufeinander. Nicholas musste seine ganze Kraft aufbieten, um Hengists Angriff standzuhalten. Es glückte. Noch während Hengist seine Klinge zurückzog, setzte Nicholas zum nächsten Schlag an. Er führte einen Stich von der Körpermitte aus. Doch Hengist kannte seinen Schüler gut. Geschwind nahm er eine tiefe Standposition ein, um mit der Flachseite seiner Klinge Nicholas' Angriff abzuwehren.

Der heftige Zusammenstoß der Holzschwerter schleuderte Nicholas' Waffe aus seinen Händen. Er verlor das Gleichgewicht und landete unsanft auf den Knien. Dreck spritzte auf. Im Versuch sein Unglück wettzumachen, griff er nach dem lederüberzogenen Heft und kam wieder auf die Beine. Doch er war nicht schnell genug. Lachend kam Hengist näher, sein Schwert schon gegen den Hals seines Schülers gerichtet, bevor dieser irgendwelche Versuche unternehmen konnte.

„Ihr seid ein passabler Kämpfer, Nic", versicherte er ihm. „Aber Eure Selbstüberschätzung kostet Euch eines Tages noch das Leben."

Nicholas gab ein trotziges Schnaufen von sich. „Nennt mich gefälligst Nicholas, ich bin kein kleiner Junge mehr!"

Halen beobachtete, wie Hengist die Augenbrauen leicht anhob – ein spöttisches Lächeln spielte an seinen Mundwinkeln. Offensichtlich verkniff er sich eine kecke Antwort, die mit Sicherheit an Nicholas' schwachem Selbstvertrauen gekratzt hätte. Sie hatte sich an der Umzäunung des Gevierts angelehnt und presste ihre Lippen zusammen, um ihre Schadenfreude zu verbergen.

Als Nicholas sie entdeckte, schmiss er frustriert sein Schwert auf den Boden und marschierte auf sie zu. Hancock, der neben ihr auf dem Boden lag, richtete sich sofort auf und fixierte den Jungen mit seinen scharfen Augen.

Hengists Lachen übertönte den ganzen Platz. „Was denn, Ihr wollt schon gehen?"

Bei Halen angekommen stemmte Nicholas seine Hände in die Hüften. „Das findest du wohl lustig, he?"

„Nur ein wenig", gab Halen zu und betrachtete, wie er dreckstarrend vor ihr stand. Ein breites Grinsen breitete sich auf ihrem Gesicht aus. Hancock machte einen Schritt vor, als wolle er sich zwischen die beiden stellen. Halen hielt ihn jedoch zurück und strich ihm beruhigend über das Fell.

„Wenn Lord Arkin dich hier sieht, wird er toben", warnte Nicholas und verschränkte die Arme. „Lydia hat mich beim Frühstück nach deinem Verbleib gefragt. Sie will dir Nachhilfe im Sticken geben."

Halens Laune kippte sofort, ihre Schultern zogen sich zusammen, als würde die Anspannung ihren Körper verkrampfen. „Hör auf, mich kontrollieren zu wollen, Nic. Außerdem hat mein Vater mir versprochen, dass ich im Schwertkampf unterrichtet werde."

„Du meinst, du hast ihn geschickt reingelegt. Er konnte gar nicht anders, als es dir zu erlauben."

„So steht es doch in Elass' Lehren geschrieben: *sollen eure Nachkommen zu Elass' Kriegern werden*. Ob die Nachkommen weiblich oder männlich sind, bleibt unerwähnt. Das konnte nicht mal Vater ignorieren!"

Kaum hatte Halen ihre Worte beendet, stieß sie sich vom Zaun ab. Im Vorbeigehen griff sie nach einem der Übungsschwerter, die in einem Fass voller Sand steckten, und von der Mittagssonne aufgeheizt waren. Der Griff brannte fast in ihrer Hand, doch sie verzog keine Miene und lief auf den staubigen Platz. Vor ihrem Lehrer angekommen, ging sie in Position. Schweiß perlte ihr von der Stirn und lief ihr in den Nacken.

Der Kampf hatte kaum begonnen, da hörte sie bereits, wie Lord Arkins Schritte sich von Weitem her näherten. Er hatte diese entschiedene Gangart, die auffallen wollte. Aus den Augenwinkeln bekam Halen mit, wie ihr Vater an der Umzäunung stehen blieb.

Hengist parierte ihren Schlag und führte sein Schwert nach unten. Dann löste er es so schnell wieder von ihrer Klinge, dass Halen ein paar Schritte nach vorne machen musste, um nicht hinzufallen. Als sie bemerkte, dass sie Hengist viel zu nahe gekommen war, wich sie mit dem Oberkörper rasch nach hinten aus und parierte den Schlag, der seitlich auf sie niederfuhr.

Sie wusste, dass sie ihm nicht standhalten würde, wollte aber verdammt sein, es nicht zu versuchen. Mit aller Kraft riss Halen ihr Schwert nach oben, spannte jeden Muskel an. Länger, als sie erwartet hatte, hielt sie dem Druck stand – Hengist aber war stärker. Schließlich wich sie zurück, und in genau diesem Moment zielte Hengist bereits mit seiner Klinge auf ihre Körpermitte.

„Ihr habt wacker gekämpft!", lobte Hengist sie mit einem zufriedenen Lächeln.

Halen senkte den Blick, ihre Stimme blieb jedoch fest. „Das reicht nicht."

Ihr Lehrer trat einen Schritt näher. „Mit der Zeit werdet Ihr stärker werden. Aber es wird immer jemanden geben, der noch stärker ist."

Mit dem Unterarm wischte sich Halen über die Stirn. Schweiß brannte in ihren Augen, und ihre Tunika klebte längst an ihrem Rücken. Stirnrunzelnd sah sie ihn an. Sie wusste nicht, wie ihr diese Aussage helfen sollte – nicht in diesem Moment, in dem jeder Atemzug schwerfiel und die Sonne selbst wie ein Gegner wirkte.

„Wenn Euer Gegner stärker ist, müsst Ihr eben schneller sein", erklärte Hengist, nachdem er die Verwirrung aus Halens Miene herausgelesen hatte. Er klopfte seiner Schülerin derb auf die Schulter und führte sie anschließend vom Platz. „Machen wir eine kurze Pause."

Gemeinsam traten sie Lord Arkin entgegen, der aufgebracht die Arme verschränkte. „Im Kriegsgetümmel gibt es auch keine Pausen!"

Bei seinem Herrscher angekommen, vollführte Hengist eine überraschend elegante Verbeugung, die man ihm so gar nicht zugetraut hätte.

Lord Arkin deutete auf seine Tochter. „So wird aus ihr nie eine Kriegerin Elass'!" Mit diesen Worten ging er in Kampfstellung und streckte Hengist seine Hand entgegen, in die dieser ohne Widerworte sein Holzschwert drückte.

Ohne Umschweife führte Lord Arkin sein Schwert an Halens Hals. „Wie lautet die fünfte Lehre?"

Widerwillig sah Halen ihm in die Augen. „Elass' Stärke fließt durch den, der glaubt."

Damit fingen sie an, zu kämpfen. Uthred trieb seine Tochter hektisch von Stich zu Stich und ließ ihr keinerlei Zeit, einen ihrer Angriffe zu Ende zu führen.

„Weiter!", forderte er sie auf.

Halen keuchte. „... er führt sein Schwert im Kampfe ..."

„Weiter!"

„... und lässt ihn nicht verlieren."

Halen wusste, dass ihr Vater ihre Schwächen gnadenlos ausnutzte, um ihr vor Augen zu führen, dass sie ihm als Kämpferin unterlegen war. Sie verstand das nur zu gut. Es war, als hätte jede ihrer Bewegungen, jeder Schlag, jede Parade seine Erwartungen bestätigt – dass sie nie gut genug sein würde, um eine wahre Kriegerin zu werden.

Immer öfter geriet Halen in Bedrängnis, bis sie schließlich hart am Arm getroffen wurde und mit einem verzweifelten Aufschrei auf den Knien landete. Kurz bevor sie wieder gänzlich auf die Beine gekommen war, riss sie ein zweiter Schlag erneut zu Boden. Diesmal kippte sie nach vorne und landete vollends im Dreck.

Ihr Vater ging direkt vor ihr in die Hocke und lächelte. „Ich muss zugeben, du hast dich verbessert."

Sein sarkastischer Unterton konnte Halen nichts vormachen. Schleppend rappelte sie sich auf.

„Aber?", hakte sie ungeduldig nach.

„Sieh doch endlich ein, dass die Schwertausbildung kein angemessener Zeitvertreib für eine Prinzessin ist."

Halen ballte ihre Hände zu Fäusten, bis ihre Fingernägel in ihre Handflächen schnitten. „Ich hasse dieses Wort!"

Ihr Vater runzelte die Stirn. „Prinzessin?"

„Wieso musst du das wiederholen?"

„Aber das ist es, was du bist", erinnerte er sie. „Du solltest dich glücklich schätzen: Nicht jedem Mädchen ist ein Leben als ...", er zögerte kurz, „... Prinzessin vergönnt."

„Und was, wenn ich lieber eine Kriegerin wäre?"

„Sieh dich an! Das bist du doch längst."

Halen schüttelte den Kopf. „Nicht wirklich."

Ihr Vater trat näher an sie heran und legte seine Rechte auf ihre Schulter. „Du kannst mit dem Schwert üben, bis du mit Nicholas verheiratet bist. Das war unsere Abmachung, richtig?"

Mit geschürzten Lippen sah Halen zu ihm hoch. „Ich hatte gehofft, dass du das vergessen würdest."

„Und ich hatte gehofft, du würdest endlich zur Vernunft kommen!" Uthred räusperte sich. „Wie auch immer, Lydia wartet auf dich. Du solltest dich sputen, wenn du dir ihre Tiraden über Pünktlichkeit ersparen willst."

„Aber …"

„Hal, ich habe dir erlaubt mit dem Schwert zu kämpfen, aber ich habe dir nicht erlaubt, deine höfische Ausbildung deswegen schleifen zu lassen."

Halen tarnte ihr Augenrollen mit einem Blick zum wolkenlosen Himmel. „Ich gehe ja schon", murrte sie und kehrte ihrem Vater den Rücken. Mit einem kurzen, scharfen Pfeifen rief sie nach Hancock. Dieser sprang ruckartig aus seinem Schläfchen hoch und stürmte auf sie zu.

Kaum hatte Halen das Geviert hinter sich gelassen, erklang die Stimme von Lord Arkin: „Und du solltest dich umziehen!"

Sie hielt inne, drehte sich zu ihm um und verschränkte die Arme. „Ich bin nicht so verrückt, mich in Beinlingen bei Lydia blicken zu lassen", entgegnete sie mit einem schiefen Grinsen und fügte murmelnd hinzu: „Aber die Vorstellung gefällt mir!"

***

„Du bist zu spät", tadelte Lydia sie, als Halen die kleine Halle betrat, die mit ihren bodentiefen Fenstern den hellsten Raum in ganz Wyatt Castle darstellte.

„Verzeih, ich musste mich noch umkleiden", entgegnete Halen in einem Ton, der keine Reue verriet. Hancock kroch in den nächstgelegenen Schatten, um unbemerkt in Halens Nähe bleiben zu können.

Lydia musterte sie abschätzig. „Sag bloß, du warst wieder in Männerkleidung unterwegs. Mein Kind, wenn deine Mutter das wüsste – sie würde einen weiteren Anfall erleiden."

„Dann schlage ich vor, du unterlässt diese winzige Information bei deiner wöchentlichen Berichterstattung."

„Sie ist meine Schwester, ich kann ihr keine Informationen über ihre Tochter vorenthalten. Vor allem nicht eine so ungemein wichtige. Also schlage ich vor, du verhältst dich künftig, wie man es von einer Prinzessin erwartet. Dann musst du auch nicht von mir verlangen, dass ich für dich lüge."

Seit Halen denken konnte, lebte ihre Tante bei ihnen auf Wyatt Castle. Als sich herausstellte, dass Alethea nicht mehr die Kraft hatte, Halens Erziehung weiterzuführen, hatte Lydia diese Aufgabe für sie übernommen.

Ihre Tante hatte keinerlei Ahnung, was sich für eine Prinzessin ziemte. Und auch wenn das auf Halen auch nicht immer zutraf, so wusste diese doch eines: was sich für eine Frau von Stand nicht geziemt. Ununterbrochenes Plappern. Lydia konnte kaum einen Moment stillschweigen und schien dem Zwang unterlegen, sich ständig mitzuteilen. Es trieb Halen in den Wahnsinn. Lydia hielt zu gern Tiraden über angemessenes Verhalten. Sie lachte lauthals, wenn sie sich über etwas freute, und sie fand immer einen Grund, sich zu beschweren. Über das Essen, das Wetter, die Kleidung oder die Erziehung des Arkin-Nachwuchses. Lydia hatte immer eine Bemerkung zu machen.

„Halen, setz dich zu uns!" Mari, die Tochter des Stallmeisters, klopfte mit der linken Hand auf den leeren Stuhl neben sich. Neben ihr saß Helga, die Frau des Stewards, und beide waren in ihre Stickarbeiten vertieft.

Normalerweise wäre es undenkbar gewesen, dass jemand, der nicht von Stand war, so ungezwungen mit Halen zusammensaß. Doch bis die Kettelseuche abgeklungen war, durften alle in der Festung ausharren, unabhängig von ihrer Herkunft.

Halen sah, wie die Furche zwischen Lydias Augen tiefer wurde.

„Bei Elass' Geduld! Mari, wie oft habe ich dir gesagt, dass du die Prinzessin mit *Mylady* anzusprechen hast!"

Halen ersparte sich einen Kommentar, es würde ja ohnehin nichts bringen. Mari war nur ein Jahr jünger als sie. Von ihr mit *Mylady* angesprochen zu werden, war ihr äußerst unangenehm. Also zwinkerte sie Mari nur verschwörerisch zu, während diese zerknirscht bei Lydia um Vergebung bat. Dann ließ sie sich neben Mari auf den freien Stuhl fallen und nahm den Stickrahmen entgegen, den Lydia ihr hinhielt.

Halen war froh über die Gesellschaft, auch wenn die Tage der Abgeschiedenheit in der Festung sie langweilten. Der Betrieb auf der Festung hatte sich auf ein Minimum reduziert – die Wachen hielten die Tore geschlossen, Vorräte wurden streng bewacht, und in den Gärten kümmerte man sich um den Anbau von Nahrungsmitteln. Nur Halen wurde das Gefühl nicht los, nichts Nützliches tun zu können.

Natürlich hätte sie viel lieber Schwertunterricht genommen, ihre Fähigkeiten verbessert und dabei das Gefühl gehabt, etwas Sinnvolles zu tun. Aber allein in ihrem Zimmer zu sitzen und die Minuten tatenlos verstreichen zu lassen, würde sich noch unerträglicher anfühlen. Da kam ihr selbst eine Runde Stickarbeit mit Mari und Helga wie eine willkommene Abwechslung vor.

Sie arbeitete an einem blauen, wellenförmigen Muster, durchsetzt mit hellen Schnörkeln. Ihr fiel einfach nichts Besseres ein. Früher hatte sie ihre Freude an filigranen Handarbeiten gehabt, doch in diesen Tagen fühlten sich Nadel und Stickrahmen schwer in ihrer Hand an.

Zu wissen, dass die Kettelseuche außerhalb der Festungsmauern Mensch um Mensch verschlang, machte sie verzweifelt. Einer Krankheit so machtlos gegenüberzustehen, quälte sie. Es fühlte sich unerträglich falsch an, tatenlos herumzusitzen und so zu tun, als würde die Welt um sie herum nicht völlig auseinanderfallen.

Doch andererseits, was konnte sie schon tun? Sie war die Tochter von Uthred Arkin, Lord von Wyatt. Es war ihr Privileg, vieles erlernen zu können. Fähigkeiten, die sie zwar beherrschte, aber niemals eigenständig ausüben durfte. Sie hatte gelernt, Wäsche zu waschen. Aber sie wusste, sie würde ihre Kleider niemals auf den kalten Steinen des Dyne walken müssen. Dafür gab es Bedienstete, die sich tagein, tagaus ihre Hände aufrieben. Sie lernte Lesen und Schreiben, und doch würde es ihr nie erlaubt sein, ihre eigenen Worte auf Papier fließen zu lassen. Dafür gab es den Steward. Als sie zehn Jahre alt war, hatte sie ihren Vater sogar dazu überredet, ihr das Reiten beizubringen. Aber ohne Begleitung auszureiten? Das würde eine Wunschvorstellung bleiben.

Sie stellte sich vor, wie es wäre, nicht die Tochter eines der mächtigsten Lords von Meerell zu sein. An Lydias Gesichtsausdruck erkannte sie, dass sie dem Gespräch lieber folgen sollte.

„… Seuchen werden immer schlimmer. Wenn Ihr mich fragt, Herrin, ist es der Fluch der weißen Königin!", plapperte Mari.

„Mari!", rügte Helga sie.

Lydia gab sich geduldig. „Der Fluch der nowark'-schen Königin kann uns hier nichts anhaben. Und euch Kindern, die auf Meerell geboren sind, erst recht nicht."

Nowark war das kalte Land nördlich des Inselarchipels Solandis, aus dem ihr Vater stammte. Halen kannte es nur von seinen Erzählungen. Er hatte ihr berichtet, dass Nowark ein Land der Weite sei, mit immensen Weiden und Anbauflächen. Deutlich kühler als Meerell, vor allem in den nördlichen Regionen. Er hatte von Schneestürmen erzählt und davon, wie sie im Winter mit Skiern von einem Ort zum anderen gefahren waren. Auch hatte er von der Königin gesprochen, die das Land weit über ihre Lebensdauer hinaus regiert hatte, und, dass sie ihretwegen Nowark verlassen hatten müssen. Doch Halen hatte vergessen, warum.

Verschwörerisch schaute Helga in die Runde. „Ratet mal, welche Entdeckung mein Mann bei seinem wöchentlichen Ritt durch die Stadt gemacht hat … Jemand hat die Eule an Wyatts Landtor entwendet!"

Mari schlug die Hand vor den Mund. „Wer könnte so etwas bloß tun?"

Lydia sah von ihrem Stickrahmen auf. „Wenn ihr mich fragt, jemand mit wenig Verstand."

Halen spürte, wie sich ein kaltes Gefühl in ihrem Brustkorb ausbreitete. In ihrem Schoß ballte sie die Hände zu Fäusten, doch ihre Stimme blieb ruhig, als sie den Kopf langsam zur Seite neigte. „Oder jemand mit einem Herz für ein unschuldiges Tier, der zudem nicht daran glaubt, dass ein Kauz für die Kettelseuche verantwortlich ist." Ihre Augen verengten sich und ihr Blick haftete fest auf Lydia.

„Den Kauz macht keiner verantwortlich", korrigierte Lydia sie. „Aber Elass' Opfergaben zu stehlen, ist töricht und obendrein Blasphemie." Sie hielt kurz inne. „Außerdem hast du keinen Grund so vorlaut zu sein, junge Prinzessin. Denn ich habe deinen nächtlichen Alleingang gestern entlarvt. Glaubtest du wirklich, ich würde das nicht mitkriegen?"

Halen sah sie an, der Moment schien sich zu dehnen. Sie versuchte die richtigen Worte zu finden. Doch darauf war sie nicht vorbereitet gewesen. Sie hatte geglaubt, in der letzten Nacht unbemerkt geblieben zu sein. Vielleicht hatten die Schreie des Vogels Lydia hellhörig gemacht. Denkbar war auch, dass sie ihr leeres Bett bemerkt, jedoch nicht genau gewusst hatte, wo Halen sich um diese späte Stunde noch herumtrieb. Also zwang Halen sich, Lydias quälende Redepause auszuhalten.

„Du warst bei Alethea", stieß Lydia schließlich aus. „Du hast deine Mutter besucht, obwohl es dir strikt verboten war!"

Hunderte Gedanken schossen Halen gleichzeitig durch den Kopf. Wie hatte Lydia bloß davon erfahren?

Die Erkenntnis traf sie wie ein Schlag. Sie war eine Närrin, dass sie nicht eher darauf gekommen war. *Nic.*

Schlagartig rückte Lydia auf ihrem Stuhl nach vorne. Dabei rutschte ihr der Stickrahmen aus der Hand und schlug scheppernd auf den Fliesen auf. Ihre Tante ignorierte das und schnappte Halen mit beiden Händen an den Schultern. „Sag mir, dass das nicht wahr ist!"

Halen blieb nichts anderes übrig, als Lydia anzusehen. Doch was sie sah, verblüffte sie. Ihre Tante starrte sie an, das Gesicht blass, die Augen weit aufgerissen. Ein Zittern zog durch ihre Lippen, und ihre Hände verkrampften sich zu Fäusten. Halen hatte noch nie gesehen, dass Lydia sich fürchtete.

„Es ist wahr", log Halen.

Genau genommen war es auch die Wahrheit. Eine Wahrheit, die nach so vielen Monaten der Geheimnistuerei endlich ihren Weg nach draußen fand. Eine Wahrheit, die Halen Tränen in die Augen trieb. Sie besuchte ihre Mutter, wann immer es ihr möglich war, sich ungesehen davonzuschleichen. Ihr Vater hatte keine Ahnung. Seit Mutters Anfall, der schon über zwei Jahre zurücklag, wurde in Wyatt Castle nicht über ihren Zustand gesprochen. Vater versagte Halen jeglichen Kontakt zu ihrer Mutter, die in ihrem kränklichen Zustand im ersten Zwillingsturm untergebracht war.

Es widerstrebte Halen zutiefst, ihre Besuche als Vorwand für ein anderes Vergehen zu missbrauchen. Aber die missliche Lage, in der sie sich befand, ließ ihr keine andere Wahl. Ihr Vater würde nicht ruhen, bevor er herausgefunden hatte, wer es war, der ihn mit der Befreiung der Eule herausfordern wollte. Und Halen wollte keine Diskussionen darüber führen, zu welchen Taten ein Herrscher in schweren Zeiten gezwungen war. Worüber sie aber sehr wohl reden wollte, war ihre Mutter. Sie sah, dass sie krank war. Ihre Haut war fahl, als würde das Leben langsam aus ihr weichen. Dunkle Schatten lagen unter ihren trüben Augen. Die Wangen waren eingefallen, ihre hohen Wangenknochen stachen scharf hervor.

Sie verstand nicht, warum Alethea dieses Los in Einsamkeit ertragen musste. Halen genoss die Besuche bei ihr. Auch wenn Mutter manchmal weit weg zu sein schien, mochte Halen die Ruhe, die sie in ihrer Gegenwart verspürte. An guten Tagen unterhielten sie sich über Gott und die Welt. An schlechten hielt Halen einfach nur stumm ihre Hand.

„Geh hoch und warte in deiner Kammer!", herrschte Lydia ihre Nichte an.

Gramgebeugt schlurfte Halen davon. Hancock wollte ihr folgen.

„Der Köter bleibt draußen!", knurrte Lydia.

Halen gab ihm ein Zeichen, woraufhin der Wolfshund sich willig ins Freie trollte. Er würde sich im Schatten des Brunnens ein Plätzchen suchen und auf sie warten. Und Halen war sich sicher: Lange würde sie sich nicht in ihrer Kammer einsperren lassen.

Kapitel 3

Halen hielt auf die Treppe zu, welche die kleine Halle mit dem Wohntrakt verband. Mühsam erklomm sie die schiefen, ausgetretenen Stufen zum Obergeschoss, wo sich die Gemächer ihrer Familie befanden. Trotz der lodernden Wandfackeln handelte es sich bei dem Treppenhaus um einen düsteren Ort, in dem stets ein frischer Luftzug Kühlung versprach.

In ihrer Kammer angekommen, schlug Halen die Tür hinter sich zu – so fest, dass die Scharniere protestierten. Achtlos warf sie ihren Umhang auf den Boden, zerrte die Haarbänder aus ihrem Zopf und schüttelte ihr dunkelblondes Haar wild aus, als könnte sie so die aufgestaute Wut abschütteln.

Die Strafen, die Lydia sich für sie ausdenken würde, brannten sich in ihre Gedanken – tagelanger Arrest in ihrer Kammer, ohne ein Wort mit jemandem wechseln zu dürfen. Oder schlimmer noch: endlose Stunden in der Stickerei, unter Lydias wachsamen Augen. Ein eisiger Schauer lief ihr über den Rücken, doch die Angst wich schnell brodelndem Zorn.

„Nicholas!", fauchte sie und ballte die Hände zu Fäusten. Er war es, der sie erst in diese Lage gebracht hatte! Wenn er jetzt durch diese Tür käme, könnte sie für nichts garantieren.

Doch dann kam ihr ein anderer Gedanke. Letztendlich war sie es gewesen, die ihn hatte gewähren lassen. Und so richtete sich ihre Wut nicht nur gegen Nicholas – sondern auch gegen sich selbst.

Werde ich für immer unfähig sein, mich zu wehren?

Ein dumpfes Poltern durchbrach die Stille und riss Halen aus ihren Grübeleien. Sie fuhr herum, ihre Augen weit aufgerissen. War es Lydia? Würde sie ihr jetzt schon ihre Strafe verkünden? Oder war es Nicholas? Der Gedanke an ihren Versprochenen ließ eine Kälte durch ihre Glieder kriechen, gefolgt von Wut. Hatte er ihr Vertrauen verraten? Sie vermutete, dass Lydia durch ihn irgendwie von der Befreiung der Eule erfahren hatte. Ihre Finger verkrampften sich zu Fäusten. Sie wollte ihn nicht sehen, nicht jetzt.

Als die Tür sich öffnete, blinzelte Halen gegen das grelle Tageslicht an. Sie kniff die Augen zusammen, doch zunächst war alles nur ein verschwommener, weißer Schleier. Erst nach einem Moment gewöhnte sie sich an das Licht, und die Umrisse der Person vor ihr wurden langsam deutlicher. Dann erkannte sie die Gestalt in der Tür – und ihr Zorn flammte auf wie ein Funke in trockenem Holz. Ihr Atem wurde schneller, ihr Herz hämmerte gegen ihre Rippen. Ohne nachzudenken, stürzte sie sich auf Nicholas, packte ihn am Kragen und riss ihn herum.

„Hör mir zu", stieß er aus, während er Halens Schlägen ungeschickt auszuweichen versuchte.

Erst als Halen merkte, dass Nicholas nicht zur Gegenwehr ansetzte, hörte sie auf, ihn zu attackieren. Keuchend trat sie einen Schritt zurück und musterte ihn. Den Jungen, den alle für ihre große Liebe hielten – dabei war er für sie nie mehr gewesen als ein Bruder.

Sie hatten gerade mal acht Sommer gezählt und mit den Kindern aus der Stadt Verstecken gespielt, als sie sich heimlich davongestohlen hatten. Halen erinnerte sich gern daran zurück, wie sie im Zwinger der Stadtmauer, geschützt vor neugierigen Blicken, einen schüchternen Kuss ausgetauscht hatten, nur um herauszufinden, wie sich das anfühlte.

Nun hockte Nicholas vor ihr und hielt die Arme schützend vor seinen Kopf. Ein bitterer Geschmack breitete sich in ihrem Mund aus. Wo war der Junge geblieben, der unbeschwert mit ihr gekichert hatte? Sie waren keine Kinder mehr. Und dieser Moment ließ Zweifel in ihr aufsteigen, ob sie sich nicht langsam voneinander entfernten.

„Es ist anders, als du denkst", beteuerte er.

Nicholas blinzelte durch seine Finger zu ihr herauf, um sicherzugehen, dass er sich erklären durfte. Vorsichtig stand er auf. Seine blaugrauen Augen hoben sich hell vom dämmrigen Licht des Zimmers ab.

„Ich habe dich nicht verraten!"

Verächtlich schüttelte Halen den Kopf. „Du denkst doch nicht wirklich, dass ich dir das glaube. Nic, wir haben geschworen, uns gegenseitig zu beschützen. Kannst du dich daran erinnern?"

„Ich habe meinen Schwur nicht gebrochen!"

Geräuschlos betrat Lydia den Raum. „Raus hier, Nicholas."

Halen stand inmitten ihrer düsteren Kammer. Die Arme hingen kraftlos an den Seiten, der Kopf stoisch gen Boden hängend, die Augen geschlossen. Ihr Zorn war verebbt und Furcht keimte in ihr auf, als sich Lydias Gegenwart wie ein drückender Stein auf ihr Gemüt legte.

„Es war nicht Nicholas, der dich verraten hat", eröffnete ihr Lydia. „Es war deine Mutter."

Mutter. Das Wort klang in Halens Ohren wie etwas Verwunschenes. Wie ein Name aus einem Märchen. Eine heldenhafte Figur, an die man glaubt, und sich wünscht, wie sie zu sein, auch wenn man weiß, dass sie nur erfunden ist.

Sie zwang sich, den Kopf zu heben, Lydia anzusehen und ihren Blickkontakt auszuhalten. Doch die Geduld ihrer Tante war bereits aufgebraucht. Mit schnellen Schritten schloss sie die Lücke zwischen ihnen und schlug Halen so hart ins Gesicht, dass sie zu Boden stürzte.

Halens Hände bebten, als sie sich aufrichtete und auf der Kante ihrer Bettstatt niederließ. Sie presste die Finger gegen ihre Schläfen, doch das heiße Brodeln in ihrem Inneren ließ sich nicht bändigen.

„Das stand dir nicht zu!", fauchte Halen.

Lydia atmete tief durch und versuchte, sich zu fassen. Schniefend trat sie zum Fenster und öffnete die schweren Holzläden. Das Tageslicht strömte herein und vertrieb die letzten Schatten aus dem Raum. Die Heiterkeit des Morgens schien Halen jedoch nur noch mehr zu bedrängen. Sie wehrte sich dagegen, ihre düstere Stimmung konnte nicht einfach so aufgehellt werden.

Ihre Tante wandte sich ihr zu und fixierte sie mit kühlem Blick. „Seit wann?"

Halen senkte den Kopf. „Kurz nachdem Mutter krank geworden ist", antwortete sie wahrheitsgemäß.

„Der erste Zwillingsturm ist Tag und Nacht von einer Wache besetzt. Wie bist du in den Turm gelangt?"

Halen seufzte. „Ich bin geklettert."

Wider Erwarten schien Lydia nicht überrascht zu sein. Dennoch runzelte sie die Stirn. „Und dich hat keiner bemerkt?"

Halen spannte die Schultern an, hob das Kinn und ließ sich nicht von der prüfenden Miene ihrer Tante einschüchtern. „Warum wird Mutter in diesem Turm eingesperrt? Und warum lasst ihr mich nicht zu ihr?"

Diese Fragen hatte Halen schon unzählige Male ausgesprochen, nicht in der Hoffnung auf eine Antwort, sondern weil das brennende Ziehen in ihrer Brust mit jedem Tag unerträglicher wurde.

Ihre Mutter krank zu sehen, war eine Sache. Eine ganz andere war es, ihr nicht beistehen zu dürfen. Sie wollte für sie da sein, so wie ihre Mutter immer für sie da gewesen war.

Halen entgingen die fleckigen Rötungen an Lydias Hals nicht. Die Hitze gepaart mit der Aufregung bekamen ihrer Tante nicht.

45

„Du willst es nicht verstehen!", begann diese aufgewühlt. „Deine Mutter hat ein Geschwür in ihrem Kopf, das stetig wächst. Sie hat Wahnvorstellungen! Ist dir das bewusst?"

Halen hatte es satt, dieses Zeug zu hören. Sie wollte endlich Antworten.

„Das beantwortet nicht meine Fragen! Ich weiß um ihre Krankheit, ich weiß, wie es um sie steht", schrie sie und sprang vom Bett hoch.

Wider Erwarten blieb Lydia ruhig, als hätte sie diese Reaktion erwartet. Und wieder bemerkte Halen etwas an ihr. Ihre Augenbrauen hoben sich einen Hauch, als würde sie eine unausgesprochene Sorge plagen. Ihre Lippen pressten sich aufeinander, nur um sich kurz darauf wieder zu lösen, als könne sie sich nicht entscheiden, ob sie etwas sagen sollte oder nicht.

„Du hast Angst", brach es aus Halen heraus.

Lydia schwieg. Sie fing an, in der Kammer auf- und abzugehen, als ob sie angestrengt über etwas nachdachte.

Halen zuckte zusammen, als etwas an der Wand neben ihr zerbarst und Tausend kleine Holzteilchen in einer staubigen Wolke zu Boden prasselten. Lydia hielt den zersplitterten Holzrahmen eines Stuhls in den Händen.

Als Halen den Blick senkte, entdeckte sie das Eulenamulett. Sie hatte es nach ihrer Rückkehr aus der Stadt letzte Nacht in einem Beutel an den Stuhl gehängt. Nun lag es gut sichtbar neben Lydias Füßen. Noch hatte diese es nicht bemerkt.

Ein scharfer Stich schoss durch Halens Brust. Sie hatte Angst, das Amulett zu verlieren. Angst, dass es ihr entglitt, wie so vieles in ihrem Leben, die sie nicht festhalten konnte.

Sie erinnerte sich an den Besuch bei ihrer Mutter, als diese ihr das Amulett in die Hand gedrückt hatte. Dieser Tag lag schon einige Wochen zurück und hatte etwas Eigenartiges an sich gehabt. Ihre Mutter war eindeutig nicht bei Sinnen gewesen. Sie hatte gezittert, als sie ihr die Kette mit der fein geschnitzten Eule überreicht hatte. Halen hatte jemanden zu Hilfe holen wollen, doch Alethea hatte ihre Hand mit einer Kraft festgehalten, die Halen schon für verloren geglaubt hatte. Die Worte ihrer Mutter waren unheimlich gewesen. *„Finde sie, Hal! Du musst sie finden!"*

Es war nur ein flüchtiger Moment vergangen und Halen sah rasch wieder zu Lydia, in der Hoffnung, dass diese das Amulett noch nicht bemerkt hatte. Ihre Hände krampften sich unwillkürlich zusammen. Ihre Tante aber schien völlig in ihren eigenen Gedanken gefangen, unempfänglich für Halens angespannte Haltung.

Doch dann trat sie einen Schritt zur Seite, als ob sich der Boden unter ihren Füßen seltsam anfühlte. Instinktiv hielt Halen den Atem an.

Bevor Lydia das Amulett erreichte, fischte Halen es vom Boden und ließ es hektisch in einer Hand hinter ihrem Rücken verschwinden.

„Was hast du da? Zeig es mir!"

Halen schluckte. *Warum tue ich das? Soll sie das Amulett doch sehen.*

Es war ihr ehrlich nicht geheuer. Aber sie konnte es nicht hergeben. Warum wusste sie nicht. Sie wollte herausfinden, was es damit auf sich hatte. *Aber was sollte es denn damit auf sich haben? Mutter hat unsinniges Zeug geredet. Das Geschwür in ihrem Kopf lässt sie diese Dinge sagen.*

Lydias Stimme katapultierte Halen wieder ins Hier und Jetzt zurück. „Ich sagte: Gib es mir!"

Halen hörte die Worte klar und deutlich, doch sie ließ sie nicht zu sich durchdringen. Etwas in ihr warnte sie, dass es falsch war. Ihre Beine bewegten sich, bevor ihr Verstand sie einholen konnte, und im nächsten Moment rannte sie.

Halen stürmte die Stufen der Treppe hinunter, an deren Ende Nicholas sie mit schreckgeweiteten Augen empfing.

„Halen, was ist passiert?"

Anstelle einer Antwort fasste sie nur seine Hand und zerrte ihn mit sich ins Freie. „Ich brauche deine Hilfe!"

Sie hatten kaum einen Schritt aus der großen Halle gemacht, da tauchte Hancock schon an Halens Seite auf. Bereit, ihr zu folgen, wohin sie auch ging.

„Was ist passiert?", versuchte es Nicholas noch einmal.

„Ich habe keine Zeit für Erklärungen. Hilf mir einfach!"

Halen konnte sich fast unbemerkt durch die Festungsanlage bewegen. Sie war stets lautlos, eine Eigenschaft, die nur ihr zu eigen war, und führte Nicholas in die Schatten der offenstehenden Küchentür.

„Würdest du mir wenigstens verraten, was du vorhast?", hakte dieser nach, während Halen mit ausdrucksloser Miene zum ersten Zwillingsturm hinaufsah.

„Ich muss in den Turm", murmelte sie mehr zu sich selbst als zu ihm.

„Halen, das kannst du nicht ..."

„Ich muss", unterbrach sie ihn. „Ich erkläre dir später, wieso."

Sie führte ihn am Hof vorbei, quer durch die Wirtschaftsgebäude, bis sie den Wehrgang im Südosten erreichten.

„Warum machen wir diesen Umweg?"

Halen erspähte die hölzernen Wehrgänge. „Die Hurden bieten den perfekten Sichtschutz."

„Sichtschutz? Vor wem?"

Sie musterte ihn verständnislos. „Lydia", gab sie zurück, als wäre das selbstverständlich.

Am ersten Zwillingsturm angekommen, hielt sie an. Ihr Blick fiel auf ein Fenster, das sich etwa sechszehn Fuß über dem Boden befand – zumindest schätzte sie so. Als Kinder war kein Baum je zu hoch für sie gewesen. Die Zwillingstürme hingegen waren nicht nur von monströser Gestalt, sondern auch von sattem Efeu umrankt.

Nicholas' Kiefermuskeln spannten sich, und seine Augen verengten sich leicht, während er unruhig mit dem Fuß auf dem Boden tippte. Dennoch fasste er seine Hände ineinander und legte ein Knie auf dem Boden ab, um Halen mehr Stabilität zu bieten. Behutsam setzte diese ihren linken Fuß auf seinen Handtellern ab. Sie griff nach den erstbesten Steinen des Turms. Mit einem kräftigen Ruck zog sie sich hoch.

Mühelos, fast tänzerisch, arbeitete sie sich mit fließenden Bewegungen empor. Ihre Füße suchten ganz intuitiv nach festem Halt, während ihre Finger sich an einer Steinplatte festkrallten.

Als sie die nächste Ebene erreichte, blieb ihr Blick für einen Moment am Himmel hängen. Ein Waldkauz flog lautlos über den Turm hinweg. Der Vogel zog seine Kreise, als sei er ein stiller Wächter ihres Vorhabens.

Mit einem letzten, geschmeidigen Zug erreichte sie das Fenster und schlüpfte hinein.

Im Gemach ihrer Mutter angekommen stand sie zunächst reglos da, unklar, wie es weitergehen sollte. Sie betrachtete ihre Mutter, die fest schlief. Halen fühlte sich von einer Welle der Sorge ergriffen – war ihre Mutter wirklich sicher? Oder war diese Stille nur ein weiteres Zeichen für den Zerfall, der sie langsam heimsuchte?

Sie betrachtete die Kette mit dem Holzanhänger in ihrer Hand. Ein warmes, vertrautes Gefühl breitete sich in ihr aus, als hätte der Anhänger immer schon zu ihr gehört.

Gleichwohl fragte sie sich, ob die Kette überhaupt in ihren Besitz hatte gelangen sollen. Es war durchaus möglich, dass Mutter sie ihr in einem schwachen Moment überreicht hatte. Dass sie nicht gänzlich bei Sinnen gewesen war.

Es bestand aber auch die Möglichkeit, dass Mutter ihr mit dem Anhänger etwas hatte sagen wollen. Etwas, das eine Erklärung für Halens Albträume lieferte. Oder für diese Schattengestalt, die ihr letzte Nacht erschienen war. Aber vielleicht wollte Halen das auch nur glauben. Darauf hoffen, dass ihre Mutter nicht wahnsinnig war. Dass es kein Geschwür gab, das sie von innen zerfraß. Dass alle Welt das nur glauben wollte, weil es die einfachste Erklärung für ihren Zustand war.

Halen wollte an diesen Gedanken festhalten, weil sie das immer tat, wenn sie versuchte, der Welt die Stirn zu bieten. Sie sträubte sich, rebellierte innerlich. Und egal, was es in Wirklichkeit war – eine Wunschvorstellung oder ihre Art, zu trotzen – sie musste herausfinden, was es mit dem Eulenamulett auf sich hatte.

Seit dem Moment, in dem Halen das Amulett vor Lydia versteckt und damit weggerannt war, wusste sie, dass sie es nicht bei sich behalten konnte. Die fremde Macht, die von ihm ausging, ließ ihr keine Ruhe. Sie musste es loswerden, doch ein Teil von ihr konnte sich nicht vollständig davon trennen.

Sie wollte das Amulett zurück zu ihrer Mutter bringen. Der Gedanke daran ließ ihre Finger etwas fester um den Anhänger greifen, als sich ein schweres, aber bestimmtes Gefühl in ihr ausbreitete. Ihre Mutter war krank und schwach, doch der Gedanke, es ihr zurückzugeben, fühlte sich richtig an.

Halen schaute sich um, mit einem Ohr ununterbrochen Richtung Tür lauschend. Wenn Lydia ihre Gewohnheit nicht brach und nach einem Streit mit ihr immer noch Rat bei ihrer Schwester suchte, dann sollte ihr nicht viel Zeit gewährt bleiben.

Ihre Augen suchten das Zimmer nach einem Versteck ab. Sie hörte ein entferntes Räuspern. Vorsichtig spähte sie aus dem Fenster. Lydia. Sie hatte es gewusst. Halen drehte sich um. Ihr Atem ging schneller, die Hände wurden feucht, und das Gefühl von Ohnmacht drohte sie zu überwältigen.

Du findest ein Versteck, redete sie sich selbst gut zu. *Wo wird Lydia nicht suchen?*

Kapitel 4

Halen und Nicholas waren auf ihrem Weg zu den Stallungen, der Himmel über der Burg verblasste bereits in sanften Farben. Sie sprachen kein Wort miteinander. An ihrem Ziel angekommen, tippelte Hancock zufrieden in sein Strohlager. Halen lehnte sich an eine Holzwand und beobachtete geistesabwesend, wie ihr Wolfshund es sich gemütlich machte.

Nicholas suchte zaghaft Halens Blick. „Erzähl mir, was passiert ist", bat er sie.

„Nichts", erwiderte Halen, ihre Stimme leiser, als sie sich abwandte.

Doch er schloss zu ihr auf, hielt sie am Arm fest und zwang sie damit, sich zu ihm umzudrehen.

„Seit du dieses Amulett besitzt, schläfst du nicht richtig, und wenn, dann begleiten dich Albträume, die deinen Körper durchschütteln. Es fällt mir wahrlich nicht leicht, das mit anzusehen. Bitte sag mir, was mit dir los ist."

Er entließ sie von seinem Griff. Halen ging ein paar Schritte zurück, bevor sie sich rücklings ins weiche Heulager fallen ließ.

„Ich habe die Schattengestalt gesehen."

Nicholas setzte sich zu ihr. „Du träumst wieder von ihr?"

Erst jetzt sah sie ihm in die Augen. „Ich habe sie nicht im Traum gesehen", erklärte sie ernst. „Sie war hier. In Wyatt, letzte Nacht."

Aufmerksam beobachtete Halen seine Reaktion. *Hältst du mich jetzt für verrückt?*

„Ich nehme an, du hattest auch das Amulett dabei?", fragte Nicholas weiter.

„Wieso?"

„Weil ich stark vermute, dass beides irgendwie zusammenhängt. Seit Lady Alethea es dir gegeben hat, hast du schreckliche Albträume oder errettest plötzlich in Nacht-und-Nebel-Aktionen Elass' heilige Opfergaben."

„Es war ein Kauz. Ein armer, unschuldiger Kauz!"

„Du weißt nichts über dieses Amulett. Es könnte mit einem alten Zauber belegt sein."

„Redest du von den Spukgeschichten, die wir als Kinder bei den Alten in der Schenke belauscht haben?"

Geduldig sah Nicholas zu ihr hoch. „Du glaubst daran, dass ein Traum dir die Kettelseuche vorausgesagt hat und dass die Schattengestalt aus deinen Träumen lebendig geworden ist." Er holte hörbar Luft. „Aber wenn ich von Magie rede, versagt dein Glaube?"

Die Muskeln in Halens Wangen verkrampften. „Weißt du was? Um das Amulett musst du dir keine Sorgen mehr machen. Ich habe es nicht mehr." Sie sprang auf, lief unruhig zur gegenüberliegenden

Holzwand. Dort blieb sie stehen, lehnte sich mit dem Rücken dagegen und verschränkte die Arme vor der Brust, als wolle sie sich selbst im Zaum halten.

„Gut!", fand Nicholas.

„Gut?", echote Halen aufgebracht. „Und was ist mit der Schattengestalt? Es kommt mir vor, als hätte sie mir letzte Nacht etwas sagen wollen … mir einen Weg zeigen wollen."

„Du meinst einen Weg raus aus Wyatt?", fragte Nicholas mit hochgezogenen Augenbrauen.

Halen wusste nichts darauf zu erwidern. Nicholas schien das zu spüren, denn er kam zu ihr und hielt sie an den Schultern fest. Es war eine Geste, die sagte: Du kannst mir vertrauen.

„Hal, hör mir zu. Ich weiß, du sitzt hier in Wyatt fest wie ein Falke, dem man die Flügel gestutzt hat. Aber die Kettelseuche verliert an Kraft. Und bald wird sich auch alles andere wieder normalisieren."

Stirnrunzelnd starrte Halen ihn an. „Normalisieren? Ich habe die Seuche in meinen Träumen gesehen und keiner hat mir geglaubt."

„Du konntest es doch selbst nicht glauben."

„Nein. Ich *wollte* es nicht glauben", entgegnete Halen und entzog sie sich sanft seinem Griff. Sie strich sich den Staub von der Kleidung und begann im langen Gang der Stallungen auf- und abzugehen.

„Aber jetzt glaubst du es?" Nicholas ließ nicht locker. „Du glaubst an ein Dorf im nördlichen Wald und an eine Schattengestalt, die dir den Weg dorthin weist? Und das alles nur wegen eines Amuletts, das womöglich von Dämonen selbst verflucht wurde?"

Halen blieb stehen und schaute ihm ernst entgegen. „Ich weiß, dass dieses Dorf existiert."

„Und *was* glaubst du dort zu finden?"

„Ich … ich will nur wissen …" Nicholas' skeptischer Blick brachte sie zum Schweigen.

„Hast du schon mal daran gedacht, dass nicht alles wahr sein muss, was dir im Traum erscheint?"

„Bis jetzt ist alles wahr geworden." *Na ja, fast alles,* korrigierte sich Halen in Gedanken.

Unzufrieden seufzte Nicholas auf. „Mit dir zu diskutieren, ist wie gegen die Strömungen im Meer der Welten zu schwimmen. Am Ende geht man immer unter." Also versuchte er einen anderen Weg. „Ich liebe dich, Hal."

Halen stand wie versteinert mit dem Rücken zu dem Jungen da, der ihr gerade seine Liebe gestanden hatte. Doch sie wagte es nicht, sich umzudrehen. Stattdessen stellte sie sich nur vor, wie er sie mit hochgezogenen Augenbrauen ansah und auf eine Erwiderung dieser magischen drei Worte hoffte. Was sollte sie ihm sagen? Sie liebte ihn, doch sie war sich nicht sicher, auf welche Weise. Auf die Weise, wie man einen Jungen liebt, mit dem man aufgewachsen ist, mit dem man seine gesamte Kindheit verbracht hat und von dem man so gut wie alles weiß? Oder liebte sie ihn wie jemanden, in dessen Armen man versinken wollte, wenn die Welt um einen herum zusammenzustürzen drohte?

Nicholas' tiefes Seufzen riss sie aus ihren Gedanken.

„Hal, ich bin es", erinnerte er sie schließlich. „Und ich liebe dich, auch wenn du das vielleicht nicht hören willst. Auch wenn du mir nicht das Gleiche sagen kannst."

„Ich will es ja sagen!", entgegnete sie überstürzt. „Glaub mir." Halen drehte sich langsam um und stockte, als sie Nicholas' Gesicht sah – seine Augen glänzten feucht, und die Tränen stiegen ihm sichtbar auf, bevor er sie mit einem hastigen Wisch zurückzuhalten versuchte.

„Ich weiß, dass du dir ein anderes Leben wünschst", brachte er mit zittriger Stimme hervor. „Aber lass mich hier nicht allein zurück."

Halen hatte ihn in wenigen Schritten erreicht und nahm seine Hände in ihre. „Komm mit mir."

Zärtlich berührte er ihr Kinn, sodass sie zu ihm aufschauen musste. „Hal, wir werden eines Tages heiraten und über Meerell und Kon herrschen. Diese Verantwortung lässt sich nicht einfach wie ein Mantel ablegen."

Sie hielt seinem Blick stand. „Und was würdest du tun, wenn du diese Verantwortung nicht hättest?"

Nicholas wandte sich ab, und für einen Moment herrschte Stille zwischen ihnen. Halen überlegte, ob sie noch etwas sagen sollte, entschied sich aber dagegen. Schließlich hob er den Kopf, eine Spur von Unbehagen in seinen Zügen, und murmelte: „Ich werde sehen, wie weit der Koch mit dem Essen ist."

Als Halen am Abend den menschenleeren Hof überquerte, nahmen die ersten Schatten der Dämmerung die Umgebung ein. Der köstliche Geruch von frisch zubereitetem Essen stieg ihr in die Nase. Sie mochte gebratenes Wild, das so herrlich süß-herb duftete, aber noch mehr liebte sie die Würze, die noch ofenwarmes Brot absonderte.

Sie nahm den Weg durch die Küche. Diese war ein wilder, chaotischer Ort; doch der Koch wusste die köstlichsten Gerichte in ihr hervorzuzaubern. Im Vorbeigehen schnappte Halen sich die zwei Kanten des Brotes, die beim Servieren ausgespart wurden, und öffnete mit Bedacht die Tür zur großen Halle. Zu Zeiten der Seuche war diese meist menschenleer, was ihren ohnehin ungemütlichen Charakter noch verstärkte. Und egal, welches Wetter draußen herrschte, das Innere der Halle empfing seine Besucher stets mit einer kühlen, staubigen Luft.

Halens Blick wanderte zu der langen Steinwand zu ihrer Rechten, die mit Skiern, weißen Fellen und zahlreichen Wandteppichen behangen war. Alles Nowark'sche Andenken, die ihr Vater einst aus seiner alten Heimat mitgebracht hatte. Hier auf Meerell, wo die Winter mild und Schneefälle selten waren, fanden sie keine Verwendung mehr.

Als nächstes betrachtete sie die dunklen Augen, die sie stets zu beobachten schienen, wenn sie die große Halle betrat. Der zornige Ausdruck darin wollte so gar nicht zu dem zarten Gesicht passen, das in einen übergroßen Teppich eingewebt war. Elass, der Gott ihres Volkes. Halen fragte sich, ob er es ihrem Vater übelnahm, Nowark einst verlassen zu haben.

Sie sah der Tür zur kleinen Halle entgegen und fluchte innerlich. Die Flügeltüren standen weit offen, was es Halen unmöglich machen würde, sich unbemerkt den Treppenturm gleich daneben hochzuschleichen. Halens Familie saß bereits beim Abendmahl zusammen. Dennoch hielt sie schnurstracks auf die Treppe zu.

„Wo warst du?", fragte Lydia sie mit scharfer Stimme.

Halen wiederum gab vor, sie nicht gehört zu haben, und betrat die erste Stufe zum Obergeschoss.

„Setz dich zu uns!" Vaters Stimme hallte eiskalt durch den Raum.

Halen hielt in ihrer Bewegung inne und atmete tief aus. Ihre Schultern sanken leicht, als sie widerwillig einen Schritt rückwärts machte und durch die Flügeltür in die kleine Halle trat. Sie schloss die Türen hinter sich, als wollte sie den Lärm und die Anspannung hinter sich lassen, und ging dann auf das leere Gedeck am großzügigen Eichentisch zu. Die Brotkanten legte sie unauffällig auf dem Teller ab, bevor sie sich auf den Stuhl setzte, ihre Hände ineinander faltete und die Augen schloss.

„Gebetet haben wir bereits", hörte Halen ihre Tante ungeduldig anmerken.

Sie sprach ihr Dankesgebet dennoch in Gedanken zu Ende. Als sie die Augen öffnete, begegnete sie Nicholas' Blick. Er saß ihr gegenüber, halb im Schatten, ein kaum merkliches Grinsen auf den Lippen. Halen erwiderte das Lächeln – trotz dessen, wie sie nach ihrem letzten Gespräch auseinandergegangen waren. So war eben Nicholas.

Der Tisch war gefüllt mit allerlei Köstlichkeiten, doch sie füllte ihren Teller nur mit dem Nötigsten, um sich bald wieder zurückziehen zu können. In ihr drängte die Frage, wie Lydia es schaffte, in Zeiten der Kettelseuche einen so reich gedeckten Tisch voller Wild, Gemüse und Haferbrot herzurichten. Sie hatte dem Gedanken kaum Beachtung geschenkt, da brachte sie der klirrende Schlag von Besteck auf Holz zum Aufsehen. Halen wusste, dass ihr Vater erst dann zu sprechen beginnen würde, wenn ein jeder mit ihm Augenkontakt hielt und gebannt an seinen Lippen hing.

„In ein paar Tagen werde ich auf die Jagd gehen", verkündete er mit der rauen Stimme, die ihm zu eigen war. „Ich will, dass du für mich hier die Stellung hältst."

Halen spürte seinen Blick auf sich und wusste, dass er auf Widerspruch von ihr wartete. Stattdessen starrte sie ihn an, verwirrt über die plötzliche Aufgabe, die ihr zugedacht war. „Du willst, dass ich hierbleibe?"

„Du bist eine Frau und kannst allein aus diesem Grund nicht mitkommen", beharrte ihr Vater und griff nach den Hasenschenkeln.

Halen schaute ungläubig drein. „Das hat dich doch sonst nicht gestört."

Doch ein Blick zu Lydia genügte. Halen war sich sicher, dass ihre Tante dafür gesorgt hatte, dass Vater alles über ihr Fehlverhalten erfahren hatte.

„Soll das eine Art Bestrafung sein?"

„Du meinst, das wäre Strafe genug?" Er fixierte Halen aus kalten Augen und bedeutete ihr damit, zu schweigen.

„Ich habe Nicholas' Onkel, Colias Raymond, gebeten, mir bei der Jagd zu helfen. Nicholas und ein paar Männer werden uns begleiten. Zudem wird Colias uns mit ein paar zusätzlichen Vorräten unterstützen. Er und seine Gefolgsleute werden morgen hier eintreffen. Wenn wir genug Wild schießen, kann uns das über den Winter bringen."

Nun brach Nicholas sein Schweigen. „Mein Onkel kommt nach Wyatt?" Deutlich leiser fügte er hinzu: „Ich wusste nicht einmal, dass ich einen habe ..."

„Den hast du", antwortete Uthred. „Er hat mir bereits einen Brief zukommen lassen, in dem er seinen Anspruch auf Everett erhebt. Doch kurz darauf brach in Wyatt die Kettelseuche aus und ich hatte keine Zeit mehr, mich darum zu kümmern."

Nicholas hörte auf zu essen. Seine Augen waren weit aufgerissen. „Er kann mir doch nicht einfach mein Erbe wegnehmen, bevor ich volljährig bin, oder?"

„Keine Sorge, Nicholas. Dazu lasse ich es nicht kommen", versicherte Uthred ihm.

Lydia straffte ihre Schultern. „Vermutlich gibst du nicht viel auf meine Meinung." Sie schaffte es kaum, ihrem Schwager länger als ein paar Sekunden in die Augen zu schauen. „Aber findest du das wirklich eine schlaue Idee, Nicholas' Onkel hierher einzuladen?"

Uthred schwieg. Als Halen die Stille nicht mehr aushalten konnte, warf sie ein: „Ich verstehe immer noch nicht, warum ich nicht mit auf die Jagd kommen darf. Ich könnte wirklich helfen. Nic ist durchaus in der Lage, hier die Stellung zu halten."

Nicholas' Gesichtszüge entgleisten. „Warte, *du* willst jagen gehen und *ich* soll hier in Wyatt bleiben und Vöglein zählen?"

Uthred hatte genug. Er schluckte seinen letzten Bissen herunter und räusperte sich. „Nicholas, Lydia – lasst Halen und mich allein."

Sie gehorchten anstandslos. Nicholas auf seine ruhige und besonnene Art, Lydia, nicht ohne reichlich Lärm zu machen. Sie zog ihren Stuhl knarzend über den Steinboden, als sie aufstand, und schob ihn auch genauso geräuschvoll wieder an den Tisch. Halen entging Lydias fragender Gesichtsausdruck nicht. Aber Uthred sah seine Schwägerin nicht einmal an. Er wartete, bis sie verschwunden war und die Tür hinter sich geschlossen hatte.

Uthred hatte sich in seinem Stuhl nach hinten gelehnt und faltete auf dem Tisch die Hände ineinander.

„Ich will dich nicht bestrafen, indem ich dich hierlasse", betonte er mit einem nachgiebigen Blick auf seine Tochter.

Kein Wort über meine Besuche bei Mutter?, ging es Halen durch den Kopf. „Dann willst du mich einfach nicht dabeihaben?", fragte sie stattdessen.

„Du täuschst dich. Ich will dich dabeihaben. Du bist die beste Bogenschützin, die mir je untergekommen ist."

„Hör auf, schmeichle mir nicht."

„Ich gebe zu, sonst nicht besonders großzügig mit Komplimenten zu sein, aber in diesem Fall ist es durchaus angebracht."

„Was ist dann der Grund?"

„Du weißt, was der Grund ist." Uthreds Gesichtszüge wurden steif.

Sie verschränkte die Arme vor der Brust. „Colias Raymond von Everett. Nics angeblicher Onkel ..."

„Hm."

„Du traust ihm nicht."

Uthred grunzte belustigt. „Eher würde ich mich von einem vorbeiziehenden Bader behandeln lassen, als Colias Raymond über den Weg zu trauen!"

Halen kam ein Gedanke und sie wollte die seltene Redseligkeit ihres Vaters ausnutzen, bevor sie wieder vorüber war.

„Du hast mir nie erklärt, warum ich Nicholas versprochen bin. Ich meine, wir sind wie Geschwister aufgewachsen."

Uthred blickte auf seinen Teller und Halen befürchtete schon, ihn mit dieser Frage verschreckt zu haben.

Nach einer kurzen Pause brach er sein Schweigen: „Zu jener Zeit war die Welt eine andere."

„Du meinst, die Raymonds waren noch vertrauenswürdig?", hakte Halen nach.

„Nicholas' Vater, Jasper Raymond, war einmal ein guter Freund." Uthred hielt kurz inne. „Der beste, den ich je hatte."

„Als du und Eames Raymond geboren wurdet, entschieden wir, euch einander zu versprechen. Diese Verbindung sollte beiden Familien nutzen. Wir haben uns gegenseitige Unterstützung in allen Belangen geschworen."

Halen runzelte die Stirn. „Ich kenne keinen Eames Raymond."

„Er war Jaspers Erstgeborener und erst elf Jahre alt, als er im Krieg gegen die Yroma ums Leben kam."

„Die Yroma. Das einheimische Volk von Meerell."

Ihr Vater nickte. „Und bei dem Versuch, ihn zu beschützen, kam Jasper ebenfalls ums Leben. Nicholas war zu dem Zeitpunkt gerade einmal zwei Jahre alt. Zu jung, um sein Erbe anzutreten. Ich war bereit, ihn aufzunehmen und zu unterstützen."

„Du hast ihn nach Wyatt geholt und wie einen Sohn großgezogen." *Was dir sicher recht war, wo dein einziger Sprössling ja nur ein Mädchen ist,* ergänzte sie im Stillen.

Uthred nickte abermals. „Und ich schickte einen meiner Vasallen nach Everett, der das Land in seinem Namen führte."

„Und um das Andenken deines verstorbenen Freundes zu ehren, hast du beschlossen, mich Nicholas zu versprechen", schloss Halen den Bericht ihres Vaters.

Uthred legte den Kopf schräg. „So ähnlich ..."

„Und jetzt fragst du dich, ob Nics Onkel auf Everett aus ist?", wollte Halen wissen.

„Nein", widersprach Uthred. „Ich *weiß*, dass er das ist. Nicholas wird in einem Jahr volljährig, erst dann kann er die Herrschaft über Everett antreten."

Halen wurde stutzig. „Aber wieso willst du dann die Hilfe der Raymonds in Anspruch nehmen?"

„Ich will ihre Hilfe nicht, aber ich brauche sie dringend. Und das werde ich als Gelegenheit nutzen, um alles über Colias Raymond in Erfahrung zu bringen, was ich wissen muss."

Halen fixierte ihn mit verengten Augen. „Was du wozu wissen musst?"

Uthred seufzte. „Ist das denn nicht offensichtlich?"

„Du willst ihn umbringen?" Halen schluckte.

Der Blick ihres Vaters wurde eindringlicher. „Du bist Nicholas versprochen. Ein Schwur wurde geleistet. Zugegeben, etwas verfrüht und unbedacht. Aber ich halte meine Versprechen, vor allem einem alten Freund gegenüber, der jetzt in Elass' ewigem Himmelreich wandelt. Aber ich werde nicht zulassen, dass meine Tochter einen verarmten Mann heiratet, nur weil dessen größenwahnsinniger Onkel glaubt, er könne ihm einfach so sein Land stehlen!"

„Warum erzählst du mir das alles?"

„Weil du deshalb nicht mit auf die Jagd kommen kannst."

Ungläubig schaute Halen ihren Vater an. „Du willst ihn auf der Jagd umbringen?"

„Umbringen? Bei Elass' Gehör, nein! Ein Jagdunfall passiert schon mal, das ist nichts Ungewöhnliches. Zudem kann das Moor im nördlichen Wald heimtückisch sein."

Halen legte ihre Hände auf die Tischkante und klammerte sich daran fest. „Du meinst das ernst!"

„Mir bleibt keine andere Wahl. Wir befinden uns in einer misslichen Lage. Die Kettelseuche hat uns Hunderte unserer Männer genommen. Soldaten, Feldarbeiter, Handwerker. Einem Angriff auf unser Reich würden wir nicht lange standhalten. Und um uns zu erholen, brauchen wir Zeit."

Halen rutschte auf ihrem Stuhl hin und her.

„Schön, ich bleibe hier", versicherte sie ihm. „Ich will damit nichts zu tun haben."

Kaum hatte sie den Satz beendet, stand sie auf. Sie wollte so schnell wie möglich weg von ihrem Vater und seinen verrückten Vorstellungen, wie schwierige Angelegenheiten zu regeln waren.

Doch als sie seinen Stuhl passierte, langte seine Hand nach ihr und packte sie am Unterarm. Halen hatte keine andere Wahl, als stehenzubleiben.

„Kein Wort zu niemandem."

Kapitel 5

Der Albtraum kam wie eine Flutwelle, in deren reißendem Wasser Halen zu ertrinken drohte. Die Bilder kamen brutal und unaufhaltsam.

Erbarmungslos fegte ein Sturm durch das Moor, riss Äste mit sich und ließ das Wasser wild aufspritzen. Halen erkannte ihren Vater, zuerst verschwommen, dann klar und deutlich.

Donner grölte und Blitze durchzuckten den Moorwald. Halen war mittendrin.

Sie nahm den Wind erst wahr, als er heftig an ihrer Kleidung zu zerren begann. Um einen festeren Stand zu gewinnen, stellte sie die Beine auseinander. Unnachgiebig wehten Luftströme durch ihr Haar. Der Windstrom stieß sie vorwärts, ließ sie taumeln und heulte ihr dabei unerbittlich ins Ohr. Wie eine Zange umschloss sie der Strom. Aber es fühlte sich nicht so an, als wollte er sie zu Fall bringen. Eher kam es Halen vor, als würde er sie zum Handeln zwingen wollen.

Dann nahm sie eine Bewegung wahr, die aus dem Dunkel hervorstach. Die Schattengestalt trat langsam ins Licht, das grelle Aufblitzen des Gewitters ließ ihre

Umrisse scharf hervorstehen. Mit einer breiten, bedrohlichen Gestalt erhob sich die Silhouette gespenstisch im windgepeitschten Regen. Ihr Umhang wehte wie ein düsterer Schatten hinter ihr, und die Konturen eines scharfen, drohenden Blicks waren für einen Moment sichtbar, bevor die Dunkelheit sie wieder verschluckte.

In bitterlicher Verzweiflung kämpfte Halen weiter gegen ihren Traum an, der von dunklen Mächten geschickt worden zu sein schien.

Wieder sah sie ihren Vater, dieses Mal in einen Kampf verwickelt. Wüst schlug Uthred sein Schwert gegen seinen Gegner. Der Mann überragte ihn um eine Kopflänge, seine langen schwarzen Haare waren am Hinterkopf zu einem Zopf gebunden. Konnten das Bilder einer Zeit sein, die erst noch auf sie wartete?

Da war etwas. Jemand rüttelte an ihren Schultern, doch Halen gelang es nicht, aus ihrem Traum zu erwachen. Der Kampf war brutal, Vaters Gesicht vor Anstrengung verzerrt. Er war mit seinen Kräften am Ende.

„Verdammt, wach endlich auf!"

Lydias Stimme.

Warum passiert nichts?

Ihre Hände wurden feucht, und ein beklemmendes Gefühl schnürte ihr die Kehle zu.

Sie konnte nichts tun. Sie fühlte sich gefangen in diesem Traum. Der Wind verstärkte sich. Doch egal, wie sehr sie versuchte, sich zu bewegen, um ihrem Vater zu helfen, gab es kein Vor und Zurück. Der Luftstrom hielt sie an Ort und Stelle. Licht blitzte auf und erstrahlte Halens Umgebung in einem unnatürlich hellen Blau. So einen Blauton hatte kein Wasser und auch nicht der Himmel. Es erinnerte Halen an Eis. Gletschereis.

Rot. Uthred fiel und Halen schrie. Blut durchtränkte den weißen Untergrund.

Mit einem erstickten Aufschrei schreckte Halen hoch. Ihre Augen waren weit aufgerissen. Lydia wich erschrocken zurück.

„Alles ist gut, mein Kind!", versuchte sie, ihre Nichte zu beruhigen, und wischte ihr mit dem Saum ihres Ärmels den Schweiß von der Stirn.

„Es war nur ein Albtraum", erinnerte sie Lydia sanft. „Leg dich wieder schlafen."

Halen sprang auf. Sofort drehte sich alles um sie. Ein scharfer Schmerz zog durch ihren Kopf und ihre Sicht verengte sich. An der nächsten Wand hielt sie sich fest und blinzelte ein paarmal gegen die Schwärze. Dann taumelte sie vorwärts.

„Wo willst du hin?", protestierte Lydia. „Es ist mitten in der Nacht!"

Bevor ihre Tante sie davon abhalten konnte, schlüpfte Halen durch die Tür.

***

Halen saß auf dem kalten Boden der Stallungen, die Beine vor sich ausgestreckt. Eine Hand streichelte sanft Hancocks Kopf, der auf ihrem Oberschenkel ruhte. Mit der anderen massierte sie sich die Schläfe.

Die ersten Strahlen der Morgendämmerung fielen durch die Ritzen der Wände und ließen die Umrisse von Heuballen sowie die massiven Stalltüren schimmern. Ein Geräusch von scharrenden Schritten ließ Hancock den Kopf heben, um zu sehen, wer sie störte.

„Was ist los mit dir?", fragte Lydia in die Stille hinein.

Sollte sie ihrer Tante die verstörenden Bilder beschreiben? Ihr sagen, dass sie Vater sterben sah?

„Geh. Lass mich allein", brachte sie hervor, ohne den Kopf zu heben.

„Mein Kind, die Sonne geht bald auf und dein Vater will, dass ich alles für die Feuerzeremonie vorbereite."

Da ruckte Halen mit dem Kopf hoch.

„Feuerzeremonie?", wiederholte sie. Blitzschnell kehrten ihre Lebensgeister zurück.

Sie hatte keine Ahnung, wie sie den Tag überstehen sollte. Die Müdigkeit nagte an ihr, jeder Muskel fühlte sich schwer und träge an. Aber sie durfte sich keine Schwäche erlauben – nicht heute. Die Rolle der Entfacherin bei der Zeremonie war zu wichtig, und sie wollte sie perfekt ausführen. Alles andere wäre eine Schande für ihre Familie. Für die Bewohner Wyatts, die so viele verloren hatten.

Immer wieder sah sie den mysteriösen Fremden vor sich, wie er gegen ihren Vater kämpfte – und gewann. Wie war das möglich? Ihr Vater, der stärkste Krieger, den sie je gekannt hatte, war unbesiegbar in ihrer Vorstellung. Und doch wirkte der Fremde in ihrem Traum übermächtig.

Könnte dieser Wirklichkeit werden? Und wenn ja – wie sollte sie ihn verhindern? Wie dunkle Schatten brannten diese Fragen in ihrem Geist und würden sie bis in die Zeremonie begleiten.

„Ich helfe dir bei den Vorbereitungen", bekräftigte Halen mit mehr Zuversicht, als sie wirklich besaß.

***

Mit demütig gesenkten Köpfen hielten sich die Bürger Wyatts versammelt an der Stadtgrenze auf. Die massiven Holzblöcke hatten sie mit Ästen und Zweigen ausgeschmückt, bevor sie die Leichen der Opfer darauf aufbahrten.

Kein Laut war zu hören, abgesehen vom dumpfen Schluchzen derer, die ihre Tränen nicht zurückhalten konnten. Andere hatten die Hände fest auf den Mund gepresst, denn es galt als Frevel, die heiligen Totenrituale mit lautem Wehklagen zu stören. Dennoch brach immer wieder ein unkontrollierter Schrei hervor.

Manche der Frauen hatten sich in ihrer Verzweiflung Haarsträhnen ausgerissen. Mit blutigen Fingern warfen sie die zerzausten Bündel als Opfergaben auf die Leichenhaufen. Es war ein entsetzliches Spektakel: Kinder klammerten sich stumm an die Röcke ihrer Mütter, während die Älteren mit leerem Blick auf die Berge der Verstorbenen starrten, als konnten sie den Schrecken der Realität dadurch ungeschehen machen.

Aber es war nicht nur eine Feuerbestattung. Es war eine heilige Zeremonie, eine Lehre, die aus den Schriften von Elass' hervorging und seit Generationen von den

Menschen des Nordens bewahrt wurde. Dort, in den verschneiten Weiten Nowarks, wo die Dunkelheit des Winters oft endlos schien, war das Totenfeuer ein Licht, das die Seelen der Verstorbenen auf ihrem Weg ins ewige Himmelreich ihres Gottes begleitete.

Halen und ihre Familie standen auf der halbrunden Zinne des Torhauses, das über dem Hafentor thronte. Dieses war ein zentraler Zugang von Wyatt Castle zum Fluss Dyne, der wie ein schützender Arm Stadt und Festung umgab. Der Hafen am Fuße des Tores sicherte den Nachschub an Waren und verband die Stadt mit den Handelsrouten der Wasserstraße. Von hier aus konnte Halen auch das Weltentor sehen, dessen zwei Spitzen aus dem Dunst ragten. Bei klarer Sicht bildete es ein gigantisches Dreieck über der Hafenmündung. Das Tor bestand aus dunklem Holz und war ein Relikt aus Nowark. Es symbolisierte Wohlstand und den Glauben an Elass – ein Zeichen, das in den Häfen wohlhabender Gebiete häufig zu finden war.

Über ihrer Cotte trug Halen ein schweres Lederwams, unter dem sich die Hitze staute. Ihre Haut klebte an dem schweren Stoff und der Schweiß rann ihr in Bächen hinab. Der klare Fokus, den sie für die Feuerzeremonie brauchte, schien ihr zu entgleiten. Dafür müsste sie ausgeruht und bei klarem Verstand sein. Das war sie jedoch beides nicht.

Aus dem Augenwinkel beobachtete Halen die Burgbewohner, die die Feuerzeremonie vom südöstlichen Wehrgang aus verfolgten. Steif und in großzügigem Abstand standen sie beieinander.

Dieser Ritus bedeutete nicht, dass die Kettelseuche überstanden war. Denn das Elend, das diese mit sich gebracht hatte, wütete weiter, wie eine Wunde, die nicht heilen wollte. Ganze Familien waren ausgelöscht, Felder blieben unbestellt, und die Wirtschaft der Stadt lag brach.

Wyatt glich einem zerbrochenen Gefüge, dessen Teile sich nur mühsam neu ordneten. Manche Bewohner wandten sich an Wanderprediger und Heiler, die vermeintliche Wunder versprachen, während andere sich in tiefer Resignation von der Gemeinschaft abwandten. Die soziale Ordnung war erschüttert: Ehemals wohlhabende Familien fanden sich plötzlich in bitterer Armut wieder. Selbst nach dem Abklingen der Krankheit blieb die Seuche wie ein Schatten, der die Stadt und ihre Menschen auf unbestimmte Zeit prägen würde.

Als ihr Vater Halen das Zeichen gab, trat sie nach vorn. Sie setzte sich auf einen Schemel. Neben ihr lag alles bereit, was sie brauchte, um die Pfeile abzuschießen, mit denen sie die Leichenböcke in Brand setzen sollte.

Der hartnäckige Schweiß auf ihren Händen machte es schwer, die engen Handschuhe anzuziehen. Ihre Finger rutschten immer wieder ab, und das drängende Gefühl in ihrer Brust wuchs, während die Wyattaner sie schweigend beobachteten. Sie spürte, wie sich ihre Bewegungen zogen, als sie das Leder über jeden einzelnen Finger quetschte.

Es durfte keine Falte entstehen, die sie dann beim Abfeuern der Pfeile behinderte.

Als der Handschutz saß, griff Halen nach ihrem Bogen. Wie immer spannte sie die Sehne selbst, eine Aufgabe, die sie nie jemand anderem überlassen würde. Es war ihr wichtig, ihren Bogen eigenhändig vorzubereiten – ein Zeichen ihrer Verbundenheit mit der Waffe, die sie seit Jahren begleitete.

Der kurze Bogen, für den sie so manch einer belächelte, reichte ihr bis zur Hüfte. Nun konnte sie jedem in Wyatt beweisen, dass ihr kleiner Bogen eine höhere Reichweite besaß, als alle dachten. Vorausgesetzt, es gelang ihr, die Nerven zu bewahren.

Halens Schultermuskeln entspannten sich, als sie den neugierigen Blicken den Rücken kehrte. Ohne dass jemand es bemerkte, atmete sie einmal tief durch die Nase ein und schaute über die Balustrade hinweg zu der Wiese mit den Totenlagern.

Dabei bemerkte sie eine Bewegung hinter den südlichen Feldern. Ein Flimmern, das sich nur schwer von den tanzenden Wellen der Sommerhitze unterscheiden ließ. Halen blinzelte. Ihr Blick blieb an aufgewirbeltem Staub hängen, der in der Ferne über den Pfad zog. Sie verengte die Augen zu schmalen Schlitzen, bis sie glaubte, eine Kolonne aus Pferden und Wagen zu erkennen, die sich langsam, aber stetig auf Wyatt zubewegte. Etwas daran ließ ihre Nackenhaare aufstellen – die gleichmäßige Bewegung, das unaufhaltsame Vorrücken, strahlten eine unheimliche Bedrohung aus.

Als das Eibenholz in ihrer rechten Hand warm wurde, ermahnte sie sich, die Menschen nicht weiter warten zu lassen. Hundertvierundfünfzig Schritte hatte sie heute früh beim Ablaufen des Weges bis zur hintersten Bockreihe gezählt. Eine enorme Entfernung für einen Pfeil, der sein Ziel auf Anhieb treffen musste. Aber Halen wusste, dass ihr Bogen es schaffen konnte. Sie musste nur einen kühlen Kopf bewahren.

In einem Standköcher steckten sieben präparierte Pfeile. Einer für jeden Leichenbock. Ein jeder davon musste sein Ziel treffen, eine zweite Chance hatte sie nicht. Ein Fehlschuss würde die Zeremonie nicht nur unterbrechen, es würde auch ihren ach so heiligen Gott erzürnen. Sollte er ruhig zornig werden. Das war Halen gleich. Sie sorgte sich vielmehr um den Ruf, den sie zu verlieren hatte. Bisher war ihr das Gerücht willkommen, dass ein jeder ihrer Pfeile sein Ziel traf. Auch wenn es so gar nicht der Wahrheit entsprach. Nun übte es einen immensen Druck auf sie aus, diesen Irrglauben nicht zu zerstören.

Mit einer langsamen Bewegung nahm sie den ersten Pfeil aus dem Korb, nockte ihn in der Sehne ein und hielt die mit Eisenwolle umsponnene Pfeilspitze in die Feuerschale. Kaum berührte die sie die Flammen, schien das Feuer das raue Material gierig zu umschlingen. Mit einem Fauchen zündete es und eine lodernde Flamme schoss empor.

Jetzt musste es schnell gehen. Sie hatte nicht mehr als dreißig Sekunden, bis das Feuer sich durch das Eisen gefressen haben und versiegen würde.

Halen stellte sich an die von ihr zuvor markierte Stelle, von der aus sie die Pfeile für die hinteren Böcke abschießen wollte. Ihr Blick schoss zu den Wolken, die einen leichten Wind aus Nordwesten ankündigten. Diesen würde sie in die Berechnung der Schussbahn ihrer Pfeile mit einplanen. Sie nahm den ersten Bock ins Visier. In einer fließenden Bewegung spannte sie den Bogen, bis ihre linke Hand ihr Kinn erreichte. Sie senkte sie dann noch ein Stück nach unten und ließ kurz darauf den funkensprühenden Pfeil von der Sehne schnellen.

Das Atmen war ihr nicht mehr möglich und eine gefühlte Ewigkeit verstrich, ehe der erste in ölgetränkte Leichenbarren in Flammen aufging. Erleichtertes Murmeln drang zu ihr vor. Halen spürte ein Ziehen in ihrem linken Arm, ignorierte es jedoch. Sie genehmigte sich ein flüchtiges Lächeln des Stolzes, das ihr Zuversicht für die nächsten sechs Schüsse gab.

Ihre nächsten drei Pfeile trafen die anderen hinteren Böcke und ließen eine gigantische Feuerreihe entstehen.

Nun waren die vorderen Leichenbarren an der Reihe.

Als sie den nächsten Pfeil spannte, nahm die Belastung an ihrem Arm zu, als würde die Anstrengung mit jedem Herzschlag wachsen. *Nein, nicht jetzt!* Die Sehne vibrierte unter ihrer Hand, und ihr Atem stockte, als ein dumpfer Schmerz durch ihre Muskeln zog. Sie hob den Bogen ein letztes Mal, ihre Bewegungen waren steif und unpräzise.

Dass nach nur vier Pfeilen die Kraft ihres Schussarms nachließ, war Halen bisher noch nie passiert. Sie konnte mit der Schleuder schießen, noch bevor sie gelernt hatte zu laufen. Bereits als sie fünf Sommer zählte, hatte sie gegen den Willen ihrer Eltern das Bogenschießen erlernt. Hengist hatte sie in seinen Schutz genommen und die beiden vom Talent ihrer Tochter überzeugt.

Halen konnte den Druck, der auf ihren Schultern lastete, förmlich spüren. Schwer und heiß schloss er sich wie ein zu dicker Wintermantel um ihren Körper. Und sie wusste: Alle, die ihr zusahen, beteten, dass ihr nächstes Geschoss einen weiteren Barren treffen würde.

Der nächste Pfeil traf das Ziel, und ihr Kopf dröhnte. Ihre Atmung wurde schneller, und für einen Moment fühlte es sich an, als ob der Boden unter ihr verschwand.

Halen zog einen weiteren Pfeil, zitternd vor Anstrengung. Als sie die Sehne spannte, durchzuckte ein brennender Schmerz ihren Arm. Zischend zog sie Luft ein. Ihre Kraft schwand, ihre Bewegungen wurden schwerfälliger, aber Aufgeben war keine Option. Der vorletzte Pfeil löste sich, traf den Rand des Leichenbarrens – einen endlosen Augenblick geschah nichts, dann züngelten Flammen empor. Halens Herz pochte wie eine Kriegstrommel.

Gleich hast du es geschafft, sprach sie sich selbst Mut zu. Vater, Lydia und Nicholas würden stolz auf sie sein. Und ihre Mutter genauso, sobald Lydia ihr davon berichtet hatte.

Als hätte Elass auf diesen Moment gewartet, da ritten die Vorboten der Reiter ein, die Halen kurz zuvor erspäht hatte.

Es durchfuhr sie wie ein Blitz: Colias Raymond. Obwohl Halen ihm noch nie zuvor begegnet war, war sie sich sicher, dass er es war. Sie erkannte den Mann, der in ihrem Albtraum vergangene Nacht ihren Vater umgebracht hatte.

Ihr Atem stockte. Es war, als hätte jemand die Luft aus ihren Lungen gepresst. Die dunkle Vorahnung in ihrer Brust hatte sich in eine klaffende Realität verwandelt. Wie konnte das sein? Und was bedeutete das?

Halen rang nach Fassung, doch die nächste Erkenntnis brachte ihren Magen dazu, sich schmerzhaft zusammenzuziehen: Ihr Vater plante, diesen Mann zu töten.

Mit einem Ruck zwang Halen sich zur Ruhe, klammerte sich an den wütenden Funken in ihrem Inneren, der ihre Angst zu überdecken vermochte. Sie straffte die Schultern. Was auch immer das alles zu bedeuten hatte, sie durfte sich nicht von ihrer Fassungslosigkeit überwältigen lassen.

Mit Erleichterung stellte Halen fest, dass keiner ihr Warten als Abbruch der Zeremonie gedeutet hatte. Alle hatten im Moment nur Augen für die Ankömmlinge.

Als Colias Raymond kurz vor dem nördlichen Tor ritt, schaute er zu Halen hinauf, und ihre Blicke trafen sich. Ein kühles Kribbeln fuhr ihren Nacken hinauf. Ein Gefühl, das sie nicht ganz einordnen konnte, aber das tief in ihr einen leisen Alarm auslöste. Es folgten ein paar Reiter, hochbeladene Wägen – vermutlich mit Vorräten – sowie eine eskortierte Kutsche.

Als sie hinter sich das energische Räuspern ihres Vaters vernahm, zuckte Halen zusammen und griff nach ihrem letzten Pfeil. Sie fixierte ihr Ziel. Tief durchatmend spannte sie ihren Bogen. Der nächste Bock wurde vom Rauch, der von den anderen Leichenbarren emporstieg, vollkommen verdeckt. Halen entschied sich, zu warten, doch die grauen Schwaden wollten partout nicht verschwinden. Mit jedem verstrichenen Moment umklammerten ihre Finger den Bogen ein wenig fester. Sie blickte kurz über die Schulter. Ihr Vater nickte ihr mit ungeduldiger Miene zu.

Geduldig wartete sie, bis die Sicht wieder frei war. Aber wie lange würde sie noch ausharren müssen? Der Bogen blieb in ihren Händen gespannt. Auf gut Glück zu schießen, war keine Option, schließlich hatte sie ihren Pfeil längst auf ihr Ziel ausgerichtet. Bei diesem Gedanken fing ihr linker Arm zu zittern an. Halen wusste, dass sie nicht genug Kraft aufbringen konnte, ihren Bogen länger als nötig gespannt zu halten. Doch ihn noch einmal zu senken, würde bedeuten, den Ablauf der Zeremonie zu stören und Elass' Unmut auf sich zu ziehen.

Konzentrier dich, schärfte Halen sich ein. *Du darfst nicht versagen!*

Ein schmerzhaftes Pochen schlich sich in ihre Schläfen, und ihre Muskeln begannen zu zittern. Wie ein Greifarm hielt sie der Moment in seinen Klauen gefangen. So kurz vor dem Ziel wollte Halen nicht aufgeben. Noch war nichts verloren.

Halen fixierte den Rauch mit angespannter Konzentration, wartete, bis er sich lichtete und ihr das Ziel freigab. Die Muskeln in ihrem Arm brannten vor Anstrengung. Das war ihre einzige Chance. Als sich der Schleier aus Rauch für einen Herzschlag aufklärte, zog sie blitzschnell den Bogen ein Stück höher, justierte ihren Stand nach und ließ den Pfeil los. Ihr Atem stockte, während sie ihn auf seinem langen, flatterlosen Weg durch die Luft verfolgte, hoffend, dass ihre Instinkte sie nicht getäuscht hatten.

Schon bald bemerkte Halen, dass das Geschoss zu weit nach Westen abkam. Sie ballte die Hände zu Fäusten, bis sie verkrampften. Der Pfeil schien in der Luft zu zögern, als ob er selbst unsicher war. Ihr Blick folgte der Flugbahn, doch die Hoffnung, dass er das Ziel finden würde, schwand mit jedem Moment, der verstrich. Sie behielt ihn im Visier, als könnte sie ihn mit bloßer Willenskraft zu seinem Ziel lenken.

Als der Leichenbarren in Flammen aufging, riss Halen erstaunt ihre Augen auf. Das Feuer loderte unaufhörlich in hohen Flammen auf jedem der Blöcke.

Langsam drehte sie den Kopf, suchte nach einem Zeichen, doch keiner der Wyattaner schien ihre Verwunderung zu teilen. Stattdessen starrten sie gebannt auf die toten Körper, die auf den Felden zu Asche zerfielen. Es war ein gewaltiger Anblick. Das Feuer war immens und der Rauch stieg wabernd in den klaren Himmel empor, wo der sanfte Wind ihn immer weiter Richtung Westen forttrug.

Eine wohlige Wärme durchflutete Halen, als ihr Vater ihr beruhigend die Hand auf den Arm legte.

„Das hast du gut gemacht", wisperte er ihr zu. Für einen Moment schien er wieder der liebevolle Vater zu sein, den sie einmal gekannt hatte. Dann zog er seine Berührung zurück, und seine Miene wurde kühler, distanziert.

„Zieh dich um", fügte er knapp hinzu. „Colias Raymond wartet. Du solltest dich nicht zu lange bitten lassen."

Seine Worte waren ruhig, aber der unausgesprochene Druck dahinter war spürbar.

Kapitel 6

Die Tafel in der großen Halle protzte nur so vor edlen Gerichten. Auffällig große Mengen Fleisch wurden aufgetragen, wie es gewöhnlich nur zu Festtagen gereicht wurde. Die Fliesen waren gefegt worden und glänzten im dämmrigen Licht der Wandfackeln. Im Kamin knisterten Holzscheite, sodass die Gäste eine angenehme Wärme umhüllte, während sie versammelt am Tisch saßen.

Halen beobachtete das Geschehen in der großen Halle durch ein zerbrochenes Stück der Wand im Treppenhaus, das im Laufe der Jahre entstanden war.

Sie wusste, dass man auf sie wartete. Nach der Feuerzeremonie war ihr zu übel, um auch nur einen Bissen herunterzukriegen. Außerdem wollte sie sich zunächst aus der Ferne ein Bild von Colias Raymond machen, bevor sie ihm persönlich gegenübertrat.

Es verblüffte Halen, wie ähnlich Colias und Nicholas sich sahen. Sie hatten die gleichen schwarzen Locken und das gleiche kantige Kinn – der einzige Unterschied war, dass Nicholas seine langen Haare offen trug, während Colias sie am Hinterkopf zusammengebunden hatte.

Ungeduldig tippte Lydia mit den Fingern auf die Tischplatte. „Wo bleibt sie nur?"

„Auf wen warten wir?", erkundigte sich die Frau an Colias' Seite, vermutlich seine Gemahlin. Halen musste beim Klang ihrer viel zu hohen Stimme schmunzeln.

„Auf meine Nichte, Mylady Ylva", hörte sie ihre Tante antworten.

„Lady Ylva von Everett", verbesserte Ylva Lydia. Dann wandte sie sich an Halens Vater. „Ich wusste nicht, dass Ihr eine Tochter habt. Wieso haben wir Sie noch nicht kennengelernt?"

Halen hatte genug gehört. Ihre Hände krallten sich um das hölzerne Geländer. Sie hatte keine Lust auf diesen Abend, schon gar nicht auf die Gesellschaft von Colias und seiner Frau. Sie schaute unauffällig zu Nicholas, der etwas steif auf seinem Stuhl saß. Er warf ihr einen gequälten Blick zu, den sie mit einem aufmunternden Lächeln erwiderte. Schuld stieg in ihr auf. Sie konnte ihn nicht alleine lassen. Nicht heute Abend.

Mit einem entschlossenen Atemzug richtete sie sich auf und straffte die Schultern. Mühsam zwang sie sich ein selbstbewusstes Lächeln auf, dann trat sie die Treppe hinab.

„Was ist hier …?", fragte sie in gespielter Verwunderung, während sich die Augenpaare aller Anwesenden auf sie richteten.

„Endlich", flüsterte Lydia in sich hinein, jedoch laut genug, dass jeder es hören konnte.

Halen ignorierte das und lächelte zurückhaltend, als sie an die lange Tafel trat und vor den Gästen in einen tiefen Knicks versank.

„Mylord, Mylady", begrüßte sie die Gäste, den Blick gesenkt.

Halen folgte der hastigen Handbewegung ihres Vaters, der ihr damit befahl, schleunigst neben ihm Platz zu nehmen.

„Nun gut …", begann Uthred, als sie sich gesetzt hatte, und hob seinen Krug. „Wir danken Elass für diese gesegneten Speisen. Auf dass sie unseren Gästen wohl bekommen und munden!"

Er nippte an seinem Krug und Halen erkannte den unverwechselbaren Duft des Lök. Dabei handelte es sich um einen kräftigen, süßen Wein, der aus dem Norden Nowarks stammte. Uthred braute ihn auch hier, in dem milderen Klima Meerells, und Halen wusste, dass es mehr als nur ein Getränk für ihn war. Es war ein Stück seiner Heimat, ein Tropfen Nostalgie, der ihn an die kalten, schneebedeckten Landschaften des Nordens erinnerte.

„Wo warst du?", raunte er ihr zu.

„Jetzt bin ich ja da", war Halens knappe Antwort.

Sie saß zu seiner Linken, neben ihr Lydia, und rechts von Vater hatte Nicholas Platz genommen. Colias und Ylva saßen ihnen gegenüber.

„Wie viele Seelen hat Wyatt zu beklagen?", erkundigte Colias sich bei Halens Vater, während er sich an den Hammelkeulen bediente.

„Beinahe vierhundert", antwortete Uthred sachlich.

„Tut das nicht weh?" Colias schnalzte mit der Zunge. „Ich meine, was für ein Verlust für Euer Reich!"

Halen konnte nicht ausmachen, ob Colias sich über Wyatts Schicksalsschlag lustig machte oder ernsthaft bestürzt war. Seine Stimme hatte einen seltsamen Klang, der sie innehalten ließ.

„Sagt, Lord Uthred, habt Ihr bereits zu Eurem Volk gesprochen?", hakte Colias weiter nach, als müsste er sich erst von Uthreds Fähigkeiten als Lord überzeugen.

„Aus welchem Grund?", wollte Uthred von ihm wissen.

„Die Kettelseuche hat binnen weniger Wochen Euer Volk um ein Drittel reduziert", erklärte Colias zu allem Überfluss. „Die Überlebenden haben ein Recht, zu erfahren, wie es um Wyatt steht. Es ist an Euch, ihnen neuen Mut zu machen!"

Uthreds Miene zeigte keinerlei Regung ob dieser Worte, doch seine Hand zitterte, als er den Krug absetzte.

„Seid versichert, dass ich das Geschehen in Wyatt unter Kontrolle habe", erwiderte er kühl.

„Daran würde ich nie zweifeln", fuhr Colias zwischen zwei Bissen fort. „Aber wenn Ihr mich fragt, gleicht Wyatt Castle eher einer geisterhaften Ruine, denn einer lebhaften Festung. Aber ich bin mir sicher, Lord Uthred, mit meiner Hilfe seid Ihr schnell aus der Misere."

Halen beobachtete, wie sich ihr Vater ein kurzes Lächeln auf die Lippen zwang, das schneller verging, als es gekommen war. Colias' spitzfindige Anspielungen kratzten an den Grenzen dessen, was einem Lord gegenüber angemessen war.

„Wir benötigen Eure Fähigkeiten bei der Jagd", log Uthred. „Ich will so viel Wild erlegen, wie nötig ist, um über den Winter zu kommen."

Colias zeigte ein strahlendes Lächeln. „Wenn es weiter nichts ist!"

Wenn Ihr wüsstest, sinnierte Halen. Sie dachte an das Gespräch mit ihrem Vater zurück und fühlte sich schändlich bei dem Gedanken, Mitwisserin seines Vorhabens zu sein. Andererseits war da noch ihr Traum, in dem Colias ihren Vater im Schwertkampf umgebracht hatte. Sie musste mit ihrem Vater reden. Aber wie sollte sie ihm erklären, dass sie Dinge vorhersah, die vielleicht sein Ende bedeuten könnten?

Verstohlen beobachtete sie Colias, unsicher, was sie von ihm halten sollte. Einerseits war er unerträglich anmaßend – gleichzeitig faszinierte sie die Selbstsicherheit, mit der er jede Situation zu dominieren schien. Seine Bemerkungen wirkten gezielt platziert, und doch spürte sie, dass mehr hinter ihnen verborgen lag, als er zu zeigen bereit war.

„Nicholas, nimm doch Haltung an!", herrschte Lydia ihn an und riss Halen damit aus ihren Gedanken.

Nicholas' Lippen pressten sich zusammen, aber er gehorchte und setzte sich umgehend aufrecht hin. Dabei stierte er weiter auf seinen Teller und zwang sich stoisch, ein paar wenige Bissen herunterzuschlucken.

Halen wollte ihn verteidigen, fand aber keine Worte. Stattdessen musterte sie ihn verstohlen. Was wohl gerade in ihm vorging? Seine Eltern waren verstorben. Er kannte den Mann nicht, der vorgab, sein Onkel zu sein, und der ihm offenkundig keine Beachtung schenkte. Und als sie Colias von der Seite beobachtete, beschlich sie das merkwürdige Gefühl, dass mit diesem Mann etwas nicht stimmte – oder war dies einfach nur auf den Umstand zurückzuführen, dass er sie aus der Ruhe brachte?

Colias richtete sich auf und sah sie direkt an. „Irgendetwas Interessantes entdeckt, Prinzessin?"

Für einen Moment blieb ihr die Luft weg. Sie hielt den Blickkontakt, auch wenn ihr Herz dabei schneller schlug.

Colias wandte sich an ihren Vater: „Wie geht es Eurer Gemahlin, Lady Alethea?"

Uthred verengte die Augen, als er ihren Namen hörte. Halen fragte sich, ob ihr Vater auf derartige Fragen vorbereitet war. Colias konnte schließlich nichts vom Zustand ihrer Mutter wissen.

„Es geht ihr hervorragend!", beschloss ihr Vater zu antworten, doch Halen konnte die Unsicherheit in seiner Stimme heraushören.

„Ich wusste doch, dass diese Gerüchte nichts weiter als übles Gerede sind!", brach es aus Ylva heraus.

„Gerüchte?", erkundigte sich Uthred, seine Stimme fester.

Halens Magen verkrampfte sich. Ein kurzer Blick zu Lydia verriet ihr, dass auch sie unter der Anspannung litt. Ihre Tante hatte aufgehört zu essen und beobachtete, wie sich ihr Schwager aus der Situation zu befreien versuchte.

Colias schüttelte beiläufig den Kopf. „Dem solltet Ihr wirklich nicht viel Beachtung schenken, aber uns erreichte das Gerücht, dass die Lady von Wyatt erkrankt sei …"

„Erkrankt? Woran?"

Colias' Augenbrauen hoben sich leicht, und er biss sich auf die Unterlippe. Er neigte den Kopf, als versuchte er, die Worte zu sortieren. „Nun ich vermute, es ziemt sich nicht, über so etwas bei Tisch zu reden."

Halen atmete innerlich auf.

„Dann darf ich Euch versichern, dass sich meine Gemahlin in bester Gesundheit befindet, und jegliche Vermutungen falsch sind. Alethea ist dieser Tage nicht zugegen, weil sie eine Verwandte in Ilvess besucht."

Ylva seufzte. „Das ist ein weiter Weg in den Süden Meerells. Wieso habt Ihr sie nicht begleitet?"

„Oh, ich …", stammelte ihr Vater.

„Nein, Ylva", pflichtete Colias Uthred bei. „Ein Lord gehört zu seiner Burg, habe ich recht?" Er piekte mit seiner Gabel nach einem weiteren Stück Fleisch. „Außerdem", fuhr er fort, „wem sollte Lord Uthred in dieser Situation die Führung dieses Herrschaftssitzes anvertrauen?" Mit einer weiten Handbewegung betonte er die Größe Wyatts.

Halen sah Colias an, als könnte sie nicht glauben, was er gerade gesagt hatte. Erst Mutter, jetzt sie. Er musste es sich wirklich zur Mission gemacht haben, die Geduld der Arkins auf die Probe zu stellen. Bevor ihr Vater etwas entgegnen konnte, brannte ihr die Antwort förmlich an ihren Lippen. Die Worte kamen mit einer Selbstverständlichkeit, die sie kaum zurückhalten konnte.

„Na, zum Beispiel Nicholas", antwortete sie. „Er ist schließlich wie ein Sohn für meinen Vater. Oder, wenn Ihr nicht dem Irrtum erlegen seid, dass nur ein Mann der Verteidigung einer Burg würdig ist, dann auch mir, seiner Tochter."

Halens Kinn ragte in die Höhe. Sie fixierte Colias mit einem herausfordernden Blick, den dieser nur mit der Andeutung eines Schmunzelns erwiderte.

„Schluss damit, Halen!", fuhr ihr Vater sie an.

„Schon gut." Colias strahlte von einem Ohr zum anderen, als hätte Halen einen Witz erzählt.

„Ich hatte von Führung gesprochen, nicht von Verteidigung", berichtigte er sie knapp und nippte an seinem Weinkrug.

Halen legte ihre Stirn in Falten. „Nun, *führen* heißt *verteidigen*. Ein Lord, der seine Burg nicht verteidigen kann, kann sie auch nicht führen."

Colias stellte den Krug wieder ab. „Das ist gewiss!" Sein Blick wurde schlagartig ernst. An Uthred gewandt fuhr er fort: „Solch ein unbändiges Gemüt ziemt sich nicht für eine Prinzessin."

Dieses Wort. Es löste bei Halen immer nur eines aus: Ein vollkommenes Aufgeben all ihrer so hart anerzogenen, manierlichen Ausdrucksweisen.

Nun konnte auch Lydia nicht mehr an sich halten. „Sie sprechen ein wahres Wort, Mylord Raymond", pflichtete sie ihm eifrig bei.

Halen wandte sich von Lydia zu Colias. „Sie haben vollkommen recht", begann sie und beobachtete mit Verdruss das kleine Lächeln der Genugtuung um Colias'

Mundwinkel. „Aber Sie müssen wissen, Colias, ich kann es einfach nicht sein lassen. Ich muss aussprechen, was mir auf der Seele liegt."

„Halen, einen Lord mit den Vornamen anzureden ist mehr als respektlos. Entschuldige dich sofort bei Lord Raymond!", forderte ihr Vater sie auf.

Er ist doch gar kein richtiger Lord, empörte sie sich in Gedanken. Lange blickte sie Colias in die Augen, die so dunkel waren wie das Meer der Welten und ebenso unergründlich. „Ich bitte um Entschuldigung. Es scheint, als hätte meine Aufgabe als Entfacherin mir mehr abverlangt, als ich mir eingestehen möchte. Ich bin … ein wenig reizbar."

Bevor Uthred auch nur einen Versuch unternehmen konnte, das Gespräch in eine andere Richtung zu lenken, schob Colias abrupt seinen Stuhl zurück und erhob sich. „Uthred, es war eine lange Reise. Meine Frau ist erschöpft. Wir möchten uns daher für heute zurückziehen. Ich freue mich jedoch schon auf die morgige Jagd."

Sein Tonfall war höflich, doch in seinen Worten schwang eine unmissverständliche Endgültigkeit mit.

Uthred nickte mit einem Lächeln, seine Augen blieben wachsam. „Dann wünsche ich Euch eine gute Nacht."

Ohne weitere Worte oder auch nur einen Blick zurück drehte Colias sich um und verließ den Raum, seine Haltung steif. Ylva folgte ihm schweigend, ihre Miene kühl und distanziert, als wäre sie froh, der Gesellschaft zu entkommen. Eine angespannte Stille breitete sich aus, als die beiden verschwunden waren.

Uthred hörte auf zu essen, lehnte sich zurück und musterte Halen finster. „Was ist los mit dir?"

Halen sah auf ihre Hände. „Ich weiß nicht", gestand sie kopfschüttelnd.

Dann blickte sie wieder auf. „Vermutlich bin ich einfach mit folgender Frage beschäftigt: Was das soll?"

Uthred legte die Stirn in Falten. „Was meinst du?"

Sie zeigte auf die reich gedeckte Tafel. „Was ist das alles?"

„Was hast du denn erwartet?", mischte Lydia sich ein. „Dachtest du, dein Vater würde zulassen, dass die Raymonds denken, wir könnten uns nichts leisten?"

„Aber das können wir uns nicht leisten!" Halen suchte in den Augen ihres Vaters nach Antworten. Doch sie fand nichts als Enttäuschung in ihnen.

„Wir müssen über den Winter kommen, das hast du selbst gesagt."

Uthred legte seine Hände flach neben seinem Teller ab. „Schon morgen werden wir die Verluste wieder ausgleichen."

„Dann lass mich mit auf die Jagd!"

Halen hasste die Vorstellung, einen ganzen Tag mit Colias Raymond unterwegs zu sein, aber sie wusste, dass ihr keine andere Wahl blieb. Der Traum, in dem sie sah, wie Colias ihren Vater umbrachte, ließ sie nicht los. Sie konnte ihn nicht allein mit ihm lassen, nicht jetzt.

„Nein, du bleibst hier", entschied ihr Vater unbeirrt. „So kannst du diesem Widerling beweisen, dass auch eine Prinzessin fähig ist, Wyatt Castle zu führen."

„Ich will ihm aber nichts beweisen!"

„Das ist mein letztes Wort."

Kapitel 7

Der Hof von Wyatt Castle war ein weitläufiger Platz, in dessen vielen Ecken und Nischen sich der morgendliche Dunst bestens festsetzen konnte. Halen konnte den beißenden Geruch von verbranntem Fleisch kaum ertragen. Der Gestank wollte auch am Tag nach der Feuerzeremonie einfach nicht verschwinden.

Die Zeit, in der die Kettelseuche in Wyatt wütete, würde Halen wie ein düsterer Schatten in Erinnerung bleiben. Sie fühlte sich hilflos, gefangen in einem Strudel aus Angst und Ungewissheit. Ihr Vater sprach davon, dass dies eine Prüfung von Elass sei – ein Test, den Gott selbst über sie verhängt hatte. Doch Halen konnte mit diesem Glauben wenig anfangen. Warum sollte ein Gott, der angeblich die Welt lenkte, solches Leid verursachen?

Halen schob den Gedanken beiseite und befüllte die Köcher. Sie wählte die Pfeile, die mit ihren kurzen Bodkins aus Eisen, die beste Wahl im Moor waren. Ihr treuer Wolfshund lag ein Stück entfernt und beobachtete sie aufmerksam.

Dann überprüfte sie die Jagdbögen auf Unversehrtheit, bevor sie sie spannte. Sie genoss die Ruhe, die ihr um diese Tageszeit immer gewiss war. Nur heute sollte sie nicht so viel Glück haben.

Schritte drangen an ihre Ohren – schwer genug, um die friedliche Stille zu durchbrechen. Halen hielt inne, die Finger an der Bogensehne. Ihre Muskeln spannten sich unwillkürlich an. Wer auch immer es war, wollte gefunden werden, denn die Schritte waren weder leise noch zurückhaltend.

Für einen Moment überlegte sie, sich umzudrehen, doch letztlich blieb sie, wo sie war und zwang sich, ruhig zu bleiben. Die Stille war dahin – unwiderruflich zerstört. Ihr Atem ging flacher, als sie den nächsten Bogen ergriff und wartete.

„Ihr solltet uns auf die Jagd begleiten, Prinzessin."

Colias' Stimme ließ sie innehalten. Ihr Herz schlug schneller, und sie verharrte kurz, als wollte sie der Begegnung entkommen. Sie wusste, dass Colias sie beobachtete, sein Blick bohrte sich wie ein Pfeil in ihren Rücken. Widerstrebend zwang sie sich, sich umzudrehen. Etwas in Colias' Haltung – die mühelose Selbstsicherheit, das subtile Lächeln, das an seinen Lippen spielte – brachte Halen aus dem Gleichgewicht. Ihre Magengegend zog sich zusammen, als sie versuchte, ihm nicht in die Augen zu sehen.

Er hatte vor, ihren Vater zu töten. Warum sollte er eine weitere Zeugin dabei haben wollen? Oder war ihr Traum falsch? Hatte sie ihn vielleicht falsch gedeutet? Oder ein Detail übersehen?

Halen wandte sich ihrem Vater zu, der gerade aus der großen Halle trat, und unterdrückte mit Mühe ein Aufstöhnen. Dann kehrte ihr Blick zu Colias zurück. Er stand immer noch vor ihr, ruhig und aufmerksam.

„Wenn Vater einmal eine Entscheidung getroffen hat, ist es schwer, ihn umzustimmen."

Colias neigte den Kopf, seine dunklen Augen schienen sie zu durchdringen. Für einen Moment hatte Halen das Gefühl, dass er etwas in ihr zu lesen versuchte.

„Wie ich bei der Feuerzeremonie gesehen habe, wäre es wirklich eine Verschwendung, ein Talent wie Eures ungenutzt zu lassen."

Das war ihre Chance.

„Ich kann versuchen, ihn zu überreden."

Colias schüttelte den Kopf – ein amüsiertes Lächeln erschien auf seinem Gesicht. „Lasst mich das tun."

Mit diesen Worten wandte er sich ab und schritt Uthred entgegen. Colias' Selbstsicherheit irritierte sie, doch noch mehr war es die Leichtigkeit, mit der er die Situation beherrschte – bewundernswert und beunruhigend zugleich.

Halen blieb stehen, den Bogen in der Hand. Ihr Blick glitt unwillkürlich über die elegante Bewegung seiner Schritte, das selbstsichere Aufrichten seiner Schultern. Sie hasste sich für den Anflug von Neugier, der dabei in ihr aufstieg.

Unwillkürlich verfolgte Halen, wie Colias bei Uthred ankam und die beiden sich in ein Gespräch vertieften. Sie verstand kein Wort, doch es dauerte nicht lange, und ihr Vater nickte mit einem undurchdringlichen Gesichtsausdruck. Dann wandte er den Kopf in ihre Richtung.

Als ihr Vater auf sie zukam, verkrampften sich ihre Schultern. Wie ein drohender Schatten schwebte die bevorstehende Auseinandersetzung über ihr.

Bei ihr angekommen, verschränkte Uthred die Arme vor der Brust, die Linien auf seiner Stirn in tiefe Sorgenfalten gelegt. „Was hast du Colias erzählt?" Seine Stimme war angespannt. Bevor Halen antworten konnte, sprach er bereits weiter. „Ich weiß nicht, welches Spiel Colias mit uns spielt, aber heute werden wir es mitspielen. Er will, dass du uns auf die Jagd begleitest."

Uthred machte eine Pause. Sein Blick wanderte ins Leere, als ob er seine Gedanken ordnen musste. Als er fortfuhr, klang seine Stimme seltsam belegt. „Ich verstehe nicht, warum er plötzlich darauf besteht, dass du dabei bist. Was will er damit bezwecken? Will er dich testen? Mich provozieren? Es ist ein Risiko, Halen. Eines, das ich eigentlich nicht eingehen wollte."

Halen ärgerte sich. Der Albtraum und die Feuerzeremonie hatten ihr kaum Zeit gelassen, sich auf dieses Gespräch vorzubereiten. „Du darfst nicht versuchen, ihn umzubringen!"

Uthred umfasste ihre Schultern mit beiden Händen und neigte den Kopf in ihre Richtung. Ein bedrohlicher Ausdruck blitzte in seinen Augen auf, und ihr wurde bewusst, dass all ihre Mühen zum Scheitern verurteilt waren.

„Ich muss Colias Raymond vernichten, bevor er uns vernichtet!"

Halen schloss kurz ihre Lider und atmete tief durch. „Das wird nicht funktionieren."

„Hör auf damit! Wenn du vorhast, mir in irgendeiner Weise im Weg zu stehen, dann—"

„Dann *was*?", unterbrach sie ihn. „Ich will unsere Familie genauso beschützen wie du! Warum hörst du nicht ein einziges Mal auf mich?"

„Du meinst auf deine verrückten Albträume. Es sind nur Träume, Hal! So wie du davon geträumt hast, wie eine Eule über den nördlichen Wald zu fliegen."

Ich habe nichts von einem Traum erzählt. Und: Ich war *die Eule …*

„Glaubst du wirklich, dass es *nur* Träume sind?"

Doch anstatt eine Antwort zu geben, trat Uthred unangenehm dicht an sie heran, sodass Halen nur schwerlich dem Drang widerstand, zurückzuweichen. „Du wirst mir nicht in die Quere kommen!"

Verwirrt blinzelte Halen. *So regelst du das immer, wenn du keine Lust mehr hast, dich weiter mit mir zu streiten!* Normalerweise hätte sie ihre Überzeugungen nicht weiter verteidigt, aber hier ging es um mehr.

Sie ließ ihren Vater nicht aus den Augen. „Er wird dich töten", entgegnete sie, so eindringlich sie nur konnte. Und es schockierte sie, zu sehen, dass er selbst diese Warnung ignorierte.

„Wenn du dabei sein willst, dann einzig und allein unter der Bedingung, dass du dich raushalten wirst. Hast du das verstanden?"

Halen ballte ihre Hände zu Fäusten, bis sich ihre Fingernägel schmerzlich in ihre Handinnenflächen bohrten. Ihr Vater hatte sie einfach stehenlassen. Entschlossen, ihn noch zu erreichen, setzte sie einen Schritt in seine

Richtung – doch Hancock riss mit einem Ruck an ihrem Mantel. Sabberfäden liefen von seinem Maul. Sie taumelte einen Schritt zur Seite und versuchte, das Gleichgewicht zu halten.

„Hör auf!"

Doch Hancock ließ partout nicht von ihr ab. So hatte sie ihn noch nie erlebt. Halen sah sich um und erntete amüsierte Blicke von den Männern, die sich auf die Jagd vorbereiteten. Neben Colias hatte ihr Vater noch Hengist, Ned und Oliver zur Jagd verpflichtet.

Macht euch nur lustig, dachte sie.

„Sieht aus, als wolle der Köter nicht, dass Ihr geht." Hengist trat ihr entgegen, seine Miene beunruhigt. Die Männer hinter ihm lachten weiter, ohne den Ernst in seinen Worten zu erfassen.

„Schluss jetzt!", schimpfte Halen ihren Hund ein letztes Mal. Sie atmete auf, als dieser nun wirklich von ihr abließ und mit einem traurigen Winseln weglief. Ihren Kurzmantel begutachtend, zog sie die Schnalle um ihre Taille wieder fest. Die Löcher bedeuteten eine weitere Predigt Lydias, doch Halen schob diesen Gedanken vorerst beiseite und fokussierte sich auf die bevorstehende Jagd. Schließlich ging es bei dieser um Leben und Tod.

Halen reckte ihr Gesicht dem blaugrauen Himmel entgegen. Es war noch früh am Morgen, doch die Düsternis erweckte den Anschein bereits fortschreitender Abenddämmerung. Sie liebte diesen Anblick. Ein frischer Wind ließ erahnen, dass der Herbstanfang nicht mehr lange auf sich warten lassen würde.

Im nächsten Moment legte sich eine Hand auf ihre Schulter und sie zuckte zusammen.

„Wir müssen los, der Regen wird früher oder später einsetzen", meinte ihr Vater. Er stieg auf sein Pferd, einer der wenigen reinblütigen nowark'schen Hengste, die es hier in Wyatt gab.

Ihr Pferd, ein brauner Sibraner, tippelte nervös neben dem Stalljungen her – typisch für die ungestüme Rasse aus Meerell. Schnaubend schüttelte die Stute den Kopf, als er sie Halen übergab. „Sie ist heute ein wenig nervös, aber sie hört auf Euch." Der Junge mit dem schiefen Lächeln reichte ihr die Zügel.

Sie nickte ihm dankend zu, strich dem Pferd kurz über den Hals und griff anschließend nach dem Sattel. Mit einer geschmeidigen Bewegung setzte sie den Fuß in den Steigbügel und schwang sich auf den Rücken der Stute. Sie tänzelte unsicher, beruhigte sich jedoch, als Halen die Zügel anzog und ihr mit leiser Stimme zusprach.

Halens Blick ging zu Nicholas. Sein Gesicht war fahl und er zeigte keinerlei Körperspannung. Ob er sich wohl lange auf einem Pferd halten konnte?

Vermutlich sehe ich genauso aus, dachte Halen unbehaglich. Seit ihrem Albtraum vorletzte Nacht hatte sie nicht viel Schlaf abbekommen. Die Bilder gingen ihr nicht mehr aus dem Kopf. Genauso wenig wie Colias Raymond. Der Mann, der jetzt mit heiterer Miene auf seinem Pferd thronte, als wäre er der Herrscher von Wyatt Castle.

Mit einem Schnalzen trieb sie ihr Pferd an und folgte ihm durch den düsteren Durchgang des nördlichen Torhauses. Ohne zu scheuen, schritten die Pferde des

Jagdtrupps über die fetten Holzbohlen der Brücke, welche sich wie ein starker Jagdbogen über den Fluss spannte.

Langsam strömendes Wasser umgab ganz Wyatt wie das Lid einen Augapfel. Einer nach dem anderen trabten sie auf den schmalen Wegen über die binsenüberwucherte Flussniederung in Richtung des nördlichen Waldes. An dessen Rand angekommen machten sie ihre Pferde an Bäumen fest.

Nur Colias blieb im Sattel. „Was denn, scheuen Eure Pferde das Wild?", wunderte er sich.

Uthred musste sich ein Lachen verkneifen. Als er Halens fragenden Blick sah, nickte er ihr seufzend zu.

„Sie scheuen nicht das Wild, sondern das *Moor*", berichtigte sie Colias. „Viele derjenigen, die durch den Moorwald geritten sind, weil sie die grüne Oberfläche für Moos hielten, hat man seither nicht wiedergesehen."

Zum ersten Mal erkannte Halen in Colias' Gesicht so etwas wie Entsetzen. „Heißt das, ihre Leichen sind noch da drin?" Zögernd stieg er von seinem Pferd.

„Genau das heißt es", meinte Halen leichthin. „Vielleicht sehen wir ja eine."

Der Rand des Moorwaldes war gespickt von unzähligen Farnen und Sträuchern und weiches Torfmoos überzog sämtlichen Morast. Ihre Messer, Bögen und Köcher hatte die Gruppe allesamt auf ihre Rücken gebunden. Sie mussten ihre Waffen schützen, für den Fall, dass sie hüfttief einsinken sollten. Das Moor könnte ihre Waffen nämlich unbrauchbar machen. Das galt es natürlich zu vermeiden, zumal man sich aus dem Moor ohne fremde Hilfe nur schwer wieder befreien konnte. Lediglich Uthred und Colias trugen noch ein Kurzschwert am Gürtel.

„Passt auf, wo ihr hintretet!", mahnte Uthred seinen Jagdtrupp und setzte als erster einen Schritt in den Wald.

„Es bleibt mir ein Rätsel, warum Ihr gerade *diesen* Landflecken Meerells gewählt habt", bemerkte Colias, der hinter Uthred herging. „Es ist so ..."

„... wild?", vervollständigte Uthred seinen Satz mit der Andeutung eines Lächelns.

„Nass", korrigierte Colias.

Je tiefer sie vorrückten, desto dichter wurde die Pflanzenwelt des nördlichen Waldes. Niemand wusste, unter welchem moosigen Hügel sich fester Untergrund befand, weshalb sie nur langsam vorankamen.

Auf einer steinigen Plattform blieb Uthred stehen. „Hier werden wir uns trennen", beschied er. „Oliver und Colias, Ihr kommt mit mir. Nicholas, du führst die restlichen an."

„Auf keinen Fall!", protestierte Colias. „Ich werde Nic nicht allein lassen."

Halen war überrascht. Colias schien seinen Neffen zum ersten Mal anzusehen. Und er nannte ihn Nic?

„Seid unbesorgt", versicherte Uthred ihm. „Nicholas und Halen kennen das Moor besser als sonst jemand." Er warf Halen einen vielsagenden Blick zu.

„Das glaube ich gern", erwiderte Colias. „Dennoch, würde Nicholas etwas zustoßen, könnte ich mir das niemals verzeihen. Das müsst Ihr als Vater doch verstehen."

Nicholas trat zu Colias. „Seit mein Vater starb, habt Ihr Euch nicht *einmal* nach mir erkundigt. Und nun tut Ihr so, als würdet ihr Euch Sorgen machen? Das nehme ich Euch nicht ab."

Bevor Colias etwas entgegnen konnte, übermittelte Nicholas Uthred einen kurzen Erfolgsgruß und wandte sich dann von seinem Onkel ab.

Leise schnaubend folgte Halen Nicholas, der Hengist und Ned Anweisungen gab.

„… wir bewegen uns in einem Halbkreis", erklärte er gerade, als sie sich mit verschränkten Armen dazustellte. „Bleibt in jedem Fall dicht beieinander. Sobald jemand etwas bemerkt, hebt er die Hand. Keiner schießt ohne meinen Befehl!"

Halen hasste es, wenn Nicholas das Kommando über sie bekam. Diese Befehle waren Routine hier im Blutmoor. Sie wünschte sich, Vater würde auch ihr einmal die Führung überlassen. *Bin ich denn weniger wert, nur weil ich als Mädchen geboren wurde?*

Doch diesmal nagte noch etwas anderes an ihr: Wenn sie bei Nicholas blieb, wie sollte sie dann ihren Vater beschützen? Es war riskant genug, das Blutmoor überhaupt zu betreten, aber sich aufzuteilen? Ihre Hände ballten sich zu Fäusten, und warf einen Blick zurück auf die Gruppe ihres Vaters. Er wollte sie und Nicholas aus der Gefahrenzone halten, damit er sich in Ruhe um Colias kümmern konnte.

Nun, da Nicholas seine Kommandos beendet hatte, marschierte Halen an den Männern vorbei, ohne ihnen weitere Beachtung zu schenken.

„Hal, du bildest die Nachhut!", rief Nicholas hinter ihr.

„Nie und nimmer, Nic!", gab Halen zurück, ohne sich umzudrehen. Zu sich selbst fügte sie leise hinzu: „Hier kenne ich mich besser aus, als ihr alle zusammen."

Halens Gruppe kämpfte sich langsam durch den nassen Bruchwald, der von Schwarzerlen, Eschen und Moorkiefern dominiert wurde. Mit jedem Schritt, den sie weitergingen, verdunkelte sich die Umgebung um sie herum. Je tiefer sie in den Wald eindrangen, desto weniger Licht erreichte den feuchten Grund.

Der Boden unter ihren Füßen gab immer mehr nach, sodass Halen jeden ihrer Schritte mit Bedacht wählen musste. Bei jedem Fehltritt in den nassen Morast fluchte sie leise vor sich hin. Schon nach kurzer Zeit hing der Schlamm bereits schwer an ihren Hosenbeinen. Ihre Muskeln zuckten vor Erschöpfung.

Nicholas löste die Formation und rückte zu ihr vor. „Wieso hat Uthred dir doch erlaubt mitzukommen?"

Als Halen nichts darauf erwiderte, langte er nach ihrem Arm und hielt sie fest.

„Was soll das?", schnauzte sie ihn an. „Bleib auf deiner Position!"

Sofort ließ er von ihr ab. Unbeirrt setzte sich Halen wieder in Bewegung. Ihre Gedanken kreisten um den Albtraum – um den Tod ihres Vaters. Wie konnte sie ihn nun schützen, wenn sie nicht einmal an seiner Seite war? Doch in ihrem Traum hatte es gestürmt, hatte es gewittert. Noch blieb ihr Zeit etwas zu unternehmen. Ihre Gedanken wirbelten in alle Richtungen, aber sie brachte keinen klaren Plan zustande.

„Findest du das nicht auch eigenartig?", fragte Nicholas hinter ihr.

Halen verdrehte die Augen. „Vater hat mich mitgenommen, weil er zu wenige Jäger hat, die sich im Moor auskennen."

„Wieso lügst du mich an? Wir beide wissen, dass das nicht stimmt. Wieso hat er seine Meinung geändert?"

Halen stöhnte und hielt kurz inne. Ein unwohles Gefühl breitete sich in ihrer Brust aus. „Ich weiß es nicht. Vielleicht, weil er in letzter Zeit so … anders ist. Vater hat früher nie einfach so seine Meinung geändert. Aber jetzt ist er beinah so flatterhaft wie eine Fackel im nassen Wind."

„Es hat etwas mit deinem Traum zu tun, habe ich recht?"

Sie standen sich direkt gegenüber, doch Halen sah durch ihn hindurch.

Nicholas suchte ihren Blick. „Hal, hast du mich verstanden?"

Halen hörte ihn, leise und aus weiter Entfernung, ihre Aufmerksamkeit aber galt dem Tier, das aus dem Dickicht trat. Sie ließ es nicht mehr aus den Augen. Mit schnellen Schritten ließ sie Nicholas hinter sich und schloss zu Ned und Hengist auf. Sie legte einen Finger auf die Lippen und gab ihnen zu verstehen, sich lautlos zu verhalten. Dann zeigte sie auf die Ricke, die auf einer lichten Anhöhe in ungefähr dreißig Schritt Entfernung graste.

Halen reagierte sofort. Die Knie beugend rückte sie ein paar Schritte in Richtung des Tieres auf. Ohne einen einzigen Laut zu verursachen, suchte sie nach einem stabilen Halt. Mit der Linken zog einen Pfeil aus ihrem

Schulterköcher. Sie legte ihn auf die Sehne, als hätte sie alle Zeit der Welt, und beobachtete eingehend die Bewegungen des Tieres. Sie spannte die Sehne ihres Bogens bis zur Höhe ihres Mundes, wobei sich ihr Kopf senkte. Der Pfeil schnellte durch die Luft und fand sein Ziel im unteren Halsbereich des Tieres. Augenblicklich sackte es zu Boden und regte sich nach dem Aufprall nicht mehr.

Halen richtete sich auf. Ihre Schultern entspannten sich, und ein leises Lächeln spielte um ihre Lippen, als sie sich der Gruppe zuwandte.

Nicholas stöhnte. „Das ist doch unfair. Du kannst deine Gedanken nicht beieinander halten, doch sobald deine Augen ein Ziel finden, landet dein Pfeil einen Volltreffer."

Mit einem Lächeln trat Halen ihm entgegen, doch sie sah Hengist und Ned an, als sie sagte: „Jetzt seid ihr dran. Wenn wir mit nur einer Ricke zurückkehren, wird uns Vater noch auspeitschen lassen."

Nicholas suchte sich einen Weg zu dem erlegten Tier, um es anschließend auszunehmen und an dem nächsten Baum ausbluten zu lassen. Halen holte dafür ein Seil aus ihrer Tasche und begann, es um die Hinterläufe des Tieres zu binden.

„Hier ist eine gute Ausgangslage. Wir bleiben hier", beschied Nicholas. Dann fasste er sich erschrocken an den Kopf.

„Was ist?", fragte Ned.

„Ich habe vergessen, eine Barke mitzunehmen." Zerknirscht schaute er zu Halen. „Könntest du sie holen?" Nicholas musste ihren fragenden Blick bemerkt haben, denn er fügte rasch hinzu: „Du bist die Schnellste im Moor."

Halen verzog das Gesicht. „Warum holst du sie nicht?"

„Dann willst du dich schon mal damit beschäftigen, das Tier ausbluten zu lassen und anschließend auszunehmen?" Nicholas grinste, doch der Spott in seiner Stimme ließ den Ärger in Halen weiter ansteigen.

„Du weißt, wie sehr ich das hasse", entgegnete sie mit schneidender Schärfe.

Sie erinnerte sich an die zahllosen Male, bei denen sie gezwungen worden war, sich mit den blutigen Tieren auseinanderzusetzen – immer mit dieser schweren Übelkeit im Magen. Sie mochte das Jagen, aber das Ausnehmen von Wild war etwas, das sie in jeder Hinsicht widerlich fand.

Widerwillig warf sie Nicholas einen letzten, wütenden Blick zu und wandte sich dann ab.

Angespannt folgte sie einem engen Wasserlauf, der sie zur Anlegestelle der Kähne führen würde. Diese nutzten sie, um die erlegten Tiere aus dem Moor zu befördern. Die Gegend war abgesehen von den fernen Rufen der Sumpfvögel still, doch ihre Gedanken ließen sie nicht los. Sie war kaum losgelaufen, da fand sie sich bereits ihrer alltäglichen Verzweiflung nahe.

„Halen, du musst dich entschuldigen. Halen, bleib auf deinem Posten. Halen, hol die Barke!", murmelte sie verärgert vor sich hin.

Sie war nicht im Stande, diese Sätze weiter zu ertragen und stellte sich vor, wie sie eines Tages laut *Nein* schreien würde. Befehle ausführen? Tagein, tagaus gehorchen?

„Nein!", spie sie laut. „Hol die Barke doch sel—" Das Wort erstarb ihr auf der Zunge, als sie über eine Wurzel stolperte und im wadenhohen Nass landete. Ihre Handflächen klatschten so laut gegen das Wasser, dass Halen nicht anders konnte, als laut loszulachen. Wie sie so auf allen Vieren im Wasser versank, musste sie ein herrlicher Anblick sein. Zum Glück konnte sie so keiner sehen, sonst wäre sie vor Scham wohl gleich komplett im Moor versunken.

Sie schöpfte das Wasser mit beiden Händen aus dem Fluss und wusch sich damit den Dreck aus dem Gesicht. Das kühle Nass erfrischte ihren Geist und vertrieb ihre negativen Gedanken. Für einen Moment schloss sie die Augen und atmete die modrige Waldluft tief ein.

Als sie die Augen wieder öffnete, entdeckte sie im Wasser des Moores ihr Spiegelbild. Kleine Wellen schlugen sanft über dieses. Doch da war noch etwas anderes. In der Spiegelung des Wassers erkannte sie einen Raben auf einem Baum über ihr sitzen, der sie aus roten Augen anstarrte.

Sie drehte den Kopf und erkannte ihn. Er war echt. „Was willst du?", flüsterte sie.

Doch der Rabe drehte seinen Kopf gen Norden und flog davon.

„Wo bleibst du?"

Nicholas' Ruf riss sie aus der Stille. Ein Schauer kroch ihr über den Rücken und ihre Schultern spannten sich an. Es dauerte einen Moment, bis sie ihre Gedanken wieder sortiert hatte. „Ich komme ja schon!"

Sie wartete, bis Nicholas' Schritte näherkamen. Als er direkt hinter ihr stand, wandte sie sich ihm zu und griff dankend nach seiner Hand, um sich an dieser hochzuziehen. Erst jetzt erkannte sie die Barke, welche er an einem Seil um sein Handgelenk hinter sich herzog. Sie musste bereits daran vorbeigelaufen sein.

„Hast du dich etwa verlaufen?", fragte Nicholas ungläubig.

„Nein!", stieß Halen aus. Sie bemerkte, wie er sie verstohlen musterte.

„Na los", sagte er, ihre Hand immer noch in seiner. „Lassen wir Ned und Hengist nicht länger warten."

Sie drehten sich um und stolperten über etwas, das kein Stein und auch keine Wurzel war. Als Halen erkannte, um was es sich handelte, stellten sich ihr die Nackenhaare auf. Erschrocken blickte sie in Nicholas' Gesicht, welches vor Entsetzen verzerrt war. Noch bevor Halen ihn daran hindern konnte, verließ ein Schrei seine Kehle, den das Wasser hallend durch den ganzen Moorwald schickte.

Kapitel 8

Nicholas' lauter Schrei hatte den Jagdtrupp ihres Vaters alarmiert und zu ihnen geführt. Mit ihren Barken, auf denen bereits mehrere erlegte Hasen lagen, kamen die Männer durch das trübe Wasser auf sie zu gewatet.

Sie standen gerade weit genug entfernt, um dem Gestank des Leichnams zu entgehen, und doch nah genug, um ihn genauestens betrachten zu können. Der Anblick war furchtbar. Das Fleisch saß noch auf den Knochen des toten Körpers, doch dessen Haut war vom Wasser aufgequollen. Wo einst die Augäpfel saßen, starrten nun leere, blutige Höhlen ins Nichts.

Uthred trat nach vorn, um mit einem Ende seines Bogens die Kleidung der Wasserleiche anzuheben. Dabei entblößte er die gräuliche Verfärbung der Haut.

Halen hörte ein Platschen und drehte sich um. Hengist.

„Was ist …?", wollte er fragen, doch verstummte, als er die Leiche entdeckte. Seine Augen weiteten sich vor Schreck. „Die Kettelseuche", hauchte er ehrfurchtsvoll.

„Sicher nicht der Einzige, der versucht hat, der Seuche auf diesem Wege zu entkommen", meinte Halen.

Uthred schenkte ihr und Nicholas nacheinander einen enttäuschten Blick. „Warum habt ihr euch von eurer Gruppe getrennt?"

Nicholas trat von einem Fuß auf den anderen. „Wir haben uns nicht getrennt … nur … nur die Barken geholt", stammelte er. Immer wieder sah er zu der Leiche. Dann zeigte er abwesend zu Halen. „Sie hat eine Ricke erlegt!"

„Ach wirklich?", fragte Uthred wenig begeistert.

„Ein prachtvolles Tier", meinte Ned voller Stolz, der von der Last des Tieres auf seinem Rücken, gebeugt zu ihnen stieß. Hengist half ihm, die Ricke auf die Barke zu legen. Dann betrachtete auch er den Leichnam, wobei sich sein Gesicht zu einer angewiderten Fratze verzerrte.

Uthreds Miene hellte sich auf. „Na ja, das hast du gut gemacht", lobte er seine Tochter zögerlich.

Colias räusperte sich und fing Halens Blick auf. „Was meintet Ihr damit: *der Seuche auf diesem Weg entkommen*?"

Doch es war Uthred, der ihm antwortete: „Sie meint, dass manch einer glaubt, hier im Moorwald sei man vor der Kettelseuche sicher. Doch sie irren sich. Die Feuchtigkeit begünstigt vielmehr die Verschlechterung der Krankheit."

Colias schien sich mit dieser Antwort zufrieden zu geben, denn er kehrte der Leiche den Rücken zu und trat zu Nicholas.

„Glückwunsch, dein Schrei hat wohl alles Wild aus dem Wald verscheucht", raunte er ihm zu.

„Ich habe mich nur erschreckt!", verteidigte sich Nicholas.

Colias schnaubte ungeduldig und wandte sich wieder den anderen zu. „Können wir unseren Weg fortsetzen? Ich will nicht länger als unbedingt nötig in diesem Wald verweilen."

Halen spürte, wie der frische Wind, der heute Morgen noch angenehm geweht hatte, an Stärke zunahm und anfing, Blätter und kleines Geäst umherzuwirbeln. Es erinnerte sie an ihren Traum – und sie wusste, dass der Moment nun gekommen war.

„Wir müssen weiter nach Südosten", erklärte Uthred und gestikulierte in Richtung der genannten Himmelsrichtung.

„Ich denke, die Anbindestelle für die Pferde lag weiter westlich", warf Colias ein.

„Das Moor kann tückisch sein", hielt Uthred ihm entgegen. „Manchmal glaubt man, aus der Richtung gekommen zu sein, in die man eigentlich noch gehen muss."

„Der Wind nimmt immer mehr zu", betonte Nicholas, dessen schulterlanges Haar ihm durch die Böen immer wieder aufs Neue ins Gesicht schlug.

„Seid Ihr sicher, dass wir uns nicht verlaufen haben?" Colias ließ nicht locker.

Uthred hob die Hände als Zeichen der Kapitulation. „Ihr scheint ganz recht zu haben, ich habe mich wohl im Weg geirrt."

Colias' Blick verfinsterte sich. „Dann würde ich sagen, gehen wir auf direktem Wege zurück. Und ich hoffe, dass Ihr Euch an den richtigen Weg erinnern werdet."

„Das klingt nach einem guten Plan, nur leider ist es in diesem Terrain unmöglich zu sagen, aus welcher Richtung man gekommen ist. Das Wasser verwischt jegliche Spuren."

„Wenn das so ist, versuchen wir es auf gut Glück. Bitte, nach Euch."

In der Ferne grollte Donner. Windstöße fuhren durch das Unterholz, ließen die Blätter rascheln wie warnendes Geflüster.

„Ich werde gehen." Uthred sah Colias eindringlich in die Augen. „Aber zuerst werde ich sicherstellen, dass Ihr hier bleibt – für immer."

Halen stockte der Atem. *Tu das nicht*, flehte sie ihren Vater in Gedanken an.

Colias' Mund umspielte ein vages Lächeln. „Ihr überrascht mich immer wieder."

„Ach ja?"

„Ich hätte gedacht, es wäre weit unter Eurer Würde, einen treuen Freund so ohne weiteres im Moor verschwinden zu lassen."

„Fürwahr, einem *Freund* würde ich so etwas wohl kaum antun", stellte Uthred klar.

Colias machte ein paar Schritte auf ihn zu. Der Wind fuhr in seinen Jagdumhang, ließ das schwere Tuch aufbäumen, doch er schien es nicht einmal zu bemerken.

„Wisst Ihr, meine Frau Ylva hatte mir geraten, Euch heute nicht auf die Jagd zu begleiten. Sie konnte mir keinen vernünftigen Grund aufführen, doch sie hatte ein ungutes Gefühl bei der ganzen Sache."

Halens Vater legte eine Hand auf den Schwert-knauf. „Vielleicht hättet Ihr auf sie hören sollen", brachte Uthred unter zusammengebissenen Zähnen hervor.

„Aber Uthred, das habe ich doch", entgegnete er mit seinem typischen, heuchlerischen Lächeln.

Jetzt war es an Uthred, zu schmunzeln. „Und dennoch seid Ihr hier."

„Es ist egal, wo ich bin. Ihr werdet mir nichts tun."

„Warum seid Ihr Euch da so sicher?"

„Weil sich in der Zeit, in der wir hier plaudern, meine Gemahlin mit der Euren unterhält."

Uthreds Hand umschloss das Heft. „Was?"

„Sie ist doch noch im ersten Zwillingsturm unterge-bracht, nicht wahr?", erkundigte er sich scheinheilig.

Halen sah, wie Vater und Oliver einen Blick aus-tauschten.

„Gut", meinte Colias. „Dann habe ich das richtig ver-standen. Glaubtet Ihr wirklich, dass ich Eure schlechte Lüge nicht entlarven würde? Aletheas Besuch bei einer Verwandten in Ilvess?" Er seufzte kurz auf. „Als ich durch ein paar geschickte Bestechungen den wahren Aufenthaltsort Eurer Frau herausbekommen habe, bin ich wachsam geworden. Ich fing an, mich zu fragen, war-um Ihr Eure geliebte Ehefrau in einem Turm einsperrt. Manch einer in Wyatt erzählt sich, sie sei krank. Ist sie das wirklich?"

Colias machte eine Pause und Halen beobachtete, wie die Schwerthand ihres Vaters das Heft knetete, als könne er nicht erwarten, es zu ziehen.

„Was auch immer der Wahrheit entsprechen mag, eines müsst Ihr wissen", fuhr Colias fort. „Ylva ist wirklich fabelhaft darin, sich um andere zu kümmern."

Uthred schüttelte langsam den Kopf. „Diese Geschichte ist doch ausgedacht ..."

Die Böen rasten durch das Gestrüpp wie Vorboten eines nahenden Unwetters. Halen hatte das Gefühl, selbst der Wald war in Alarmbereitschaft. Doch sie hatten keine Zeit für Drohgebärden. Sie mussten hier weg. Jetzt.

„Möglich." Colias schwieg für einen Moment.

„Aber was, wenn nicht? Wollt Ihr wirklich das Leben Eurer Gemahlin aufs Spiel setzen? Vom ersten Zwillingsturm aus hat man eine gute Sicht auf den nördlichen Wald. Sollte Ylva bei Eurer Rückkehr feststellen, dass ich fehle, weiß sie, was sie zu tun hat."

„Das wäre glatter Selbstmord!", stieß Oliver aus, der seinem Herrn sofort einen entschuldigenden Blick zuwarf.

„Ich bitte Euch", warf Colias enttäuscht ein. „Glaubt Ihr, ich würde zulassen, dass Ihr meiner geliebten Ylva auch nur ein Haar krümmt? Ob Ihr es glaubt oder nicht, ich habe Vorkehrungen getroffen."

„Du verdammter ...", zischte Uthred zwischen zusammengebissenen Zähnen hervor und riss sein Schwert aus der Scheide. Auch Colias reagierte sofort und zog seines mit einem scharfen Klirren.

„Weg mit der Klinge!", befahl Halen Colias, während die Pfeilspitze ihres Bogens seinen Schwertarm anvisierte.

„Hal, was soll das?", schrie ihr Vater durch den Wind, der wild an seinen Kleidern zerrte.

Als Colias keine Anstalten machte, sein Schwert zurückzustecken, wurde Halen energischer. „Es ist mein Ernst. Legt das Schwert weg oder ich versichere Euch, dass Eure rechte Hand bald keine Waffe mehr halten kann!"

Unter röchelndem Gelächter legte Colias sein Schwert nieder und wandte sich an Uthred. „Sieh an, Eure Tochter beschützt Euch. Wirklich rührend. Und jetzt, nehmt Euren Welpen an die Leine. Das ist eine Sache zwischen uns. Nicht nötig, dass die Prinzessin dabei zwischen die Fronten gerät."

Uthred trat neben seine Tochter. „Runter mit dem verdammten Bogen!"

Wieso? Deswegen bist du doch schließlich hergekommen. Um Colias zu töten. Halen war bereit, ihren Pfeil ins Ziel zu schießen. Alles hier war wie in ihrem Traum – der Wald, der Sturm. Und doch war etwas anders. Sie konnte den Unterschied nicht fassen, aber er war da – ein schwer greifbares Gefühl, das sie an ihrer Entschlossenheit zweifeln ließ.

Sie hielt Colias fest im Blick. Die gleichen Augen, der gleiche kalte Ausdruck – aber etwas in ihm schien sich ihr zu entziehen, als wäre er mehr als nur der Feind in ihrem Albtraum. Der Druck in ihr wuchs. Sie wusste, dass sie sich entscheiden musste. Die Unruhe ließ sich nicht ablegen. Langsam senkte sie den Bogen, ließ den Pfeil aber auf der Sehne ruhen. Sicher war sicher.

Ein kalter Windstoß peitschte gegen ihr Gesicht, der Sturm riss sie aus dem Gleichgewicht. Schnell ließ sie den Bogen mit einer Hand los und griff nach einem Baumstamm, um sich zu stabilisieren.

„Der Sturm wird schlimmer!", schrie Ned. „Entweder verschwinden wir schleunigst aus dem Wald oder wir finden Unterschlupf im Stelzenhaus."

„Wir können unmöglich diesen Sturm abwarten", entgegnete Uthred und ließ Colias nicht aus den Augen.

„Und was wollt Ihr nun tun?", fragte dieser, während beide zeitgleich ihre Schwerter zurück in die Scheiden steckten. „Die Nacht in diesem verfluchten Moor verbringen?"

Uthred starrte ihn aus eisblauen Augen an. „Genau das." Mit diesen Worten stapfte er davon und sein Jägertrupp hatte keine andere Wahl, als ihm zu folgen.

Sie begaben sich auf den Weg zu der Hütte, die sie *Stelzenhaus* nannten. Ihre heutige Herberge lag nicht mehr weit entfernt, aber ein schnelles Vorankommen war unmöglich. Das Moor unter ihren Füßen gab bei jedem ihrer Schritte nach, als wollte es sie verschlingen. Dunkle Wasserläufe schlängelten sich durch die sumpfige Landschaft, während der Sturm an den Moorbirken zerrte. Zweige reckten sich wie knochige Finger in den grauen Himmel, und immer wieder knackten Äste oder stürzten mit lautem Krachen zu Boden.

Halen, die ganz am Ende des Jägertrupps ging, hatte ihre Augen mehr auf Colias gerichtet als auf ihre Schritte. Ned und Hengist trugen die halbvollen Barken über sämtlich heruntergekommene Äste.

Als es einen schweren Stamm von einem Baum riss, war dies durch das Rauschen des Windes fast nicht zu hören. Doch Halen sah das Ungeheuer von Weitem herabstürzen.

„Weg da!", brüllte sie.

Nicholas, der hinter Hengist und Ned deren Hindernis gerade überwunden hatte, sah den abstürzenden Ast zu spät. Er konnte nicht zurück, da es zu lange gedauert hätte, den Haufen erneut zu erklimmen. Doch er konnte auch nicht vorwärts, weil die Barken ihm den Weg versperrten.

Fassungslos beobachtete sie, wie der riesige Ast auf Nicholas traf. Sein Körper prallte auf den Boden, mit einem Krachen, das die Luft durchbrach. Schmerz verzerrte seine Züge.

Halens Herz setzte für einen Schlag aus. In diesem Moment war alles andere still, nur der dumpfe Klang des Aufpralls hallte in ihren Ohren.

Kaum war es geschehen, kämpfte Halen sich einen Weg zu ihm. Uthred und Colias kamen aus der entgegengesetzten Richtung. Hengist und Ned kletterten über die Barken und machten sich daran, Nicholas unter dem Ast hervorzuziehen.

„Hört auf!", warnte Halen sie aus der Ferne. „Ihr dürft ihn nicht ziehen, er könnte sich etwas gebrochen haben!"

Bei ihnen angekommen half sie, Nicholas Ast für Ast zu befreien, bis sie ihn vorsichtig herausheben konnten. Sie legten ihn auf ein paar erlegte Hasen in einer Barke ab.

Colias drängte sich vor und suchte Nicholas' Körper nach Verletzungen ab. Aber bis auf ein paar Schürfwunden konnte er nichts finden. Also tastete er ihn ab, von Kopf bis Fuß, und untersuchte seine Gliedmaßen auf Unversehrtheit.

„Beim heiligen Elass, was tut Ihr da?", murmelte Nicholas benommen und versuchte, ihn wegzustoßen.

„Mein Junge." Uthreds Stimme ließ ihn wach werden. „Geht es dir gut?"

„Es könnte nicht besser gehen." Nicholas machte Anstalten aufzustehen, doch als sein rechter Fuß den Boden berührte, gab er einen schmerzerfüllten Laut von sich. Colias fing ihn auf, und Nicholas hatte nicht die Kraft, ihn davon abzuhalten.

Halen gab Hengist ein Zeichen, woraufhin dieser zusammen mit Colias den verunglückten Jungen unter die Arme nahm. Gemeinsam stützten sie ihn, während sie sich mühsam durch den peitschenden Wind und den unnachgiebigen Schlamm des Moors kämpften.

Nach einer schier endlosen Zeit erreichten sie ihre Herberge. Das Stelzenhaus war eine morsche Konstruktion, die sich auf hohen, hölzernen Pfählen über den Boden des Blutmoors erhob. Es wirkte wie ein Relikt aus einer längst vergangenen Zeit, mit wettergegerbtem Holz, das von Moos und Flechten überzogen war. Das Dach wurde von Schilf und vergilbtem Stroh zusammengehalten, und der Zugang führte über eine schmale Holztreppe, die bei jedem Schritt ächzte.

Der nasse Wind drängte sie in das Innere des Gebäudes, das sie mit abgestandener Luft empfing. Auf den schiefen Holzdielen bildeten sich vor Dreck starrende Wasserpfützen, sowie sie darüber gingen.

Die erschöpften Jäger schleppten Nicholas zu einem der wenigen stabil wirkenden Stühle und ließen ihn vorsichtig darauf sinken. Halen strich die nassen Haare aus ihrem Gesicht und sah sich um. Die Hütte war so trostlos wie das Moor, das sie umgab. Doch sie reichte aus, um vor den gefährlichen Stürmen im nördlichen Wald sicher zu sein.

Halen machte sich daran, Nicholas' Bein genauer zu inspizieren. Oberhalb des rechten Knies wies es eine längliche Wunde auf. Ihr Magen zog sich zusammen, als sie die tiefen, länglichen Risse im Gewebe entdeckte, die die Haut aufbrachen. Mit einem schnellen Blick bemerkte sie die Holzsplitter, die wie winzige, verzweifelte Pfähle in der Wunde steckten. Ein metallischer Geruch stieg ihr in die Nase. Auch wenn ihr Herz schneller schlug, zwang sie sich zur Ruhe. Die Splitter verhinderten das Bluten.

„Ich brauche Wasser und frischen Stoff für einen Verband", ordnete sie an, ohne jemanden bestimmten anzusehen.

Colias setzte sich umgehend in Bewegung. Wenig später stellte er einen Eimer neben Halen ab und reichte ihr in lange Bahnen gerissene Stofffetzen, die einigermaßen sauber aussahen.

Überrascht betrachtete sie ihn.

„Die saubersten, die ich auftreiben konnte", verteidigte Colias sich und hielt ihr die provisorischen Verbände auffordernd hin.

Zögerlich nahm Halen diese entgegen.

Du sorgst dich ja doch um ihn.

Vorsichtig entfernte sie die Splitter aus Nicholas' Wunde. Anschließend wickelte sie die Stoffe um das Bein ihres Verlobten.

Erst als dieses vollständig verbunden war und Nicholas so viel Lök intus hatte, dass er in einen leichten Schlaf gefallen war, ließ Halen sich erschöpft auf einer vor Dreck starrenden Matte in der Ecke der Hütte nieder.

Unaufhörlich pfiff der Wind durch die Ritzen des Holzgebäudes und ließ die Flamme ihrer einzigen Kerze flackern. Colias saß am Tisch und reinigte seine Messer mit langsamen, gleichmäßigen Bewegungen. Hengist war damit beschäftigt, den Rest des Proviants aus ihren Barken zu verstauen. Ab und zu warfen beide Nicholas einen Blick zu.

Halen zog die Knie an ihren Körper und legte den Kopf auf ihren Armen ab. Das Heulen des Windes ähnelte dem Klang eines Tieres, das versuchte, in die Hütte einzudringen.

„Dieses Haus ist bestimmt verflucht", meinte Ned mürrisch. Seine Stimme kämpfte gegen das unablässige Pfeifen des Windes an, das die düstere Stille der Hütte durchbrach.

„Unsinn!", entgegnete Uthred scharf.

Colias sah sich naserümpfend um. „Das berühmte Stelzenhaus. Wirklich, ich habe es mir anders vorgestellt. Es wirkt irgendwie schäbig für einen Ort dieser Bedeutung."

„Was meint Ihr damit?", wollte Halen wissen.

„Ich dachte, die Legende des Blutsees sei auf ganz Meerell bekannt."

Halen nickte müde. „Wir kennen die Geschichte der *Levía*. Den Wasserwesen, die in einem Blutsee leben. Na ja, so erzählt es das Märchen."

„Märchen?", wiederholte Colias belustigt.

„Der Erzählung nach wurden sie alle getötet", fuhr Halen fort. „Deswegen ist das Wasser so rot wie Blut." Sie machte große Augen, um die Dramatik ihrer Erzählung zu unterstreichen. „Doch eigentlich sind es Rotwasseralgen, die diese Färbung verursachen."

„Ihr glaubt also wirklich, dass sei ein Märchen?", hakte Colias nach. „Die Leiche, die wir heute gesehen haben. Der Mann wollte sich nicht im Wald verstecken. Er war auf dem Weg zum Blutsee, damit dessen heilendes Wasser ihn von der Kettelseuche heilen würde."

„Heilendes Wasser?" Stirnrunzelnd sah Halen zu ihrem Vater.

Erst jetzt fiel ihr auf, dass dessen Hände zu Fäusten geballt waren.

„Hört auf damit!", schrie Halens Vater all seinen angestauten Groll heraus. „Wenn wir morgen zurückkehren, dann werdet Ihr aus Wyatt verschwinden und Euch nie wieder hier blicken lassen!"

Es kehrte sofort wieder Stille ein. Jeder starrte in eine andere, leere Ecke, doch niemand wagte es, noch etwas zu sagen. Colias, der immer noch Nicholas zugewandt war, drehte sich zu Uthred und machte ein paar langsame Schritte auf ihn zu.

„Glaubt Ihr etwa, ich würde Euch Nicholas einfach so überlassen?"

Halen kam nicht umhin, ihn für seine Gelassenheit zu beneiden. Allein die im Raum spürbare Spannung beschleunigte ihren Herzschlag und sorgte für schweißnasse Hände.

Jetzt ruckte ihr Vater auf Colias zu, was diesen zurückschrecken ließ. „Er ist Halen versprochen, das habt Ihr sicher nicht vergessen."

„Nein, das habe ich nicht", erwiderte Colias unbeeindruckt. „Ich freue mich schon darauf, wenn unsere Familien endlich vereint sind und uns nichts mehr trennen kann." Sein kratziges Lachen erfüllte die Hütte, bis es abrupt endete. „Aber bis dahin wird Nicholas seine Tage in Everett verbringen. Schließlich dauert es noch einen Sommer, bis er volljährig ist. Das werdet *Ihr* doch sicher nicht vergessen haben, oder?"

Kapitel 9

Da es sich für eine Prinzessin nicht ziemte, in einem Raum voller Männer zu nächtigen, hatte Halen die zweite Kammer des Stelzenhauses komplett für sich allein. Und obwohl sie den Schlaf bitter nötig hatte, fand sie in dieser Nacht keinen. Unzählige Fragen drehten sich unaufhörlich in ihrem Kopf im Kreis, wie das Räderwerk einer Wassermühle.

Von wem hat Colias erfahren, dass Mutter krank ist und sich im einem der Zwillingstürme befindet? Und wieso glaubt er an die alte Legende vom Blutsee? Woher kennt er sie überhaupt?

Halen vergrub die Hände in ihren Haaren und setzte sich auf. Sie lauschte in die Stille hinein. Nichts, bis auf das Schnarchen ihres Vaters, der vor ihrer Tür schlief. Zu laut, um in Ruhe nachdenken zu können.

Also schlich sie zum Fenster und öffnete die morschen Läden so behutsam wie möglich, um niemanden aufzuwecken.

Der Sturm hatte sich gelegt und eine dichte Nebelmasse überzog den feuchten Untergrund des Moorwaldes. Die Walddecke ließ nur vereinzelt das erste Licht des Tages hindurch.

Halen trat leise über den Bohlenweg, der nur an dem aus dem Nebel aufragenden Handlauf zu erkennen war. Als sie an dessen Ende ankam, ging sie in die Hocke und strich sanft über das wallende Weiß des Nebels. Erschrocken zog es sich daraufhin zurück, nur um einen Herzschlag später die entstandene Lücke wieder zu schließen. Dieser winzige Moment genügte, dass Halen erkannte, was sich darunter verbarg.

Das leuchtende Karmesin des legendären Blutsees. Sie dachte an Colias, der mit solch einer Überzeugung von den Levia, den Wasserwesen, gesprochen hatte.

Entfernte Stimmen drangen an ihre Ohren. Mit einem leisen Schwappen trat sie mit den Füßen voran vom Steg ins Wasser und verschwand hinter dem wild wuchernden Dickicht. Dass ihre Füße nass wurden, störte sie nicht. Sie konzentrierte sich nur auf die näherkommenden Stimmen.

„Lasst mich sofort runter!"

Nicholas.

Halen versuchte, jedes Wort aufzuschnappen. Sie fragte sich, wer bei ihm war. Doch es war ihr unmöglich, durch die dicke Nebelflut etwas zu erkennen.

„Hör auf zu zappeln!", hörte sie Colias sagen.

Er musste Nicholas hierhergetragen haben. Was hatte er vor?

„Ich schreie um Hilfe …", drohte Nicholas.

„Bitte, nur zu", entgegnete Colias trocken. „Willst du dich lächerlich machen?"

Nachdem die beiden weitergingen, setzte Halen sich wieder in Bewegung. Den Stimmen folgend, watete sie weiter durch das Wasser entlang des weitläufigen Ufers des Blutsees. Das Dickicht veränderte sich und wich schilfüberwuchertem Untergrund.

Als das Wasser Halen bereits bis zu ihren Oberschenkeln reichte, hielt sie inne. Das Schilf lichtete sich, und vor ihr lag ein riesiger See, eingehüllt in dichten Nebel. Vereinzelte Sonnenstrahlen brachen durch die Schwaden und warfen goldene Lichtbündel auf das dunkle, träge Wasser. Der Anblick des Sees nahm ihr für einen Moment den Atem. Halen zwang sich, ihre Faszination abzuschütteln und den Fokus wieder auf Nicholas und Colias zu richten.

„Warum bringst du mich hierher?", hörte sie Nicholas fragen.

Das Wasser wurde tiefer und kräuselte sich bei jeder ihrer Bewegungen in leisen Wellen. Halen wollte unter keinen Umständen auf sich aufmerksam machen. Hockend verharrte sie am Ufer, verborgen im Schutz von Schilf und Nebel. Doch von hier aus drangen nur noch einzelne Wortfetzen zu ihr durch.

„… deine Wunde heilen …"

„… nicht mein Onkel. Wer seid Ihr …"

„… den richtigen Moment gewartet …"

Doch die Stimmen verstummten abrupt, als Halen von einem gleißenden Schein aus den Baumwipfeln geblendet wurde. Es schien sich zu bewegen, schwebte langsam gen Boden wie ein herabsinkender Stern. Blinzelnd starrte sie in das Licht, das immer heller wurde, bis es sich schließlich zu formen begann. Nach und nach nahm es die Umrisse eines menschlichen Körpers an – schimmernd und durchscheinend.

Ihr Herzschlag beschleunigte sich, ein unruhiger Takt, der in ihren Ohren widerhallte. Wellen aus Hitze und Kälte durchliefen ihren Körper. Sie blinzelte mehrmals, unfähig zu glauben, was sie sah.

Die Angst, die Geräusche des Wassers könnten sie verraten, war plötzlich wie fortgewischt. Sie bemerkte erst, dass sie vorwärtsgegangen war, als sie bereits bis zur Hüfte im Nassen stand.

Das Licht, das die Gestalt ausstrahlte, ließ Nicholas und Colias klar vor ihr erscheinen. Sie war kaum zehn Schritte von ihnen entfernt und konnte jedes ihrer Worte verstehen.

„Asgor? Was habt Ihr hier verloren?", fragte Colias die Lichtgestalt.

Asgor? Die Lichtgestalt hat einen Namen?

„W-was ist das?", brachte Nicholas hervor.

Doch die Lichtgestalt war nur an Colias interessiert. „Ich will, dass du es zu Ende bringst!", forderte sie von ihm – mit einer dröhnenden Stimme.

Colias schnaubte verärgert. „Das war nie vereinbart."

„Es ist jetzt vereinbart", entgegnete die Lichtgestalt. „Tu das für mich und du bekommst all das zurück, was man dir genommen hat."

„Was *Ihr* mir genommen habt. Und Ihr hattet nie vor, es mir zurückzugeben."

Von der Lichtgestalt ging hallendes Gelächter aus. „Ich bin selbst schuld, dass ich von einem Menschen mehr erwartet habe."

Dann sah die Kreatur zu Nicholas hinunter. „Vielleicht muss ich die Sache einfach selbst in die Hand nehmen."

Die Lichtergestalt verschwamm, verformte sich in etwas, dass Halen an einen Geist erinnerte. Dann hielt es auf Colias zu und umhüllte dessen Körper.

Halen hielt den Atem an. Das Licht umschlang Colias wie eine Fessel. Dieser wehrte sich mit aller Kraft, doch das Licht hielt ihn an Ort und Stelle und zwang ihn schließlich in die Knie.

Halen beobachtete, wie Nicholas sich mühsam ins schilfbewucherte Ufer schleppte. Sein verletztes Bein hinderte ihn daran, schnell voranzukommen, und jeder Schritt schien ihm schreckliche Schmerzen zu bereiten. Ihr Herz zog sich zusammen bei dem Gedanken, wie schutzlos er war. Sie wünschte sich inständig, sie hätte ihren Bogen dabei – oder irgendetwas, womit sie ihn und sich selbst verteidigen konnte.

Auch wenn sie nicht verstand, was hier vor sich ging; eines war ihr völlig klar: Nicholas befand sich in Gefahr und sie war die Einzige, die ihm helfen konnte. Und wer auch immer Colias in Wirklichkeit sein mochte, er war nicht hier, um Nicholas zu töten. Sie musste handeln. Jetzt.

Halen verließ ihr Versteck und bewegte sich vorsichtig in die Richtung, in die Nicholas verschwunden war. Ihre Hände tasteten durch den Nebel, der wie ein schwerer Vorhang die Sicht verhüllte. Das leise

125

Plätschern des Wassers um ihre Beine schien viel zu laut, und jeder Schritt ließ das Schilf rascheln, als wollte es sie verraten.

Wollte sie Nicholas helfen, musste sie unbemerkt bleiben. Sie wagte es kaum, den Kopf zu heben, aus Angst, von der geisterhaften Lichtgestalt entdeckt zu werden. Ein leises Summen schien von dem Licht auszugehen, ein kaum hörbarer Ton, der wie ein fernes Wispern in der Luft lag.

Halen warf einen schnellen Blick über die Schulter. Ihr Herz stockte. Das Licht um Colias begann zu flackern, als würde es in sich zusammensinken. Sie hörte ein schweres Schmatzen, als ob etwas im Moor versank, und das Summen des Lichts brach abrupt ab. Noch bevor sie Nicholas erreichen konnte, verschwand das Licht vollständig.

Mit der Dunkelheit kam die Stille, so dicht und drückend, dass sie fast körperlich spürbar war. Kein Wind, kein Plätschern, kein Rascheln war mehr zu hören – nur Halens eigener Herzschlag, der wie ein dumpfer Trommelschlag in ihren Ohren hallte.

Sie konnte weder Nicholas hören, wie er sich durch das Moor bewegte, noch Colias, der den Kampf gegen das Licht wie es schien verloren hatte. Halen legte den Kopf in den Nacken und blickte dem schwachen Morgenlicht entgegen. Dann wandte sich in die Richtung, in der sie Nicholas vermutete. Sie verengte die Augen, suchte nach einem Hinweis, horchte nach einem Geräusch. Nach *irgendetwas*.

Sie vernahm wieder, wie sich jemand vorwärtsbewegte. Doch das Geräusch entfernte sich nicht weiter vom See, sondern kehrte zurück zu ihm. Jemand schrie.

Nic! Wo bist du?

Halen vergaß jegliche Vorsicht. Panik durchzog ihren Körper wie ein Sturm und raubte ihr den Atem. Ihre Brust fühlte sich wie zugeschnürt an und ihre Gedanken überschlugen sich, während sie sich hastig aufrichtete, um besser sehen zu können. Jeder Atemzug war ein Kampf, flach und unregelmäßig.

Sie musste ihn finden. Jetzt.

Ihre Schritte wurden schneller, das kalte Wasser des Blutsees spritzte bei jeder Bewegung um ihre Beine. Hektisch huschten ihre Augen durch den Nebel und suchten verzweifelt nach irgendeinem Zeichen. Keine Spur von Nic. Ihr Herz schlug nun so heftig, dass es schmerzte.

Das durchdringende Tageslicht brach langsam durch die Nebelschwaden und hob die Umrisse des Sees deutlicher vom Ufer ab. Dann entdeckte sie ihn.

Halen erstarrte mitten in der Bewegung.

Da war Nicholas. Er lehnte an einem entwurzelten Baumstumpf, seine Haltung schlaff, die Schultern gesenkt.

Zuerst wollte sie aufatmen, doch dann zog sich ihr Magen schmerzhaft zusammen, als sie genauer hinsah.

Seine Augen waren geöffnet, starrten jedoch leer ins Nichts.

Ihr Blick flog tiefer, und plötzlich schien die Zeit stillzustehen. Die dunkle Blutlache an Nicholas' Bauch, die seine Kleidung durchtränkte, wurde größer und größer. Seine Brust hob und senkte sich nicht. Ihre Hände wurden feucht, und das Gefühl, die Kontrolle zu verlieren, lähmte sie für einen Augenblick.

„Nic …?" Ihre Stimme war nur ein Flüstern.

Nic!

Halen wurde schlagartig heiß. Ihre Füße wollten keinen Schritt vorwärtsmachen. Sie hatte schon Leichen gesehen. Ein toter Körper konnte sie nicht erschrecken. Doch das hier war Nicholas. Sie keuchte, ohne es zu wollen. Schwindel überkam sie. Halen spürte die Anwesenheit des Geistes. Die kleinen Härchen an ihrem Nacken stellten sich auf. Obwohl sie sich plötzlich unendlich schwach fühlte, stand ihr Körper gleichzeitig unter höchster Anspannung.

Sie drehte ihren Kopf und sah direkt in Colias' Augen. Diese leuchteten so rot wie der See, in dem er stand.

Kapitel 10

„Halen!" Der Ruf ihres Vaters ließ sie zusammenzucken. Das Platschen von hektischen Schritten folgte.

„Hol mich das ewige Eis! Was hast du hier verloren?" Ihr Vater fasste Halen an den Schultern, um sie in Augenschein nehmen und sich ihrer Unversehrtheit versichern zu können.

Halens Augen füllten sich mit Tränen. Sie trat einen Schritt zur Seite, sodass ihr Vater freien Blick auf Nicholas bekam. Uthred schluckte schwer.

Jegliche Sorge um seine Tochter war vergessen. Wutentbrannt blickte ihr Vater zu Colias, der keine zehn Schritte von ihnen entfernt stand.

„Du verdammter …" Uthreds Schrei wurde vom schneidenden Geräusch seines Schwertes übertönt, das sich aus seiner Scheide löste.

Colias war ein begnadeter Schwertkämpfer. Mit seiner langen, windigen Gestalt entzog er sich nur zu leicht Uthreds hasserfüllten Angriffen. Es war, als habe dieser eine tief in sich sitzende Wut freigesetzt, welche ihm mehr Kraft zu rauben schien, als sie ihm verlieh.

Uthred holte aus, sein Schwert schwer in der Hand, und ließ es klirrend auf Colias' Klinge treffen. Er zog die Waffe zurück, sein Atem rau und stoßweise. Colias wich elegant aus, bevor er mit einem lockeren Schwung konterte. Die Spitze seiner Klinge zischte knapp an Uthreds Schulter vorbei. Es war kein Angriff, eher eine Warnung – und das machte es nur schlimmer.

„Kommt schon, Uthred." Colias' Stimme erklang leise, fast spöttisch. „Meint Ihr nicht, Ihr habt genug?"

Die Worte rissen am Stolz ihres Vaters. Er knurrte. Mit einem schwerfälligen Schritt setzte er wieder an. Seine Klinge taumelte, bevor sie erneut auf Colias zielte. Mit lauten Schrammen zogen seine Stiefel über den Boden, als ob sie sich weigerten, ihn weiter zu tragen.

Jeder Hieb kam langsamer – ein verzweifelter Kraftakt, der kaum noch Wirkung erzielte. Uthreds freie Hand zitterte, seine Bewegungen wurden fahrig.

Colias wich erneut zurück, mühelos, fast tänzelnd, und konterte mit einem Hieb, der Uthred beinahe die Waffe aus der Hand riss. Er spielte mit ihm, ließ ihn straucheln und versinken. Ein trauriges Lächeln zuckte über Colias' Lippen.

Halen konnte nicht wegsehen, obwohl ihr Innerstes danach schrie. Ihr Vater stolperte einen halben Schritt zurück, während Colias sich kaum bewegte – ein stiller Schatten, der nicht zu fassen war.

„*Hört auf, bitte!*", wollte Halen rufen, doch ihre Stimme versagte. Ihr Hals war wie zugeschnürt. Sie fühlte den Boden nicht mehr unter ihren Füßen, sah nur noch, wie ihr Vater zitternd auf die Knie sank, seine Klinge lose in der Hand.

Sein Atem klang, als würde jeder Zug ihn zerreißen.

Halens Finger gruben sich schmerzhaft in die Handflächen, doch sie spürte nur ein dumpfes Pochen. Alles in ihr schrie nach Bewegung, nach einer Möglichkeit, ihm zu helfen. Doch sie konnte nicht. Alles verschwamm – außer das Bild ihres Vaters, der immer tiefer fiel.

Da hörte sie etwas. Ein Geräusch, dass nicht von dem Kampf ihres Vaters gegen Colias rührte. Es kam aus dem Blutsee. Ein tiefes Rauschen, das die gesamte Umgebung einnahm.

Im See tauchte etwas auf. Instinktiv trat sie ein paar Schritte zurück. Sie wollte die Männer warnen, die ihrem Vater zu Hilfe eilten. Doch es war zu spät. Einer nach dem anderen stürzte, angegriffen von etwas, das aus dem Wasser kam.

Die Levia. Es gab sie also wirklich.

Halen duckte sich zwischen das Schilf und vergrub die Finger in den Boden. Ihr Blick war starr auf das unheilvolle Schauspiel gerichtet.

Unerwartet tauchte etwas nur wenige Meter vor ihr aus dem Wasser auf. Dunkle bläuliche Haut wurde unterbrochen von krallenbesetzten Flossen, die sich zügig durch das blutrote Wasser bewegten.

Endlich löste ihr Körper seine Starre und setzte sich rückwärts laufend in Bewegung. Panisch suchte Halen ihre Umgebung ab, doch es gab nichts, was ihr als Waffe hätte dienen können. Und niemanden, der ihr hätte helfen können. Jeder kämpfte gerade um sein eigenes Leben. Sie sah zurück zu dem Levia vor sich.

Das Wesen aus dem Blutsee starrte Halen aus schwarzen Augen an. Dann bewegte es sich langsam auf sie zu. Halen stürzte rücklings durch das hüfthohe Wasser und schlug hektisch das sumpfige Dickicht zur Seite, dass ihr dabei ins Gesicht schlug.

Mit Leichtigkeit holte das Wasserwesen sie ein und packte sie am Fußknöchel. Halen spürte den kalten Griff, noch bevor die scharfen Krallen sich in ihr Fleisch bohrten. Ein markerschütternder Schrei entfuhr ihren Lippen. Doch gerade noch, bevor sie unter Wasser gezogen wurde, holte Halen tief Luft – ein verzweifelter, letzter Atemzug.

Dann verschwand die Welt über ihr.

Halen schlug um sich, doch das Wesen hielt sie unerbittlich in seinem Griff. Ihre Kehle verengte sich und die Luft in ihren Lungen drängte verzweifelt nach draußen, während das Wesen sie tiefer und tiefer zog. Eine stechende Kälte hüllte sie ein, durchdrang ihre Kleidung und kroch bis in ihre Knochen.

Ihr Körper schrie nach Befreiung, doch die Dunkelheit der Tiefe verschlang sie gnadenlos.

Nur keine Panik, redete sie sich ein. Diese Worte waren so hohl wie das Rauschen in ihren Ohren. Kaum hatte sie den Gedanken gefasst, kroch die Angst wie eine kalte Hand aus ihrem Innersten hervor. Es war nicht nur die Dunkelheit, die sie umgab, nicht nur die Kälte oder der Schmerz, der von ihrem Fuß ausstrahlte – es war die Erinnerung.

Ein flüchtiges Bild blitzte in ihrem Kopf auf, so schnell, dass sie kaum alle Details greifen konnte: Verzweifelt krallten sich ihre Hände an dem glitschigen

Baumstamm fest. Kaltes Wasser, das an ihr zerrte, sie verschluckte. Eine Stimme, die nach ihr rief. Und der Moment, in dem sie unterging.

Halen schüttelte den Kopf. Sie konnte nicht zulassen, dass diese Erinnerung sie jetzt einholte. Doch die Bilder ließen sich nicht abschütteln. Die erdrückende Stille unter Wasser, das Gefühl, dass niemand sie hören konnte, dass sie allein war – all diese Empfindungen kehrten zurück, verstärkt durch die unerbittliche Kälte der Tiefe.

Nicht schon wieder!, flehte sie verzweifelt. Aber die Dunkelheit zog sie immer weiter hinunter und ihre Angst wuchs mit jeder Sekunde.

Als ihre Füße auf etwas Hartem aufkamen, riss sie die Augen auf. Die Unterwasserwelt des Sees war in einen roten Schleier gehüllt. Aufmerksam spähte sie umher. Da war es wieder. Das Wasserwesen schwamm direkt vor ihr, mit einem Maul, so weit aufgerissen, dass es zwei Reihen spitzer Zähne entblößte.

Instinktiv schob sie ihre Handflächen abwehrend vor ihren Körper, als könnte sie sich auf diese Weise das Wesen vom Leib halten.

Für einen Augenblick entspannte sich ihr Körper. Nur Wärme, die aus ihren Handflächen strömte. Halen konnte nicht einordnen, was gerade geschah. Und als der erwartete Angriff des Levia ausblieb, öffnete sie ihre Lider wieder. Das Wesen aus dem Blutsee war verschwunden.

Sie stieß sich mit den Beinen vom Boden ab. Ihre Muskeln schmerzten, als sie durch das kalte Wasser strampelte, ihre Arme ruderten verzweifelt. Über ihr glitzerte das Licht der Oberfläche. Es war ein silberner Schimmer, der mit jeder Bewegung näher kam – und doch schien die Distanz endlos. Ihr Brustkorb brannte, ein schmerzhafter Druck, der jede Faser ihres Körpers beherrschte.

Das Licht wurde heller, kam näher. Ihre Fingerspitzen streckten sich gen Wasseroberfläche, als könnten sie die Luft greifen, bevor sie sie einatmete. Ihre Lungen flehten nach Sauerstoff.

Das Wasser um sie herum wurde wärmer, ein leises, trügerisches Versprechen von Sicherheit. Ihre Gedanken wurden neblig, als ob das Wasser nicht nur ihren Körper, sondern auch ihren Verstand erstickte. Sie zwang sich, nicht nachzugeben. Nicht jetzt, wo sie es schon so weit geschafft hatte.

Ihre Bewegungen wurden fahriger, aber sie schwamm weiter. Der Schimmer der Oberfläche begann sich zu brechen, wogte mit den kleinen Wellen, die von der Strömung erzeugt wurden. Ein weiterer Schlag, dann noch einer.

Mit einem letzten, verzweifelten Stoß durchbrach sie die Wasseroberfläche. Die Luft traf sie wie ein Schlag und sie sog sie in einem schmerzhaften Atemzug ein. Sie blinzelte das Wasser aus ihren Augen, hustete und rang nach Luft.

Das grelle Licht der Sonne blendete sie, doch davon ließ sie sich nicht beirren. Mit zittrigen Armen paddelte sie zum Ufer, das wie eine rettende Insel vor ihr lag. Ihre Finger gruben sich in das feuchte Gras und sie kam in diesem zum Liegen, erschöpft, aber lebendig.

„Halen, geht es dir gut?" Die Stimme ihres Vaters war rau, fast ängstlich, als er ihre Schultern ergriff. Halen blinzelte benommen, die Welt um sie herum erschien verschwommen und fern. Sein Gesicht tauchte in ihrem Blickfeld auf, und tiefe Sorgenfalten umspielten seine Augen. Sie öffnete den Mund, um etwas zu sagen, aber die Worte blieben ihr im Hals stecken.

Sein Griff war fest, aber behutsam, und gab ihr Halt. Langsam nickte sie, obwohl sie selbst nicht sicher war, ob das der Wahrheit entsprach. Ihr Körper fühlte sich schwer an und ihre Glieder taub vor Kälte und Erschöpfung. Der Schmerz in ihren Lungen erinnerte sie daran, wie knapp sie gerade dem Tod entkommen war.

„Halen?", drängte Uthred erneut, und diesmal schaffte sie es, „Ja" zu flüstern.

Nach und nach kamen Ned, Hengist und Oliver aus dem Wasser. Die Levia waren verschwunden, stattdessen war jemand anderes aufgetaucht. Die Schattengestalt.

Etwa zehn Schritte von ihr entfernt stand sie still da, wie ein dunkler Felsen, der aus dem Boden gewachsen war. Ihr Körper flimmerte, als wäre er aus reiner Dunkelheit gewebt worden und als würde er sich gegen das Licht der Umgebung wehren. Und doch war die Schattengestalt klar und deutlich zu erkennen.

Halen spürte, wie die Luft um sie herum schwerer wurde. Ein leises Flüstern ging durch die Gruppe, gefolgt von dem dumpfen Geräusch eines umfallenden Schwertes. Niemand wagte, sich zu bewegen. Die anderen konnten sie ebenfalls sehen. Zum ersten Mal.

Halen schluckte schwer. Sie nahm nichts anderes mehr wahr und versuchte verzweifelt, mit geschlossenen Augen Ruhe zu bewahren. *Das reicht jetzt! Das ist nur ein Traum,* redete sie sich ein. *Wenn ich meine Augen aufmache, ist sie weg.*

Als sie ihre Lider öffnete, wurde sie bitter enttäuscht. Die Schattengestalt war noch immer da. Halen zwang sich, nicht zurückzuweichen.

Die Gestalt hob den Kopf an. Ihre hellen, milchigen Pupillen stachen aus der Dunkelheit hervor. Sie wirkten wie zwei Leuchtfeuer, kalt und leer, ein unnatürlicher Kontrast zu ihrer düsteren Erscheinung.

Halen fühlte, wie ihre Kehle trocken wurde. Es war kein Traum. Die Schattengestalt war hier. Sie existierte wirklich.

Sie trug einen Umhang aus schwarzen Federn, der sich um ihren buckeligen Rücken schmiegte. Eine Dohle tippelte nervös auf ihrer Schulter herum und beäugte Halen neugierig aus roten Augen. Eine Frau aus Fleisch und Blut.

Das ist der Rabe, den ich gestern gesehen habe. Auch er ist echt. Hat die Schattengestalt etwa die Levia vertrieben? Hat sie uns gerettet?

Colias hatte als Erster sein Schwert gehoben und trat auf die Alte zu, die ihm unbeeindruckt entgegensah.

„Komm nur her!", forderte sie ihn auf. „Glaubst du etwa, ich würde dich nicht erkennen, Asgor?"

Der Mann mit Colias' Aussehen hielt inne. „Misch dich nicht ein, du wirst es bereuen!"

Die Alte gab ein grauenhaftes Röcheln von sich, das wohl ein Lachen sein sollte. „Wenn du willst, dass ich mich nicht einmische, warum tötest du dann einen un-schuldigen Jungen in meinem Wald?"

„In *deinem* Wald?", echote Asgor belustigt.

„Weich mir nicht aus. Antworte!"

„Er sollte nicht sterben. Aber er war eben im Weg", erwiderte Asgor mit einem süffisanten Unterton in seiner Stimme.

„Du schaffst es immer noch nicht, deinen Zorn zu zügeln und —"

„Bei Faljans' Atem, erspar mir deine Predigten!"

Die Alte schnaufte. „Du hast Recht, bei dir wären meine Worte vergeudet. Und nun verlass diese Hülle und zeig wenigstens etwas Anstand, indem du nicht noch ein weiteres Menschenleben zunichtemachst."

„Oh, er gefällt mir." Asgor sah an sich herab, als ob er seinen Körper zum ersten Mal richtig wahrnehmen würde. „Ich könnte mich an diese jugendliche Dynamik gewöhnen."

Die Schattengestalt hob die Hände und Halen machte unwillkürlich ein paar Schritte rückwärts.

Der Wind frischte auf und vertrieb die letzten Nebelschwaden, die sich hartnäckig um den Blutsee festgesetzt hatten. Luft wirbelte in großen Kreisen zu Asgor herüber. Dieser sah der Alten grimmig entgegen, rührte sich aber keinen Millimeter vom Fleck.

„Ich werde wiederkommen!", versprach er. „Und wenn ich mit den Menschen fertig bin, werde ich auch dich holen."

„Versprich nichts, was du nicht halten kannst." Das waren die letzten Worte der Alten an Asgor, bevor sie ihre Hände auf dessen Körpermitte richtete.

Gleißend helles Licht schoss aus ihren Händen und durchdrang Asgor. Seine Miene veränderte sich schlagartig. Das Leuchten entwich seinem gestohlenen Körper wie ein Geist, stieg flüchtig zu den Baumwipfeln empor und verschwand.

Kaum hatte das Licht ihn vollständig verlassen, sackte Colias' Körper zusammen und blieb regungslos auf dem nassen Uferboden liegen.

Halen schaute immer noch zu den Baumkronen, zwischen denen das Licht verschwunden war. *Was in Elass' Namen war gerade passiert?* Dann nahm sie aus den Augenwinkeln eine Bewegung wahr und drehte sich zu der Alten, die bereits auf sie zuging. Vergeblich versuchte Halen, ihren Körper unter Kontrolle zu bekommen, doch die nasse Kälte durchrüttelte sie unbarmherzig. Ihr Vater stellte sich schützend vor sie und versperrte den Weg.

Die Alte zog ihre Kapuze zurück. Ihren am Hinterkopf zusammengebunden grauen Locken entwischten ein paar mit Federn versetzte Strähnen und fielen in ihr faltiges Gesicht. Halen entdeckte etwas in den Augen der Alten, das ihr merkwürdig vorkam. Die Alte erwiderte Halens Blick nicht, sondern schien durch sie hindurchzusehen.

Ist sie blind?

Die Frau hob ihre rechte Hand, und nur einen Moment später materialisierte sich ein knorriger Ast darin, dessen Oberfläche von unzähligen Rissen und Einkerbungen durchzogen war. Mit einer langsamen, bedächtigen Bewegung legte sie ihre faltigen Hände um den improvisierten Stab und stützte sich auf diesen. Der Ast schien wie ein natürlicher Teil von ihr, als hätte er sie schon ein Leben lang begleitet. Sie tastete sich mit ihm nach vorn, als ob sie den Boden unter ihren Füßen stets zuerst prüfen wollte, bevor sie einen weiteren Schritt tätigte.

„Lange habe ich auf diesen Moment gewartet, Halen Arkin. Bist du bereit?"

Halen stellte sich neben ihren Vater, ihre Arme schützend um ihren Oberkörper geschlungen. Sie sah zu dem Raben, der sie aus wachsamen Augen fixierte. „Wofür?", erkundigte sie sich mit zittriger Stimme.

Das milde Lächeln, das den Mund der Alten gerade noch umspielt hatte, verzog sich nun zu einem erbosten Strich. Ihre Stirn furchte sich, dann wandte sie sich an Uthred. „Du hast sie mir versprochen!"

Entschieden schüttelte Halens Vater den Kopf. „Elass sei mein Zeuge: Du hast es nie geschafft, mir ein Versprechen abzuringen!"

Das Gesicht der Alten spiegelte Mitgefühl wider. „Du kannst Asgor nicht aufhalten. Wann siehst du endlich ein, dass du auf Magie angewiesen bist, um dein Reich zu halten?"

Sie wartete keine Antwort ab und wandte sich wieder Halen zu. „Ich hätte wissen sollen, dass er dir kein Sterbenswort über deine Herkunft erzählt hat."

„Meine Herkunft?" Halen wandte sich ihrem Vater zu. Uthred erwiderte ihren Blick nicht, sondern starrte einzig und allein auf die Frau vor sich.

Halen verspürte plötzlich einen Stich in ihrem Bauch und musste sich an ihrem Vater festhalten, um nicht einzusacken. „Was hat das zu bedeuten?", presste sie verzweifelt hervor.

Die Alte funkelte Uthred an, bevor sie sich wieder zu Halen drehte. Der Rabe folgte ihrem Blick unterbrochen. „Es ist noch nicht zu spät. Komm mit mir und ich bringe dir alles bei, was du wissen musst."

139

Halens Vater wollte etwas erwidern, doch die Alte kam ihm zuvor.

„Du hast Dinge gesehen, oder, mein Kind? Dinge, von denen du eigentlich nichts wissen konntest. Und du—"

„Es reicht, Molasir!", herrschte Uthred sie an. „Verschwinde von hier und wage dich nicht in die Nähe meiner Familie, sonst werde ich deinem Leben ein Ende bereiten!"

Die Alte ruckte ihr Kinn stolz in die Höhe, dann nickte sie. „So sei es", entgegnete sie und wandte Halen und ihrem Vater den Rücken zu.

Nach ein paar Schritten blieb sie noch einmal stehen. Sie war auf einer Höhe mit Colias angekommen und deutete vage in dessen Richtung. „Er lebt", verkündete sie, ohne sich umzudrehen. „Er hat deinen Hass nicht verdient, Uthred. Der Geist, der in ihn eingedrungen ist, schon."

Mit ein paar ungelenken Schritten, ob des verwilderten Untergrunds, schloss Uthred zu ihr auf und packte sie am Arm. Als die Alte sich zu ihm umdrehte, ließ er sie abrupt wieder los, als hätte er sich an ihr verbrannt.

„Wenn du weißt, wo er ist, musst du es mir sagen!"

Molasir legte den Kopf schräg. „Dafür ist mein Zauber wieder gut genug? Ich muss dich enttäuschen, meine Kräfte schwinden. Gib mir Halen und du hast eine Chance, ihn ausfindig zu machen."

„Niemals!"

„Bei den Göttern! Dann sag ihr wenigstens die Wahrheit." Die Alte trat unangenehm dicht an Uthred heran und flüsterte: „Oder willst du, dass sie endet wie Alethea?"

Uthred furchte die Stirn. *Woher?*, sagte sein Blick.

„Klare Träume kommen ganz ohne, dass man dafür Magie aufwenden müsste", antwortete Molasir. „Sie sind ein Geschenk der Götter." Mit diesen Worten ließ sie Uthred stehen und stapfte zurück in den Wald.

Götter?, wunderte sich Halen. *Aber es gibt nur einen Gott …*

Ein kalter Schauer rieselte über ihren Rücken, als der Rabe auf der Schulter der Alten noch einmal den Kopf drehte und sie aus roten Augen anstarrte.

Halen verspürte den Drang, Molasir nachzulaufen. Auch wenn die Schattengestalt sie ängstigte, sie war ein vertrauter Teil ihrer Träume, der nicht einfach so wieder verschwinden sollte, nun da er einmal in der menschlichen Gestalt einer alterskrummen Frau in Erscheinung getreten war. Sie hatte vermutlich die Levia vertrieben und diesen in Colias eingedrungenen Geist verjagt. Und vielleicht kannte sie die Antworten auf die Fragen, die in ihrem Inneren unaufhörlich um Antwort schrien. Halen hatte zugesehen, wie der Geist sich Colias' Körper bemächtigt hatte. Wer oder was war im Stande, so etwas zu vollbringen?

Colias gab ein Stöhnen von sich und riss sie damit aus ihren Gedanken. Halen beobachtete ihn voller Anspannung. Als er Anstalten machte, aufzustehen, war ihr Vater sofort über ihm und hielt ihn mit blankem Schwert auf Abstand.

„Nic … Wo ist Nic?", hauchte Colias.

Er versuchte, sich aufzurichten, und stützte seine Hände auf den Knien ab. Fragend stierte er Uthreds Schwert entgegen, bis dieser es zurück in die Scheide steckte, auf ihn zuging und ihm zaghaft seine rechte Hand auf die Schulter legte.

„Er ist tot", brachte er mit bebender Stimme hervor.

Colias senkte den Blick, die Schultern sanken schwer. Ein tiefer Schmerz war in seinen Zügen zu erkennen, bevor er sich abwandte und stumm ein Nicken andeutete.

Halen schossen Tränen in die Augen. Sie konnte kaum verarbeiten, was in der letzten Stunde passiert war. Mit aller Kraft kämpfte sie gegen die Tränen an. Denn sie wusste: Wenn sie einmal damit anfing, würde sie so schnell nicht wieder aufhören können.

Als Colias seinen Kopf wieder hob und Uthred ansah, lag ein Leuchten in seinen Augen, welches gefährlichen Zorn widerspiegelte. „Wir müssen *ihn* aufhalten!", rief er mit rauer Stimme.

Uthreds Züge verhärteten sich. Er packte Colias am Wams, ohne dass dieser Anstalten machte, sich zu wehren. „Der Geist hat Euch nicht aus Zufall benutzt. Wer seid Ihr wirklich?"

Colias Mund öffnete sich, doch in diesem Moment setzten Trommeln ein, die aus weiter Ferne eine unverkennbare Nachricht durch die Luft schickten: Der Feind befand sich auf dem Vormarsch.

Uthred nickte Ned und Oliver zu, die sofort zu Colias traten und ihm die Hände auf den Rücken fesselten.

„Was soll das?" Colias' Augen weiteten sich.

„Ihr werdet vorerst mit Wyatts Verlies Vorlieb nehmen müssen", erklärte Uthred nüchtern. Und an alle gewandt, fuhr er fort: „Wir müssen schleunigst zurück nach Wyatt! Unser Feind ist zurück!"

Halen sah ihrem Vater mit einem verzweifelten Gesichtsausdruck an.

„Nein!", schrie sie ihm entgegen und stürmte los. Bald entdeckte sie den Jungen, mit dem sie ihre gesamte Kindheit verbracht hatte. Der sie zum ersten Mal geküsst und ihr seine Liebe gestanden hatte. Und was hatte sie für ihn gehabt? Sie liebte ihn nicht, nicht auf diese Art, das wurde ihr in diesem Augenblick mit einem Schlag bewusst. Sie hatte ihn benutzt, ihn ausgenutzt, wenn sie seine Hilfe brauchte. Und er war immer zur Stelle gewesen. Warum hatte sie nicht sein Leben retten können? Er an ihrer Stelle hätte es auf jeden Fall versucht. Er hätte nach ihr gerufen und für sie gekämpft. Was hatte sie getan? Nichts. Nur stumm abgewartet, bis die Lichtgestalt in Colias' Körper eingedrungen war und Nicolas' Leben beendet hatte.

Halen bettete ihren Kopf an seine Schulter. Sein Körper war noch warm. Sie schluchzte, aber keine einzige Träne wollte sich aus ihrem Innersten befreien. Dann, wie aus dem Nichts, war da Vaters Anwesenheit. Mit einem weiteren zitternden Atemzug neigte sie sich in seine Richtung.

„Hal!", hörte sie ihren Vater sagen – sanft, aber fordernd zugleich.

Halen wusste nicht, woher sie die Kraft nahm, sich zu wehren, während ihr Vater versuchte sie von Nicholas loszureißen. Weitere Hände packten sie. Halen schrie. Tränen trübten ihre Sicht auf Nicholas, der immer kleiner wurde, je weiter sie sich von ihm entfernten.

Kapitel 11

Sie brauchten knapp zwei Stunden, um zu der Waldgrenze zu gelangen, die den Moorwald vom weitläufigen Marschland ablöste und den Blick auf Wyatt und dessen Festung freigab. Das Wetter erschwerte ihre ohnehin schon mühsame Reise. Seit ihrem Aufbruch vom Blutsee regnete es ohne Unterlass, was das Marschland in ein überschwemmtes Hindernis verwandelte. Das Durchreiten war unmöglich, sodass sie gezwungen waren, die Pferde an den Zügeln zu führen. Der schlammige Boden saugte an ihren Stiefeln. Jeder Schritt verlangte ihnen mehr Kraft ab. Es war eine Strapaze, die ihre Erschöpfung verstärkte und sie langsamer vorankommen ließ.

Halens Augen brannten heiß von den Tränen, die sie nicht mehr zurückhalten hatte können. Doch sie versiegten irgendwann. Sie ließ ihren Blick über Wyatts Felder bis zur Mündung des Dyne im Meer der Welten schweifen. Die Landschaft war in einem regnerischen Grauschleier versunken. Der Feind war nicht auszumachen, das Dröhnen der Trommeln hingegen war unverkennbar.

Unterhalb eines seichten Hügelkamms genehmigte ihr Vater seiner Mannschaft endlich eine Rast. Halens Körper schrie nach Erholung, und mit jedem Schritt, den sie tätigte, rieben ihre nassen Stiefel gegen ihre aufgescheuerten Füße. Ihre Waden pochten dumpf, ein rhythmischer Schmerz, der sich mit dem Rauschen des Regens zu vermischen schien. Dieser hatte sie bis auf die Knochen durchnässt und ihre Kleidung klebte schwer an ihrem Körper.

Vorsichtig ließ sie sich auf das feuchte Gras nieder, doch kaum knickte sie die Knie ein, durchzog ein Ziehen ihre Beine. Sie zog scharf die Luft ein und hielt kurz inne, ihre Hände auf die schmerzenden Stellen gepresst. Es war, als hätten sich ihre Muskeln gegen jede weitere Bewegung verschworen. Sie biss die Zähne zusammen und zwang sich, sich hinzusetzen, obwohl ihr Körper protestierte. Ein Zittern kroch über ihre Arme. Aber wenigstens saß sie. Ihr Atem ging stoßweise, während sie versuchte, die schmerzenden Glieder zu entspannen.

Sie nutzte den Moment, um ihren linken Knöchel zu begutachten. Seit ihrem Kampf mit dem Wasserwesen im Blutsee hatte sie die Wunde komplett vergessen. Umso erstaunter war sie, als sie dort, wo sich die Krallen des Levia tief in ihr Fleisch geschnitten hatten, nur noch rosa Flecken ausmachen konnte. Hatte das Wasser des Blutsees wirklich eine heilende Wirkung?

Der Blutsee. Nicholas. Das scheppernde Geräusch von zwei aufeinanderprallenden Schwertern. Halen vergrub den Kopf in ihren Händen. Sie ertrug die Erinnerungen nicht länger, die sich quälend in ihr Gedächtnis einbrannten.

Immer noch auf ihr Bein starrend, auf dem keine Spuren der Wunde mehr zu erkennen waren, spürte sie, wie sich eine warme Hand auf ihre Schulter legte. Noch eine. Ein sanftes Rütteln.

„Hal! Sieh mich an."

Mit tränenüberströmtem Gesicht sah Halen zu ihrem Vater hoch, der sich vor sie gekniet hatte. Es war ihr egal, was er von ihr dachte. Ob er sie für schwach hielt. Nic war tot. Und Halen konnte nicht sagen, was sie fortan ohne ihn machen würde. Es kam ihr vor, als hätte sie den einzigen Halt verloren, den sie auf Wyatt Castle besessen hatte.

„Hör mir zu", forderte Uthred. „Wenn Wyatt fällt, musst du verschwinden. Geh in den Wald. Dort findest du – "

„Was redest du da?", unterbrach sie ihn. „Warum sollte Wyatt fallen?"

Vater schloss die Augen und holte tief Luft. „*Er* kommt!"

Halen runzelte die Stirn. „Die Lichtgestalt vom See, die sich Colias' Körper bemächtigt hat?"

Uthred nickte. „Asgor ist ein mächtiger Yroma."

„Also ist es wahr, was die Alte im Moor gesagt hat?"

Uthred seufzte schwer. „Deine Mutter ist eine Yroma", gab er stoisch von sich.

„Ich weiß."

Die Yroma. Halen wusste, dass es sich bei ihnen um das Urvolk Meerells handelte. Aber nie hätte sie vermutet, dass sie zu Magie fähig waren. Und erst recht nicht zu solch gefährlichem Zauber wie die Verwandlung in eine geisterhafte Lichtgestalt. Waren alle Yroma zu so etwas fähig? Ein Gedanke aber rückte immer deutlicher hervor: „Und … bin ich auch wie sie?"

147

Ihr Vater hob die Schultern, sein Mund formte einen dünnen Strich. *Er weiß es. Warum sagt er nichts?*

„Wir müssen weiter." Er stand auf und wich ein Stück zurück.

„Warte!", protestierte Halen und sprang hastig auf, was ihre Muskeln mit einem unangenehmen Ziehen straften.

Ihr Vater aber beachtete sie nicht mehr und widmete sich seinen Getreuen. „Hengist, mach jeden in der Stadt ausfindig, der in der Lage ist, einen Bogen zu halten."

Uthred wollte als nächstes Oliver und Ned Anweisungen geben, doch Colias kam ihm zuvor.

„Bei all den Ereignissen habt Ihr vielleicht Jemanden vergessen", begann er.

„Verdammt, Colias, ich habe keine Zeit für Rätsel. Sprecht!"

„Ylva Raymond. Sie ist in Wirklichkeit nicht meine Gemahlin, sondern Asgors."

„Sperr auch sie ein!", befahl er Ned.

„Verstanden, Mylord." Uthred hatte sich schon abgewandt und ging schnellen Schrittes Richtung Festung. Sie lag zwar nur noch einen Katzensprung entfernt, doch das aufgeweichte Marschland machte den Weg mühsam.

***

Halen stand an der östlichen Wehrmauer. Dort, wo der Dyne sich in zwei Flusslinien um die Stadt teilte. Ihr Blick war unentwegt auf das sture Grau des Regens gerichtet, das den Hafen verschleierte. Einzig die zwei Spitzen des Weltentores ragten aus dem Dunst heraus. Sie berührten sich hoch über der Hafenmündung und formten bei klarer Sicht ein gewaltiges Dreieck.

Sie sah wieder zu den Bogenschützen, die entlang der Wehrmauer auf ihr Kommando warteten.

Hengist hatte rund zwei Dutzend brauchbare Schützen auftreiben können, aber nicht einmal die Hälfte dieser war in ihrer Kunst geschult. Halen hatte sich die Zeit genommen, ihnen zu zeigen, wie man den Bogen spannte, und ihnen die drei wichtigsten Kommandos eingebläut. Einnocken, Spannen und Schuss. Sie alle hielten sich tapfer, aber Halen erkannte die Angst, die an ihnen nagte.

Sie konnte es ihnen nicht verübeln. Gestern hatte sie zum ersten Mal einen Pfeil auf einen Menschen gerichtet. Jetzt lastete die Erkenntnis schwer auf ihr – nicht der Geist wäre durch ihre Hand gefallen, sondern Colias. War er wirklich Nicholas' Onkel? Er hatte mit dem Geist gesprochen, als ob sie sich kannten.

Während ihres kläglichen Versuchs, Klarheit zu erlangen, drängte sich der hektische Vorgang innerhalb der Festung mehr in ihr Sichtfeld. Sie entdeckte Colias und Ylva, wie sie an den Händen gefesselt zum zweiten Zwillingsturm geführt wurden.

Colias redete verzweifelt auf Ned ein. Aus der Entfernung drangen seine Worte nicht zu Halen durch. Ylva stand kerzengerade da, ihr Gesicht blieb unbewegt.

Halens Aufmerksamkeit richtete sich nun ein paar Städtern, die gerade dabei waren, das Brückentor zu verrammeln. Aus den Wachkammern erklang das Rütteln der Fallgitter, die gerade heruntergelassen wurden.

„Was tust du hier oben?"

Halen fuhr herum und traf auf den eindringlichen Blick ihrer Tante. Halen sträubte sich, ihr in die Augen zu sehen. Stattdessen drehte sie sich weg, unfähig die Worte auszusprechen.

„Was ist passiert?", hakte Lydia hartnäckig nach.

Halen sah zu Boden und ihre Finger krallten sich in den Stoff ihres Ärmels.

„Nicht jetzt, Tante Lydia", presste Halen hervor.

Die Blicke der Bogenschützen hafteten auf ihr – eine Mischung aus Sorge, Unverständnis und stummer Erwartung. Die Gruppe war bunt zusammengewürfelt: Männer und Frauen, alle mit unterschiedlichen Kampferfahrungen, aber vereint in ihrer Mission. Halen wusste, dass sie keine Schwäche zeigen durfte – nicht hier, nicht jetzt. Die Moral der Truppe hing von ihrer Stärke ab. Wenn sie fiel, würden alle fallen.

Halen ballte die Hände zu Fäusten, und versuchte, den Kloß in ihrer Kehle hinunterzuschlucken. Sie erstickte die Tränen und hielt den Blick starr nach vorne gerichtet. „Ich bin in Ordnung", fügte sie schärfer hinzu, mehr zu den Bogenschützen als zu ihrer Tante.

Aber Lydia ließ sich nicht abwimmeln. Sie packte Halens Bogen und schmiss ihn auf den Boden. „Sieh mich gefälligst an!", schrie sie hörbar für jeden, der sich auf der östlichen Wehrmauer befand.

Zögerlich schaute Halen auf. „Bist du auch eine Yroma wie Mutter? Wusstest du von Anfang an Bescheid?"

Lydia zog die Augenbrauen zusammen. „Ja", antwortete sie ruhig, aber bestimmt. Kein Zögern, keine Entschuldigung. Sie ließ die Worte stehen, wie ein Pfeil, der sein Ziel getroffen hatte.

Bevor Halen etwas erwidern konnte, sprach Lydia leise weiter: „Was ist bei der Jagd passiert? Warum bist du zurückgekommen, ohne Nic?"

Halen öffnete den Mund, schloss ihn jedoch gleich wieder und spürte, wie ihr Herz schneller schlug.

„Er … ist tot." Es war nicht mehr als ein Flüstern.

Lydias sonst so rosige Gesichtsfarbe schwand und wandelte sich in einen blassen Schimmer auf ihren Wangen und ihrer Stirn. Ihre Lippen bebten, bis sie sie stärker aufeinanderpresste und betroffen auf ihre Füße stierte. Als sie wieder aufsah, war alle Trauer in ihrem Gesicht verschwunden. Einzig eine unerschütterliche Entschlossenheit konnte Halen in diesem erkennen. Und sie wusste nicht, ob sie die Fähigkeit ihrer Tante, Gefühle einfach so beiseitezuschieben, bewundern oder fürchten sollte. Bevor sie weiter darüber nachdenken konnte, griff Lydia nach ihrer Hand. „Komm mit."

Halen entzog sich ihr und drehte sich zur Wehrmauer. „Ich bleibe hier", beharrte sie und wischte sich eine Träne aus dem Augenwinkel.

„Deine Mutter verlangt nach dir", beharrte Lydia in einer Kälte, die Halen verriet, dass es sich dabei um die Wahrheit handelte.

Sie zögerte, doch der Ton in Lydias Stimme ließ keinen Widerspruch zu. Widerwillig schluckte sie ihre Fragen hinunter und setzte sich in Bewegung.

„Hast du Hancock gesehen?", fragte sie schließlich, während sie neben Lydia den Wehrgang zum ersten Zwillingsturm entlangeilte. Die Gedanken an ihren treuen Wolfshund ließen ihre Brust enger werden; sie sehnte sich danach, ihre Hand durch dessen warmes Fell zu streichen und auf diese Weise Trost zu finden.

„Mach dir keine Sorgen. Er verschwindet öfter mal für ein paar Tage."

Das stimmte. Aber Halen sorgte sich trotzdem. Nicht nur, dass sie ihren Wolfshund in Sicherheit wissen wollte; sie wollte ihn vor allem an ihrer Seite haben.

Am Turm angekommen traten sie durch eine kleine Holztür ins Innere. Halen zählte die einundzwanzig Stufen bis zum Krankenzimmer ihrer Mutter, so wie sie es immer tat, um einen klaren Kopf zu bekommen. Doch heute wollte ihr das einfach nicht gelingen.

Alethea saß auf einem Stuhl am Fenster mit Blick auf das Meer. Als sie ihre Tochter und Schwester bemerkte, strahlten ihre Augen für einen kurzen Moment, bevor sich wieder kleine Falten der Besorgnis um diese legten.

„Hal, komm zu mir." Dann hielt sie ihre Arme auf und wartete, bis ihre Tochter sich in diese fallen ließ.

Halen versuchte, sich zu erinnern, wann sie ihre Mutter das letzte Mal außerhalb des Bettes erlebt hatte.

„Es tut mir leid, was passiert ist", flüsterte Alethea ihr ins Ohr.

Halen löste die Umarmung. „Was meinst du?"

152

„Nicholas, der arme Junge …"

„Woher weißt du davon?"

Alethea warf Lydia einen nachdenklichen Blick zu.

„Könntest du uns allein lassen?"

„Aber—", protestierte ihre Schwester.

„Bitte!"

Lydia rollte mit den Augen, dann wandte sie sich zum Gehen.

Alethea wartete, bis die Tür ins Schloss fiel, erst dann nahm sie Halens Hände und führte sie zum Bett, auf dem sie sich nebeneinander niederließen.

„Du hast etwas bei mir vergessen", meinte Alethea und zog einen kleinen Gegenstand unter ihrem Kissen hervor. „Ich habe es dir geschenkt und ich möchte, dass du es trägst."

Halen wich den Händen ihrer Mutter aus, als diese versuchte, ihr das Amulett um den Hals zu binden.

„Woher weißt du das von Nic?", verlangte Halen abermals zu wissen.

„Ich habe Träume, Hal. Genau wie du." Alethea warf ihr einen mitleidigen Blick zu, dann hielt sie ihr das Amulett stumm entgegen.

„Warum hast du dann nichts unternommen?"

Alethea legte das Eulenamulett auf ihrem Schoß ab. „Hal, ich—"

„Warum hast du mir nichts gesagt? Warum hast du mir nie *irgendetwas* gesagt? Über meine Herkunft, die Träume. Mir geht es damit nicht gut, ist dir das bewusst?"

„Die Träume sind eine Gabe. Sie liegen in der Familie."

„Ich bin eine Yroma, habe ich recht?"

Aletheas Stirn furchte sich und sie atmete schwerer, als wollten ihr die nächsten Worte nicht über die Lippen kommen: „So ist es." Dann reichte sie ihrer Tochter erneut das Amulett. „Trage es. Es wird dich beschützen."

Halen atmete tief ein, als die Worte ihrer Mutter wie ein schwerer Schlag in ihr Bewusstsein drangen. Eine Yroma. Die Vorstellung, dass sie Magie in sich trug, war kaum zu fassen. Sie hatte von den Yroma gehört, ja – dass sie selbst zu diesem Volk gehörte und möglicherweise Magie besaß, das war eine andere Dimension. Unsicher betrachtete sie das Amulett, als versuchte sie, in dem glänzenden Holz eine Antwort zu finden. Konnte sie es wirklich glauben? Hatte sie Magie in sich?

Ihre Mutter fasste das lederne Band und zog es Halen über den Kopf. Dann legte sie den hölzernen Anhänger behutsam auf der Brust ihrer Tochter ab.

Halen spürte sofort die Wärme, die zusammen mit einem leichten Pulsieren von dem Amulett ausging. Es kam ihr vor, als wollte es zu ihr sprechen.

Ein Fensterladen schlug auf und Halen zuckte zusammen. Im nächsten Moment fuhr ein milder Windhauch durch ihr Haar und umschmeichelte ihren Körper. Halen schwindelte es und ihr Herzschlag beschleunigte sich, als sie auf die fein geschnitzte Eule hinabsah, die auf ihrem Brustkorb ruhte.

Als sie wieder aufblickte, sah sie ihrer Mutter entgegen, die zufrieden lächelte. Der Wind blies noch einmal um ihre Beine, dann flaute er ab.

„Du musst aus Wyatt verschwinden. Du darfst nicht hier sein, wenn Asgor kommt."

„Du bist mir ein paar Antworten schuldig!"

„Lydia wird dir alles erklären. Sie wird dich aus der Festung bringen."

„Wirst du nicht mitkommen?"

„Meine Lebenskraft verdorrt wie Gras unter der Sommersonne. Ich würde euch nur aufhalten."

„Ich kann nicht einfach verschwinden. Das hier ist mein Zuhause. Die Menschen brauchen mich!"

„Ja, lebend. Also geh!" Alethea packte Halens Hände und zog sie auf die Beine. „Lydia", rief sie zur Tür. Nur eine Sekunde später schwang die Tür auf. Die Schwestern wechselten einen Blick miteinander, dann nickte Lydia.

„Ich bringe sie in Sicherheit, versprochen."

Alethea schob Halen und Lydia zur Tür. „Schnell, macht euch auf den Weg!"

Halen klammerte sich an ihre Mutter. „Ich will dich nicht auch noch verlieren."

Alethea hielt inne und streichelte Halens Wange, allerdings nur für einen Moment. „Geht! Geht!"

Lydia zog sie fort. „Beeil dich", forderte ihre Tante sie auf, während sie die Treppen hinunterrannten.

Als sie das Erdgeschoss des Turms erreichten, hielt Lydia nicht auf den Haupteingang zu, sondern ging zu einer anderen kleineren Tür.

Lydia schob sie eilig in ein untersetztes Treppenhaus, das sie einige Stufen unter Tage führte.

„Ich wusste nicht, dass der Turm einen Keller hat", bemerkte Halen nervös, während sie sich gebückt weiterbewegte.

Lydia schnalzte ungeduldig mit der Zunge. „Ich hätte nie gedacht, dass es noch einen Ort in Wyatt Castle gibt, den du nicht kennst."

Hinter einer weiteren, noch kleineren Tür lag ein Raum. Er war gerade so groß, wie der Turm breit war, und wirkte wie ein Relikt aus einer längst vergessenen Zeit. Eine schmale steinerne Plattform führte vom Eingang aus über das Wasser hinweg. Die niedrigen Wände waren von einer zarten Moosschicht überzogen, und die Luft roch feucht und modrig.

Unterhalb des Fundaments ruhte dunkles Wasser, das den Raum fast zur Hälfte ausfüllte. Am Ende der Platte führte eine schmale Treppe hinunter zum Wasserrand, wo ein kleiner Kahn bereitlag. Er wirkte alt, doch gut in Schuss, und schien nur darauf zu warten, durch die halbrunde Öffnung am anderen Ende des Raumes manövriert zu werden. Es war ein winziger Hafen, verborgen im Inneren des ersten Zwillingsturms.

Es war ein unerwarteter, aber praktischer Ausweg. So konnte man unbemerkt aus der Festung gelangen, ohne die Stadt durchqueren oder eines der Burgtore passieren zu müssen.

Halen warf einen Blick auf den Kahn und dann auf Lydia, die ungeduldig das Wasser musterte. Ihre Gedanken rasten. Sie konnte nicht einfach gehen. Nicht jetzt, nicht so. Ihre Finger umklammerten die Bugleine. Für einen Moment hatte sie das Gefühl, als würde das Seil sie festhalten – als wäre es nicht nur der Kahn, sondern auch sie selbst, die an Ort und Stelle verharrte.

Ihre Tante wartete auf sie, das wusste sie. Der Gedanke daran, zu verschwinden, fühlte sich wie ein Fremdkörper in ihrer Brust an. Hier zu bleiben bedeutete, Antworten zu suchen. Antworten, die niemand sonst für sie finden konnte. Aber wegzugehen ... bedeutete Sicherheit.

Halen spürte, wie Lydia sie aus den Augenwinkeln beobachtete, und zwang sich, zu handeln. „Steig ein", forderte sie sie schließlich so beiläufig wie möglich auf. „Ich binde das Seil los."

Lydia stieg in den schmalen Kahn und setzte die Ruder in die Dollen ein. Halen zögerte, ihre Finger verharrten an der Bugleine. *Tu es*, drängte sie sich. Sie atmete tief durch, dann löste sie das Seil und hielt den Kahn mit beiden Händen fest, während Lydia sich für die Abfahrt bereit machte.

Ihre Tante riss entsetzt die Augen auf. „Was tust du da?"

Mit einem kräftigen Stoß drückte sie den Kahn von sich weg. Das Holz knarrte und Lydia verlor das Gleichgewicht, als der plötzliche Ruck den Kahn nach hinten katapultierte. Mit einem überraschten Laut fiel sie rücklings in das Boot, die Hände vergeblich nach Halt suchend.

Unaufhaltsam schoss der Kahn durch die Öffnung in der Wand. Lydia strampelte und kämpfte darum, sich wieder aufzurichten, doch der enge Raum ließ kaum Bewegungsfreiheit. Draußen wartete bereits die Strömung des Dyne, die es ihr unmöglich machen würde, umzukehren.

„Es tut mir leid", murmelte Halen und wandte den Blick ab, während der Kahn in die Dunkelheit verschwand.

Kapitel 12

„Was immer da auf uns zukommen mag, wenn sie ihr Ankommen schon von Weitem ankündigen, kann das nichts Gutes bedeuten", hörte Halen einen der Bogenschützen neben sich murmeln.

Innerlich musste sie ihm rechtgeben. Räuber oder Plünderer kündigten ihren Angriff auf eine Burg nie an, denn sie waren meist in der Unterzahl und spärlich bewaffnet. Ihre einzige Chance auf Überlegenheit war das Überraschungsmoment. Wenn die Feinde also schon seit Stunden mit Trommeln auf sich aufmerksam machten, konnte das nur bedeuten, dass sie eine deutliche Übermacht darstellten und ihrem Gegner signalisieren wollten, dass es klüger wäre, die weiße Fahne zu hissen.

Halen beobachtete den Rotschopf neben sich. Er war mit Pfeil und Bogen bewaffnet und gehörte eindeutig zu Hengists kleiner Armee.

„Wyatt ist uneinnehmbar", wiederholte Halen die Worte ihres Vaters, denen Nic und sie so oft gelauscht hatten.

„Glaubt Ihr das wirklich?" Er sah sie sofort entschuldigend an. „Verzeiht, Lady Halen. Ich wollte nicht—"

„Schon gut", erwiderte Halen angespannt. „Das waren die Worte meines Vaters, nicht meine."

Sie richtete ihren Blick wieder geradeaus. Dann dachte sie an die Worte ihres Vaters. *„Wenn Wyatt fällt, musst du verschwinden."* Noch war Wyatt nicht gefallen. Also war es auch noch nicht an der Zeit, zu verschwinden. Würde Lydia in den Wald fliehen? Oder würde sie versuchen, einen Weg zurückzufinden, um Halen zu holen? Letzteres dürfte unmöglich sein, denn Uthred hatte die gesamte Stadt verbarrikadiert.

Halen sah wie versteinert auf den Rauch, der an der Küste emporstieg. „Sie haben den Hafen in Brand gesetzt."

„Sie kommen den Dyne hinauf", bestätigte Uthred, der plötzlich zusammen mit dem Steward neben ihr aufgetaucht war. Der Nebel hatte sich gelichtet und Halen sah, wie langbäuchige Koggen den Dyne hinaufsegelten.

Ihr Vater wandte sich an seinen Steward. „Ned, du hast das Kommando über die Festung."

Obwohl Halen ihren Blick kaum von der sich stetig nähernden Bedrohung abzuwenden vermochte, zwang sie sich, den Anweisungen ihres Vaters an den Steward zuzuhören.

„Wenn ich nicht zurückkehre, lasst das Osttor schließen und verschwindet aus Wyatt." Ohne eine Antwort abzuwarten, ließ er Ned und sie stehen und machte sich mit ein paar Männern auf den Weg zum Burghafen.

Halen eilte zur Brüstung des Wehrgangs, von der aus sie den Burghafen überschauen konnte. Ihr Blick

160

wanderte zwischen den immer näher rückenden feindlichen Schiffen und ihrem Vater, der mit zwei weiteren Männern unten in einen Kahn stieg.

„Was hast du vor?", sprach Halen ihre Gedanken laut aus.

„Ich glaube, sie wollen das Weltentor zerstören, um dem Feind die Einfahrt nach Wyatt unmöglich zu machen."

Halen fixierte den rothaarigen Bogenschützen neben sich. „Und wie wollen sie das anstellen? Es etwa zerschlagen?"

Zögerlich erwiderte er ihren Blick. „Es ist aus Holz, also warum nicht?"

Halen schnaubte. Das gesamte Weltentor zerstören? Dafür hatten sie nicht die Zeit. Bald schon würden sie in die Schussweite ihrer Feinde geraten. Sie begann, auf und ab zu marschieren, die Finger unruhig an ihrem Bogen entlang gleitend.

„Das werden sie so nicht schaffen", meinte sie und blieb abrupt stehen. Sie schaute zurück zum Kahn ihres Vaters.

Der Rothaarige trat näher, seine Stimme zögerlich. „Wenn man das Weltentor in Brand setzt, würde es in sich zusammenbrechen."

Halens Lippen verzogen sich zu einem schmalen Lächeln, während sie bereits die Entfernung abschätzte. „Vielleicht könnten hundert brennende Pfeile das ausrichten. Aber die haben wir nicht."

„Stimmt, aber es braucht nur einen", erwiderte er, ein herausforderndes Funkeln in den Augen.

Halen versuchte die Bedeutung hinter seinen Worten zu verstehen, schon ruckte er seinen Kopf näher zu ihr. „Und wenn ich Euch sage, dass ich mit Magie das Feuer eures Pfeils verstärken kann?", flüsterte er verschwörerisch.

„Mit Magie?", wiederholte sie, ein schalkhaftes Lächeln auf den Lippen. Ihr Blick erstarrte, als ihr plötzlich klar wurde: Magie war längst keine Erzählung mehr, sondern harte Realität.

Er nickte und Halen musterte den Rothaarigen genauer. Er war etwa in ihrem Alter, mit schmalen Wangen und einem entschlossenen Zug um den Mund. Obwohl er nicht viel älter als sie selbst sein konnte, hatte sein Blick etwas Abgeklärtes an sich.

„Ich habe schon einmal gesehen, wie Ihr einen Pfeil trotz aller Umstände präzise ins Ziel bringt. Das könnte Euch noch einmal gelingen."

„Was redet Ihr da?"

„Ihr seid eine Yroma, Lady Halen."

Wie konnte er das wissen? Ein unangenehmes Kribbeln breitete sich in Halens Nacken aus.

„Ich finde, einen Versuch ist es wert!", ermutigte sie der Bogenschütze mit einem Nicken.

Der Ton eines Horns schwoll an, durchdrang die Wehrgänge von Wyatt Castle und steigerte Halens Anspannung. Es blieb keine Zeit mehr, zu zögern. Sie griff nach einem Pfeil.

„Halt!", ertönte Neds strenge Stimme, als er vortrat. „Was denkt Ihr euch dabei? Das hier ist kein Spiel!"

„Wir müssen das Tor schwächen", entgegnete Halen. „Ein Schuss – mehr brauchen wir nicht."

„Und was, wenn Ihr Euer Ziel verfehlt?"

Hengist trat neben sie. „Wenn sie trifft, gewinnen wir Zeit. Und die brauchen wir." Er warf Halen einen schnellen Blick zu, der ihr sagte, dass er das Gespräch zwischen ihr und dem Bogenschützen mitbekommen hatte. Dankbar nickte sie ihm zu.

Die feindliche Armee kam Wyatt Castle auf ihren knorrigen Schiffen immer näher. Die Segel aufgebläht wie drohende Schatten, die das Sonnenlicht verschluckten, und der Wind trug Stimmen und Waffenklirren bis zu ihr hinauf.

Der Steward presste die Lippen zusammen und schaute zwischen ihnen hin und her. Schließlich gab er ein genervtes Schnauben von sich. „Eine Chance. Aber macht es schnell!"

„Bereit?", fragte der Bogenschütze, der leise hinzutrat.

Halen nickte, hob den Bogen und fixierte das brüchige Holz des Weltentors.

Ein Schuss. Nur einer.

Der Rotschopf ließ seine Hände über die Spitze des Pfeils gleiten. Als ein rötliches Schimmern sich um die Pfeilspitze legte, zog er seine Hände zurück. Es sah tatsächlich nach magischen Flammen aus, und das ganz ohne präparierten Pfeil!

Sie sah zu der Spitze des Weltentors, schloss ihre Augen und ließ das Geschoss von der Sehne schnellen. Ein Atemzug. Noch einer. Der Pfeil senkte sich und Halen hielt die Luft an. Sie hörte ein erleichtertes Stöhnen und öffnete ihre Augen. Das Weltentor hatte Feuer gefangen.

„Bei Fennkys Flammen! Ihr habt es geschafft", jubilierte der Schütze.

163

Halen huschte ein Lächeln des Triumphes über die Lippen.

Das Weltentor loderte, aber die mächtigen Holzstreben widerstanden den magischen Flammen länger, als Halen es erwartet hatte.

Unten am Burghafen schien ihr Vater das brennende Geschosse bemerkt zu haben. Sie konnte sehen, wie sein Kahn sich langsam zurück zur Festung bewegte.

Die Minuten zogen sich quälend in die Länge, während das Feuer sich durch das alte Holz fraß. Dicker Rauch stieg in den Himmel auf. Immer wieder hörte Halen die Balken knacken, ein Vorbote des Zusammenbruchs, doch bisher hielt die Konstruktion stand.

„Warum dauert das so lange?", flüsterte jemand hinter ihr. Halens Blick war starr auf das lodernde Tor gerichtet. Die Flammen hatten die tragenden Balken fast vollständig umschlossen, und sie konnte sehen, wie diese sich langsam schwarz verfärbten, bis sie sich schließlich mit einem tiefen, ächzenden Laut verzogen. Mit einem ohrenbetäubenden Krachen brach das Weltentor unter seinem eigenen Gewicht zusammen. Die massiven Trümmer stürzten in den Dyne, und mehrere gigantische Wasserfontänen schossen in die Höhe.

Für einen Moment schien es, als hätte Halen es tatsächlich geschafft.

Sie wandte sich ihrem Vater zu, der mit seinen Männern immer noch am Rudern war. Sie hatten es fast zurück in Sicherheit geschafft. Ein Funken Erleichterung durchzog Halen, doch ihre Freude hielt nur kurz. Der rothaarige Fremde neben ihr starrte stumm auf das Flussbett, sein Gesicht voller Sorge. Als Halen seinem Blick folgte, sah sie, was ihn so erschütterte: Die gewaltigen Holzteile, die eben noch im Wasser verschwunden waren, begannen, sich zu bewegen. Langsam, fast bedrohlich, schoben sie sich nach oben, aus dem Wasser heraus, als würde eine unsichtbare Hand sie anheben. Tropfendes Wasser zeichnete glänzende Spuren auf den Trümmern, während diese scheinbar schwerelos über die Wasseroberfläche schwebten.

Die Überreste des Tores glitten über den Fluss in Richtung Ufer. Dort, über dem Treidelpfad, der den Dyne auf der Hafenseite säumte, blieben sie einen Moment lang in der Luft hängen, bevor sie mit einem dumpfen Schlag zu Boden fielen.

Ein kaltes Kribbeln überzog Halens Rücken. Ihre Augen folgten den Schiffen, die nun ohne Hindernis auf den Burghafen zusteuerten. Die Furcht nagte an ihr – Furcht um ihr Leben, um das ihrer Familie, um Wyatt und deren Bewohner.

Halen atmete erleichtert aus. Der Kahn ihres Vaters war sicher zurückgekehrt. Ein flüchtiges Lächeln stahl sich auf ihr Gesicht – allerdings nur für einen Moment.

Wie eine düstere Welle versammelte sich die feindliche Armee am anderen Ufer des Flusses. Die Schiffe hatten ihre Positionen erreicht, und die ersten Feinde gingen an Land.

Halen spürte das Zittern in ihren Beinen, doch sie zwang sich, weiterzugehen. Sie trat einige Schritte zurück, weg von der Brüstung, hin zu einem besseren

Standpunkt mit freier Sicht. Der Wind trug den Gestank von Rauch und nassem Holz heran, und der Lärm der feindlichen Truppen dröhnte in ihren Ohren.

Nachdem sie einen Blick mit Ned und Hengist gewechselt hatte, griff sie nach ihrem Bogen, der neben einem umgestürzten Pfeilköcher auf dem Boden lag, und hob ihn mit festem Griff an.

„Bogenschützen!", rief Ned, seine Stimme scharf und entschlossen. „Stellt euch auf! Bereitmachen!"

Um sie herum raschelten die Sehnen, als die Bogenschützen ihre Waffen hoben. Das Knarren der Bögen und das dumpfe Klopfen von Stiefeln auf dem Steinboden erfüllte die Luft. Ihre Hände zitterten leicht, als sie den Bogen fester umfasste. Es war ihr erster Kampf in dieser Größenordnung, und obwohl sie sich innerlich versuchte zu sammeln, war der Druck überwältigend. Die Anspannung in ihrer Brust machte es schwer, klar zu denken.

Wieder dieses Zittern. Sie atmete tief durch.

„Pfeile einnocken!" Neds Stimme schallte durch die Luft. „Spannen ... und Schuss!"

Etliche Pfeile durchbrachen die Kettenpanzer der Feinde und einige stürzten schreiend in den Fluss.

„Pfeile einnocken!", wiederholte Ned.

Aus dem Augenwinkel sah Halen ihren Vater auf sich zukommen.

„Bald erreichen sie den Burghafen", rief er. „Du musst hier verschwinden. Jetzt!"

Fahrig winkte er den rothaarigen Bogenschützen herbei. „Bring sie in Sicherheit!"

Halen trat einen energischen Schritt zurück. „Nein. Du bestimmst nicht über mich. Ich werde nicht fliehen."

„Du musst Hilfe holen", flehte er unnachgiebig und deutete auf den rothaarigen Bogenschützen. „Hanc wird dir dabei helfen."

Halen sah zum festungseigenen Hafen hinunter, der hinter dem Osttor lag. Die Feinde machten ihre Schiffe fest und traten an Land. Sie waren mit Schilden bewaffnet, die sie vor etwaigen Pfeilangriffen schützen sollten.

„Pfeile einnocken!", schrie Halen, riss sich von ihrem Vater los und nahm ihren Bogen vom Boden auf. „Spannt die Bögen! Zielt direkt auf den Feind!"

Sie war fest entschlossen, dem Ganzen ein Ende zu setzen. „Schuss!"

Einige ihrer Feinde gingen zu Boden, aber nicht genug. Mitten im Chaos trat ein Mann hervor – keine Rüstung, nur dunkles, abgetragenes Leder. Seine Haltung strahlte eine unerschütterliche Ruhe aus. *Fühlst du dich so sicher?*

„Pfeile einnocken!", schrie sie und nahm dabei den Mann ins Visier, der der Geist sein musste. Der Yroma, der glaubte, Wyatt einnehmen zu können. Der Nicholas ermordet hatte …

„Spannen … Schuss!"

Halens Körper befand sich in höchster Anspannung, als sie die surrenden Pfeile auf ihrem Weg durch die Luft beobachtete. Sie hatten ihren höchsten Punkt erreicht, bevor sich ihre tödlichen Spitzen auf die Angreifer richteten, um sie niederzustrecken.

Der Mann an der Spitze des ersten Schiffes hob die Arme, als wolle er sich ergeben. Doch nicht er war es, der sich ergab, sondern die Pfeile über ihm. Von einem Moment auf den anderen steckten sie wie in einer unsichtbaren Mauer in der Luft fest.

Halen kniff die Augen zusammen und beobachtete, wie der Fremde seine Hand bewegte. Die Pfeile drehten sich in der Luft, bis sie nicht mehr auf ihn und seine Armee zeigten. Stattdessen waren sie nun auf Wyatt gerichtet.

Mit hoch erhobenen Armen klatschte der Mann in die Hände und die Pfeile schnellten, wie von unsichtbaren Bögen geschossen, durch die Luft.

„In Deckung!", schrie Halen und duckte sich zeitgleich hinter die Wehrmauer.

Das Surren kam näher. Die Pfeile schlugen ein. Vereinzelt vernahm sie erstickte Laute. Vorsichtig erhob sie sich und spähte über die Brüstung zu dem Mann, der die Pfeile aufgehalten hatte. Er hielt etwas in der Hand. War es eine Feder?

Ein stechender Schmerz durchfuhr Halens Kopf. Ihre Sicht verschwamm. Das letzte, was sie erkannte, war das sich öffnende Osttor – dann umhüllte sie die Dunkelheit.

Kapitel 13

Halen erwachte wie aus einem Albtraum. Sie war von Kopf bis Fuß in Schweiß gebadet und ihr fehlte jegliche Orientierung. Das Gefühl, dass all die Ereignisse nur Trugbilder gewesen waren, wollte sich nicht einstellen.

Sie erinnerte sich an den stechenden Schmerz, als etwas Hartes sie am Hinterkopf getroffen hatte. Es war, als hätte ihr jemand den Boden unter den Füßen weggezogen. Schwindel hatte eingesetzt. Ehe sie realisiert hatte, dass sie fiel, hatte die Schwärze sie bereits verschlungen.

Als sie wieder zu sich gekommen war, hatte Hengist vor ihr gestanden, und sie hatte bemerkt, dass ihre Hände und Füße gefesselt waren.

Der Schwertmeister sah verändert aus. Halen konnte in der Schnelle nicht ausmachen, woran sie diesen Eindruck festmachte. Er schnitt ihr die Fußfesseln durch. Sie wollte schon aufatmen, da zerrte er sie grob auf die Füße.

Verwirrt musterte sie ihn. „Was geht hier vor sich?"

Hengist antwortete nicht, sondern packte sie an der Schulter und schob sie die Treppe, die in den Hof führte, hinunter.

Erst als Halen ins Innere der Festung blickte, wurde ihr das Ausmaß der Geschehnisse bewusst. Wyatt Castle war eingenommen worden. Ihre Feinde hatten die Festung besetzt und die wenigen Burgbewohner und Bogenschützen auf dem weitläufigen Hofplatz fesseln lassen. Durch die vielen Menschen, die sich auf ihm drängten, wirkte der Hof winzig.

Hatte Hengist sich auf die Seite der Feinde geschlagen? Hatte man ihm gedroht?

Halen erkannte ihren Vater. Auch er war gefesselt worden und wurde von zwei Feinden flankiert. Hengist stellte Halen zu ihm und nahm hinter ihr Stellung.

Es herrschte eine geisterhafte Stille, nur unterbrochen von wenigen geschäftigen Schritten und dem leisen Jammern der Verwundeten.

Dann erschien der Mann, der Wyatts Feinde anzuführen schien. War *das* Asgor? Der Mann, der sich als Lichtgestalt Colias' Körper bemächtigt hatte? Der Mann, der Nic ...? War das sein wahres Äußeres? Er war großgewachsen, wirkte aber nicht sonderlich muskulös. Nichts Kriegerisches war an ihm. Keine aufwendige Rüstung schützte seinen Körper. Er trug lediglich eine dunkle Tunika und um die Hüfte seinen Schwertgürtel. Das Schwert ruhte sicher in der Scheide.

Halen schätzte ihn nur wenig jünger als ihren Vater, denn sein Haar, das er am Hinterkopf zusammengebunden hatte, war noch größtenteils blond und wurde von nur wenigen grauen Strähnen durchzogen. Seine Ausstrahlung war die eines selbstsicheren, mächtigen Anführers. Und genau so stolzierte er vor seinen Gefangenen auf und ab. Er genoss die Situation sichtlich, wenngleich sein Gesicht keine Regung zeigte. Seine Arme hielt er hinter dem Rücken, die Hände waren ineinander gefaltet.

Mit Argwohn beobachtete Halen, wie eine Träne seinem rechten Auge entwich, welche er mit einer raschen Bewegung wegwischte.

Erst jetzt entdeckte sie Colias, vor dem der Anführer der Yroma nun stehenblieb. Die Blicke der beiden Männer trafen sich mit einer solchen Härte, dass Halen glaubte, die Luft zwischen ihnen könnte jede Sekunde entflammen.

„Colias, du hast mich schwer enttäuscht", begann der Mann ruhig, aber eindringlich. „Dennoch kannst du mir noch nützlich sein."

Er winkte Hengist und einen weiteren Mann zu sich. Zusammen mit einem feindlichen Soldaten schleifte er Colias in die Mitte des überfüllten Platzes, auf dem ein zugesägter Holzstamm lag.

„Nein, Asgor!", brüllte Uthred. „Ich bin es, der deine Rache verdient. Lass ihn am Leben!"

Asgor. Der Geist. Er ist es.

Der Anführer sah Uthred mitleidig an. „Du denkst, ich will ihn umbringen?" Er lächelte traurig. „Als wäre ich fähig, einen unschuldigen Menschen zu töten. Der arme Junge kann nichts dafür."

Sie führten Colias nach vorn, seine Hände auf den Rücken gefesselt. Vor dem Baumstumpf blieben sie stehen und drückten seinen Kopf gegen das raue Holz. Asgor nahm einen länglichen Gegenstand, der ihm gereicht wurde, in die Hand. Halen blinzelte, um sicherzugehen, dass sie sich nicht täuschte – es war tatsächlich

171

eine Feder. Aber nicht irgendeine Feder. Sie war außergewöhnlich groß, wie die von einem riesigen Greifvogel, und am Ende sorgfältig zu einem Schreibkiel präpariert.

Asgor hockte sich neben Colias und flüsterte ihm etwas ins Ohr. Wie auf ein stilles Kommando hin begann Colias, sich verzweifelt zu wehren.

„Na, nicht so rebellisch", säuselte der Yroma-Anführer. „Es wird dir nicht einmal Schmerzen bereiten."

Ohne die Feder zuvor in Tinte getaucht zu haben, strich er mit deren Kiel über Colias' Hals. Ein paar Wimpernschläge später kam ein leuchtendes Dreieck auf diesem zum Vorschein. Von einem Moment auf den anderen hörte Colias auf, sich zu wehren. Sein Körper entspannte sich.

„Guter Junge", lobte Asgor. Mit einem Handwink befahl er seinen Gefolgsleuten, Colias von seinen Fesseln zu befreien.

Colias stand auf und wirkte, als erwarte er etwas. Halen konnte keinen Ausdruck in seinem Gesicht erkennen.

„Und jetzt geh und hol mir Uthred Arkin", trug der Yroma-Anführer ihm auf.

Halen konnte ihren Augen nicht trauen, als Colias zusammen mit Hengist zu ihrem Vater schritt, um auch ihn in die Mitte des Platzes zu zerren.

Er hat ihn verzaubert!, durchfuhr es Halen wie ein Blitz.

Uthred machte es ihnen nicht leicht. Er wehrte sich mit all seinen Kräften. Der Anführer seiner Feinde musste selbst Hand anlegen, um Halens Vater in die gewünschte Position zu manövrieren.

172

Sie stand reglos, jeder Muskel in ihrem Körper war angespannt.

„Uthred, wie lange habe ich unser Wiedersehen herbeigesehnt", begann Asgor. „Als du damals nach Meerell gekommen bist, dachte ich, wir könnten Verbündete werden. Vielleicht sogar Freunde."

Das Gesicht ihres Vaters war ausdruckslos, seine Stimme ruhig, als er antwortete: „Das waren wir. Bis du mir den Krieg erklärt hast."

Asgor lachte verächtlich. „Krieg? Nein, Uthred. Das war keine Kriegserklärung. Das war Vergeltung."

Sein nächster Satz ließ Halen erstarren. „Du hast mir meine Braut gestohlen. Sie trug mein Kind unter dem Herzen."

Uthreds Augen verengten sich. „Sie wollte weg von dir", erwiderte er ruhig. „Und wie kommst du darauf, dass sie von dir schwanger war?"

Asgor schoss auf ihn zu und packte Uthred an den Haaren, so schnell, dass Halen der Atem stockte. „Wo ist mein Kind?", zischte er.

Halens Herz raste.

Uthreds Stimme war gefährlich leise: „Du hast kein Kind. Keins, von dem ich wüsste."

Als Asgor ihn losließ, fühlte Halen sich, als wäre die Luft aus ihr entwichen. Sein Blick streifte sie, kalt und messerscharf. Hastig senkte sie den Kopf, während sich eine heiße Welle von Scham und Wut in ihrem Inneren stauten.

„Und wie bist du eigentlich zu einer Tochter gekommen?" Asgors Stimme war gespickt mit Spott. „Du bist nicht in der Lage, mit einer Yroma Nachkommen zu zeugen."

173

Während Uthred schwieg, erschien ein schiefes Grinsen auf Asgors Gesicht. „Ah, ich verstehe. Sie ist also ein Bastard."

Halen spürte das heiße Brennen in ihren Augen. Sie zwang sich, still zu bleiben.

„Sie ist meine Tochter", beharrte ihr Vater mit schneidender Schärfe.

„Ja, sicher. Aber nicht Aletheas."

Halen war, als würde der Boden unter ihren Füßen schwanken. Jeder Satz Asgors traf sie wie ein Schlag, doch sie hielt den Kopf gesenkt. Sie wollte nicht riskieren, dass er sah, wie sehr sie durch seine Worte verletzt wurde.

„Weißt du, warum ich zurückgekehrt bin, Uthred?" Asgors Stimme klang nun fast sanft, aber Halen konnte die Drohung dahinter förmlich spüren. „Nicht, um dich zu töten. Das wäre zu einfach, zu schnell."

Seine Worte schnitten wie Klingen. „Nein, Uthred. Ich wollte, dass du bei all dem hier zusiehst. Dass du miterlebst, wie wir Yroma unser Land zurückgewinnen – und wie du alles verlierst."

Halens Blick huschte zu ihrem Vater. Sein Gesicht war bleich, doch er schaffte es, seine Schultern zu straffen. „Dann hör auf zu reden und bring es endlich zu Ende."

Asgor lächelte kalt. „Oh, es ist noch lange nicht vorbei, Uthred. Das hier ist erst der Anfang."

Halens Finger zitterten. Ihre Hände zu Fäusten ballend, zwang sie sich, stark zu bleiben.

Asgor vollzog auch bei Uthred das Ritual mit der Feder. Halen hielt den Atem an, ihr Körper fühlte sich wie erstarrt an. Die Luft schien dicker zu werden, schwerer, als sie zusah, wie ihr Vater die Augen schloss und sich Asgors Stimme fügte. Ein kalter Schauer lief ihr über den Rücken, als sie das leere, willenlose Flackern in Uthreds Blick bemerkte, sobald dieser seine Lider wieder öffnete.

Es fühlte sich an, als würde der Boden unter ihren Füßen nachgeben. Der Mann, der sie einst beschützt hatte, der ihr so oft von Ehre und Widerstand erzählt hatte, war jetzt nichts weiter als eine willenlose Puppe in den Händen eines bösen Zauberers.

Ein Kribbeln breitete sich in ihren Fingern aus, erst vorsichtig, dann drängender. „Nein ...", hauchte sie. Doch der Laut erstarb bei Asgors Befehl: „Hol deine Tochter nach vorn."

Uthred wandte sich um, seine Bewegungen so geschmeidig wie bedrohlich, als wäre jeder Widerstand aus ihm herausgesogen worden. Halens Brust zog sich zusammen. Sie wollte schreien, weglaufen, irgendetwas tun – aber ihre Beine gehorchten ihr nicht.

Sie konnte nur zusehen, wie sich ihr Vater Schritt für Schritt näherte. Die Feder in Asgors Hand glitzerte wie ein Raubtier, das auf seine nächste Beute lauerte.

Halens Augen weiteten sich, als ihr Vater langsam auf sie zukam. Er war nicht mehr der Mann, der mit festem, entschlossenem Schritt und einer Aura von unerschütterlicher Stärke aufgetreten war. Uthred bewegte sich stockend, als würde ein unsichtbarer Faden ihn voran ziehen.

Jede seiner Bewegungen wirkte zu glatt, zu präzise, wie ein Schatten, der zwar menschliches Verhalten nachzuahmen versuchte, aber dessen Seele dabei fehlte. Uthreds Blick schimmerte glasig, ohne den Funken, der sonst in ihm lag. Stattdessen war da nur Leere – eine Leere, die Halens Brust zuschnürte.

„Psst, Lady Halen!"

Sie erkannte die Stimme des rothaarigen Bogenschützens hinter sich wieder. „Was wollt Ihr?"

„Nicht umdrehen!", flüsterte er. „Hört mir zu. Ich weiß nicht, warum, aber Asgor denkt, Ihr wärt ein Mensch und er könne Euch *umdrehen*. Aber einer Yroma kann die Runenmagie nichts anhaben."

„Runen … was?", fragte Halen. Doch da wandte er sich bereits ab und verschwand in der Menschenmenge. „He, wo geht Ihr hin?"

Als ihr Vater bei ihr ankam, sah Halen ihm mit schreckgeweiteten Augen entgegen. Widerstandslos ließ sie sich von ihm nach vorne führen.

Asgor drehte sich zu ihr um. „Du bist ein schlaues Kind. Du siehst ein, dass es keinen Sinn ergibt, sich zu wehren."

„Ihr solltet die Menschen nicht unterschätzen", betonte Halen mit bebender Stimme, dann legte sie ihren Kopf auf das Holz und schloss die Augen.

Als der Federkiel auf ihre Haut traf, durchfuhr sie ein eiskalter Schauer vom Hals bis in die Zehenspitzen. Die Berührung kribbelte und sie hatte Mühe, still zu halten. Die Kälte verging. Nachdem sie ihre Lider wieder geöffnet hatte, richtete sie sich langsam auf. Nichts hatte sich verändert. Sie war immer noch Herrin ihrer Sinne. Genauso, wie Hanc es vorhergesagt hatte.

Halen wagte es nicht aufzuatmen. Sie verhielt sich so regungslos, wie sie es bei Colias und ihrem Vater beobachtet hatte.

Der Geist trat vor sie, um ihr die Fesseln an den Händen zu durchschneiden. Sie nutzte die Gelegenheit, um sich sein Äußeres einzuprägen. Seine grünen Augen waren das Erste, was ihr auffiel.

Als er fertig war, senkte sie schleunigst den Blick. „Arme kleine Prinzessin." Ein widerwärtig mitleidiger Ton hatte sich in seine Stimme geschlichen.

„Geh in deine Kammer und ruh dich aus." Damit ließ er die Prinzessin von Wyatt stehen, als hätte er jegliches Interesse an ihr verloren. Obwohl Halen diesem arroganten Wichtigtuer am liebsten einen Pfeil in sein Herz geschossen hätte, machte sie auf dem Absatz kehrt und tat wie ihr geheißen. Sie wollte es so aussehen lassen, als gäbe es nichts Wichtigeres für sie, als seinem Auftrag Folge zu leisten.

Kaum hatte Halen die Tür ihrer Kammer geschlossen, wurde ihr Mund trocken. Sie schluckte, doch die Beklemmung blieb. Sie war nicht in der Lage, die erlebten Geschehnisse zu ordnen, geschweige denn, ihnen Glauben zu schenken. Ihre Welt stand Kopf. Quälenden Gefühle und offene Fragen rangen in ihrem Innersten nach Aufmerksamkeit. Nur ein einziger Gedanke drang immer weiter in ihr Bewusstsein vor. Alles, woran sie bis jetzt geglaubt hatte, war nichts weiter als ein begrenzter Blick auf die Welt – geprägt von abergläubischen und naiven Menschen. Naiven Menschen, so wie sie selbst. Wobei sie nicht einmal das war. Sie war eine Yroma.

Halen hatte von Magie gehört, und natürlich hatte sie sich gewünscht, dass sie existierte. Wie in Märchen, in denen Wunden durch einen guten Zauber geheilt werden und stets das Gute obsiegt. Nie aber hatte sie sich eine Welt ausgemalt, in der Magie für einen Mord oder gar ganze Kriege missbraucht wurde.

Wärme belebte ihren Brustkorb. Sie legte das Amulett in ihre Handflächen und betrachtete es genauer. Plötzlich begann ihr Hals zu kribbeln. Irritiert trat sie zu dem kleinen Spiegel auf der Kommode.

Vor ihren Augen verblasste das Runenzeichen, das zuvor wie eine zweite Haut auf ihrem Hals gelegen hatte. Langsam löste es sich auf, bis nichts mehr von ihm übrig war. Halen atmete tief ein. Das Gewicht der Erkenntnis drückte auf ihre Brust.

Das Amulett hatte sie geschützt. Es erschuf das Runenzeichen, das Asgor täuschte, indem es ihre wahre Natur als Yroma verbarg.

„Es hat mich beschützt", wisperte sie und schloss die Finger fest um das Amulett, als wollte sie die Wärme darin einfangen. „Wie Mutter es gesagt hat."

Sie musste hier verschwinden. Sie hatte Asgor einmal täuschen können, aber wie oft würde ihr das noch gelingen? Und ihr Vater? Ihn würde sie in diesem verzauberten Zustand kaum zum Mitgehen bewegen können. Wenn sie ihn retten wollte, musste sie aus Wyatt fliehen, bevor ihre Feinde erkannten, wer und was sie wirklich war.

Halen stürzte zum Fenster und riss die schweren Holzläden auf. Prompt schlug ihr die kühle Abendluft entgegen. Am Horizont flackerten rotorange Streifen über den Baumwipfeln des nördlichen Waldes. Dort lag das Dorf, das sie in ihren Träumen gesehen hatte. Es musste real sein – und ihre einzige Hoffnung.

Sie zog das Amulett hervor und hielt es vor ihr Gesicht. „Ich brauche die Rune", flüsterte sie. Die Rune an ihrem Hals würde ihr helfen zu entkommen. Ein kurzer Schub unnatürlicher Kälte durchzog ihre Hand, und sie spürte die Rune wieder. Der Gedanke an ihre Mutter hielt sie zurück. Das Gespräch mit Asgor hatte sie aufgewühlt. Er behauptete, Yroma und Menschen könnten keine Kinder zeugen … konnte sie fliehen, ohne die Wahrheit zu kennen?

Halens Blick wanderte zurück zum Wald. Freiheit oder Antworten? Sie wusste, dass sie eine Wahl treffen musste. Und dass sie nicht viel Zeit dafür hatte.

Kapitel 14

Ein Pochen an ihrem Hals begleitete jeden Schritt, als sie in den spärlich beleuchteten Korridor trat, der zur Treppe führte. Halen versuchte, ruhig zu bleiben, auch wenn sie am liebsten die Stufen hinuntergestürmt wäre. Bedächtig setzte sie einen Fuß nach dem anderen auf die Dielen, um kein großes Aufsehen zu erregen. Damit ihr diese Flucht gelang, benötigte sie nicht nur Mut, sondern auch eine große Portion Glück.

Die große Halle war leer. Sie sah zur Flügeltür der kleinen Halle. Eine Türhälfte stand offen. Niemand durfte sie sehen. Bevor sie überlegen konnte, was sie als nächstes tun sollte, kam jemand am anderen Ende des Saals aus der Küchentür. Entschlossenen Schrittes trat Halen ihm entgegen. Sie war gerade auf seiner Höhe, da hielt sie ein schlaksiger, hochgewachsener Junge am Arm fest. Sie erkannte den Küchenjungen Jon. Und auch die dreieckige Rune an seinem Hals.

„Wo wollt Ihr denn hin?", erkundigte er sich.

Halen hielt den Blick gesenkt. „Ich soll dem Lord ein Glas Wasser holen."

„Und wo ist es?", verlangte er zu wissen.

„Wo ist was?"

„Das Glas Wasser", erinnerte Jon sie geduldig.

Halen schluckte. „Nun, ich muss es erst holen."

Der Junge musterte sie skeptisch.

„Aus der Küche", fügte Halen noch hinzu.

Jon musterte sie mit einem schwer zu deutenden Ausdruck in den Augen. Einen Moment lang sagte er nichts und ließ die Stille zwischen ihnen damit ins Unermessliche anschwellen. Halen spürte, wie sich ihr Brustkorb verkrampfte. *Warum zur Hölle sagt er nichts?*

Die Sekunden dehnten sich, bis Jon schließlich ein zufriedenes Lächeln aufsetzte. „Gut", beschloss er, nickte kurz und wandte sich dann ab, um weiter in Richtung der kleinen Halle zu gehen.

Halen stieß die Luft aus, die sie die ganze Zeit über unbewusst angehalten hatte. Die Anspannung wich von ihren Schultern. Wie von selbst setzten sich ihre Füße in Bewegung, schneller, als sie es eigentlich wollte. Sie eilte durch die große Halle. Das Verlangen, sich aus dieser Situation zu befreien, ließ ihre Schritte schneller werden.

Sie hatte nur noch die Küchentür im Blick. Als sie Stimmen aus der kleinen Halle hinter sich hörte, fragte sie sich, ob man sie sehen konnte. Sie wagte es nicht, sich umzudrehen.

Ohne weitere Begegnungen erreichte sie die Küchentür und schlüpfte lautlos durch diese hindurch. Auch dieser Raum war leer. Ihr ging durch den Kopf, wie schön es wäre, eine Kleinigkeit zu essen oder sich wenigstens etwas Wegzehrung einzupacken. Doch das würde weitere Fragen aufwerfen, sollte man sie noch einmal anhalten.

Also riss sie sich im Vorbeigehen nur ein Stück Brot ab und biss genussvoll in dieses hinein. Der vertraute Geschmack breitete sich in ihrem Mund aus, warm und würzig, wie eine Umarmung aus besseren Zeiten.

Sie erreichte die Tür, die zum Hinterhof führte, und biss ein zweites und drittes Mal ab. Dann steckte sie den Rest des Brotes hastig in ihre Tasche, die sie aus ihrem Gemach mitgenommen hatte. Sie wollte keine Spuren hinterlassen.

Vorsichtig lugte sie aus dem Fenster direkt neben dem Hintereingang und entdeckte Wachen am Osttor. Allerdings keine am ersten Zwillingsturm.

Sie trat aus der Küche in den Hinterhof, wo Lavendel, Thymian und die tiefvioletten Rosen darum stritten, welche von ihnen die schönste Farbe zur Schau stellte. Werzelrosen wuchsen nur auf Meerell, und Halen erinnerte sich an die Abende, an denen ihre Mutter mit ihr hier gesessen hatte, um sie auf die feinen Unterschiede in den Farben aufmerksam zu machen.

Damals hatte sie die Farbenpracht als tröstlich empfunden, fast wie ein leises Versprechen, dass selbst inmitten des Schreckens, der über der Welt lag, noch Schönheit verborgen war. Jetzt schien sie fast wie ein Hohn – eine Erinnerung an etwas, das sie vielleicht nie wieder sehen würde. Ein kurzer, stechender Schmerz durchfuhr sie, während sie ihre Finger über die weichen Blätter einer Werzelrose gleiten ließ.

Während sie die Kieswege entlangging, versuchte Halen, die Wachen zu ignorieren. Wie erhofft schienen sie von ihr nicht verunsichert zu sein. Also lief sie weiter zum ersten Zwillingsturm und hoffte inständig, dass auch diese Tür nicht verschlossen war. Sie drückte die Klinke nach unten, die Tür blieb verriegelt. Ihre Hand ließ sie trotzdem dort, um keinen Verdacht zu erregen. Die Augen geschlossen, nahm sie das Amulett fest in die andere Hand. *Hilf mir!*

Ihre Hand begann zu zittern, als sie ein zweites Mal den Griff nach unten drückte. Die Tür schwang auf. Halen trat hinein und verschloss die Tür hinter sich.

Mutter, ich komme!

Sie wollte gerade die Treppe hinaufsteigen, die in das Gemach ihrer Mutter führte, da hörte sie plötzlich beständig lauter werdende Stimmen.

„Ich glaube, sie ist hier reingegangen", hörte sie Jon rufen.

Jemand drückte die Klinke herab. „Die Tür ist verschlossen …"

„Dann hol den verdammten Schlüssel!"

Halen wurde heiß. Sie sah zum Treppenhaus und wieder zur Tür. Ein Schlüsselbund klimperte. Leise fluchend verschwand sie hinter der kleinen Tür, die zu dem geheimen Hafen führte.

Das Wasser war eisig und stieg ihr bis zur Hüfte, während sie sich durch den engen Ausgang ins Freie zwängte. Ihre Kleidung sog sich voll, wurde schwer und hemmte jede Bewegung. Sie kämpfte sich weiter. Das glitschige Steinufer unter ihren Füßen ließ sie mehrmals ins Straucheln geraten. Jedes Geräusch schien sie zu verraten, doch Halen watete weiter.

Das sumpfige Marschland saugte ihre Schritte auf und ihre durchnässte Jagdkleidung vom Vortag klebte schwer an ihr. Die Lederweste war schlammverkrustet, die Hosen zerrissen, und ihre Stiefel rutschten bei jedem ihrer Schritte gefährlich über dem nassen Untergrund.

Halen zwang sich vorwärts. Der schwere Geruch von Erde und modrigem Wasser schnürte ihr die Luft ab. Sie musste es bis zum Wald schaffen. Nur dort war sie sicher – zumindest für eine Weile. Ein Teil von ihr fragte sich, ob sie nicht besser bei ihrer Mutter hätte bleiben sollen. Aber die Vorstellung, dort entdeckt zu werden, ließ sie fast erstarren. Sie hatte keine Wahl.

Zu ihrem Trost kam sie deutlich schneller voran als noch am vorigen Morgen mit dem Jagdtrupp und den Pferden. Mit dem Abend hatte die Ebbe eingesetzt und spülte das Wasser nun wieder auf das Meer hinaus. Sie hielt auf den Moorwald zu und verlangsamte erst ihre Schritte, als sie dessen Grenze erreicht hatte.

Stechender Schmerz bohrte sich durch ihren Kopf, so plötzlich und heftig, dass sie kurz stehenbleiben musste. Einen Blick zurückwerfend stellte sie fest, dass die Festung nur noch einem Schatten am Horizont glich.

Ihr Atem kam stoßweise und ihre Sicht verschwamm. Sie zwang sich, weiterzugehen. Mit letzter Kraft stolperte sie vorwärts, die Knie schwer wie Blei. Die Tränen stiegen unaufhaltsam in ihre Augen. Vergeblich versuchte sie, sie zurückhalten.

Das Moor bei Nacht zu durchqueren, war der pure Wahnsinn. Zudem war ihre Kleidung vollständig durchnässt und klebte schwer und kalt an ihrer Haut. Sie hatte

Hunger und ihr Körper zitterte vor Anstrengung. Trotz alldem zwang sie sich, einen Fuß vor den anderen zu setzen. Mondlicht fiel durch die Lücken in der Baumdecke und Halen konnte für einen winzigen Augenblick die feinen Konturen ihrer Umgebung wahrnehmen, bevor die Dunkelheit wieder alle Details ins Schwarze tauchte.

Schon bald spürte sie, wie ihre Füße und Hände taub wurden und versuchte, nicht in Panik zu verfallen.

Konzentriere dich. Du bist frei, jetzt musst du nur noch überleben!, redete sie sich selbst Mut zu.

Der Boden wurde endlich fester und das erste Licht des Tages drang durch das Grün des nördlichen Waldes. Ein verdächtiges Ziehen in ihren Waden erinnerte sie daran, dass sie eine Pause benötigte, doch sie war rastlos. Sicher waren ihre Feinde bereits aufgebrochen, um nach ihr zu suchen. Und nun, da es Tag war, würden auch sie schneller vorankommen. Erst im sicheren Mantel der Dunkelheit, die die nächste Nacht mit sich bringen würde, würde sie sich etwas ausruhen können. Halen war fest entschlossen, so lange durchzuhalten.

Sie lenkte ihre Gedanken auf die Geschichten, die man sich in Meerell über den nördlichen Wald erzählte. Geächtete und Gesetzeslose befänden sich hier. Sie hätten nichts mehr zu verlieren, weswegen sie auch vor niemanden zurückschreckten. Nachdem Sie raubten, plünderten und vergewaltigten, töteten sie ihre Opfer. Dass sich in diesem Wald derartige Kreaturen befinden sollten, konnte Halen kaum glauben. Die Legende der Levia, die weit weniger glaubwürdig war, hatte sich auch bewahrheitet.

Je tiefer sie in den Wald vordrang, umso dichter wurde die Pflanzenwelt – gerade dicht genug, um ihr Schutz zu bieten, ohne ihren Weg zu behindern. Halen fühlte sich inmitten der Bäume sicherer, als wäre der Wald selbst ein Verbündeter, der sie verbarg und beschützte.

Halen hielt einen Moment inne und betrachtete ihr Umfeld eingehender. Büsche, Sträucher und Farne hinterließen ein Farbenspiel in den verschiedensten und sattesten Grüntönen und die Bäume erweckten den Anschein, bis zu den Wolken zu reichen. Die Vögel sangen ein Lied der Unbeschwertheit und Schmetterlinge tanzten fröhlich um die Blüten, die von Sonnenstrahlen erreicht wurden.

Halen schloss die Lider und roch die frische, erdige Luft. Sie lauschte dem Geräusch des Windes, wie er sanft die ersten Blätter des jungen Herbstbodens aufwirbelte.

Als sie die Augen wieder öffnete, fühlte Halen sich besser, mitgezogen von dem Zauber dieses Ortes. Ihr Blick fiel auf einen sanften Lichtschein zwischen den Bäumen, der wie ein stiller Wegweiser wirkte. Entschlossen folgte sie diesem.

Halen vermutete, dass bald die Abenddämmerung einsetzen würde. Während sie weiterging, veränderte sich ihre Umgebung allmählich. Vereinzelt wuchsen Felsen aus der Erde empor, die mit dichtem Moos bedeckt waren. Der Boden unter ihren Füßen wurde fester und die Luft stiller, als ob der Wald selbst einen Augenblick innehielt.

Ihr waren keine Verfolger aufgefallen und so beschloss sie, einen geeigneten Platz für ein Nachtlager zu suchen.

Sie erkannte, dass auf einer Anhöhe, nicht weit von ihr entfernt, ein paar Bäume moosbewachsenen Felsen wichen. Als sie sich dort umsah, konnte sie kaum glauben, was sich vor ihr auftat. Eine Höhle, gut versteckt zwischen Steinen und schief gewachsenen Bäumen.

Sie wartete eine Weile, bis sie sicher war, dass die Höhle nicht schon ein anderes Tier für sich beansprucht hatte, und entschloss, Holz zu sammeln, um damit ein kleines, wärmendes Feuer zu entzünden.

Als Halen schon so viel zusammengesucht hatte, dass ihr die Last aus den Händen zu rutschen drohte, ging sie zurück zu ihrem Lager.

Das Geräusch von Tierpfoten, die auf Blättern traten, ließ sie erstarren. Die schützenden Felsen versperrten ihr die Sicht. Genauso wenig konnte sie erkennen, ob sich dahinter ein harmloser Fuchs oder aber ein lauernder Wolf verbarg, der in diesem Moment ihre Fährte aufnahm.

Sie setzte einen Schritt zurück, langsam und bedächtig. Winzig kleine Äste knirschten unter ihrer Schuhsohle. Hinter den Felsen wurde es ruhig. Dann kam, wie ein Blitz, das Tier zwischen diesen hervorgeprescht und stürzte sich auf sie.

Alles ging so schnell, dass Halen nur noch die Hände schützend vor sich strecken konnte, bevor sie von der Kreatur rücklings zu Boden geworfen wurde. Sie spürte das Gewicht des Tieres auf ihrer Brust, und rang nach Luft. Übler Atem schlug ihr ins Gesicht. Halen hielt die Augen fest geschlossen, als sie plötzlich etwas Feuchtes an ihrer Wange spürte. Zögernd öffnete sie die Augen – und blickte direkt in das freundliche Gesicht eines Tieres, das ihre Anspannung mit feuchter Zunge wegschleckte. Ein warmes Kribbeln breitete sich in ihr aus, und für einen Moment schien die ganze Last von ihr abzufallen.

„Hancock … bei Elass' Namen, ich habe dich so vermisst!"

Kapitel 15

Als Halen am nächsten Morgen erwachte, spürte sie die Kälte des steinigen Bodens unter ihrer Wange. Das Knistern des Lagerfeuers hallte noch in ihrer Erinnerung nach, obwohl es längst erloschen war. Sie wusste, dass sie kaum ihren Kopf in Hancocks dichtes Fell gelegt hatte, bevor der Schlaf sie überwältigt hatte. Nun lag sie allein auf dem eisigen Höhlenboden. Jede Faser ihres Körpers schmerzte bei der kleinsten Bewegung.

Ein sanftes Rascheln ließ sie zur Höhlenöffnung blicken – Hancock war nirgends zu sehen. Die Stelle, an der er gesessen hatte, war leer, und nur ein paar Pfotenabdrücke im Staub verrieten, dass er überhaupt dort gewesen war. Langsam setzte Halen sich auf, spürte die Schwere in ihren Gliedern und das Ziehen in ihrer Brust. Wo war er nur hin?

Hektisch stemmte sie sich nach oben, doch ihre Beine gaben unter stechendem Schmerz nach. Jeder Muskel schien gegen sie zu rebellieren. Schlagartig kehrte auch die Angst zurück, so heftig, dass sie kurz den Atem anhielt.

Hatte Hancock etwas gehört? Ist er rausgegangen, um mich zu beschützen? Haben meine Feinde ihn getötet? Soll ich hierbleiben oder nachsehen?

Ihr Fuß schien sich gegen den nächsten Schritt zu sträuben, während der Schmerz in ihrem Kopf jeden klaren Gedanken blockierte. Doch eines wusste sie: Hierzubleiben war keine Option. Nicht ohne Nahrung oder Feuerholz und vor allem nicht ohne Hancock.

Also nahm sie all ihren Mut zusammen und schlich zum Eingang der Höhle. Sie hatte keine Waffe, die sie gegen etwaige Feinde einsetzen konnte, und der Gedanke daran ließ ihr Herz schneller schlagen. Unwillkürlich glitt ihre Hand zu dem hölzernen Amulett an ihrem Hals, das sich warm und vertraut auf ihrer Haut anfühlte. Doch wie sollte es ihr in dieser Situation weiterhelfen? Es war ein Rätsel, ein Gegenstand voller Geheimnisse, die sie noch nicht entschlüsselt hatte. Ihr blieb nichts außer Glück – und Halen hasste es, wenn sie darauf angewiesen war.

Bedächtig schob sie sich zum Höhlenausgang, nur so weit, dass sie die Umgebung gut überblicken konnte. Ihre Augen suchten die Gegend nach etwas Verdächtigem ab. Dann hörte sie lange und aufmerksam in die Stille des Waldes hinein. Nichts.

„Wo bist du, Hancock?" Halens Lippen formten diese Worte, ohne auch nur einen Ton von sich zu geben.

Sie trat ins Freie. Ihr Talent, sich so lautlos wie möglich zu bewegen, wurde durch die Schmerzen in ihren Beinen zur Qual. Jeder Schritt fühlte sich an, als würde er Feuer durch ihre Muskeln schicken. Der Boden war übersät mit Steinen und Geäst, und das Knacken des Unterholzes erschien in der Stille viel lauter, als es tatsächlich war.

Halen biss die Zähne zusammen. Nun bereute sie, ihr sicheres Versteck verlassen zu haben. Die kleine Lichtung, auf der sie stand, war umgeben von verstreuten Felsen, die nur wenig Schutz boten. Halen war sichtbar für jeden, der sich in ihrer Nähe aufhielt.

Ein unheilvolles Ziehen durchdrang ihr Inneres und sie atmete schneller. Als sie sich umdrehte, um sich zurückzuziehen, fiel ihr Blick auf einen Mann. Dieser lag zusammengekauert zwischen ein paar spitz aus der Erde aufragenden Felsen. Seine Haarfarbe verriet ihr seine Identität sofort – er war der Bogenschütze aus Wyatt.

Ist er verletzt? Tot? Sind meine Feinde auch in der Nähe? Ihre Gedanken rasten, während ein kaltes Gefühl der Angst sie durchzog.

Sollte sie fliehen? Oder zu ihm gehen? Der Schreck lähmte sie, während die Panik sie fast zu ersticken schien. Sie wusste, dass sie keine Zeit zu verlieren hatte.

Sich umzudrehen, wagte Halen nicht. *„Einen Fremden den Rücken zuzukehren, ist ein äußerst gefährliches Unterfangen, das Ihr höchstwahrscheinlich bereuen werdet"*, hörte sie Hengists Stimme in ihren Ohren widerhallen. Dessen Weisheiten beim Schwertunterricht waren für Halen zu einem Sammelsurium an Ratschlägen fürs Leben geworden.

Also setzte sie einen Fuß nach hinten, dann den Nächsten, um sich von dem schlafenden Mann zu entfernen und im nächstmöglichen Moment in den Wald verschwinden zu können. Ihr nächster Schritt landete auf einem vermoosten Baumstamm. Sie rutschte aus und fiel.

Noch nie kam Halen etwas so laut vor, wie ihr Aufprall auf dem harten Waldboden. Ihre Augen weiteten sich vor Schreck. Benommen richtete sie sich auf und behielt den Bogenschützen im Blick, als sie sich sammelte. Er regte sich, wenn auch nur langsam, als würde er aus einem tiefen Traum erwachen.

Nichts passiert, jetzt nur noch weg hier!

In diesem Moment sah sie dunkle Schatten in der Ferne auftauchen, die sich auf sie zubewegten. Rufe drangen näher. Noch bevor sie richtig begriff, was hier vor sich ging, schreckte der schlafende Mann vor ihr hoch.

„Ich bin eingeschlafen", murmelte er fassungslos.

Ihre Blicke trafen sich, kurz darauf hörte sie das laute Stampfen von Schuhen auf moosiger Erde und das Keuchen von Männern, die es nicht gewohnt waren, mehr als einen Kilometer zu rennen.

Verschwinde!

Halen machte auf dem Absatz kehrt und rannte durch den Wald, ohne Rücksicht auf die Geräusche, die sie dabei verursachte. Wozu auch? Man hatte sie gefunden. Sie brauchte sich nicht umdrehen, um zu wissen, dass die Feinde ihr auf den Fersen waren.

Entgegen Halens Hoffnung machte der Wald es ihr nicht leicht. Dicke, unförmige Wurzeln stellten sich ihr in den Weg und die moosbewachsenen Felsen, die sich vereinzelt aus dem Waldboden erhoben, wuchsen allmählich zu monströsen Riesen heran.

Halen konzentrierte sich darauf, die hohen Wurzeln und moosbedeckten Felsen zu überwinden. So bemerkte sie die Felswand, die sich in der Ferne auftat, zu spät. Imposant und unerbittlich ragte sie in den Himmel – ein unüberwindbares Hindernis. Der Versuch, eine andere Richtung einzuschlagen, scheiterte.

Sie warf einen Blick hinter sich und stellte entsetzt fest, dass ihre Verfolger bereits aufgeholt und sie eingekesselt hatten.

Halen kam kurz vor der Mauer aus Stein zum Stehen.

Erst jetzt spürte sie die Erschöpfung, die sich wie ein Lauffeuer durch ihren Körper ausbreitete und den erholsamen Schlaf der letzten Nacht völlig verblassen ließ. Sie hielt ihren Körper in Spannung, um ihn davon abzuhalten, einfach in sich zusammenzusacken.

Aber noch mehr machte ihr die Verwirrung zu schaffen. Warum hatte Elass, wenn es ihn tatsächlich gab, ihr die Möglichkeit zur Flucht eingeräumt, nur um ihr, im wahrsten Sinne des Wortes, nun Steine in den Weg zu legen?

Halen drückte sich mit dem Rücken gegen die Felswand und spürte die Präsenz ihrer Verfolger, die mit einigem Abstand ebenfalls Halt gemacht hatten. Sie wusste, dass es kein Entkommen mehr gab. Die Männer standen breitbeinig und mit grimmigen Gesichtern da. Eine hämische Lache brach aus dem Mund des größten, als er sie musterte – unbewaffnet und völlig ausgezehrt von den letzten Tagen. Halen hatte nur Augen für einen von Ihnen – Colias.

Er stand in der Mitte und hielt die Arme verschränkt. „Fesseln", befahl er den anderen Männern.

Kaum war das Wort heraus, griff der erste sie an. Halen wich gerade noch der auf ihren Kopf zurasenden Streitaxt aus.

„Fesseln habe ich gesagt! Nicht umbringen!", schrie Colias verärgert. „Er will sie lebend."

Während Halen den Angriffen taumelnd zu entkommen versuchte, mehr aus instinktiver Panik, als aus Geschick, trat einer der Männer einen kurzen Schritt zurück. Mit einem triumphierenden Grinsen schwang er eine mit Bleikugeln beschwerte Peitsche in die Luft und ließ sie mit einem scharfen Knall auf sie zuschnellen.

Sie hatte kaum die Kraft, dem Schlag auszuweichen, und wusste, dass ihre Erschöpfung sie bald völlig im Stich lassen würde.

Die Peitsche traf Halen am Oberschenkel. Ein jaulender Schrei entfuhr ihrer Kehle. Augenblicklich schnürte sich ihre Brust zusammen, und sie rang nach Luft, aber der Schmerz raubte ihr den Atem. Beim Versuch aufzustehen, taumelte sie nur ein paar Schritte zur Seite.

Bloß nicht fallen!, schärfte sie sich ein. Wenn sie erst am Boden lag, hätte sie keine Chance mehr gegen ihre kräftigen Gegner.

Halen ballte ihre Hände zu Fäusten, bis auch diese schmerzten. Sie würde sich ihren Feinden stellen, obwohl sie der kläglichen Gewissheit war, diesen Kampf nicht gewinnen zu können. Die Angst kroch ihr unter die Haut, ein kaltes Gewicht, das ihre Glieder erstarren ließ. Und dann ploppte Hengists Stimme in ihrem Geist auf: *„Ihr seid schnell, Halen. Nutzt diese Stärke, bevor Euer Gegner weiß, wie ihm geschieht."* Sie atmete tief durch und spannte die Muskeln in ihren Beinen an. Wenn sie schon fallen sollte, dann nicht, ohne zu kämpfen.

Als der erste Gegner auf sie zustürmte, war sie bereit. Sie ließ sich seitlich fallen, rollte sich geschickt ab und landete sicher auf den Füßen – außer Reichweite seines Schlages. Mit einem geübten Schritt brachte sie sich in eine neue Position, die die anderen kurz zögern ließ. Ihre Bewegungen waren fließend, wie Hengist es ihr beigebracht hatte.

Dann spürte sie den Stoß. Hart, unerbittlich, mitten zwischen die Schulterblätter. Der Aufprall warf sie nach vorn, und sie schlug mit den Knien auf dem Boden auf. Keuchend versuchte sie, sich aufzurichten, und drehte den Kopf – gerade rechtzeitig, um Colias' selbstzufriedene Miene zu erkennen.

Millisekunden später stürzten sich ihre Feinde auf sie, um sie an Händen und Füßen zu fesseln. Was kein leichtes Unterfangen war. Halen wusste, wohin ihre Schläge treffen mussten, damit sie es mit mehreren Kerlen gleichzeitig aufnehmen konnte.

Mit gezielten Stößen gegen Schläfe, Schienbein oder das Geschlechtsteil versuchte sie, sich die Männer vom Leib zu halten. Aber ihre Kräfte schwanden wie Sand, der zwischen den Fingern zerrann.

Schließlich gelang es ihren Gegnern, sie so gefesselt zu bekommen, dass sie sich nicht mehr wehren konnte.

Völlig aus der Puste richteten sich ihre Widersacher auf und traten vor Colias, dessen Blick nicht von Halen abwich.

„Nehmt sie mit!", befahl er mit kalter Stimme.

Kaum hatte er den Satz ausgesprochen, traf ihn ein schneller, wuchtvoller Tritt zweier gefesselter Füße zwischen Fußknöchel und Schienbein. Wie eine Puppe fiel er seitlich auf den harten Waldboden.

Mit überraschender Schnelligkeit erhob er sich wieder und blickte ihr mit einer aufgesetzten, heiteren Miene entgegen. Er öffnete den Mund, doch in dem Moment, wo ein Pfeil die Brust des Mannes zu seiner Rechten durchschlug, erstarben die Worte auf seiner Zunge. Ein weiterer Pfeil schnellte durch die Luft und erledigte auch seinen zweiten Mitstreiter. Halen blinzelte. Ihre Augen suchten angespannt die Umgebung ab.

„Verschwindet, Colias, bevor ich auch Euch einen Pfeil verpasse!"

Halen lokalisierte die Stimme des Bogenschützen im oberen Felsvorsprung, unter dem sie stand. Eine sichere Lage, die Colias jede Gegenwehr unmöglich machte.

Seine Augen verengten sich, und ein Muskel zuckte an seinem Hals, genau dort, wo die dreieckige Rune tief in seiner Haut eingebrannt war. Hasserfüllt sah er zu dem Fremden hoch. „Du machst einen gewaltigen Fehler", entgegnete er ruhig.

Wieder ertönte das Surren eines Pfeils. Diesmal landete er direkt vor Colias' Füßen, keine drei Fuß von Halens Kopf entfernt.

„Verschwindet!", wiederholte der Rothaarige.

Colias machte lediglich ein paar Schritte rückwärts.

„Lady Halen", rief der Rothaarige zu ihr hinunter. „Stellt Euch seitlich und bewegt Euch nicht."

Ungeschickt kam Halen auf die Füße und tat wie ihr aufgetragen. Sie hielt die Luft an, bis die nächsten Pfeilschüsse ihre Fesseln an den Fußknöcheln und

198

Handgelenken durchtrennten. Sie streifte sich die losen Stricke vom Körper, ohne Colias dabei aus den Augen zu lassen.

„Klettert die Felswand hoch. Ich gebe Euch Rückendeckung", versicherte ihr der Bogenschütze aus Wyatt.

Klettert die Felswand hoch? Einen Baum mit vielen Ästen – ja. Einen Turm, mit reichlich Möglichkeit, sich festzuhalten – sicher. Aber eine glatte Steinwand, vielleicht sechs Mal so hoch wie sie selbst?

Der Fremde schien ihre Gedanken zu erraten. „Ihr schafft das, vertraut mir!"

Es gab kein Zurück. Entweder würde sie versuchen, diese Wand aus Stein zu überwinden, oder sie würde von Colias gefangen werden. Verschleppt und ausgeliefert an Asgor, dem Erzfeind ihrer Familie und Mörder von Nicholas.

Sie kehrte Colias den Rücken und lief auf die Felswand zu, ohne sich im Klaren darüber zu sein, wo ihre Hände sich festhalten konnten. Doch diese wussten es besser. Instinktiv ertasteten sie die Einkerbungen im Felsen, um sich an ihnen festzuhalten. Ab der Mitte fand Halen sogar einen langgezogenen Spalt, gerade groß genug, dass ihre Fingerspitzen darin Halt fanden und sie sich weiter hochziehen konnte. Ihre Muskeln brannten wie Feuer, ein dumpfer Schmerz, der bei jedem Zug durch ihre Arme und Schultern fuhr. Ihre Beine zitterten und suchten verzweifelt nach einem Vorsprung, der die Last ihres Körpergewichts für einen Moment erleichtern könnte. Sie biss die Zähne zusammen. Aufgeben war keine Option – nicht jetzt.

Schließlich war sie aus Colias' Reichweite. Der Rothaarige legte seinen Bogen weg und beugte sich über die Kante des Felsens, um Halen das letzte Stück nach oben zu ziehen. Halen packte seine Hände bereitwillig und ließ sich auf das Felsplateau ziehen. Ihr Körper bebte vor Erschöpfung und jeder Atemzug brannte schmerzlich in ihrem Hals.

Kaum hatte sie sich aufgerichtet, haftete ihr Blick wieder an Colias, der sie aus dunklen Augen anfunkelte. Und da erkannte sie, dass er nicht aufgeben würde, bis er sie Asgor übergeben hatte.

„Wir sind noch nicht außer Gefahr." Ihr Retter nahm sie an der Hand und führte sie Richtung Nordosten. Halens Kraftlosigkeit hatte ihren Höchstpunkt erreicht, und ihre Beinmuskeln verkrampfen bei jedem Schritt, den sie tat.

So dauerte es nicht lange, bis sie eine mit Flechten überwachsene Wurzel übersah. Ihr Fuß blieb hängen, und sie stolperte nach vorne, ruderte mit den Armen, um das Gleichgewicht zu halten – vergeblich. Sie stürzte den seichten Abhang hinunter und überschlug sich mehrmals, während Erde und Blätter unter ihr aufwirbelten. Schließlich kam sie mit einem dumpfen Aufprall auf weichem Gras zum Liegen.

Fluchend versuchte sie, aufzustehen, wobei stechender Schmerz durch ihre Glieder fuhr, gefolgt von einem dumpfen Brennen. Ihr Begleiter war sofort an ihrer Seite, um ihr aufzuhelfen.

„Geht es Euch gut?"

„Nichts passiert", presste Halen hervor und berührte die schmerzende Stelle am Oberschenkel.

Behutsam legte ihr Gegenüber eine Hand um ihren Arm und führte sie zu einer Buche. Dort zog er ein Bündel hervor, aus dem der Duft von frischem Brot aufstieg, und reichte es ihr. „Ruht Euch etwas aus."

Halen ließ sich auf einen umgestürzten Baumstamm sinken und sah zu ihm hoch. „Wann hattet Ihr die Zeit, das einzupacken?"

„Esst, viel Zeit haben wir nicht. Ich halte derzeit Ausschau nach unseren Verfolgern. Ich kann sie riechen."

Ein flaues Gefühl breitete sich in ihrem Magen aus, als sie nach dem Bündel griff. Das kleine Stück Brot, das sie kurz darauf hinunterschlang, reichte kaum, um ihren Magen zu beruhigen – es weckte nur quälenden Appetit auf den nächsten Bissen. Widerwillig stopfte sie den Rest des Laibs zurück in den Beutel.

Sie sah den fremden Schützen von der Seite an. Seine Haare hatten einen tiefen, roten Ton, der im Sonnenlicht schimmerte.

„Wer seid Ihr?", fragte sie ihn unumwunden. „Ich habe das Gefühl, Euch irgendwoher zu kennen."

Er trat etwas dichter an sie heran und Halen versuchte, die Farben seiner Augen zu bestimmen, die die Gegend hinter ihr absuchten. Waren sie grün? Oder eher hellbraun? Sie konnte es nicht genau sagen, denn das Licht schien mit jedem Wimpernschlag eine andere Nuance hervorzuheben.

„Lady Halen, Ich verspreche, Euch alles zu erzählen, sobald ich Euch in Sicherheit gebracht habe."

„Und *wo* soll das sein? In Sicherheit?"

„Busby", war seine knappe Antwort.

Das Dorf in den Wäldern …

„Es ist ein sicherer Ort. Dort gibt es …", er suchte nach einem passenden Wort. „… Leute, die Euch helfen können."

„Ich komme mit, bis wir in Busby sind. Aber dafür hört Ihr auf, mich *Lady Halen* zu nennen."

Der Rothaarige legte die Stirn in Falten. „Wie soll ich Euch dann nennen?"

„Halen reicht völlig."

„Aber das ist nicht die korrekte Ansprache für … eine Dame königlicher Abstammung."

Halen schmunzelte verlegen. „*Lady* ist auch nicht die korrekte Ansprache, die korrekte Ansprache lautet …" Sie brachte das Wort nicht über die Lippen.

„Prinzessin?", schlug der ihr Gegenüber vor. „Ich würde es nie wagen, Euch mit diesem Titel anzusprechen."

„Woher wisst Ihr, dass ich diesen Titel verabscheue?"

Anstatt zu antworten, nahm der Rothaarige sie bloß an die Hand und zog sie weiter.

„Mein Vater nannte Euch Hanc", redete Halen weiter. „Ist das Euer Name? Es gebietet die Höflichkeit, sich vorzustellen."

Ihr Begleiter warf ihr einen kurzen müden Blick zu. „Ja", bestätigte er im Weitergehen. „Das ist mein Name."

„Hanc? Und weiter?"

„Ich flehe Euch an, Lady Halen. Zuerst muss ich Euch in Sicherheit bringen."

Hancs Griff wurde fester, beinahe drängend. Wortlos zog er sie ins Dickicht, seine Augen suchten die Umgebung mit nervöser Präzision ab.

Nach wenigen Sekunden tauchten zwei Gestalten auf. Die Bewegungen der Männer wirkten träge, aber unnatürlich kontrolliert. Pfeil und Bogen hielten sie bereit, in ihren Gesichtern lag eine seltsame Wachsamkeit.

„Sie haben das Mal", flüsterte Halen, während ein Schauder durch ihren Körper lief.

„Verfluchter Runenzauber", zischte Hanc. „Das bedeutet, Colias Raymond ist nicht weit."

Gemächlich verschwanden die Männer hinter einem Hügel, doch das mulmige Gefühl in Halens Magengegend blieb. Kaum waren sie außer Sichtweite, umfasste Hanc Halens Arm und zog sie aus ihrem Versteck hervor.

„Schnell. Bevor sie zurückkommen. Wir sind gleich da."

Hanc fing an, die Umgebung abzusuchen. Er legte beide Hände auf die massiven Baumstämme, schnupperte an der Erde und durchsuchte mit hektischen Blicken die Umgebung.

„Wonach sucht Ihr?", fragte Halen argwöhnisch.

„Den Eingang."

„Den Eingang wovon?", verlangte Halen zu erfahren, bevor sie ein fernes rötliches Schimmern wahrnahm.

Es kam zwischen den herabhängenden Ästen eines alten Baumes hervor. Neugierig lief sie in die Richtung, aus der das Licht kam. Es war ein feuerrotes Funkeln und wurde immer größer, je weiter sie sich ihm näherte.

„Was tut Ihr? Wir dürfen uns auf keinen Fall trennen!", rief Hanc ihr gedämpft hinterher.

Halen nahm seine Stimme kaum noch wahr. Durch das Unterholz kroch sie dem Licht immer weiter entgegen. Sie schob die letzten Äste zur Seite, die ihr die Sicht versperrten, da spürte sie aufkommende Hitze auf ihrer Haut und der derbe Geruch von verbranntem Holz stieg in ihre Nase. Ein seltsames Knistern lag in der Luft. Und als sie ihren Blick hob, konnte sie es sehen: Ein großes Lagerfeuer. Das Licht tanzte auf den umliegenden Bäumen und warf unruhige Schatten auf den Boden.

Halen blieb regungslos stehen, ihre Sinne überflutet von der seltsamen Mischung aus Wärme und Gefahr. War sie in Sicherheit? Oder war sie in die Fänge ihrer Feinde geraten?

Kapitel 16

Die Menschen um das Feuer begannen zu tuscheln. Ihre Stimmen waren ein leises, unverständliches Murmeln, das die Stille des Waldes durchbrach. Keine Runen zierten ihre Hälse. Innerlich aufatmend betrachtete Halen sie genauer und erkannte, dass sie auch keine gewöhnlichen Reisenden oder Waldläufer waren. Mit ihren Fellumhängen und verfilzten Haaren sahen sie eher wie Wilde aus, die in diesem Walddorf ein zurückgezogenes Leben der fortgeschrittenen Gesellschaft vorzogen.

Immer mehr traten aus den Schatten der Bäume und versammelten sich um das Lagerfeuer. Mit misstrauischen, aber auch hoffnungsvollen Blicken fixierten sie Halen.

Diese verstand nur einzelne geflüsterte Wortfetzen: „Ein Mensch …", „Sie haben uns gefunden …"

Sie begann, sich umzusehen. Kleine schiefe Steinhütten schmiegten sich dicht aneinander, umrahmt von großzügigen Kräutergärten und Gemüsebeeten. In der Mitte dieses Walddorfes stand eine prächtig gewachsene Esche.

Aber das ist unmöglich, dachte Halen. Während ihr Verstand diesem Ort noch nicht traute, war ihr Bauchgefühl sich vollkommen sicher: Sie hatte es gefunden. Das Dorf aus ihren Träumen.

„Was ist hier los?" Halen erkannte Lydias Stimme, noch bevor sie aus der immer größer werdenden Menschenmenge zum Vorschein kam und auf sie zueilte. Bei ihr angekommen nahm sie ihre Nichte an den Händen und musterte sie auf Unversehrtheit. In ihren Augen spiegelten sich Sorge und Wut gleichermaßen. „Wo ist Hanc?", erkundigte sie sich besorgt.

„Ich … Er war direkt hinter mir", stammelte Halen.

Entfernte Stimmen drangen an ihre Ohren.

Lydias Kopf fuhr herum. „Ist dir jemand gefolgt?", rief sie hysterisch.

„Ich—"

Ihre Tante drehte sich zu den anderen um. „Geht in eure Häuser, bewaffnet euch!" Doch sie blieben an Ort und Stelle.

Du scheinst hier nicht das Sagen zu haben, dachte Halen und konnte sich ein leises Aufatmen nicht verkneifen.

Lydia trat ein paar Schritte an ihr vorbei und malte mit ihren Handflächen Kreise in die Luft.

Halen beobachtete sie mit Verwunderung und war sogleich irritiert, dass sie nach dem letzten Tag überhaupt irgendetwas in diesen Zustand versetzen konnte. Das Gefühl hielt an, als sie wenig später Hanc und Colias in einen Kampf verwickelt sah. Genau an der Stelle, wo kurz zuvor Lydia mit ihren Händen etwas in der Luft bewirkt haben musste.

Hanc entriss Colias das Schwert, warf sich mit ihm auf den Waldboden, wo sie miteinander rangen und versuchten, sich mit Schlägen und Tritten gegenseitig außer Gefecht zu setzen.

„Hilf ihm!" Lydia wirbelte die Arme durch die Luft und der Ausschnitt der Kampfszene vergrößerte sich.

Wie soll ich das anstellen?

Halen sah zu, wie Colias Hanc zu Boden drückte und ihm immer wieder ins Gesicht schlug. Es sah so aus, als würde Hanc gleich ohnmächtig werden, und das riss Halen aus ihrer Starre. Zögernd trat sie durch den kreisförmigen Riss in der Luft, den Lydia gewirkt hatte. Sie wusste nicht, was sie tun sollte, aber eines war klar: Sie musste Colias unbedingt aufhalten.

Dieser bemerkte sie sofort. Kaum, dass sie aus dem Kreis getreten war, ließ er von Hanc ab und schritt auf sie zu. Sein grimmiges Lächeln verriet, dass er geplant hatte, sie auf diese Weise aus ihrem Versteck zu locken. Doch bevor er sie erreichen konnte, stoppte er in seiner Bewegung und ein ersticktes Keuchen entfloh seinen Lippen – dann brach er ohne Weiteres vor ihr zusammen.

Halen starrte auf seinen reglosen Körper. Ihr Atem stockte. Hanc trat hinter Colias hervor, den blutverschmierten Bogen noch in der Hand. Er stürzte sich umgehend von hinten auf seinen bewusstlosen Feind und fesselte diesem die Hände auf dem Rücken. Dann zerrte er ihn an den Schultern in Richtung der magischen Öffnung in das Walddorf.

„Warte, ich helfe dir", bot Halen sich an.

207

Als sie Colias' Füße anheben wollte, wurde ihr beinahe schwarz vor Augen. Abermals bemerkte sie, wie entkräftet sie eigentlich war.

Als sie sich wieder in dem Walddorf befanden, schloss Lydia den magischen Kreis. Es schien, als hätte dort nie ein Durchgang existiert, denn bis auf das Grün des Waldes, war nichts weiter zu sehen.

Wütend marschierte Hanc auf Halen zu. „Wieso seid Ihr einfach weggegangen? Ich habe Euch gesagt—"

„Es tut mir leid, ich sah dieses Licht und alles andere war wie ausgeblendet!"

„Hanc, beruhige dich", bat Lydia ihn. „Sie ist nur dem Ruf des Dorfes gefolgt. Wer das zum ersten Mal erlebt, vergisst dabei oft alles um sich herum."

Ein Mann, der Halen an einen Waldschrat erinnerte, hatte sich aus der Menge gelöst und trat ihnen nun mit verschränkten Armen entgegen. Er baute sich vor Hanc auf und zeigte auf den bewusstlosen Colias. „Du bringst einen Menschen nach Busby! Bist du wahnsinnig?"

Hanc fixierte ihn mit einem funkelnden Blick, woraufhin sein Gegenüber einen Schritt zurücktrat. „Was hätte ich tun sollen? Ihn im Wald zurücklassen, damit er dem Geist unser Versteck verrät?"

„Was ist hier los?" Die kratzige Stimme einer alten Frau durchschnitt die Luft, die sich auf einem Stock stützend, einen Weg durch die Meute suchte.

Halen erkannte sie sofort. Und ihr entging nicht die Ehrfurcht der Menschen, die der Schattengestalt bereitwillig Platz machten.

Ohne eine Antwort abzuwarten, stieß die Alte einen grellen Pfiff aus. Einen Moment später flog ihr Rabe aus den nahestehenden Bäumen zu ihr und setzte sich auf ihre linke Schulter. Neugierig beäugte er die Neuankömmlinge.

„Hanc hat zwei Menschen nach Busby gebracht", begann der große bärtige Mann. „Der Geist ist auf der Suche nach ihnen. Wenn er herausfindet, dass wir ihnen helfen, wird er auch uns töten."

Die Schattengestalt schien von seinen Worten wenig beeindruckt. „Halen ist kein Mensch, sondern eine Yroma, du Dummkopf", klärte sie ihn auf. „Und Asgor weiß längst, dass wir nicht auf seiner Seite stehen."

„Dann willst du zulassen, dass er hier einfällt?", rief der Bärtige empört.

„Wie lange kennst du mich, Ben?", wollte die Alte von ihm wissen.

Er sah ihr stirnrunzelnd entgegen, als müsste sein Gedächtnis eine schwere Leistung vollbringen. „Seit meiner Geburt."

Die Alte nickte. „Dann weißt du auch, dass ich nicht vorhabe, einfach zuzusehen, wie der Geist alles zerstört, was wir uns aufgebaut haben. Aber viel wichtiger ist, dass wir nicht anfangen, uns von seinem Hass gegen die Menschen anstecken zu lassen. Sicher, die Menschen haben in der Vergangenheit so manchen Krieg angezettelt, aber auch wir Yroma sind nicht schuldlos an der heutigen Situation. Wir müssen für die richtige Sache kämpfen, nicht für eine Rasse."

Nun trat eine zierliche Frau an Bens Seite. „Du redest vom Kämpfen, Mola, aber wir sind einfache Bauern."

„Ihr müsst keine Krieger sein", bemerkte die Alte. „Ihr seid Yroma, ihr werdet spüren, wenn der Geist näherkommt. Aber wir können nicht riskieren, dass er uns entdeckt. Sagt den anderen Bescheid. Bei Einbruch der Dämmerung brechen wir auf."

Unruhe erfasste die Waldbewohner und sie stoben auseinander. Die Alte trat zu Hanc und bedachte ihn mit einem kalten Blick. „Du hast uns alle in Gefahr gebracht", zischte sie. „Ich bereue, dich mit dieser Aufgabe betreut zu haben. Ich hätte wissen sollen, dass du noch nicht so weit bist."

Halen starrte ihn an, und auf einmal fügte sich alles zusammen. Die Art, wie er sie geführt, beschützt und immer wieder gedrängt hatte – das war kein Zufall gewesen. Er war nicht einfach irgendein Begleiter in dieser Sache.

Hancs Gesicht rötete sich. „Das meinst du nicht ernst."

Lydia legte der Alten eine Hand auf den Arm. „Mola, seine Aufgabe war es, Halen zu beschützen. Er hat sie sicher zu uns gebracht."

Mola beachtete sie gar nicht. Ihre milchigen Pupillen waren auf Hanc gerichtet, während ihr Rabe ihn mit kalten Augen fixierte.

„Was hast du nun mit ihm vor?" Die Alte zeigte auf Colias. „Du weißt, dass ich Gefangene in Busby nicht dulde."

Hanc verschränkte die Arme. „Also willst du stur an deinen Regeln festhalten? Das könnte uns alle in Gefahr bringen!"

Die Alte trat unangenehm dicht an Hanc heran und tippte ihm mit ihrem knochigen Zeigefinger auf die Brust. „Du hast ihn hier reingelassen. Du hast das zu verantworten!"

„Und ich werde die Verantwortung dafür übernehmen", versicherte Hanc.

„Denk bloß nicht daran!", fauchte die Alte.

„Du hast selbst gesagt, dass du keine Gefangenen in Busby duldest. Also ist das die einzige Möglichkeit. Ich kann ihn davon heilen!"

„Es ist zu riskant", beschied Mola. „Ich brauche dich in diesem Krieg. Du bist zu wichtig!"

„Auf einmal bin ich wichtig?"

Halen sah von ihm zu ihr und dann wieder zurück.

Mola stöhnte angestrengt. „Den Preis, den diese Art von Magie einfordert, ist zu hoch. Hast du nicht genug verloren?"

Augenblicklich wurde Hanc still. Nachdenklich sah er auf den Boden. „Ja das habe ich", sagte er. Dann richtete er seine Aufmerksamkeit wieder auf ihre leer dreinblickenden Augen. „Doch du vergisst eine Sache. Es bringt auch einen Nutzen."

„Es bringt nichts als Chaos", beharrte die Alte.

„Oder noch einen Kämpfer für unsere Sache", stellte Hanc dagegen.

„Wenn er denn dazu bereit ist."

Halen machte unwillkürlich einen Schritt nach vorn. „Asgor hat Colias' Neffen getötet", wandte sie ein, ohne weiter darüber nachzudenken. Und ohne zu wissen, ob das wirklich der Wahrheit entsprach.

Die Alte drehte sich zu ihr um, als bemerkte sie Halen zum ersten Mal. Auch Lydia warf ihr einen fragenden Blick zu. Nur Hanc schien froh über ihren Beistand.

Als die stumme Erwartung auf ihren Schultern lastete, fuhr sie fort: „Colias ist mehr als wir alle dazu bereit, Asgor ins ewige Eis zu schicken."

„Dazu ist er gar nicht in der Lage", versetzte die Alte schnippisch. „Er ist kein Yroma."

Hanc seufzte lächelnd. „Das bin ich auch nicht."

„Wenn irgendetwas schiefgeht?", wandte Mola ein letztes Mal ein.

Hanc schüttelte nur den Kopf, wandte sich ab und ging einige Schritte zur Seite, ohne weiter auf ihre Einwände einzugehen. „Das wird es nicht", entgegnete er, mehr zu sich selbst als zu ihr.

Halen bemerkte, wie Lydia sofort das Wort ergriff und Mola mit eindringlicher Stimme etwas zu erklären begann. Ihre Stimmen verschwommen zu einem monotonen Hintergrundrauschen, das an Halen vorbeizog. Sie hatte nicht die Kraft, ihren Worten zu folgen.

Ihr Blick blieb an Hanc hängen, der sich neben Colias niederließ. Er zog ein Messer aus dem Schaft seines rechten Schuhs. Das Licht glitzerte kurz auf der Klinge. Halen runzelte die Stirn, als sie beobachtete, wie er es vorsichtig an seine linke Handinnenfläche führte. Er machte eine fließende Bewegung, dann ritzte die Klinge über seine Haut und ein dunkler Tropfen Blut trat hervor. Sein Gesicht blieb ruhig.

„Was tut Ihr da?", wollte Halen wissen.

Hanc ballte seine blutende Hand zur Faust und ließ das Blut über die Rune an Colias' Hals tröpfeln.

„Blutzauber", entgegnete Hanc, als wäre dies Antwort genug. Er legte seine linke Hand auf Colias' Hals. Dann murmelte er etwas Unverständliches. Halen versuchte, die Bedeutung der Worte zu verstehen, aber seine Sprache war ihr fremd.

Hanc schloss die Augen und atmete tief durch, als ob ihm jede Bewegung schwerfiel. Seine Haut wirkte mit einem Mal blasser. Feiner Schweiß glänzte auf seiner Stirn und seine Schultern sanken herab.

„Hanc?" Halens Stimme war leise und voller Besorgnis.

Der Angesprochene rieb sich die Schläfen mit der unverletzten Hand. Die blutende hielt er locker an seiner Seite. „Nur … nur Kopfschmerzen", versicherte er. „Ich habe alles unter Kontrolle."

Halen trat näher und betrachtete ihn eindringlich. Sein Atem ging schneller und die dunklen Ringe unter seinen Augen schienen sich verstärkt zu haben. „Danach seht Ihr aber nicht aus", stellte sie fest.

Hanc verzog das Gesicht zu einem schwachen Lächeln. „Es wird vorbeigehen."

Sie glaubte ihm nicht ganz, aber sie wusste, dass jetzt nicht der richtige Moment war, um zu diskutieren. Stattdessen wechselte sie das Thema. Ihre Stimme wurde ruhiger. „Ihr sprecht die Sprache der Yroma?"

Hanc hob mühsam den Blick und nickte. „Meerellsch. Mola lehrte es mich."

Während er sprach, wirkte er zunehmend kraftloser. Halen verspürte den Drang, ihn an der Schulter zu stützen. Was auch immer dieser Blutzauber von ihm gefordert hatte – es war offensichtlich mehr, als er zugeben wollte.

„Wirkt der Zauber?", fragte Halen vorsichtig.

„Das wissen wir, wenn er aufwacht."

Hanc wollte Colias an den Schultern fassen, doch bevor er dazu kam, hatte Halen ihn bereits gestoppt. Sie hob die Hand und legte ihre Finger fest um sein Handgelenk. Der Griff war bestimmt genug, um ihn innehalten zu lassen.

„Das reicht. Wer seid Ihr?", fragte sie mit einem Unterton in ihrer Stimme, der keine Widerrede duldete. Sein überraschter Blick wanderte von ihrer Hand zu ihrem Gesicht.

Hanc stöhnte und ließ Colias wieder los. „Ich bin Euer Beschützer. Ich stehe in Euren Diensten, Lady Halen, solange ich lebe."

„Ihr habt mir geholfen, als Asgors Armee vor Wyatts Toren stand und mir gestern im nördlichen Wald das Leben gerettet. Aber ich verstehe nicht, warum?"

„Weil ich es ihm aufgetragen habe." Halen schreckte bei der Stimme der Alten zusammen.

„Ich habe ihn schon vor einiger Zeit nach Wyatt geschickt", klärte Mola sie auf. „Er sollte dafür sorgen, dass du geschützt bist. Als die Belagerung begann, habe ich ihn angewiesen, dir zu helfen, aus Wyatt Castle zu fliehen, und dich hierher nach Busby zu bringen. In Sicherheit."

Hanc räusperte sich. „Wenn Asgor von unserem Versteck erfährt, wird es hier für niemanden mehr sicher sein."

„Das verstehe ich ja alles", warf Halen ein. „Aber da ist noch mehr." Sie hielt kurz inne, dann fügte sie hinzu: „Ich kenne Euch! Woher?"

Hanc drehte sich leicht zur Seite, als ob er nach den richtigen Worten suchte. Mola nickte ihm zögerlich zu.

„Lady Halen, ich beschütze Euch nicht erst seit gestern, sondern schon seit vielen Jahren", begann er, seine Stimme ruhig und ernst. „Doch dafür musste ich eine andere Gestalt annehmen. Eine, die Euch viel vertrauter ist."

Er atmete tief durch die Nase ein. Beim Ausatmen begann sein Körper eigenartig zu zittern. Es wuchs zu einem Beben heran, das wie eine Welle durch ihn hindurchfloss. Seine Gliedmaßen verformten sich. Schwarzes Fell überzog seine Haut und verlieh ihm eine völlig neue Gestalt.

Halen wusste nicht, ob sie die Situation richtig deutete oder ob ihr Verstand ihr einen Streich spielte. Nachdem sie die Kreatur vor sich eine Weile betrachtet hatte, rannen ihr Tränen übers Gesicht. Sie sprang ihm entgegen.

„Hancock!" Es folgte eine lange, fast erdrückende Umarmung.

„Du dachtest, du hättest deinen treuen Begleiter verloren." Der Ton in Molas Stimme war beinahe mitfühlend. „Doch er hat niemals deine Seite verlassen."

Als Halen die Umarmung löste, hatte Hanc sich bereits vollständig zurückverwandelt.

Mola deutete mit einem Seufzer auf Colias. „Bewache ihn, bis er aufwacht. Die Fesseln bleiben dran!" An Halen gewandt fuhr sie fort: „Du siehst erschöpft aus. Ruh dich aus und iss etwas."

Halen sah noch einmal zu Hanc. Sie wollte mehr über ihn erfahren, doch er hatte keine Zeit für Erklärungen. Er packte Colias an den Handgelenken und zog ihn mit sich in Richtung einer Hütte. Widerwillig ließ sie den Gedanken fallen und wandte sich der Alten zu, die vorging. Vielleicht konnte sie bei ihr ein paar Antworten finden.

Mola führte sie schweigend über den schmalen Pfad, bis sie vor einer alten steinernen Kate stehenblieben. Die Tür klemmte, und Mola stemmte sich mit einem leisen Fluch dagegen. Als Lydia hinzutrat, um ihr zu helfen, fuhr die Alte sie scharf an und stieß ihre Hand zur Seite. Halen runzelte die Stirn, hielt jedoch den Mund. Zwischen den beiden schien es eine Art unausgesprochener Spannung zu geben, aber jetzt war nicht der Moment, das zu hinterfragen.

Halen war dankbar für das angenehme Dunkel im Inneren der Kate. Unwillkürlich verspürte sie den Drang, sich einfach auf den Boden fallen zu lassen und die Augen zu schließen. Lydia hingegen schien keine Ruhe zu finden. Rastlos wanderte sie durch die kleine Behausung, als würde sie mit sich selbst kämpfen. In ihrem Gesicht trat wieder die Falte zwischen ihren Augenbrauen hervor, die Halen verriet, dass ihre Tante auf eine Auseinandersetzung aus war.

„Du hättest mit mir aus Wyatt verschwinden sollen, als wir die Möglichkeit dazu hatten!"

Halen stieß scharf die Luft aus. „Tut mir leid. Aber ich war nicht in der Lage, meine Familie im Stich zu lassen", erwiderte sie mit schneidender Stimme.

Die ersten Tränen stiegen in ihre Augen, und bahnten sich heiß und unaufhaltsam ihren Weg über ihre kalten Wangen. Halen wischte sie hastig weg, bevor sie freigaben, wie tief ihr Schmerz saß.

Mola wies Halen einen Platz an dem Feuer in der Mitte der Behausung zu und machte sich in aller Seelenruhe an der Kochstelle zu schaffen. „Lydia hat Recht." Dann drückte sie Halen einen Becher in die Hand, aus dem schwacher Dampf aufstieg. „Trink das. Gegen die Kopfschmerzen."

Halen nahm ihn dankend entgegen.

„Wie konntest du überhaupt aus Wyatt entkommen?"

Halen überlegte kurz, was sie sagen konnte, ohne dabei das Amulett zu erwähnen.

„Halen?", hakte Lydia ungeduldig nach.

Halen war zu müde, um ihnen die Vorkommnisse zu erklären. Sie war es, die Fragen hatte. „Es wird Zeit, dass du mir erzählst, was hier los ist", forderte sie ihre Tante auf.

Lydia tauschte einen Blick mit Mola.

„Sieh nicht mich an", krächzte die Alte. „Wenn es nach mir ginge, wäre sie gar nicht erst von hier fortgegangen."

Halen sah fragend zu Lydia. Doch es war Mola, die sie aufklärte.

„Du bist hier geboren. Busby ist deine Heimat. Hast du eine Ahnung, wer ich bin?"

„Ihr seid die Schattengestalt aus meinen Träumen", antwortete Halen.

„Schattengestalt?" Mola runzelte die Stirn. „Das klingt nach einem Albtraum."

217

„So könnte man es ausdrücken", bestätigte Halen geradeheraus. Dabei starrte Molas Rabe sie an, dass sie kaum wagte, wegzusehen.

„Es gibt einen Grund, warum du mich in deinen Träumen gesehen hast. Die Yroma träumen aufgrund ihrer magischen Fähigkeiten intensiver als die Menschen. Oft sehen wir Personen, zu denen wir eine besondere Bindung haben."

„Und welche besondere Verbindung haben wir?"

Mola räusperte sich, als wäre ihr etwas unangenehm. „Ich bin deine Großmutter."

Halens Mund stand offen. In Lydias Augen suchte sie nach einer Bestätigung oder einem Widerspruch. „Ist das wahr?", brachte sie mühsam hervor.

„Warum sollte ich dich anlügen?", zischte Mola. Doch Halen hörte sie kaum.

Ein anderer Gedanke hatte sich in ihrem Kopf festgesetzt, lauter und drängender als alles andere. „Stimmt es, dass Yroma und Menschen keine Kinder zeugen können?", fragte sie, die Worte fast stockend. Der Gedanke hatte sie überrumpelt, ein Puzzlestück, das sich mit einem Mal zu einem Bild fügen – oder es für immer zerstören könnte. Ihre Hand ballte sich zu einer Faust, aber der Druck in ihren Fingern konnte die aufkommende Nervosität nicht lindern. Sie warf Lydia einen fordernden Blick zu, als wollte sie die Antwort erzwingen.

„Wer behauptet denn so etwas?", gab Lydia entrüstet von sich.

Halen legte den Kopf schief und hob die Augenbrauen. „Wessen Tochter bin ich wirklich?"

Lydia stand wie erstarrt da. Die Falte zwischen ihren Augen vertiefte sich.

Mola trat zu ihnen und legte ihre knochige Hand auf Halens Schulter. „Du bist die Tochter von Uthred Arkin und Alethea Serradyn."

Halens Blick haftete unentwegt auf Lydia. „Und warum haben sie mich glauben lassen, ich wäre ein Mensch?"

„Weil wir Yroma seit dem Krieg vor neunzehn Jahren versteckt leben", antwortete Lydia wahrheitsgemäß. „Um des Friedens willen."

„Hat das etwas mit Magie zu tun?", hakte Halen nach und beobachtete gleichzeitig, wie Mola Lydia einen auffordernden Blick zuwarf. Ihrer Tante schien es schwer zu fallen, ihr die ganze Wahrheit zu erzählen.

Lydia atmete lange durch die Nase ein und nahm Halen gegenüber auf einem Schemel Platz, um ihr direkt in die Augen schauen zu können. „Die Menschen lebten nicht immer auf Meerell", begann sie.

„Ja, das weiß ich. Ich habe diese Geschichte unzählige Male gehört. Ich kann sie auswendig. Vater stammt aus Nowark. Der Kontinent im hohen Norden. Dort, wo das ewige Eis zu Hause ist."

Lydia nickte. „Als dein Vater mit seinem Volk nach Meerell kam, warst du noch nicht geboren. Und es ist wichtig, dass du weißt, was damals geschehen ist." Sie hielt inne, als ob sie nach den richtigen Worten suchte.

„Und was ist geschehen?", fragte Halen ungeduldig.

„Er merkte bald, dass Meerell bereits bewohnt war. Von uns Yroma. Unsere Völker waren beide friedfertig, so kamen wir einige Zeit gut miteinander aus. Bis die Menschen in uns eine Bedrohung sahen."

„Lass mich raten: wegen der Magie?"

219

Lydia nickte. „Sie wollten uns dafür bezahlen, dass wir für sie Magie anwandten. Etwa, um eine reiche Ernte zu sichern oder einen Sturm aufzuhalten. Was die Menschen aber nicht verstanden, war, dass unsere Magie nur geliehen ist und wir im Gegenzug einen Preis an unsere Götter zahlen müssen – einen Preis, der mit ihren nowark'schen Münzen wohl kaum aufzuwiegen ist." Ihr Blick verfinsterte sich. „Das ist es, was Mola mit dem Blutzauber meinte. Jede Magie fordert ihren Tribut, und manchmal … manchmal ist der Preis höher, als jemand bereit ist, zu zahlen. Doch die Menschen interessierten sich nur für ihren eigenen Gott. Und als wir nicht mehr kooperierten, verstanden sie das als Kriegserklärung."

„Also haben die Menschen diesen Krieg angefangen?"

„Beide Seiten haben ihren Anteil daran. Dieser Krieg hat lange vor sich hin geschwelt, sein Ausbruch war unvermeidbar. Deine Eltern haben für den Frieden zwischen unseren Völkern gekämpft, leider vergebens."

„Und welche Rolle spielte Asgor dabei?"

„Er brachte die Yroma immer mehr gegen die Menschen auf", erzählte Mola weiter. „Er rief uns auf, die Eindringlinge aus unserem Land zu verjagen. Doch wir Yroma sind kein wehrhaftes Volk. Die meisten von uns gehen lieber den Weg des geringsten Widerstands. So ist auch dieses Dorf entstanden. Es war eine Zufluchtsstätte vor dem Krieg. Und als die Menschen den Krieg gewannen, war es Asgor, der fliehen musste. Dass er einmal zurückkehren würde, damit hat keiner gerechnet."

Halen gähnte. Sie konnte ihre Müdigkeit nicht länger zurückhalten, nun, da ihr Körper zur Ruhe kam. „Und jetzt macht er die Menschen mittels des Runenzaubers zu willenlosen Puppen", schloss sie Molas Bericht ab.

Mola nickte bedächtig. „So sieht es aus. Beim ersten Krieg war er noch nicht mächtig genug. Seit seinem Verschwinden hat er offensichtlich an Stärke hinzugewonnen. Und er nutzt seine Macht, um seinen Einfluss über die Menschheit zu vergrößern."

Halen runzelte die Stirn. „Kann man das wieder ungeschehen machen?", fragte sie leise. „So wie Hanc es bei Colias versucht?"

Mola zögerte. „Vielleicht. Doch solche Magie hinterlässt Spuren, die sich nicht so leicht tilgen lassen." Sie deutete auf das Lager in der Ecke und fügte hinzu: „Nun, Enkelin, schlaf ein wenig."

Halen nickte zögernd und ließ sich nieder. Lydia lehnte sich an die Wand und sah ihre Mutter an. „Du solltest dich auch ausruhen. Immerhin bist du kein unverwüstlicher Fels." Ihre Worte klangen spöttisch, aber der Blick, den sie ihrer Mutter zuwarf, war für einen kurzen Moment weicher als gewöhnlich.

„Ruhen kann ich, wenn ich tot bin", zischte Mola gereizt und ging zu einem Regal, in dem etliche kleine Flaschen aufgereiht waren. Sie blieb kurz davor stehen und entschied sich schließlich für eines mit der schwarzen Aufschrift *Lavendadem*. Sie öffnete den Verschluss und roch an der Flüssigkeit, bevor sie diese in eine Schale aus Ton füllte.

Obwohl die Welt für sie in Dunkelheit gehüllt war, schien sie sich hier bestens auszukennen. Und als Halen sich genauer umsah, bemerkte sie, dass alles in dem kleinen Raum einen bestimmten Platz hatte. Die Flaschen im Regal, die getrockneten Kräuter an den Deckenbalken, die Töpfe und Pfannen neben dem Feuerplatz in der Mitte. Schließlich nahm Mola zwei Steine und schlug sie so lange über der Schale aneinander, bis Funken auf den Flascheninhalt regneten. Rauch stieg auf und kroch wie ein lebendiges Wesen durch die Hütte. Der Duft war unerwartet angenehm – würzig und beruhigend.

Halen spürte, wie ihre Schultern sich entspannten. Als Mola ihr die Schale hinhielt, starrte sie sie misstrauisch an.

„Was ist das?" Ihre Stimme klang schärfer als beabsichtigt.

„Nichts, das dir schaden wird, Enkelin." Molas Ton war ruhig, doch Halen entging die Gereiztheit nicht, die in ihren Worten mitschwang. „Du bist erschöpft und brauchst Schlaf. Aber wenn du dich lieber weiter quälen und deine Fragen bis zum Morgengrauen stellen willst ..."

Halens Kiefer spannte sich an. Natürlich war sie erschöpft. Jeder Muskel in ihrem Körper schrie nach Ruhe, aber das bedeutete nicht, dass sie Mola blind vertrauen musste. Ihre Gedanken schwirrten. Was, wenn sie betäubt werden würde, damit sie die Wahrheit nicht länger hinterfragt?

Müdigkeit breitete sich wie Blei in Halens Gliedern aus. Der Rauch umhüllte sie, wurde mit jedem Atemzug stärker. Und trotz ihrer Zweifel konnte sie sich Molas eigenartigem Gebräu nicht entziehen.

Widerwillig nahm sie die Schale entgegen und hielt sie sich vors Gesicht. Der Duft der Kräuter drang tief in ihre Nase. Ihre Lider wurden schwer. Es fühlte sich an, als würde der Schlaf sich gnadenlos durch ihre Abwehr kämpfen. Ihre Gedanken verschwammen.

Noch bevor sie es verhindern konnte, sackte sie langsam zur Seite. Die Schale entglitt ihren Händen. Ein letzter Blick auf Mola zeigte ihr das Bild einer alten Frau, die mit verschränkten Armen dastand, als hätte sie genau diesen Moment erwartet.

„So ist es besser", murmelte Mola. Halen hörte ihre Worte nur noch wie durch einen Nebel.

Kapitel 17

„Hal! Hal!" Jemand rüttelte sachte an ihren Schultern. Halen blinzelte und erkannte Lydia über sich.

„Wir müssen bald aufbrechen", meinte diese leise, aber bestimmt.

Halen nickte und schob die Decke von sich. Der Boden unter ihren Füßen war kühl und ein Frösteln kroch ihren Rücken hinauf. Verwirrt stellte sie fest, dass sie keine Kleidung trug – ihre sorgsam geflickten, nun frisch gewaschenen Sachen lagen ordentlich auf dem Lager neben ihr. Sie griff rasch danach und schlüpfte hinein.

Beim Aufstehen wurde ihr sofort schwindelig. Der Schlaf hatte sie tiefer hinuntergezogen, als sie es hätte zulassen sollen. Ihre Augen brannten vor Müdigkeit und sie wollte sich am liebsten wieder hinlegen. Ein Gedanke verhinderte das.

„Wie geht es Colias?", fragte sie. Die Worte drängten sich unkontrollierbar aus ihrem Mund.

Lydia hielt inne und sah sie mit einer Mischung aus Strenge und Ungeduld an. „Das ist im Moment nicht das Wichtigste. Wenn er in Hancs Obhut ist, wird er überleben. Wenn du unbedingt nachsehen musst, dann tu es schnell. Ich lasse nicht zu, dass wir länger als nötig in Busby bleiben."

Sie öffnete die Tür der Waldkate. Dichter Nebel schob sich in die Hütte, kroch an ihren Beinen empor und verschluckte die Welt.

Vorsichtig trat Halen hinaus, die Arme um ihren Körper geschlungen. Ihre Augen suchten die Umgebung ab, aber der Nebel machte es schwierig, mehr als ein paar Schrittlängen weit zu sehen.

Der Duft von feuchter Erde und Holz hing in der Luft. Halen zog die Schultern enger zusammen, während sie Lydia mit missmutigem Blick folgte.

„Beeil dich", fauchte diese. „Wir können nicht den ganzen Morgen hier stehen und zusehen, wie der Nebel sich lichtet."

Die Dorfbewohner Busbys hatten sich zu einer Traube unter der Esche versammelt. Halen hatte geglaubt, gestern einen Großteil des Walddorfes gesehen zu haben. Nun versammelten sich auf dem Dorfplatz an die einhundert Yroma.

Halen sah in ihre Gesichter – finster, musternd, als würden sie nach etwas suchen, das sie nicht finden konnten. Einige runzelten die Stirn, andere verschränkten die Arme vor der Brust. Niemand lächelte.

„Alle sehen mich so komisch an", flüsterte sie an Lydia gewandt.

„Sie sind nur neugierig. Sie bekommen hier nicht so oft Besuch." Lydia zeigte auf eine Kate östlich von ihnen, etwas abseits der anderen. „Dort ist Hancs Hütte. Geh und sieh nach Colias, ich komme gleich nach."

226

Lydia ging zu den anderen und begann ein hitziges Gespräch mit einem der Dorfbewohner, der sich gerade mit verschränkten Armen an einen Baum lehnte.

Halen blieb kurz stehen, um Hancs Hütte ausfindig zu machen, doch just in diesem Moment trat dieser aus der Tür und winkte ihr zu. Erleichtert eilte Halen ihm entgegen.

„Lady Halen", begann er. „Ich hoffe, Ihr konntet Euch etwas ausruhen?"

Halen schnaubte belustigt. „Nenn mich Hal. Ich flehe dich an!"

Hanc sah zu Boden und versuchte so ein Lächeln zu verbergen, das zwei Reihen weißer Zähne entblößte. „Wie du wünschst", gab er verlegen zurück.

Dann führte er sie ins Innere seiner Kate, in der sie erst einmal stehen blieb und blinzeln musste, um ihre Augen an die Dunkelheit zu gewöhnen. In der Mitte prasselte ein Feuer, das eine wohlige Wärme abgab. Colias befand sich am anderen Ende des Raumes.

„Warum ist er nicht gefesselt?", fragte Halen.

„Weil ich ihm einen von Molas Tränken gegeben habe. Der lässt einen für Stunden dösen."

Halen wühlte schon in der einzigen Holztruhe, die in dem Raum bereitstand.

Hanc stellte sich neben sie. „Was tust du denn da?"

Halen sah ihn entsetzt an. „Die Frage ist, was *du* tust, wenn er aufwacht und der Gegenzauber nicht wirkt?"

Als Hanc keine Antwort gab, seufzte Halen unzufrieden auf. Kurze Zeit später hielt sie ein Seil in den

Händen und band Colias damit die Hände vor dem Bauch zusammen. Sie warf Hanc, der sie stirnrunzelnd ansah, einen zweiten Strick zu.

„Seine Füße auch!"

Hanc fing das Seil mit einer Hand und kniete sich neben Colias' Füße.

„Lady ... Ich meine Halen ... Hal. Es wird funktionieren. Vertrau mir!"

Halen atmete tief durch. „Im Wald gestern ... wenn du nicht gekommen wärst ..." Sie schüttelte den Kopf, als könnte sie so diesen Gedanken loswerden.

Dann zwang sie sich, Colias anzusehen. Die nassen Haare fielen ihm strähnig ins Gesicht. Seine Kleidung starrte vor Dreck und roch nach Schweiß und Erde. Er sah schmerzlich abgeschlagen aus, und doch musste sie zugeben, dass er ihr nun weniger fremd und erschreckend vorkam als zuvor. Der jetzige Anblick passte nicht in das Bild, das sie von ihm hatte.

„Er scheint noch ziemlich erschöpft zu sein."

Hanc setzte sich neben Colias. „Derartige Zauber können den menschlichen Körper ziemlich auslaugen." Er strich ihm zuerst die Haare aus dem Gesicht, bevor er dieses mit einem Tuch vom Schweiß befreite.

Halen wollte etwas sagen, doch der Knoten in ihrer Brust hielt sie zurück. Es war seltsam, Colias so zu sehen – verletzlich, müde, menschlich.

Entschlossen deutete sie auf die Binde um seinen Hals. „Zeig es mir!"

Hanc schüttelte den Kopf. „Ich habe den Verband gerade erst angelegt."

„Ich will es mir nur ansehen." Sie blinzelte Hanc aus sturen Augen an, bis dieser seufzte und begann, Colias die Binde abzunehmen.

Was darunter zum Vorschein kam, ließ Halen aufschrecken. „Es sieht aus, als hättest du es ausbrennen lassen!"

„Das habe ich aber nicht", entgegnete Hanc ruhig. „Der Zauber ist—"

„Tückisch. Ja, das sagtest du bereits", entgegnete Halen scharf und betrachtete Colias' Wunde eingehender. Sie war gerötet, geschwollen und mit feinen, dunklen Linien versehen, die sich wie Adern über seine Haut erstreckten.

„Bring mir etwas Trangia, das verhindert einen Wundbrand!"

Hanc lächelte unzufrieden. „Mit gewöhnlichen Kräutern kannst du keine durch Magie verursachte Verletzungen heilen!"

Halen ignorierte ihn. Ihr Blick ruhte weiterhin auf Colias. Er hatte die Augen geschlossen. Sein Atem ging flach, aber gleichmäßig. Für einen Moment fragte sie sich, wie viel er noch ertragen konnte. Er war Teil von Asgors Plänen gewesen, ein Werkzeug – und doch war er jetzt hier, bei ihnen, schwach und verwundbar.

„Warum bist du wirklich hier?" Die Frage war kaum mehr als ein Flüstern. Colias' Augenlider zuckten, aber er wachte nicht auf. Hanc sah sie an, als wollte er sie vor weiteren Fragen warnen. Halen aber war sich sicher: Colias wusste mehr über Asgor, und was genau das war, würde sie ihm schon auf die eine oder andere Weise entlocken.

Ein dumpfer Schlag drang von draußen herein, als wäre etwas Schweres zu Boden gefallen. Halens Kopf ruckte hoch, ihre Augen weiteten sich. Sie spannte die Schultern an und lauschte, aber die Stille, die auf das Geräusch hin folgte, ließ dieses umso unheimlicher erscheinen.

„Was war das?"

Hanc runzelte die Stirn. Einen Moment war er wie erstarrt, den Kopf zur Seite geneigt, dann griff er nach seinem Bogen. „Bleib hier", flüsterte er und eilte zur Tür.

Halens Blick wanderte unruhig durch die Hütte. Ein weiteres Geräusch ließ sie zusammenzucken – ein Kratzen, als würde etwas über Holz schleifen, gefolgt von einem kurzen Knacken. Sie ballte die Hände zu Fäusten. Ihr Herzschlag beschleunigte sich.

Als Hanc nicht zurückkehrte und die Geräusche lauter wurden, konnte sie nicht länger warten. Sie erhob sich und entdeckte die Bögen, die neben der Tür an die Wand gelehnt waren. Sollte Hanc nicht zurückkommen, könnte sie sich mit diesen verteidigen.

Noch bevor sie die Bögen erreichte, wurde die Luft wie durch eine unsichtbare Faust zertrümmert. Ein heftiger Windstoß riss Halen von den Füßen und sie prallte hart auf die Holzdielen. Der Atem wich ihr aus den Lungen.

„Prinzessin", keuchte Colias, der von der Geräuschkulisse aufgewacht war.

Halen stöhnte vor Schmerz.

„Macht mich von den Fesseln los!", forderte Colias und rüttelte energisch an dem Seil, das Halen ihm kurz zuvor um die Hände gezurrt hatte.

Flugs kam sie wieder auf die Beine. „Ist er noch in Euch?"

„Das ist er nicht. Macht mich los!"

„Nein! Selbst ohne Zauber, Ihr seid mit Asgor im Bunde!" Als Halen aufblickte, erkannte sie eine schwarze Silhouette unter dem Türsturz aufragen. Ihr Atem stockte, als sie auch den Umriss einer Axt in der Hand des Eindringlings entdeckte.

Hektisch sah sie sich im Raum um, auf der Suche nach etwas, das sie als Waffe benutzen konnte. Die Messer, die über der Feuerstelle hingen, waren zu weit entfernt.

Die Flammen!

Halen ließ den axtbewaffneten Schatten, der sich langsam von der Tür löste und weiter ins Innere der Kate trat, nicht aus den Augen. Sein Blick war starr auf sie gerichtet und er setzte argwöhnisch einen Fuß vor den anderen, als würde er jederzeit mit einem Angriff rechnen.

Halen atmete flach. Ihre Hände hatte sie erhoben, während sie seine Bewegungen studierte. *„Bleibt in Bewegung, immer entgegengesetzt zu Eurem Gegner. Lasst ihn Euch nie fixieren"*, hallten Hengists Worte in ihrem Kopf wider, als würde er direkt neben ihr stehen.

Langsam bewegte sie sich entgegengesetzt zu seinen Schritten, ihre Augen immer auf den Schatten gerichtet. Dieser schien zu zögern, als hätte er ihre Absicht erkannt. Er hielt den Blickkontakt und bald standen sie sich gegenüber. Das Einzige, was sie noch voneinander trennte, waren die gemächlich lodernden Flammen der Feuerstelle.

Schweißperlen entstanden auf Halens Stirn. Sie wagte es nicht, diese wegzuwischen. Stattdessen spannte sie ihre Muskeln an, bereit anzugreifen, sobald er einen Fehler machte. *„Wartet auf den Moment. Lasst ihn zuerst handeln"*, waberte Hengists Stimme durch ihre Gedanken.

Der Schatten bewegte sich ruckartig. Sein Arm schnellte nach hinten, die Axt bereit zum Wurf. Halens Augen weiteten sich und sie spannte sich instinktiv an, doch ihre Füße blieben wie angewurzelt an Ort und Stelle stehen.

Zischend sauste die Axt durch die Luft. Halen duckte sich reflexartig, woraufhin der metallische Glanz der Klinge nur eine Handbreit an ihrem Kopf vorbeizog. Ein ohrenbetäubendes Krachen ließ die Luft erzittern, als die Axt in die Steinwand hinter ihr einschlug.

Er will mich töten, dachte Halen. Ihre Brust hob und senkte sich schnell, ihre Gedanken wirbelten chaotisch durcheinander.

Eine Stimme meldete sich in ihrem Kopf: *„Los, bewegt Euch! Nutzt den Moment!"* Halen zwang sich, den Blick vom Schatten nicht abzuwenden, während ihre Finger nach Halt suchten – nach einer Waffe, nach irgendetwas.

Sie schnappte sich die Axt, die in der Wand steckte und schleuderte diese in hohem Bogen auf das Feuer vor sich. Die Flammen loderten wild auf, Funken sprühten ihrem Feind entgegen, der zum Schutz die Arme hochwarf und hysterisch aufschrie.

Halen schnappte sich eines der Messer über der Feuerstelle und warf es Colias zu, ohne dass ihr Angreifer etwas davon mitbekam. Mit seinen gefesselten Füßen tastete Colias danach und ließ es rasch im Stroh verschwinden.

Der Eindringling griff nach der Axt im Feuer, sammelte sich und nahm wieder Kampfhaltung ein. Eine finstere Grimasse verzerrte sein Gesicht.

Halen bewegte sich mit ihm um die Flammen, bis er genau vor Colias stand.

Dieser hatte den Moment genutzt und sich unauffällig von seinen Fesseln befreit.

Mit einer Schnelligkeit, die seinesgleichen suchte, sprang er auf und stieß die Klinge lautlos und gezielt in den Hals des Feindes. Der Angreifer sackte zu Boden, wie ein aufgeschlitzter Sack Getreide.

Halens Blick glitt zu Colias, in dessen Augen sich Erleichterung spiegelte. „Ich hatte fast geglaubt, Ihr wolltet es allein mit diesem Monster aufnehmen!"

Ein dumpfes Poltern ließ sie innehalten. *Sicher sind noch mehr Feinde da draußen.* Halen drehte sich wortlos um, schnappte sich einen der Bögen, die neben der Tür lehnten, und spannte diesen.

Colias seufzte ungeduldig auf. „Ich tue Euch nichts, Prinzessin. Und ich habe nichts mit Asgor zu schaffen", erklärte er und warf einen besorgten Blick in Richtung Tür.

Halen ließ sich nicht beirren. „Blödsinn! Im Blutsee habe ich Euch mit ihm reden hören." Sie schulterte einen Köcher mit einer Handvoll Pfeile, einen nockte sie auf der Sehne ein. „Ihr solltet eine Aufgabe für ihn ausführen!"

„Und ich habe mich geweigert!"

Halen spannte den Bogen in einer fließenden Bewegung und richtete ihn auf Colias. Dieser zog hörbar Luft ein.

„Welche Aufgabe?", verlangte Halen von ihm zu wissen.

233

Von draußen drang Geschrei und das Klirren aufeinandertreffender Schwerter an ihre Ohren. Halen sah zur Tür und wieder zu Colias. Dieser griff gezielt nach einem Schwert, das sorgfältig am Rand der Behausung unter dem Stroh versteckt lag.

Noch bevor Halen die Tür erreicht hatte, lag Colias' Hand auf ihrer Schulter.

„Was habt Ihr vor?"

Sie schenkte ihm einen erzürnten Blick, woraufhin er seine Hand geschwind wieder entfernte. „Ich bin vielleicht nicht für den Nahkampf geeignet. Doch aus der Ferne kann ich unsere Feinde durchaus außer Gefecht setzen."

„Dafür ist keine Zeit, wir müssen hier schleunigst verschwinden!"

„Ich lasse sie nicht im Stich!", stellte Halen klar.

„Versteht Ihr nicht? Er hat Euer Versteck gefunden, hier ist es nicht mehr sicher. Das Einzige, was Ihr noch tun könnt, ist fliehen!"

„Und wohin?", fragte Halen. „Ins nächste Versteck? Bis er uns wieder findet?"

„Vorerst ja", antwortete Colias und wollte sie abermals festhalten, um sie am Gehen zu hindern. Halen schlüpfte aus der Tür, noch bevor er sie zu fassen bekam.

Sie hatte gerade mal einen Schritt gemacht, als sie einen Mann auf sich zu rennen sah, in seiner Rechten ein Langschwert. Wie erstarrt blieb Halen stehen. Er war bereits zu nah bei ihr, als dass sie ihn mit einem Pfeil erfassen könnte.

„Runter!", hörte sie Colias hinter sich rufen.

Hastig ging Halen in die Hocke, beide Arme schützend über den Kopf gelegt. Colias schnellte vor, um den überraschten Angreifer mit einem gezielten Schwerthieb niederzustrecken.

Halen nutzte den Moment, um sich umzusehen. Alles, was sie erblickte, war ein Chaos aus Waffen, Geschrei und Blut. Hanc kämpfte mit zwei blutverschmierten Angreifern. Mit zusammengekniffenen Augen suchte sie deren Hälse nach Runen ab. Als sie keine entdeckte, erledigte sie sie mit zwei gezielten Schüssen. Hanc bedankte sich mit einem kurzen Nicken. Dann erstach er seinen nächsten Gegner, der unvorsichtig war, weil er nach dem nächsten Pfeil Ausschau hielt. Halen blieben nur noch vier Pfeile, also musste sie sparsam damit umgehen.

„Prinzessin, hier entlang!" Colias zerrte sie unsanft ein paar Schritte hinter eine überwucherte Felsengruppe.

„Lasst mich sofort los!", rief Halen gedämpft und riss sich aus seinem Griff.

„Wenn Sie Euch erkennen, werden sie nicht zögern, Euch—" Äste knackten unter entschlossenen Schritten.

Halen spannte reflexartig den Bogen, ihre Augen weiteten sich. Furcht ergriff sie, als sie über den Felsen lugte. Der Anblick von Hanc ließ sie aufatmen.

„Da hat er leider Recht." Hanc streckte Halen einen ihrer zuletzt abgeschossenen Pfeile entgegen. Dann musterte er Colias und wechselte einen fragenden Blick mit Halen.

Sie zögerte, aber erklärte dann: „Ohne ihn wäre ich vermutlich tot."

Damit gab Hanc sich zufrieden. „Wir müssen Mola und Lydia finden und von hier verschwinden. Ihr bleibt hier. Ich werde sie suchen."

Colias wollte etwas erwidern, doch Hanc kam ihm zuvor. „Euch wollen sie genauso wie sie. Beschützt Hal. Beweist, dass es richtig war, Euch zu retten!"

Anstatt etwas zu erwidern, blickte Colias verlegen auf den Boden. Hanc schien das als Zustimmung zu verstehen, denn er trat entschlossen vor den Felsen.

Halen sah nachdenklich zu Colias. „Das ist nicht richtig. Wir sollten ihm helfen!"

„Es hilft ihm aber nicht, wenn er nur damit beschäftigt ist, zu verhindern, dass Ihr umgebracht werdet."

Halen wusste, dass er recht hatte. Sie verlagerte ihr Gewicht von einem Fuß auf den anderen, das Blut rauschte in ihren Ohren. Wie konnte sie einfach warten, während Menschen nur wenige Schritte entfernt um ihr Leben schrien?

„Es ist Schwachsinn, hier zu warten!", fuhr sie fort. „Da draußen sterben Menschen!"

„Yroma", berichtigte er sie.

Halen hörte ihm nicht zu. „Ich habe noch fünf Schüsse", sagte sie zu sich.

„Ihr werdet sie noch brauchen, verschwendet sie nicht!"

Vorsichtig spähte Halen durch das Gestrüpp und sah nicht weit von ihnen entfernt einige Dorfbewohner im Wald verschwinden. Viele lagen bereits tot auf dem Waldboden, während die feindlichen Yroma ihre blutverschmierten Äxte und Schwerter aus den leblosen Körpern zogen.

„Na wartet!" Halen hob gerade ihren Bogen, da entdeckte sie Lydia und Mola. Ihre Tante entging knapp dem Schwerthieb eines Yroma, während Mola sich ein Dutzend anderer Angreifer mit einem magisch erzeugten Wall vom Leib hielt. Hanc hatte sie inzwischen erreicht und stellte sich an Lydias Rücken, um sie mit dem Schwert zu verteidigen.

„Sie schaffen es nicht!" Halen spannte den Bogen, doch sie zögerte.

Colias schien ihre Gedanken zu erraten. „Das ist zu riskant", warf er ein. „In dem Chaos könnte Euer Pfeil jeden treffen!"

Halen schloss die Augen und atmete tief durch. Er hatte recht – so sehr es ihr auch widerstrebte, dies zuzugeben. Ihre Finger umklammerten den Bogen fester, dann ließ sie ihn sinken. Ihre Hände zitterten. Sie spürte die Kälte, die von innen an ihr nagte – eine Mischung aus Angst und Scham. Es war nicht nur die Ungewissheit, ob sie treffen würde, sondern die schreckliche Vorstellung, dass sie im schlimmsten Fall jemanden aus ihrer Familie verletzen könnte. Der Gedanke allein schnürte ihr die Kehle zu.

„Irgendetwas muss ich tun", beschied sie.

„Verdammt, Prinzessin!" Colias hielt sein Schwert bereit. „Gebt mir Deckung!"

Kurz darauf fielen Halens fünf Schüsse und trafen die Yroma, die zwischen ihr und Mola ihre Waffen einsammelten und nicht mit einem Pfeilangriff gerechnet hatten.

„Los!", raunte Halen und Colias rannte mit erhobenem Schwert den Yroma entgegen, die Lydia und Hanc attackierten.

Halen schlüpfte aus ihrem Versteck und zog rasch ihre Pfeile aus den toten Körpern ihrer zu Boden gegangenen Feinde. Einer war unbrauchbar. Sie hielt sich gebeugt, um so wenig Aufmerksamkeit wie möglich auf sich zu lenken. Im Schutz einer Tanne hielt sie an.

Während sie einen neuen Pfeil anlegte, beobachtete sie das Kampfgeschehen. Sie hatte Colias schon kämpfen sehen – kühl und berechnend. Der Mann, den sie jetzt sah, konnte sich nicht mehr von ihm unterscheiden. Brutal schlug er auf die feindlichen Yroma ein, erstach sie von hinten oder rammte ihnen sein Schwert durch die Kehle. Halen konnte kaum ihren Blick von dem blutigen Chaos abwenden. Scharf zog sie die Luft ein. Das war kein bloßes Töten des Feindes. Colias schien von Rachedurst angetrieben zu werden.

Zusammen mit Hanc gelang es ihm, eine Welle von feindlichen Yroma zu zerschlagen, als sie schon die nächsten Angreifer näherkommen hörten.

Mola ging auf Halen zu und fasste sie an den Schultern, ihre leeren Augen schauten durch sie hindurch. „Du musst hier fort! Geh zur vergessenen Insel! Hanc wird dich begleiten." Ihre Stimme war brüchig vor Anstrengung.

Hancs Blick flackerte, und für einen Moment schien es, als wolle er widersprechen.

„Die vergessene Insel …", murmelte er, seine Stimme kaum mehr als ein Flüstern.

Mola gab nicht nach. „Bei den Göttern! Das ist eure letzte Chance! Die Aytigo können euch helfen. Sie haben eine Armee."

„Sie werden uns nicht helfen."

Lydia mischte sich ein. „Die Aytigo wollen Rache, genauso wie wir! Das ist, was uns verbindet. Also geh! Führe Halen dort hin!"

„Warte!" Halen hielt Lydia am Arm fest. „Kommst du nicht mit?"

„Ich habe mit diesen Verrätern noch ein Hühnchen zu rupfen." Damit drehte sie sich um und ging ihren Feinden energisch entgegen.

Halen wollte ihr folgen, aber Hanc und Colias hielten sie gleichzeitig am Arm fest. Als sie das bemerkten, trafen sich ihre Blicke und ließen sie sogleich wieder los.

„Sie hat recht", sprach Hanc in Halens Rücken. „Wir müssen gehen. Sofort!"

Halen drehte sich zu ihm um. „Wir können sie nicht einfach so im Stich lassen!"

„Das tut Ihr auch nicht", betonte Mola, die sich schon auf dem Weg machte, Lydia in den Kampf zu folgen. Ohne sich noch einmal umzudrehen, rief sie: „Leb wohl, meine tapfere Enkelin!"

Halen sah ihnen wie versteinert hinterher. Was sollte sie tun? Was *konnte* sie tun? Ihr Atem ging flach und ihre Gedanken schwirrten chaotisch durcheinander. *Die Busbyaner …*

„Prinzessin …", drängte Colias sie.

Sie blinzelte, sah zu Hanc und sprach hastig: „Die Busbyaner. Ich habe sie fliehen sehen. Sie sind nach Nordwesten geflüchtet." Die Bilder kamen zurück – Menschen, die in Panik aus ihren Häusern stürmten, Schutz suchten und in den Schatten des Waldes verschwanden. Vielleicht hatten sie noch eine Chance, sie zu retten.

Hanc runzelte die Stirn, aber dann blitzte etwas in seinen Augen auf. „Wenn das so ist, dann weiß ich, wo sie sich aufhalten könnten. Folgt mir!"

Ohne auf eine Antwort zu warten, marschierte er los, sein Gang so zielstrebig, dass Halen und Colias kaum anders konnten, als ihm zu folgen.

Halens Herzschlag beschleunigte sich. Das Chaos hinter ihnen und die Ungewissheit vor ihnen – all das lastete schwer auf ihren Schultern. Aber in diesem Moment hatte sie nur einen Gedanken: *Ich werde sie nicht im Stich lassen.*

Kapitel 18

Halen kam aus dem Staunen nicht mehr raus. „Beim heiligen Elass! Das ist gigantisch!"

„Die Felsen sehen aus, als wären sie direkt aus der Erde gewachsen", staunte Colias und strich ehrfürchtig über eine massive Steinwand.

Sie liefen durch schmale Felsgassen, deren Wände steil in den Himmel ragten. Zwischen den verwitterten Steinen hatten sich Bäume in winzigen Spalten festgekrallt, ihre Wurzeln gruben sich tief in die Erde. Das Licht, das von oben herabfiel, wurde von den grünen Kronen gefiltert, und ein kühler Windhauch durchzog das Tal.

Es schien ein perfekter Ort zu sein, um sich zu verstecken. Halen hatte keine Ahnung, was hinter dem nächsten Felsen lauern würde.

Sie begutachtete die Felswände genauer. Sie zu erklettern, musste schier unmöglich sein, so glatt wie deren Oberfläche beschaffen war.

„Sicher, dass die Busbyaner hier sind?", fragte Colias mit Unbehagen in der Stimme. „Die Steine tragen jedes zu laut gesprochene Wort davon."

„Deswegen wird es auch das Flüstertal genannt", erklärte Hanc.

„Was ist das für ein Geräusch?" Halen war stehen geblieben und horchte. Dumpfes, gleichmäßiges Rauschen kam von allen Seiten und wurde durch die engen Felsgassen verstärkt.

„Felstrolle", antwortete Hanc trocken. „Nehmt euch lieber vor ihnen in Acht."

Halen und Colias sahen ihn entsetzt an und blieben wie angewurzelt stehen. Hanc hielt ihrem Blick stand, dann schmunzelte er.

„Wirklich, ihr solltet eure Gesichter sehen!", fügte er belustigt hinzu. „Was ihr hört, ist das Rauschen der weißen Fluten. Gigantische Wasserfälle, nicht weit von hier."

Er fing Halens fragende Miene auf. „Ihr kennt sie nicht?" Er hob kaum merklich den Kopf, als wäre ihm dieser Umstand unbegreiflich. „Die Wasserfälle des Flüstertals? Die Menschen erzählen sich Geschichten über sie, sogar weit jenseits der Berge."

„Ich war noch nie so weit weg von zu Hause, wie du weißt."

Hancs Gesichtsausdruck veränderte sich, und Halen glaubte, einen Anflug von Verständnis aus seiner Miene lesen zu können. Wortlos wandte er sich ab und setzte seinen Weg fort.

Es war seltsam, mit ihm so zu sprechen. Seltsam, aber auch vertraut. Früher hatten ihre Blicke und Gesten genügen müssen. Und obwohl er nun in Menschengestalt an ihrer Seite war, blieb dieses

242

stumme Band zwischen ihnen bestehen. Sie konnte ihn lesen wie ein offenes Buch, wie sie es damals gelernt hatte.

Schweigend folgte sie Hanc, der sie und Colias durch das Flüstertal führte. Ihre Gedanken wanderten zurück zu Lydia, Mola und den Busbyanern.

Ein Kloß bildete sich in ihrem Hals, als sie an die Gesichter dachte, die sie nicht hatte retten können. Ihre Schritte verlangsamten sich, während die Schuld und die Schwere der Verluste auf ihre Schultern drückten. Sie zwang sich weiterzugehen, stumm und mit angespannten Fäusten.

Hanc schien ihre Gedanken zu erraten. „Sie leben", versprach er leise. „Mola und Lydia, meine ich."

Halen warf ihm einen skeptischen Blick zu. „Wie kannst du dir da so sicher sein?"

Er hielt kurz inne, bevor er antwortete: „Mola ist gerissener, als sie aussieht, und Lydia … Lydia gibt nicht so leicht auf. Sie sind Yroma. Wenn jemand es schafft, aus diesem Chaos zu entkommen, dann die beiden."

Halen wollte ihm glauben, doch die Bilder der Verwüstung, die sie zurückgelassen hatten, ließen sie nicht los. „Aber das Dorf … so viele sind gestorben."

Hancs Miene wurde ernster. „Ja, das stimmt. Aber Mola und Lydia sind keine gewöhnlichen Yroma. Glaub mir, sie wissen, wie sie sich schützen können."

Bevor Halen etwas erwidern konnte, bog Hanc bereits um die nächste Felswand. Sie folgte ihm dichtauf, Colias direkt hinter ihr. Der Pfad war schmal und die hohen Felsen zu beiden Seiten warfen lange Schatten, die das Licht beinahe gänzlich schluckten.

Kaum hatten sie die nächste Biegung erreicht, blieb Hanc abrupt stehen, und Halen prallte beinahe gegen ihn. Ihr Herz setzte für einen Moment aus, als sie realisierte, warum. Vor ihnen standen mindestens ein Dutzend Gestalten, ihre Gesichter im Halbdunkel verborgen. Der Klang gespannter Bögen war so leise gewesen, dass sie ihn nicht bemerkt hatten – und doch richteten sich jetzt dutzende Pfeilspitzen auf sie.

Instinktiv tastete Halen nach dem Bogen auf ihrem Rücken, doch Hanc hob rasch die Hände.

„Wir sind es!", rief er mit fester Stimme, die sich zwischen den Felsen brach.

Sogleich senkten die geflohenen Busbyaner ihre Bögen und eine Frau mit langen dunklen Haaren trat auf Hanc zu.

„Mola?", fragte sie knapp.

Hanc hob die Schultern. „Sie hat sich den feindlichen Yroma entgegengestellt, damit wir fliehen konnten. Ich weiß nicht, was dann passiert ist. Tut mir leid, Sigi."

Mit Bedauern stellte Halen fest, dass sich niemand über Lydias Verbleib erkundigte. In diesem Moment hob Ben wieder seinen Bogen, spannte ihn, und zielte auf Colias.

„Nimm den Bogen runter!", forderte Halen bestimmt.

„Ich höre nicht auf Euren Befehl, Prinzessin!", erwiderte Ben, dabei spie er das letzte Wort aus wie eine Beleidigung.

„Der Runenzauber ist gebrochen", versicherte Halen mit einem Blick zu Hanc. „Außerdem hat Colias mir in Busby das Leben gerettet."

Ben ließ nicht locker. „Busby war durch einen Schutzschild sicher vor Feinden." Er deutete auf Colias. „*Er* hat die Anhänger des Geistes zu uns geführt!"

„Das ist nicht wahr!", verteidigte Colias sich.

Ben wurde rot vor Zorn. „Du bist ein Mensch. Und Menschen kann man nicht trauen!"

Hanc machte ein paar langsame Schritte auf Ben zu. „Das hatten wir doch schon." Bei ihm angekommen legte er seine Hand auf Bens Bogenarm, woraufhin dieser seine Waffe langsam sinken ließ. Er bedachte Colias weiterhin mit misstrauischem Blick.

„Er hat dich mit seinem Runenzauber gezeichnet", knurrte Ben weiter. „Damit kann er dich überall aufspüren. Was bedeutet, er kann *uns* überall aufspüren."

„Du irrst dich", protestierte Colias. Ohne jegliche Anzeichen von Furcht marschierte er auf Ben zu. Bei ihm angekommen, riss er sich den Stoff vom Hals, mit den Hanc ihm sorgsam die Wunde verbunden hatte. „Ich besitze das Mal nicht mehr. Und ich bin nicht mit Asgor verbunden!"

Die Yroma vor ihm standen unbewegt, ihre Blicke kühl und ungerührt. Sigi, eigentlich Siglind, die nach der Nachricht von Molas Opfer auf einem Felsen zusammengesunken war, erhob sich wieder, ihr Gesicht immer noch bleich von der erschütternden Nachricht.

„Glaubst du, das stört den Geist?", fragte sie Colias. „Meinst du, er hört einfach auf, seine Magie auf dich anzuwenden? Wir wissen, dass er deinen Körper kontrolliert hat. Und wer das einmal geschafft hat, kann es jederzeit wieder tun. Weißt du, warum? Weil du ein Mensch bist. Du bist schwach und manipulierbar!"

Halen stand auf, doch Colias schaute nur kopfschüttelnd in ihre Richtung. Er wollte diesen Kampf allein ausfechten.

„Du bezeichnest mich als schwach?", begann er ruhig. „Sag mir, waren es die Menschen, die euer Dorf angegriffen haben? Nein, es waren Yroma. Euresgleichen! Asgor hat es geschafft, seine eigenen Leute zu manipulieren und sie gegeneinander aufzuhetzen. Also wer ist hier schwach und manipulierbar?"

Siglind trat dicht an Colias heran. „Und was hast du für einen Grund, gegen ihn zu kämpfen?"

Colias brachte kein Wort mehr über die Lippen. Aus traurigen Augen blickte er Siglind entgegen, unfähig, die verstörende Wahrheit auszusprechen.

„Der Geist hat seinen Neffen getötet", erklärte Halen. *Obwohl ich nicht sicher bin, ob er wirklich sein Neffe war.*

„Deshalb wird Colias an unserer Seite kämpfen", fuhr sie fort. „Er will Asgor tot sehen. Genauso wie ich." *Und hoffentlich genauso wie ihr.*

Siglind hatte Halen aufmerksam zugehört, nun richtete sie ihren Blick wieder auf Colias. „Ist das so?"

„So ist es", erwiderte er leise, aber bestimmt.

„Schön, dass wir das geklärt haben", meinte Halen. „Wie komme ich zur vergessenen Insel?"

Eine unangenehme Stille breitete sich aus. Halen sah von Gesicht zu Gesicht. Kein einziger der Anwesenden erwiderte ihren Blick. Alle starrten nur stumm in irgendeine Richtung.

Sie wandte sich Hanc zu. „Was ist? Habe ich etwas falsch gemacht?"

Ben trat aus dem Kreis näher an sie heran, sein Gesicht voller Sorge. „Woher wisst Ihr von der vergessenen Insel, Prinzessin?"

„Mola sagte, wir sollen dort nach Hilfe suchen", erklärte Halen ihm. „Die Aytigo hätten eine Armee. Und Hanc soll mich zu ihnen führen."

Ben lachte zischelnd. Er wandte sich zu Hanc, der mit verschlossenem Gesichtsausdruck am Rande der Gruppe stand, und klopfte ihm derb auf die Schulter. „Wenn Mola das gesagt hat, dann führ mal schön die Yroma-Prinzessin zur vergessenen Insel. Aber rechne nicht mit unserer Hilfe."

„Ihr wollt uns wirklich nicht helfen?", fragte Halen überrascht von der plötzlichen Kälte ins Bens Stimme.

Ben drehte sich zu ihr um, die Stirn in Falten gelegt. „Euch helfen? Euretwegen ist Mola tot!"

„Ben!", rief Siglind empört, trat einen Schritt näher und legte eine Hand auf seinen Arm.

Ben schüttelte diese ab und fuhr fort, sein Zorn von Neuem entflammt: „Mola hätte uns nie im Stich gelassen. Wir waren längst in Sicherheit, doch für sie musste sie sich opfern?", sprudelte es aus ihm heraus. „Sie ist keine von uns!"

Siglind warf Halen einen mitleidigen Blick zu. „Sie war mehr als nur die Dorfälteste", erklärte sie ihr. „Als der Krieg mit den Menschen ausbrach, hat sie uns in Busby ein neues Zuhause geschaffen. Sie hat uns in dieser dunklen Zeit geleitet und geführt."

„Du hast Recht", meinte Hanc. „Und jetzt ist sie nicht mehr da, um uns zu beschützen. Also müssen wir das allein hinkriegen. Wir müssen zusammenhalten, nur so können wir Asgor besiegen!"

247

„Ihn besiegen?", echote Ben. „Wir sind nicht im Krieg mit ihm, sondern die Menschen."

Halen presste ihre Zähne aufeinander und der Druck in ihrer Brust wuchs. „Er hat euer Zuhause zerstört!", rief sie eine Spur zu laut. Ihre Stimme hallte an den Steinwänden wider. „Er hat unschuldige Yroma getötet. Und ihr sagt, ihr seid nicht im Krieg mit ihm?"

„Die Menschen haben uns vor achtzehn Jahren viel Schlimmeres angetan", protestierte Ben. „Sie nahmen uns unser Land und sahen in uns immer nur Feinde. Sie sagten, wir wären Wilde, der Magie in uns unwürdig. Wir flüchteten in die Wälder und mussten uns alles neu aufbauen."

Diese Sichtweise unterschied sich von der Geschichte, die Mola ihr erzählt hatte. Halen dachte, dass jeder der Yroma hier eine andere Geschichte über das, was vor achtzehn Jahren auf Meerell passiert war, erzählen würde.

Also entschied sie sich, sich auf den Teil zu konzentrieren, bei dem sich alle einig sein dürften.

„Ihr habt in Busby ein neues Zuhause gefunden", begann sie. „Nun wurde es angegriffen. Und zerstört!"

Tuscheln erklang.

„Denkt daran, wo wir uns befinden!", ermahnte Hanc die Anwesenden. „Die Felsen verstecken uns, aber sie tragen auch jeden Laut weiter. Also seid leise!"

Die Stimmen verebbten. Halen wurde sich aufs Neue bewusst, dass es sich bei ihnen wirklich nicht um Krieger handelte. Weder in ihrem Geiste noch in ihrem Herzen. Auch wenn sie Yroma waren, bevorzugten sie ein einfaches Leben. Sie züchteten Vieh, ernteten Roggen und jagten hier und da Wild aus dem nördlichen Wald. Es war ein abgeschiedenes, aber friedliches Leben, für das sie sich entschieden hatten. Die Herausforderung lag darin, sie auf andere Weise zu überzeugen.

Sie kletterte auf die nächste Felserhöhung und ließ ihren Blick über die Gruppe schweifen. Die Busbyaner waren ein bunt zusammengewürfelter Haufen: Männer und Frauen, alt und jung, einige mit vom Leben gezeichneten Gesichtern, andere mit Augen, in denen eine unbeugsame Entschlossenheit brannte. Die Ältesten saßen auf Felsbrocken oder lehnten sich an Stöcke, die Hände von der Arbeit rau und von Narben durchzogen. Kinder drängten sich an ihre Eltern, die Blicke voller Neugierde und Angst.

Viele der Männer wirkten kräftig, aber ihre Haltung hatte etwas Unsicheres, fast Zögerliches an sich. Sie waren keine Krieger, sondern Handwerker, Jäger und Bauern, die in Busby ein friedliches Leben geführt hatten. Der Überfall von Asgors Anhängern hatte sie völlig unvorbereitet getroffen.

Die Busbyaner waren gezeichnet vom Verlust, doch in jedem einzelnen von ihnen lag ein Funken, der nicht erloschen war. Halen atmete tief ein und hob das Kinn, entschlossen, diesen Funken zu entzünden.

„Ich weiß, wie es euch geht, denn mir geht es genauso. Auch ich habe mein Zuhause verloren. Und was die Vergangenheit angeht, so tut es mir leid, was die Menschen euch angetan haben. Aber hier geht es um uns Yroma. Es geht um den Geist, der sich ungefragt nimmt, was er will. Ja, womöglich handelt Asgor aus Rache. Aber findet ihr das richtig? Ihr habt euch damals entschieden, einem Krieg aus dem Weg zu gehen. Ihr wolltet Frieden. Und das kann ich verstehen. Jetzt steht ihr wieder vor einer Entscheidung: Wollt ihr euer Zuhause zurückgewinnen oder wollt ihr fliehen und erneut von vorne anfangen, um in ein paar Jahren wieder heimgesucht zu werden? Für mich jedenfalls steht fest: Ich werde einen Weg finden, Asgor und seine Anhänger aus Wyatt zu vertreiben. Ich werde die vergessene Insel finden. Und ich werde dafür so viele Kämpfer wie möglich zusammentrommeln, wie sich ausfindig machen lassen! Für die, die wir lieben, und für alle, die wir verloren haben."

„Wir sind nur einfache—", fing Ben an.

Hanc stöhnte. „Sag jetzt nicht das Wort *Bauern*", fiel er ihm ins Wort. „Ihr seid Yroma. Ihr besitzt Magie. Asgor mag mächtig sein, doch er ist nicht besser als ihr."

„Also …", fing Halen an und hob ratsuchend beide Hände. „Wer begleitet uns zur vergessenen Insel?"

Die Busbyaner schauten nachdenklich zu Boden, einige drehten sich langsam zueinander. Halen hoffte inständig, dass ihre kleine Ansprache sie zum Umdenken gebracht hatte.

„Hierbleiben ist keine Option", brach Siglind schließlich das Schweigen. Sie schien einen gewissen Einfluss auf die Waldbewohner zu haben, denn keiner widersprach. Bis auf Ben.

„Der Weg dorthin führt durch den kompletten nördlichen Wald", gab er zu bedenken. „Wir bräuchten Tage, um den Blutsee zu umgehen."

„Das Gebiet der Levia", bestätigte Halen.

„Dann umgehen wir es nicht", schlug Hanc vor.

Bens Augen weiteten sich. „Bist du wahnsinnig?"

„Überleg mal. Dieses Gebiet werden Asgors Anhänger auf jeden Fall meiden."

Der Hüne machte einen Schritt auf ihn zu. „Du willst also mitten durch levianisches Gebiet wandern?"

„Natürlich nicht", beschied Hanc. "Wir können den Blutsee im Norden umgehen. So kommen wir an den Levia vorbei, ohne dass sie uns bemerken, und vermeiden gleichzeitig unsere wahren Feinde."

Ben verzog das Gesicht, als wollte er etwas entgegnen, doch er hielt inne. Seine Stirn blieb in Falten gelegt, und schließlich schüttelte er langsam den Kopf. „Und du bist sicher, dass das der beste Weg ist?"

„Sicherer als jeder andere", erwiderte Hanc ruhig.

Ben schnaufte durch die Nase und verschränkte die Arme vor der Brust. „Vielleicht. Aber der Gedanke, uns so nah an diese Monster heranzuwagen, gefällt mir nicht."

Hanc erwiderte nichts, seine Augen blieben auf Ben gerichtet.

Schließlich brummte dieser widerwillig: „Na gut. Aber wenn das schiefgeht, bist du derjenige, der es ihr erklärt." Er nickte mit dem Kopf in Halens Richtung.

Ein leises Murmeln ging durch die Gruppe, doch es schien keine weiteren Einwände zu geben.

Halen sah zu Hanc. „Zurück zu den Aytigo. Wer sind sie? Wie leben sie? Ich muss alles über sie wissen."

Ben schüttelte verzweifelt den Kopf. „Oh wunderbar, Hanc. Sie hat keine Ahnung, was auf sie zukommt."

„Und was wäre das?", verlangte Halen zu wissen.

„Das erkläre ich dir später", versprach Hanc nur leise.

Ben hatte noch Bedenken. „Und wenn sie uns keine Hilfe anbieten? Die Aytigo sind nicht gerade hilfsbereit."

„Nein, das sind sie wirklich nicht", meinte Hanc. „Aber sie sind mutige Kämpfer, die Asgor nicht manipulieren kann. Wir brauchen sie auf unserer Seite."

„Er hat recht", pflichtete Siglind ihm bei. „Wir sind zu wenige. Sie sind unsere einzige Chance."

Ein leises Raunen ging durch die Gruppe. Einige nickten zögerlich, andere tauschten skeptische Blicke aus.

„Die Aytigo?", fragte eine junge Frau aus der hinteren Reihe. „Ich habe Geschichten über sie gehört. Sie sollen grausam sein."

„Und unberechenbar", warf ein älterer Mann ein, der sich nervös auf seinen Stock stützte. „Wenn wir sie erzürnen, töten sie uns."

„Ich verstehe eure Zweifel", bestätigte Hanc. Er drehte sich zu der Gruppe um und ließ seinen Blick durch die Reihen gleiten. „Die Aytigo sind keine Freunde, das ist wahr. Aber sie sind auch keine willkürlichen Mörder. Entweder sie kämpfen mit uns, oder sie lassen uns ziehen. Das kann ich euch versichern."

Halen trat einen entschlossenen Schritt nach vorne. „Dann müssen wir sie überzeugen. Wenn sie unsere einzige Chance sind, dürfen wir diese nicht ungenutzt lassen."

Einige der Anwesenden murmelten zustimmend, andere schüttelten skeptisch ihre Köpfe. Ben wirkte immer noch unzufrieden, doch er sagte nichts mehr.

Colias trat zu Hanc und flüsterte: „Wir haben genug Zeit mit Reden vertrödelt. Wir sollten aufbrechen."

Ben stellte sich zwischen sie. „Was murmelst du da, Mensch?" Er überragte Colias um mindestens eine Kopflänge, und schaute grimmig auf ihn hinunter.

Bevor Colias etwas Unbedachtes sagen oder tun konnte, ging Hanc dazwischen. „Er hat recht. Wir müssen aufbrechen. Jetzt. Die Dämmerung setzt bereits ein. Bevor das Licht ganz verschwindet, sollten wir einen geeigneten Lagerplatz finden."

Halen sah das anders. „Wir haben bereits einen Lagerplatz für die Nacht: Hier. Es ist nicht perfekt, aber etliche sind verletzt. Sie müssen ihre Wunden versorgen und sich ausruhen."

Hanc trat zur ihr und flüsterte: „Sie werden ihre Suche nach uns nicht aufgeben. Besser, wir verschwinden von hier."

„Wenn sie unsere Spur gefunden hätten, wären sie bereits hier", erwiderte sie mit gedämpfter Stimme. „Und im Dunkeln kommen wir kaum voran."

Hanc hielt inne und ließ seinen Blick prüfend über die Gegend gleiten. Schließlich nickte er, seine Schultern entspannten sich ein wenig. Dann wandte er sich an die Gruppe: „Versorgt eure Wunden, versucht etwas zu schlafen. Ich übernehme die erste Wache. Pünktlich zur Morgendämmerung brechen wir auf!"

Kapitel 19

Mit den ersten Sonnenstrahlen machten sie sich auf den Weg. Die Luft war kühl, der Morgen still. Halen hörte nur die leisen Schritte ihrer Gefährten hinter sich und das Rauschen des Windes, der sachte durch die Bäume zog. Sie spürte Hancs Anwesenheit, noch bevor er an ihre Seite trat – ein Gefühl, das sie noch aus der Zeit kannte, als er in anderer Gestalt an ihrer Seite war.

Eine Weile gingen sie schweigend nebeneinander her.

„Danke", sagte Halen irgendwann leise. „Das wollte ich dir noch sagen."

Er nickte nur. Etwas an ihm war anders. Seine Haut wirkte fahl, seine Bewegungen langsamer. Halen warf ihm einen prüfenden Blick zu, ein Ausdruck, den sie perfektioniert hatte, als er noch ein Hund gewesen war. Damals hatte sie gelernt, jede Regung, jede Veränderung in seinem Verhalten zu deuten. Die Erinnerung daran ließ sie lächeln, doch die Sorge blieb tief in ihrem Inneren verwurzelt.

„Geht es dir nicht gut?"

Hanc straffte seine Schultern und setzte ein Lächeln auf, dass schnell wieder verflog. „Ich bin nur müde."

Sie wusste, dass das keine Lüge war. Dennoch, Halen war sich sicher, dass er etwas für sich behielt. Und auch, wenn sie nicht sagen konnte, ob es sie etwas anging oder nicht, wollte sie die Wahrheit wissen. Sie hatte genug von bösen Überraschungen.

„Der Blutzauber hat dich geschwächt, habe ich recht?"

„Du hast eine gute Beobachtungsgabe."

„Das stimmt. Aber eigentlich habe ich mir nur Molas Worte gemerkt."

Hanc verkrampfte, als Halen den Namen ihrer Großmutter aussprach. „Sie erinnerte mich nur zu gern daran, dass Magie einen Preis fordert." In seiner Stimme lag Wehmut. „Das gilt für jede Magie, nicht nur für die elementare. Der Unterschied liegt lediglich darin, dass wir bei der elementaren Magie die Konsequenzen gut kennen."

„Und was für Konsequenzen sind das?", fragte Halen weiter.

„Magie aus Fennkys' Feuer gespeist verringert die Lebensstärke", erklärte Hanc. „Ein kleine Flamme zu erzeugen, verbraucht wenig Kraft. Einen Wald in Brand zu setzen, könnte jedoch dein Leben kosten."

Halen machte große Augen. „Das ist möglich?"

Hanc lachte zurückhaltend. „Vermutlich nicht, ohne danach tot umzufallen."

Er fuhr fort: „Wassermagie kann dich emotional instabil machen – manchmal so stark, dass sie dir den Verstand raubt. Magie der Erde zerrt an der körperlichen Gesundheit, bis hin zu schweren Erkrankungen. Und Luftmagie …" Er hielt kurz inne. „Sie kann bei extremer Ausübung zu Blindheit führen."

Wie bei Mola?, durchfuhr es Halen. Sie wagte es nicht, die Frage auszusprechen. Stattdessen grinste sie. „Dein Wissen ist grenzenlos", neckte sie ihn.

Hanc behielt seine ernste Miene. „Magie wird von den meisten falsch verstanden. Diesen Fehler darfst du nie machen. Sie fordert immer etwas – ob sichtbar oder nicht. Deshalb dürfen wir im Kampf gegen Asgor nicht nur auf sie zählen."

Halen nickte langsam. Doch in ihrem Inneren zog sich etwas zusammen. Ihre Hände ballten sich unbewusst zu Fäusten. War das wirklich wahr? Sie hatte Magie gewirkt – mühelos. Keine Erschöpfung, kein Tribut. Nur reine, klare Kraft. Hatte sie einfach Glück gehabt? Ihre Finger fuhren unbewusst über den Rand des Amuletts.

„Zeigst du es mir?", fragte sie vorsichtig. „Ich meine, wie man Magie benutzt."

„Man kann sie nicht benutzen, denn sie gehört einem nicht. Sie ist nur geliehen. Deswegen auch der Preis. Und, nein, ich zeige es dir nicht." Nun lächelte er. „Das ist nicht mehr nötig."

„Nicht mehr nötig?" Halen war verwirrt.

„Deine Pfeile haben noch nie ein Ziel verfehlt, stimmts?"

Halen sah Hanc schräg an und blinzelte. „Selten. Aber doch, das haben sie."

„Nicht, wenn es darauf ankam. Denk an die Feuerzeremonie oder das Weltentor. So gut du auch bist und so weit, wie dein kleiner Bogen auch schießen kann. Diese Ziele hättest du nicht treffen dürfen. Das ist Magie der einfachsten Art. Du musst sie nicht bewusst anwenden, damit sie gelingt. Was für Luftmagie nötig ist, ist ein scharfes Auge und ein starker Wille."

„Du willst sagen, dass Magie meine Pfeile ins Ziel lenkte?", hakte sie nach, obwohl diese Wahrheit für Halen nicht schwer zu glauben war. Sie hatte sich schon immer gewünscht, dass es so etwas wie Magie gab. Doch sie wollte nicht an etwas glauben, für dessen Existenz sie keinerlei Beweise hat. Nun, da Magie in Form von Runenzaubern, Luftwellen und einem Amulett in ihr Leben getreten war, war es auch keine große Überraschung mehr, dass sie wohl eine Begabung für Luftmagie hatte.

„Klingt das nach allem, was du bis jetzt weißt, immer noch so abwegig?", fragte Hanc sie im Gegenzug.

Halen kaute auf ihrer Unterlippe. Eigentlich sollte sie bei dem Thema bleiben, aber ihr Kopf hing an einer ganz anderen Frage fest. Ihre Finger trommelten unruhig auf ihren Oberschenkeln. Verdammt, warum ließ sie das nicht los? „Du bist kein Yroma?" Es war mehr eine Feststellung, denn eine Frage.

Hanc wandte seinen Blick wieder geradeaus. „Das stimmt", antwortete er nüchtern.

Warum fiel es ihm so schwer, über seine Spezies zu reden? Sie wollte ihm auf keinen Fall zu nahetreten. Doch ihre Neugierde war größer, also ging sie das Risiko ein. „Ein Mensch scheinst du aber auch nicht zu sein … Ich versteh das nicht. Du kannst deine Gestalt wandeln und du hast Colias vom Runenzauber befreit."

Hancs Mund öffnete sich für einen Moment, er sah auf den Boden und schien zu überlegen, was er sagen sollte. Als Halen den gequälten Ausdruck in seinen Augen nicht mehr aushielt, entschied sie, ihm noch etwas Zeit zu geben.

„Wenn du darüber nicht reden willst, dann erzähl mir von den Aytigo. Bis auf die Tatsache, dass sie auf einer Insel leben, weiß ich nichts über sie."

Jetzt sah Hanc sie wieder an. Er schien erleichtert. „Sie sind wirklich beeindruckend. Stark und temperamentvoll. Sie können kämpfen wie kein anderes Volk auf Meerell."

Aber?", hakte sie nach. Irgendetwas lag noch in seinen Worten, das er nicht aussprach.

Hanc deutete ein wehmütiges Lächeln an. „Aber sie sind auch sehr eigensinnig und misstrauisch."

„Leben sie deswegen abgeschieden auf einer Insel?"

Hanc atmete zufrieden aus. „Oh ja."

„Und woher weißt du das alles?"

„Na ja, ich—"

„Hanc!", rief plötzlich jemand hinter ihnen und lenkte ihre Aufmerksamkeit auf Siglind, die sich mit schmerzverzerrtem Gesicht an einen Felsen stützte. Colias hielt ihr gerade einen Arm entgegen.

„Von dir nehme ich keine Hilfe an, *Salahar Mer*!", zischte sie.

Hanc trat zu ihr und warf Colias einen entschuldigenden Blick zu. „Er will dir nur helfen", betonte er an Siglind gewandt.

Halen inspizierte derweilen das verletzte Bein. „Ich würde mir das gern ansehen. Kannst du dich auf diesen Stein setzen?"

„Ich fürchte, dass du mir nicht sonderlich helfen kannst, Kind." Siglind weigerte sich stets, Halen mit ihrem Titel zu benennen. Was Halen angenehm gewesen wäre, wüsste sie nicht, dass diese Geste einem mangelnden Vertrauen entsprang.

„Ich will mich nur vergewissern, dass dein Knöchel nicht verstaucht ist", erklärte sie und berührte sanft Siglinds oberen Knöchel. „Verursacht das Schmerzen?"

„Ein wenig", antwortete Siglind. „Hach, es ist nichts!"

Halen erhob sich wieder. „Ruh dich aus. Wir machen eine Pause."

Unauffällig griff sie nach Hancs Ärmel und zog ihn ein Stück weit fort. „Können wir in der Gegend irgendwo kampieren? Sie wird heute nicht mehr lange gehen können. Auch viele der anderen sehen erschöpft aus, ich möchte nicht noch mehr Verletzungen riskieren."

Hanc sah sich um, seine Augen prüften die Umgebung. Der dichte Wald um sie herum lag in unheimlicher Stille da, die nur durch das Rascheln von Blättern durchbrochen wurde. Der weiche Boden gab unter ihren Füßen leicht nach, und die Feuchtigkeit in der Luft nahm zu. Der Blutsee konnte nicht mehr weit entfernt sein.

„Du hast recht", bestätigte Hanc. „Wir haben seit Sonnenaufgang einen guten Weg zurückgelegt. Lieber legen wir hier eine Rast ein als in levianischem Gebiet. Ich versuche, ein paar trockene Hölzer für ein Feuer zu finden. Sagst du den anderen Bescheid, dass wir hierbleiben?"

Halen nickte und ließ ihren Blick über die Gruppe schweifen. Ihre Mitstreiter waren sichtlich erschöpft – manche schleppten sich nur noch schwerfällig voran, während andere immer wieder stehen blieben, um Luft zu holen.

Halen zog die Arme um ihren Körper, als die Kälte der aufziehenden Nacht durch die sommerlich dünne Wolle ihrer Jagdbekleidung drang. Sie drehte sich gerade um, um den Busbyanern die Entscheidung zu verkünden, da stand ihr plötzlich Colias gegenüber.

„Wir bleiben hier?"

„Wir würden es heute nicht mehr schaffen, den Blutsee zu umgehen."

„Der Blutsee", wiederholte Colias ruhig. In seinen Augen lag ein Schatten, den Halen nur zu gut kannte. Sie schalt sich eine Närrin, so unsensibel drauflosgesprochen zu haben.

Ein unruhiges Flattern ging durch ihre Brust. Der Blutsee war für sie beide ein Ort, der Wunden hinterlassen hatte. Irgendwo dort, verborgen unter der trügerisch stillen Oberfläche, lag Nics Leiche. Der Gedanke stach wie ein Dolch in ihr Herz, doch sie sprach ihn nicht aus. Sie konnte den Schmerz kaum ertragen – wie musste es dann erst für Colias sein?

Halen sah Ben mit finsterer Miene hinter ihm auftauchen. „Wo geht Hanc hin?"

Anstatt ihm zu antworten, drehte Halen sich den Busbyanern zu, die nun nach und nach zu ihnen aufgerückt waren. „Hört alle her! Wir werden die Nacht hier verbringen, da wir den morgigen Tag komplett brauchen werden, um das Gebiet der Levia zu umgehen."

Zu ihrer Erleichterung war ein zustimmendes Raunen zu hören. Halen fuhr so schnell wie möglich fort. „Ben, kannst du ein Feuer in Gang bringen?"

Der Hüne ließ die Schultern sinken und inspizierte den Boden unter seinen Füßen mit einem Blick, der weniger Zuversicht als Resignation zeigte. „Klar", murmelte er trocken. „Auf diesem feuchten Untergrund wird das ein Kinderspiel." Er rieb sich den Nacken, als ob ihm allein der Gedanke an die bevorstehende Aufgabe schon Kraft raubte.

Mit seinen schwieligen Händen klopfte er Halen ein wenig zu derb auf die Schulter. „Im Nu wird sich die Prinzessin von Wyatt an ein wohliges Feuerchen schmiegen können!" Sein Lächeln war breit und entblößte schmutzige Zähne, bevor es wieder erstarb und er sie an Ort und Stelle stehen ließ.

Ben hatte sich redlich bemüht, ein Feuer in Gang zu bringen, aber ohne Hancs Magie wären sie wohl noch Stunden im Dunkeln geblieben. Sie hatte die flüchtige Bewegung von Hancs Fingern gesehen und gespürt, wie die Luft für einen Moment flimmerte, bevor die ersten Funken aus dem Holz sprangen.

Das Feuer brannte jetzt lichterloh, denn Hanc hatte den Preis dafür gezahlt. Seine Schultern waren nach dem Zauber herabgesunken und sein Atem ging schwerer. Zu Halens Erstaunen hatte er sich, kaum, dass das Feuer loderte, bereit erklärt, die Nachtwache zu übernehmen.

Gemeinsam mit Ben postierte er sich am Rand des Lagers, während Halen am Feuer Platz nahm und in die tanzenden Flammen sah. Das war die Gelegenheit, ihren Plan zu durchdenken – denn diese Nacht würde sie ihn in die Tat umsetzen.

Kapitel 20

Halen wartete, bis keiner der Busbyaner sich mehr rührte. Als sie sicher war, dass alle schliefen, erhob sie sich vorsichtig. Sie nahm Bogen und Köcher, glitt lautlos vom Feuer fort und verschwand im Wald.

Je weiter sie sich vom Lager entfernte, desto lauter wurden die Stimmen der zwei Männer, die Wache hielten. Halen schlich sich so nah an sie heran, dass sie beinahe jedes Wort verstehen konnte.

„Denkst du wirklich, die Aytigo würden dir zuhören? Du glaubst wohl, du wärst noch einer von ihnen?" *Ben.*

Als nächstes konnte sie Hanc sprechen hören: „Darum geht es doch gar nicht. Es geht um Asgor. Und darum, ihn nicht mehr mit seiner Schreckensherrschaft durchkommen zu lassen."

Die Aytigo … Irgendetwas hielten Ben und Hanc noch für sich. Halens Gedanken rasten und ein stechender Drang nach Antworten durchbohrte sie. Die Andeutungen, die halben Wahrheiten, die unausgesprochenen Worte – allesamt fraßen sie an ihr.

Sie atmete scharf aus, schüttelte den Kopf. Ihr schlechtes Gewissen? Später. Jetzt zählte nur eins: Antworten. Ihr

Magen zog sich zusammen, doch sie drängte das Gefühl beiseite. Sie würde nicht einfach abwarten, nicht heute. Die Wahrheit brannte ihr auf der Zunge, und sie würde sie sich holen – egal, wie bitter sie schmeckte.

„Ja, dir vielleicht", meinte Ben. „Aber die Aytigo denken nur an sich. Sie würden zusehen, wie wir alle zugrunde gehen, solange es ihnen selbst gut geht!" Seine Stimme zitterte vor Zorn.

„Da täuschst du dich aber gewaltig! Glaubst du, sie hausen gern auf dieser Insel? Im Verborgenen, fernab ihrer Heimat? Dieses Exil haben sie *ihm* zu verdanken. Er hat uns unterdrückt, gefoltert—"

„Uns? Du denkst wirklich, du wärst noch wie sie."

„Das stimmt nicht. Ich bin nicht mehr wie sie. Und ja, sie sind all das, was du sagst. Aber sie sind auch unsere einzige Chance, diesen Krieg zu gewinnen!"

„Krieg?"

„Was glaubst du denn, worauf das hier hinausläuft?"

Halen erwartete Bens nächsten Konter, aber er blieb ausnahmsweise still.

„Und deine kleine Prinzessin?", fragte er nach einer Weile.

„Sie ist nicht *meine* Prinzessin. Sie ist Halen Arkin von Wyatt, Tochter von—"

„Jaja, ich weiß. Sie ist das Erbe der Yroma. Ich kann's nicht mehr hören! Aber auf sie werden die Aytigo noch weniger hören. Sie hassen uns Yroma. Für sie sind wir alle gleich."

Halen hörte, wie Hanc tief durchatmete. „Ich hoffe wirklich, dass du falsch liegst."

„Das hoffe ich auch", murmelte Ben.

Halens Herz pochte unangenehm in ihrer Brust. Sie sollte gehen. Jetzt. Doch ihre Füße blieben wie angewurzelt stehen. Ihre Finger krallten sich in den Stoff ihres Ärmels, während jedes Wort der beiden Männer sich in ihren Gedanken festsetzte. Ihre Haut prickelte – ein Teil von ihr wollte mehr erfahren, der andere fühlte sich wie eine Diebin, die kurz davor war, erwischt zu werden.

Ein leiser Windhauch strich durch das Dickicht. Halens Kehle wurde trocken. Sie zwang sich, einen Schritt zurückzutreten, ohne den Blick von den beiden zu lösen. Erst als sich ihr Atem etwas beruhigte, drehte sie sich um und verschwand lautlos in die Dunkelheit.

Halen befand sich nun außerhalb der Lichtkegel der vielen kleinen Lagerfeuer, die eine angenehme Wärme lieferten. Es war stockfinster. Unwillkürlich erinnerte Halen sich an die Nacht, in der sie mit Nicholas den Kauz vom Landtor befreit hatte. Mit dem Unterschied, dass die Schatten ihr damals ein Segen gewesen waren, während sie nun wie lebendige Monster wirkten, die sie zu verschlingen drohten.

Wenn sie ihre nächtliche Mission durchziehen wollte, musste sie sich von ihrer Angst ablenken. Also konzentrierte sie sich auf die Kälte, die sie wie ein Mantel aus Eis umfing und ihre Zähne zum Klappern brachte.

Sie hatte den Entschluss zum Aufbruch gefasst, als Hanc den Blutsee erwähnt hatte. Seitdem waren ihre Gedanken die ganze Zeit über bei Nicholas gewesen. Er saß immer noch dort im See. Tot. Angelehnt an einen Baum, die Augen geöffnet, die Arme blutverschmiert auf seinem Schoß gebettet. Halen schluckte schwer. Dieses Bild würde sie für den Rest ihres Lebens mit sich tragen. Und sie hatte gar keine andere Wahl, als damit zu leben. Aber sie musste ihn dort nicht zurücklassen. Ihr Weg hatte sie zu ihm zurückgeführt, damit sie ihn fand und bestattete, dessen war sie sich sicher.

Am liebsten hätte sie Hanc gefragt, ob dieser Nicholas eine Feuerbestattung bereiten könnte. Doch sie wusste, dass dies nicht nur enorme Kraft von ihm verlangt, sondern auch ihre Feinde wie durch einen Leuchtpfeil zu ihnen geführt hätte. Außerdem hätte Hanc nie zugelassen, dass sie sich in das Gebiet der Levia begab – jenes feindliche Terrain, durch das sie nun des Nachts watete.

Sie konnte den metallischen Geruch bereits riechen, den der Blutsee verströmte. Es war nicht mehr weit. Vorsichtig setzte Halen einen Fuß vor den anderen. Hier und da fanden ihre Hände Halt an einem Baum oder Ast. Je näher sie dem See kam, desto beschwerlicher kam sie voran. Ihre Bewegungen wurden langsamer und ihre Füße blieben immer öfter im schlammigen Morast hängen, bis sie sie nur noch mit viel Mühe wieder herausziehen konnte.

Der platschende Laut eines Tritts ins Wasser ließ sie aufhorchen. Sie musste am See sein. Doch das Geräusch hatte nicht von ihren eigenen Schritten gestammt. Es war aus unmittelbarer Nähe irgendwo rechts vor ihr gekommen.

Sie erstarrte, horchte in den Wald hinein und krallte ihre Fingernägel in die raue Rinde eines Baumes. Ihr Körper war in höchster Anspannung und ihr Herz pochte stark in ihrer Brust. Selbst die Tiere sahen davon ab, dieses Gewässer als Trinkstelle aufzusuchen. Und sie wusste genau, wer sich hier neben den Levia noch herumtrieb – feindliche Yroma.

Die Ungewissheit trieb den Schweiß auf Halens Stirn und ließ sie wenigstens für einen Moment die unerbittliche Kälte dieser Nacht vergessen. Wer oder was da auch war, sie wollte auf keinen Fall dessen Aufmerksamkeit erregen. Also blieb ihr nichts anderes übrig, als darauf zu warten, was als Nächstes passierte.

Weiteres Wasser prasselte. Die Schritte hallten langsam, das Geräusch war deutlich – ein dumpfes, unregelmäßiges Platschen, als würde jemand versuchen, leise durch das Wasser zu waten.

Halen hielt den Atem an, die nasse Kleidung klebte an ihrer Haut. Die Geräusche wurden hektischer, kamen weiter auf sie zu. Sie wollte gerade einen Schritt rückwärts machen, da krachte sie frontal mit jemandem zusammen. Binnen weniger Sekunden hatte ihr Gegenüber sie mit dem Rücken an seinen Körper gepresst und Halen spürte die Kühle einer Klinge an ihrer Kehle. Sie schnappte nach Luft.

„Schön ruhig", raunte eine Stimme. „Wenn du schreist, bist du tot."

„Colias?", entfuhr es Halen.

Die Klinge verschwand. Colias drehte sie geschwind um und hielt sie an den Oberarmen fest. „Prinzessin?", fragte er mindestens genauso überrascht.

Er überwand als erster seine Verwunderung und ging in eine andere Gefühlswelt über. „Was macht Ihr allein hier draußen? Seid Ihr Euch bewusst, welcher Gefahr Ihr Euch aussetzt?"

Halen hörte ihn nur durch ein Rauschen, das ihre Ohren belegt hatte und nur langsam wieder verschwand. Sie wusste nicht, ob sie erleichtert oder besorgt sein sollte, Colias Raymond beim Blutsee anzutreffen.

„Würdet Ihr verdammt nochmal etwas leiser sein!", zischte sie ihn an, obwohl sie ihr eigenes Wort kaum verstand. „Ihr macht die Levia noch auf uns aufmerksam."

„Schluss jetzt, ich bringe Euch zurück zum Lager." Colias griff nach ihrer Hand. Halen schlug die seine energisch beiseite.

„Ich entscheide selbst, wo ich hingehe", entgegnete sie einen Deut zu laut.

„Ach, dann wolltet Ihr einfach so einen nächtlichen Spaziergang zum Blutsee unternehmen, oder was?"

Halen erkannte kaum Colias' Umrisse. Erschrocken trat sie zwei Schritte zurück, als er ihr plötzlich sehr nahekam. Sein Atem war ruhig, doch seine bloße Präsenz ließ ihre Finger nervös am Saum ihres Ärmels zupfen.

„Nein, ich …", begann sie, aber die Worte blieben ihr im Hals stecken.

„Was wollt Ihr hier?"

Halen wusste nicht, warum sie ihm die Wahrheit verschweigen sollte. „Ihn finden …", antwortete sie schließlich. „Und anständig bestatten."

Als Colias nichts entgegnete, kam Halen ein Gedanke. „Das hattet Ihr auch vor, richtig?"

Er antwortete nur mit einem zustimmenden „*Mhm.*"

Halen wollte sich so leicht nicht täuschen lassen. „Hört auf, mir ins Gesicht zu lügen", erwiderte sie kühl. „Nic hatte keinen Onkel. Sagt mir also endlich die Wahrheit oder verschwindet!"

Colias trat ihr einen weiteren Schritt entgegen. Die Wärme seines Körpers war plötzlich spürbar, so dicht stand er bei ihr.

„Wieso habt Ihr mich vor den Yroma verteidigt, wenn Ihr mir nicht traut?"

Halen schnaubte belustigt. „Ihr dachtet, das war ein Vertrauensbeweis?"

„Nein, also …", stammelte er.

„Das war Strategie", verkündete Halen und wandte sich von ihm ab. Nach nur wenigen Schritten verriet ihr ihre Intuition, dass der Blutsee in der entgegengesetzten Richtung lag. Sie blieb stehen.

„Was versteht eine Prinzessin schon von Strategie?", spöttelte Colias.

„Ah!" Halen wandte sich ihm zu. „Da ist sie ja wieder!"

„Da ist *was* wieder?", fragte Colias verwirrt.

„Eure herablassende Art", erklärte Halen und spähte an seinen Umrissen vorbei in Richtung See. „Macht Euch nicht gerade vertrauenswürdiger."

„Ich wollte Euch nicht verärgern."

Seine Gestalt trat klarer hervor, je näher er dem Blutsee kam – dort, wo der Mond sein Licht durch eine Lücke im Blätterdach schickte. Halen folgte ihm durch den sumpfigen Morast. „Ich habe Euch in Wyatt kennengelernt", rief sie ihm hinterher. „Das verärgert mich nicht mehr."

„Ich habe nur eine Rolle gespielt. Doch das habe ich nicht getan, um Euch wehzutun!"

Halen hatte zu ihm aufgeschlossen und war mit ihm auf einer Höhe. Sie griff nach seinem Arm, woraufhin er abrupt stehenblieb. Ihre Stimme bebte, als sie sprach: „Versteht Ihr es nicht? Ihr habt Asgor Zugang zu Wyatt verschafft. Wegen Euch wurde meine Familie gefangen genommen und mein Vater und die Wyattaner mit dem Runenzauber umgedreht!"

Ihre Worte schlugen wie Peitschenhiebe, voller Anklage und Schmerz. Sie atmete schwer, als hätte das Aussprechen dieser Wahrheit sie selbst verwundet.

Colias hielt ihrem Blick stand. In seiner Miene lag keine Arroganz, kein Spott. Nur eine Spur von Reue, die Halen kurz aus dem Konzept brachte.

„Ihr vergesst, dass auch ich mit diesem Zauber belegt worden bin", versuchte Colias, sich zu verteidigen.

„Keinesfalls. Aber warum hat er das eigentlich nicht schon eher getan?" Halen seufzte, als sie merkte, dass er ihr eine Antwort schuldig blieb. „Weil ihr sein Handlanger seid." Sie deutete sein Schweigen als Zustimmung. „Welches Versprechen war es, dass er Euch gegenüber nicht eingehalten hatte und weswegen Ihr Euch von ihm abgewandt habt?"

Colias schnaubte abfällig. „Wie kommt Ihr denn darauf?"

„Ich habe Euch mit ihm reden hören. Im Blutsee." Sie trat näher an ihn heran. „Was war es?"

„Everett … er hat mir Everett versprochen."

Halen runzelte die Stirn. „Vater hatte Recht. Ihr seid auf Nicholas' Erbe aus!"

„*Mein* Erbe!", stellte Colias klar.

„Was?"

„Ich … bin Eames Colias Raymond. Der Sohn von Margret und Jasper Raymond. Und damit—"

„Ihr wollt sagen", unterbrach Halen ihn. „dass Ihr Nics älterer Bruder seid? Aber Eames Raymond ist—"

„Tot? Ich weiß", vollendete Colias ihren Satz und konnte seine Verbitterung nicht verbergen.

Halen legte die Stirn in Falten. „Aber Vater sagte, Asgor habe Euch getötet. Wenn Ihr überlebt habt …" Ein ungutes Gefühl beschlich sie. „Wo wart Ihr in all den Jahren?"

Colias wich ihrem Blick aus. „Ich … habe mir das nicht ausgesucht."

Halen hatte alles um sich herum vergessen. Sie ließ Colias nicht mehr aus den Augen. Sie beobachtete jede Veränderung seiner Bewegungen, damit ihr nichts entging.

„Weicht mir jetzt nicht aus", entgegnete sie scharf.

Colias stockte. „Asgor hat mein Leben verschont …", murmelte er kaum hörbar.

Halens Kopf ruckte hoch. „Warum sollte er das Leben eines Menschen verschonen?"

„Ich war noch ein Kind …"

Halen schwindelte. „Ich verstehe das nicht", entgegnete sie leise und bewegte sich unbewusst wieder von Colias weg.

Er folgte ihr mit plätschernden Schritten. „Ich bin nicht Euer Feind! Asgor hat mich entführt. Aber ich stehe keinesfalls auf seiner Seite! Ich bin ein Mensch und Asgor verabscheut die Menschen mehr als die Yroma. Er hat meinen Vater und meinen Bruder ermordet. Er hat mir Everett versprochen, wenn ich …"

„Ja?", fragte Halen erwartungsvoll.

Colias schniefte. „Wenn ich Eure Familie hinters Licht führe."

Tränen füllten Halens Augen und verschwammen das eh schon undeutliche Bild von Colias. „Das ist Euch gelungen."

„Ich weiß, ich kann das nicht wieder gutmachen. Aber Ihr müsst mir glauben. Ich stehe nicht auf seiner Seite!"

Seine Worte klangen aufrichtig. Und auch, wenn Halen keines davon glauben wollte, so sprach doch mehr für als gegen Colias. Wenn er wirklich Nicholas' totgeglaubter Bruder war, ergab das alles irgendwie einen Sinn. Asgor ließ Colias am Leben und gab ihm ein Versprechen, das er nie einlösen wollte, um in Wyatt einzudringen und sich an ihrem Vater zu rächen.

„Ich weiß nicht, ob ich Euch trauen kann", gab Halen zu. „Aber vorerst glaube ich Euch."

Sie hörte Colias erleichtert ausatmen. „Dann lasst uns zusammen nach Nic suchen. Zu zweit sind wir schneller."

Kapitel 21

„Genau hier müsste er sein. Warum ist er nicht da?"
Colias' Stimme klang hysterisch.

Sie standen an der Stelle, an der Halen Nicholas' toten Körper aufgefunden hatte. Das Mondlicht drang
durch eine lichte Stelle der Baumkronen. Halen sah zu,
wie Colias sich die Haare raufte.

„Beruhigt Euch", ermahnte sie ihn. „Wir werden ihn
finden."

„Das waren die Levia. Diese verflucht—" Er verstummte, als ein leises Gurgeln die Stille durchbrach.

Halen hielt inne und lauschte angestrengt. Das Geräusch war dumpf wie das Blubbern einer unsichtbaren
Quelle unter der Wasseroberfläche.

Halen sog scharf die Luft ein, als sich das rötlich
schimmernde Nass vor ihnen aufschäumte. Das Spru-
deln wurde stärker, bis der See vor ihnen wie eine brodelnde Masse kochte.

Ihr Puls beschleunigte sich. Dann, wie aus den Tiefen
eines Albtraums, tauchten die kahlen Köpfe der Levia auf
– mindestens zwanzig, schätzte Halen, die sich langsam
aus dem Dunkel des Wassers schälten. Das schwache

Licht des Mondes ließ ihre schimmernde Haut unheimlich hell leuchten. Aus kalten, leeren Augen starrten sie die beiden Eindringlinge an.

Halen trat langsam zurück. „Wunderbar!", presste sie heraus. „Ihr habt sie auf uns aufmerksam gemacht."

Mit einem Sprung war Colias bei ihr und stellte sich schützend vor sie. Er zog sein Schwert, hielt es jedoch gesenkt.

„Glaubt Ihr wirklich, dass Ihr sie mit einer Klinge besänftigt?", flüsterte Halen aufgebracht.

Colias' Miene verfinsterte sich. „Besänftigen? Sie haben den Leichnam meines Bruders verschleppt … oder gefressen, oder wer weiß was damit gemacht."

Ein Levia löste sich aus der Menge und schwamm von ihnen weg zu einem Felsplateau in der Mitte des Sees. Halen erkannte es sofort wieder. Es handelte sich um das Wasserwesen, das ihr vor zwei Tagen die Krallen in ihren Fuß gerammt und sie auf den Grund des Blutsees gezerrt hatte. Erst jetzt, im silbrigen Schein des Mondlichts, meinte Halen zu erkennen, dass es sich um eine weibliche Levia handelte.

Nun setzte sich die Leviafrau halb auf die steinige Erhöhung und begann, einen Fingernagel nach dem anderen über die feine Oberfläche zu ziehen. Das schleifende Geräusch bohrte sich schmerzhaft in Halens Ohren. Sie presste die Handflächen gegen ihre Schläfen, als könnte sie den Lärm damit vertreiben.

Die Levia begutachtete die Spitzen ihrer Krallen und schliff sie weiter, bis sie mit ihnen zufrieden schien. Dann verschwand sie wieder in dem tiefroten See und tauchte nahe dem Ufer vor Halen und Colias wieder auf.

Sie funkelte Halen aus schwarzen Augen an. „Du dringsst sschon wieder hier ein? Bisst du lebenssmüde?" Sie schwamm noch dichter an die Eindringlinge heran. „Erkennsst du mich nicht wieder?"

Halen schnappte nach Luft. Sie erinnerte sich nur zu gut. „Seid Ihr die Anführerin der Levia? Ihre Königin?"

Die Leviafrau lachte gellend, mit aufgerissenem Mund. „Monarchie hat unter unss Levia keinen Besstand. Ich bin eher sso etwass wie … eine Vermittlerin."

„Weil Ihr die nördlichen Laute sprecht?"

„Wir Levia ssprechen sso gut wie jede Ssprache. Ess liegt eher an … ess isst einfacher, ess euch zzu zzeigen."

Halens Mund stand offen, als sie die Leviafrau aus dem Wasser ans Ufer treten sah. Auf zwei Beinen. Warum war ihr das nicht schon zuvor aufgefallen? Das Mondlicht ließ ihre helle Haut leuchten, ein unheimlicher Kontrast zu den schwarzen, langen Haaren, die nass an ihrem Rücken klebten. Ihre Augen waren tiefschwarz, ohne erkennbare Pupillen. Der Anblick war fremdartig und verstörend, gleichzeitig hatte die Levia etwas Menschliches an sich – in der Art, wie sie stand, wie sie sich bewegte. Es war, als würde ein Spiegelbild der Menschheit auf dem dünnen Schleier zwischen Albtraum und Realität tanzen.

Halens Mund stand offen, als sie sie aus dem Wasser ans Ufer treten sah.

Keine zehn Schritte von Halen entfernt, blieb die Leviafrau stehen und drehte ihr das Gesicht zu. „Die Vielfalt unter Wassser isst noch reicher alss an Land. Ich heißße übrigenss Ssynthia."

„Ich bin—"

„Ich weißß, wer Ihr sseid", schnitt Synthia Halen das Wort ab und bleckte ihre kleinen, äußerst spitzen Zähne. „Ihr sseid wie er. Ihr sseid wie der Geisst."

„Ich bin eine Yroma, aber ich bin kein bisschen wie Asgor", verteidigte Halen sich. „Genauso wenig, wie Mola es war oder die Bewohner von Busby."

„Woher kennt Ihr Molassir?"

„Sie ist meine Großmutter."

Synthia verengte die Augen zu kleinen Schlitzen. „Wo isst ssie?"

„Ich habe sie zuletzt in Busby gesehen", berichtete Halen wahrheitsgemäß. „Wir wurden von Asgor und seinen Yroma angegriffen. Mola hat sie mit ihren Kräften aufgehalten, damit wir fliehen konnten."

„Ssie isst tot?"

Halen nickte traurig. „Vermutlich."

Synthias Gesicht veränderte sich, der Hass verschwand für einen Moment aus ihren Zügen, bis sie Colias aus ihren tiefschwarzen Augen anfunkelte. „Wenn Ihr sso anderss sseid ... Warum sseid Ihr dann mit ihm unterwegss? Er hat einen Menschen ermordet. Ich habe ess gessehen."

Dann schoss sie so schnell auf Colias zu, dass dieser fast das Gleichgewicht verlor, und schnitt ihm mit ihren krallenbesetzten Schwimmflossen in den Oberarm.

Colias stöhnte schmerzerfüllt auf. „Verdammt!"

Die Levia hatte sich bereits wieder von ihnen entfernt und leckte Colias' Blut von ihren Krallen.

Halen fasste Colias am Arm und zog ihn hinter sich. „Wir müssen hier weg", flüsterte sie. Mit der anderen Hand berührte sie das Amulett auf ihrer Brust. „Ein wenig Hilfe wäre nicht schlecht."

Sie spürte Colias' fragenden Blick auf sich ruhen. „Mit wem redet Ihr?" Er ließ sich von ihr in langsamen Schritten vom See wegführen, sein Schwert an der Seite haltend, bereit, es im Notfall zu ziehen.

Synthia hob ihre Hand, während sie rückwärts in den See zurückschritt. Sie schien den anderen ein Zeichen zu geben, bevor sie wieder untertauchte.

Colias drehte sich zu Halen. „Lauft!"

Sie hatten kaum ein paar Schritte getan, als Halen abrupt stehen blieb und Colias gegen ihren Rücken rannte. Sie sah der Gestalt entgegen, die am Ende des breiten Ufers stand. Neben ihr tauchten Weitere auf. Halen wandte sich wieder zum See und gab ein Seufzen von sich, als sie bemerkte, dass sie und Colias umzingelt waren. Die Levia im Wasser blieben auf Abstand, lediglich Synthia trat vom Ufer aus näher an sie heran.

Colias hielt sein Schwert bereit für einen Angriff. „Ihr täuscht Euch", sagte er. „Ich habe meinen Bruder nicht ermordet. Es war Asgor."

Halen entging nicht, dass die Levia bei dem Namen unmerklich zusammenzuckten. Sie kannten ihn, stellte sie fest. Das könnte ihnen helfen.

Synthia hielt inne, und ein Schatten schlich über ihr Gesicht. Dann, als ob sie sich die Worte noch einmal durch den Kopf gehen ließ, entspannte sie sich, doch die Spannung war nicht ganz verschwunden.

„Ich weißß", sagte sie schließlich, ihre Stimme ein wenig rauer als zuvor. „Euer Blut hat ess mir gessagt." Und dann, fast zögerlich, setzte sie einen Schritt in ihre Richtung.

Halen nutzte den Moment und stellte sich vor Colias. Sie hob ihre Hände in einer abwehrenden Geste – ohne zu wissen, ob es gelingen würde. Nur einen Augenblick später wurde Synthia von einer Luftwelle einige Meter zurückgeschleudert.

Das Wasserwesen kam zügig wieder auf die Beine. Statt eines Angriffs kam sie in bedächtigen Schritten auf sie zu. Halen meinte, sogar ein vages Lächeln auf ihren Lippen zu erkennen.

„Bestattet den Menschenjungen", zischelte Synthia zu Halens Erstaunen. „Er befindet ssich an einem ssicheren Ort."

Die Köpfe der Levia im Blutsee tauchten unter und Halen sah sie kurze Zeit später am gegenüberliegenden Ufer des Sees wieder aufragen.

Halen wollte sich gerade in Bewegung setzen, da hielt Colias sie fest. „Wartet. Ihr wollt ihnen nicht wirklich folgen?"

„Oh doch, das will ich", erwiderte Halen. „Kommt Ihr nun mit, oder nicht?"

Colias' Gesicht war von einer Mischung aus Widerwillen und Sorge gezeichnet, und schließlich nickte er knapp. Gemeinsam traten sie vorsichtig an den Rand des Sees, wo die Wasseroberfläche sich in der Dunkelheit wie schwarzes Glas spannte. Synthia glitt lautlos vor ihnen her, ihre Bewegungen kaum mehr als ein Flüstern über den Wellen. Halen folgte ihr mit entschlossenen Schritten. Das Herz schlug ihr bis zum Hals, doch davon ließ sie sich nichts anmerken. Colias blieb dicht hinter ihr. Seine Hand ruhte auf dem Griff seines Schwertes, bis sie das andere Ufer erreichten.

„Also, wo ist er?", fragte er und ließ seinen Blick über das Ufer wandern, als könnte hinter jedem Schatten eine Bedrohung lauern.

Die Levia starrten zu den Baumwipfeln empor. Halen und Colias taten es ihnen gleich.

Halen entfuhr ein Laut, als sie Nicholas' Leichnam entdeckte, eingeschnürt in ein dickes Seil. „Hol mich das ewige Eis", entfuhr es ihr.

Colias zog an dem Seil, das am Baumstamm hing. Nach und nach beförderte er auf diese Weise den Leichnam seines Bruders gen Boden. Halen bettete seinen Körper sanft auf das nasse Gras unter dem Baum.

Es war ihr unmöglich den Blick von ihm abzuwenden. Das Wasser und die Feuchtigkeit des Moors hatten ihre Spuren hinterlassen – seine Haut war aufgedunsen, an einigen Stellen von der Nässe aufgeweicht, und ein fahler Geruch hing in der Luft. Dennoch zwang sie sich, jedes Detail seines Äußeren einzuprägen, so, wie sie ihn zuletzt gekannt hatte.

Sie wollte ihn nicht vergessen. Den Jungen, der ihr seine Liebe gestanden hatte und von Halen nicht mehr erwartet hatte, als dass sie bei ihm blieb. Nun war er es, der sie in dieser Welt zurückließ. Der Verlust hinterließ bei Halen ein taubes Gefühl, das sich wie eine schwere

Last auf ihre Schultern legte. Das Atmen fiel ihr schwer und ein pfeifender Ton stieg in ihren Ohren auf, der jeden anderen Laut verschluckte.

Nur an dem Schatten, den Colias warf, bemerkte sie, dass er sich neben sie gekniet hatte. Sie wusste nicht, ob er schweigend blieb, weil ihm die Worte fehlten, oder ob der schrille Ton in ihren Ohren alles andere übertönte. Was auch immer es war, sie war dankbar dafür.

Als Colias sich schließlich erhob, schrak Halen auf. „Wo wollt Ihr hin?", fragte sie über das Pfeifen hinweg.

„Ich wollte Euch einen Moment mit ihm alleinlassen."

„Danke. Aber der Moment ist vorbei." Sie atmete tief durch, richtete sich auf und wischte sich mit zitternden Fingern die Tränen von den Wangen. „Eine Feuerbestattung, wie sie eines Menschen gebührt, ist hier nicht möglich", stellte sie traurig fest.

Synthia trat näher. Ihre schwarzen Augen wirkten ungewohnt weich. „Bei unss Levia ist das Wassser der Ursprung und dass Ende. Wir übergeben unssere Toten dem Flusss dess Lebenss, der ssie zu den Ahnen trägt." Ihre Stimme war ruhig, fast feierlich. „Ess isst unsser Weg, ssie zzurückzzugeben – an dass Jensseitss, an dass, wass größßer isst alss wir."

Halen schluckte schwer, als die Worte in ihr widerhallten. Trotz aller Unterschiede schien Synthia zu verstehen, was Nicholas ihr bedeutet hatte.

„Wir übergeben sseinen Körper dem Wassser", versprach Synthia.

Colias und Halen nickten gleichzeitig.

Während sie im schwindenden Licht zusahen, wie Nicholas' Körper in dem roten Wasser verschwand, bemerkte Halen Colias' Unruhe. Sein Blick wanderte ruhelos über die Oberfläche des Sees, und schließlich brach er die Stille.

„Wir sollten zurückgehen", bemerkte er, ohne sie anzusehen. „Es wird bald Tag und die anderen dürfen nicht merken, dass wir fehlen."

Halen nickte. Ihre Kehle fühlte sich wie zugeschnürt an. „Ja", stimmte sie ihm zu, auch wenn es ihr schwerfiel, diesen Ort zu verlassen. Rasch sah sie sich um und konnte keine Levia mehr im schwachen Licht des Mondes entdecken. Wo waren sie hin?

Mit jedem Schritt, den sie sich vom See entfernten, drückte das Gewicht des Abschieds schwerer auf ihre Brust.

Neben Colias herzugehen fühlte sich seltsam an. Unbehaglich. Die Stille zwischen ihnen war fast erdrückend, gefüllt mit Gedanken, die unausgesprochen blieben.

„Vielleicht könntet Ihr für Euch behalten, dass ..." begann Colias plötzlich. Seine Stimme klang unsicher, fast brüchig. Er straffte die Schultern, als wollte er seine Worte damit entschlossener wirken lassen.

„Dass Ihr Nics älterer Bruder und der rechtmäßige Lord über Everett seid?", erahnte sie Colias' Bitte.

„Ja", hauchte er.

„Wieso?"

„Bitte, Prinzessin, behaltet es einfach für Euch. Dann erzähle ich auch niemanden von dem Amulett um Euren Hals."

„Wie bitte?" *Er hat es gemerkt! Wie?*

„Es ist besser, wenn niemand davon erfährt", fuhr Colias fort. „Diese Art von Magie ist … umstritten."

Halen schluckte. Sie hatte nicht vor, dieses Geheimnis mit einem Mann zu teilen, dem sie nicht vertraute. Er war nicht Nicholas.

„Was wisst Ihr noch darüber?"

Colias lachte widerwillig. „Ihr tragt es, doch Ihr habt keine Ahnung, was es ist?"

„Ich weiß, dass es mich beschützt", betonte sie.

„So wie gerade eben, ja?"

Colias' Umrisse wurden deutlicher, und Halen erkannte, wie sich sein Mund vor Belustigung verzogen hatte. Ein Teil von ihr wollte ihm ins Gesicht schlagen, der andere konnte sich nicht davon abhalten, auf seine Lippen zu starren.

„Wie seid Ihr an das Amulett gekommen? Ich nehme nicht an, dass Ihr den letzten Träger getötet habt?"

„Den letzten Träger … getötet?"

„Das Amulett hat Euch also erwählt … das ist gut."

Halen wurde schmerzlich bewusst, wie ahnungslos sie war. „Gut? Inwiefern?"

„Das Amulett hat ein Eigenleben", erklärte er ihr. „Es verbindet sich mit seinem Träger. Dieser Bund kann nur durch den Tod aufgehoben werden."

„Aber das bedeutet …"

„Man muss Euch töten, um an das Amulett zu kommen", beendete Colias ihren Satz. „Also werdet Ihr schweigen, wenn ich schweige, richtig?"

„Das werde ich", versprach sie, ihre Stimme fast ein Flüstern. Sie spürte, wie die Dunkelheit um sie herum dichter wurde. Die Luft hatte sich verändert. Das Lager war nicht mehr weit – der Geruch von brennendem Holz und Rauch lag in der Luft, und sie konnte die Wärme des Feuers fast auf ihrer Haut spüren.

Halen drehte Colias den Rücken zu. Es war an der Zeit, nicht nur diesen Ort hinter sich zu lassen, sondern auch ihn.

Kapitel 22

Bei ihrem Aufbruch fiel sanftes Morgenlicht durch die Lücken der Baumkronen. Der Tag war zufriedenstellend verlaufen. Sie hatten den Blutsee umgangen, ohne auch nur einem Levia zu begegnen. Die Pflanzenwelt wurde zunehmend vielfältiger und die Bäume ragten immer höher in den Himmel. Doch Halen konnte all dem, anders als sonst, wenig abgewinnen. Ihre Gedanken verweilten noch beim Blutsee und Nicholas. Und irgendwie auch bei Colias. Endlich hatte sie ihm sein Geheimnis entlockt, was sie normalerweise zuversichtlich gestimmt hätte – hätte er nicht auch ihres enthüllt.

Was sollte sie nur von ihm halten? Sie verspürte Mitleid wegen dem, was ihm und seiner Familie widerfahren war. Doch da war auch noch etwas anderes, was Halen nicht genau einordnen konnte.

„Wo warst du die letzte Nacht? Ich war krank vor Sorge!", raunte Hanc, der neben ihr auftauchte und mit ihr Schritt hielt.

Schlaftrunken sah sie zu ihm hoch. „Wie kannst du das mitbekommen haben, wo du so sehr in dein Gespräch mit Ben verwickelt warst?", erwiderte sie eine Spur zu schnippisch, was sie sofort bereute.

Hanc blickte auf den Boden. „Du hast uns belauscht?"

„Jeder im Umkreis von einem Kilometer konnte euch hören!", versuchte Halen, von sich abzulenken.

Hanc stöhnte. „Wie wäre es dann, wenn ich dir deine Fragen dazu beantworte. Und du erzählst mir, wo du letzte Nacht gewesen bist?"

„Einverstanden." Halen versuchte umständlich, ihren Körper aufzurichten, der ihr so schwer wie Blei vorkam.

Hanc führte sie ein paar Schritte von den anderen weg. „Hattest du etwas mit Colias Raymond?"

Entgeht dir denn gar nichts?, dachte sie, murmelte aber mit einem höflichen Lächeln: „Bitte, einer Prinzessin steht der Vortritt zu."

Hanc verengte seine Augen zu dünnen Schlitzen. „Natürlich. Auf einmal kommt dir deine königliche Abstammung gelegen."

Halen war nicht in der Lage, schlagfertig zu reagieren – sie war noch zu müde und auf eine rhetorische Auseinandersetzung mit Hanc nicht vorbereitet. Zum Glück hatte sie jedoch etwas Übung.

Sie überging seine Bemerkung und stellte ihm die Frage, die sich in ihr Gedächtnis gebrannt hatte: „Was meinte Ben damit, als er sagte: *Du denkst wirklich, du wärst noch einer von ihnen?*"

Hanc gab ein ausgedehntes Seufzen von sich. „Weil ich mal war wie sie. Weil ich ein Aytigo war."

„Aber wie kannst du das jetzt nicht mehr sein? Ich meine, man hört doch nicht einfach auf, einem Volk anzugehören?"

„Du glaubtest bis vor ein paar Tagen noch, ein Mensch zu sein, dabei warst du immer schon eine Yroma. Also, was warst du? Das, was du dachtest zu sein, oder das, was du von Geburt an warst?"

„Also … Na ja, ich—", stammelte Halen und blinzelte verwirrt.

Hancs verlegener Ausdruck verschwand und ein Grinsen umspielte seine Lippen. „Ausnahmsweise mal keine Antwort, Prinzessin?"

„Ich bin eine Yroma, auch wenn ich davon lange nichts wusste. Und ich bin auch ein Mensch, denn als dieser wurde ich erzogen."

„Nun, demnach werde ich wohl immer ein Aytigo bleiben", meinte Hanc wieder ernster. „Auch, wenn das nicht alle so sehen."

„Wieso lebst du nicht mehr unter ihnen?"

„Ich habe deine Frage beantwortet. Jetzt bin ich an der Reihe", erinnerte Hanc sie mit erhobenem Zeigefinger.

Halen verdrehte die Augen und verbarg ihr Unwohlsein hinter einem unschuldigen Lächeln. „Leg los", gab sie zurück – mit mehr Zuversicht, als sie wirklich besaß.

„Also, was läuft da zwischen dir und Colias?", stellte Hanc seine Frage von vorhin ein weiteres Mal.

„Wie kommst du überhaupt darauf, dass da etwas läuft?"

„Nach meinem Wachabtausch habe ich nach dir sehen wollen, und ihr wart beide nicht da. Ich wusste nicht, ob euch etwas zugestoßen war, ob ich die anderen deswegen hätte wecken sollen. Aber die Nacht war längst hereingebrochen und wir hätten nicht viel unternehmen können."

„Es tut mir leid, dass du dir Sorgen gemacht hast. Aber du hättest mich niemals gehen lassen."

„Wohin?", fragte Hanc mit Unbehagen in der Stimme.

Halen sah ihm fest in die Augen. Auch wenn sie darüber nicht reden wollte; Hanc hatte nicht verdient, dass sie ihm etwas vormachte. „Wir haben Nic bestattet", antwortete sie knapp und hielt sich nur mit Mühe davon ab, in ein Gefühlschaos zu versinken.

„Ihr habt *was*?", rief Hanc etwas zu laut und fuhr dann leiser fort: „War das seine Idee?"

„Ja ... aber ich hatte dasselbe vor und so sind wir uns begegnet. Ich habe ihm geholfen, mehr ist nicht passiert."

„Das war gefährlich. Was, wenn ihr den Levia begegnet wärt?"

„Dann hätte ich sie mit meinen Yromakräften vom Leib gehalten."

Hanc sah sie stirnrunzelnd an und lachte kurz darauf herzhaft los, was zwei hinreißende Grübchen auf seine Wangen zauberte. Schon einen Lidschlag später wurde er wieder ernst. „In Wyatt ... warum hat Asgor dich nicht als Yroma erkannt?"

Halen spürte, wie ihr plötzlich heiß wurde. *Natürlich fragt er genau das.* Sie mochte Hanc, aber die Tatsache, dass ihm wirklich absolut nichts entging, war manchmal unerträglich. Ihre Hand glitt unbewusst zu dem Amulett, das verborgen unter ihrer Kleidung lag.

Sie dachte an Colias und die ernste, fast warnende Art, mit der er über das Amulett gesprochen hatte. Seine

Worte klangen noch in ihrem Kopf nach und sie spürte den Druck des Eulenanhängers auf ihrer Haut. Colias hatte gewusst, was sie trug – und doch hatte er ihr nicht alles gesagt.

Hanc wusste so viel mehr über die Yroma. Vielleicht würde er ihr helfen können. Vielleicht würde er ihr sogar Antworten geben können, die sie dringend benötigte. Doch etwas hielt sie zurück. Colias hatte ihr gezeigt, dass das Wissen um das Amulett gefährlich war. Sie konnte Hanc nicht davon erzählen, nicht, bevor sie selbst mehr wusste.

„Ich bin mit Fragen dran", erinnerte sie ihn, lauter als nötig, um ihre Unsicherheit zu überspielen. Ein flüchtiges Lächeln zuckte über seine Lippen, was sie nur noch mehr ärgerte. Er wusste, dass sie etwas verschwieg – und genau das machte ihn so nervig.

Mit einem ergebenen Stöhnen schüttelte er den Kopf.

„Also: Was hat dich und die Aytigo entzweit?"

Hanc ließ den Kopf hängen, offensichtlich in Gedanken darüber versunken, wie er am besten antworten sollte. Gerade, als er den Mund öffnete, fiel ein Schatten über sie. Halen drehte sich um und entdeckte die Gestalt, die mit verschränkten Armen hinter ihnen stand.

„Ich glaube, wir haben unser Ziel erreicht", brummte Ben mit finsterem Gesichtsausdruck.

Der Wald endete abrupt und gab den Blick auf eine weite, saftig grüne Wiese frei, deren Horizont nahtlos mit dem Meer verschmolz. Nicht weit von der Steilküste erhob sich eine Insel aus dem dunkelblauen Wasser. Sie bestand hauptsächlich aus Felsen, die spitz gen Himmel ragten, nur vereinzelt von schräg gewachsenen Bäumen durchbrochen.

Halen ließ ihren Blick über die Insel schweifen, die trotz ihrer Kargheit eine seltsame Anziehungskraft auf sie ausübte. Eine Gruppe dunkler Schatten umkreiste die Insel. Zunächst hielt sie sie für Vögel, vielleicht Möwen oder Raubvögel, die nach Beute suchten. Aber irgendetwas war anders. Sie flogen nicht wie gewöhnliche Vögel.

Neugierig trat sie näher an den Rand der Wiese heran und schirmte ihre Augen gegen die Sonne ab. Sie legte die Stirn in Falten und beobachtete die Schatten weiter. Die Größe ... nein, das war unmöglich. „Was sind das für ... Vögel?", murmelte sie, mehr zu sich selbst als zu Siglind, die sich gerade neben sie gestellt hatte.

Die Schatten bewegten sich tiefer, einer von ihnen glitt so nah an der Insel vorbei, dass die Sonne kurz auf den Flügeln aufblitzte. Halen hielt den Atem an. Die Schwingen waren riesig, aber es war nicht nur das. Ihre Form war anders, breiter, fast zu perfekt. Ihr Herzschlag beschleunigte sich, als sie bemerkte, dass der Körper dieser Wesen nicht wie der eines Vogels aussah. Es war zu aufrecht, zu menschlich.

„Das ...", begann sie, doch ihre Stimme versagte. Die Worte wollten sich nicht formen. Unwillkürlich trat sie einen Schritt zurück, als die Gestalten eine elegante Schleife flogen und nun deutlicher zu erkennen waren. Halens Knie wurden schlagartig weich. Das waren keine Vögel. Das waren Menschen mit Flügeln.

Ihr Herz raste, und ein Schauer jagte ihr über den Rücken, als ihr ein Wort in den Sinn kam: „Aytigo" Ihre Stimme war kaum mehr als ein Hauch, die Silben hallten in ihrem Kopf wider wie ein donnernder Ruf. Die

Geschichten, die sie gehört hatte – Legenden über geflügelte Menschen, die über die Lüfte herrschten wie Götter. Sie hatten immer nach Mythen geklungen, nicht nach der Realität.

Die Erkenntnis traf sie mit voller Wucht. Unwillkürlich stierte sie auf Hancs Rücken, auf die Stelle, wo sich seine Flügel befunden haben mussten. „Das … ist nicht …", stammelte sie, unfähig, den Gedanken zu Ende zu führen.

„Möglich?", unterbrach Siglind sie. Ihre Stimme klang fast belustigt. „Hat er es dir nicht gesagt?" Auch sie schaute zu Hanc, der einige Schritte entfernt stand, den Rücken zu ihnen, den Blick auf die Insel gerichtet. „So ist er, unser Hanc. Dass er einmal ein Aytigo war, ist ein Teil seiner Vergangenheit, den er am liebsten vergessen würde."

Halen sah ihn immer noch an. Sie wusste nicht, was sie sagen oder tun sollte.

„Nimm es ihm nicht übel, dass er dir nichts erzählt hat", fuhr Siglind fort. „Seine Vergangenheit lastet schwer auf ihm. Als er zu uns kam, war er schwer verwundet. Seine Flügel hatte man ihm brutal entrissen und er weinte monatelang um seine Schwester, die er verloren hatte."

Halen blinzelte benommen. „Darüber hat er mit Ben gesprochen … Asgor hat ihm das angetan."

Siglind nickte. „Die Aytigo lebten in Wanderia, das Land weit westlich vom Meer der Welten. Der Geist wollte sie für seinen Krieg gegen die Menschen in Meerell gewinnen. Als er das nicht schaffte, erklärte er ihnen den Krieg. Er nahm viele gefangen, folterte sie und entriss ihnen ihre Flügel. Es muss grausam gewesen sein. Einige Aytigo kämpften, sie sind ein sehr wehrhaftes Volk. Aber sie waren zu wenige, um gegen ihn und seine Yroma zu bestehen. Schließlich flohen sie nach Meerell und fanden diese Insel. Das perfekte Versteck."

„Und was ist mit Hancs Schwester passiert?", fragte Halen vorsichtig.

„Hanc konnte sie nicht retten. Er musste sie in Wanderia zurücklassen."

Sie hörte Ben nicht kommen, nahm aber den unverkennbaren Schatten wahr, der sich plötzlich über ihr auftat. „Sigi, wann siehst du es endlich ein? Hanc ist nicht bereit."

„Was sagst du da? Er muss sich den Aytigo endlich stellen. Er muss seinen Schmerz überwinden. Es ist gut, dass wir hier sind. Halen hat große Überredungskünste. Wenn jemand die Aytigo überzeugen kann, dann sie."

Halen schmunzelte überrascht. Sie hatte nie damit gerechnet, ein solches Kompliment von Siglind zu hören. „Woher kommt das plötzliche Vertrauen?", fragte sie unverhohlen.

Siglind bedachte sie mit einem warnenden Blick. „Verwechsle Zuversicht nicht mit Vertrauen." Dann legte sich ein hoffnungsvolles Lächeln auf ihre Lippen, welches Halen erwiderte.

„Wie ist der Plan?" Mit dieser Frage hatte Ben auch die Aufmerksamkeit der anderen Busbyaner erregt. Neugierig traten sie näher, um zu erfahren, wie es weiterging.

Auch das noch!

Halen hatte keine Ahnung, wie es weitergehen sollte. Und doch schienen all die Yroma um sie herum ausgerechnet von ihr einen Plan hören zu wollen.

Halen richtete ihren Blick auf die Insel vor ihnen: schroffe Felsen, steile Klippen. Eine scheinbar uneinnehmbare Festung.

Die Yroma warteten schweigend auf ihre Worte. Ihr Augenmerk wanderte über das türkisfarbene Wasser, und sie erkannte das Riff, das sich wie ein scharfer Ring um die Insel zog – eine weitere Hürde, die es zu überwinden galt. „Diese Insel ist fast unpassierbar", stellte sie fest. „Aber die wichtigste Frage ist: Wie kommen wir trotzdem auf sie?" Mit forschendem Ausdruck sah sie in die Runde.

„Wir könnten ein Floß bauen", schlug Ben vor.

„Das dauert zu lange", wandte Colias ein.

Bens Gesicht verfinsterte sich. „Ach ja? Lass mich raten: Der Geist ist uns dicht auf den Fersen und befiehlt dir, uns aufzuhalten?"

Hanc trat an Bens Seite. „Hör auf, Zwietracht zu säen! Colias hat Recht. Es fehlt uns die Zeit, ein Floß zu bauen, und auch das notwendige Werkzeug."

Ben hob die massigen Schultern in die Höhe. „Der Wald hat alles, was wir dafür brauchen."

„Mag schon sein", stimmte Hanc zu. „Aber unsere Vorräte schwinden, wir haben Verletzte und wir müssen davon ausgehen, dass unsere Feinde uns bis hierher verfolgen. Wir dürfen nicht länger als nötig verweilen."

Ben schnaubte vernehmlich. „Und wie willst du uns dann alle auf die Insel bringen?"

Halen trat einen Schritt nach vorn, um seine Aufmerksamkeit zu erlangen. „Gar nicht. Wir werden nicht alle gehen."

Ben sah sie ungläubig an. „Habt Ihr nicht zugehört Prinzessin? Wir können nicht hierbleiben!"

„Anscheinend hast *du* nicht richtig zugehört", fuhr Halen ihn in einem Tonfall an, der ihn provozieren sollte. „Wir sind zu viele und wir haben Verletzte. Wir haben keine Zeit, ein Floß zu bauen, und die Steilküste bietet keine Möglichkeit, es zu Wasser zu lassen. Also werde ich nur ein paar Wenige mitnehmen!"

„Moment mal", bat Hanc und trat einen Schritt auf Halen zu. Mit einer schnellen Bewegung griff er nach ihrem Arm und drehte sie von den anderen weg. „Hal, wir können die anderen nicht einfach hierlassen. Sie brauchen Schutz!"

„Ich weiß." Halen wandte sich wieder den anderen zu. „Deswegen werden wir einen magischen Schutzwall errichten."

„Nur Mola konnte einen derartigen Zauber wirken", warf jemand ein.

„Ihr seid alle Yroma. Habt ihr euch in Busby nur auf die Kräfte von Mola verlassen?", fragte Halen ungläubig.

Ben verschränkte die Arme. „Jetzt geht Ihr zu weit!"

Siglind hob die Hände in einer wissenden Geste. „Ich weiß, wie es geht. Aber ich brauche eure Hilfe!"

„Was soll das bringen?", entgegnete Ben. „Selbst Busby haben sie trotz des Schutzzaubers gefunden."

„Das war etwas anderes", erklärte Siglind. „Mola musste ein ganzes Dorf unsichtbar machen. Hier können wir uns auf kleinstem Fleck verstecken." Siglind sah in Bens misstrauisches Gesicht. „Uns bleibt keine andere Wahl."

Die Busbyaner hatten sich auf einer kleinen Lichtung nahe der Waldgrenze versammelt. Siglind leitete sie an. „Fasst euch an den Händen und bildet einen Kreis. Die Verletzten gehen in die Mitte der Formation, sie können an diesem Zauber nicht teilnehmen."

Halen hatte ihre beiden Hände ausgestreckt, ohne nachzuschauen, wer da eigentlich neben ihr stand. Als eine warme Hand nach der ihren griff, sah sie zu ihrer Rechten und schaute in Hancs zaghaft lächelndes Gesicht.

Tut mir leid, dass du es so erfahren musstest, sagte sein Blick.

Sie lächelte zurück. *Schon in Ordnung!*

Dann sah sie zu ihrer linken Seite. Colias sah sie nicht an, sondern hielt ihr nur stumm seine Rechte entgegen. Einen Moment zögerte sie, bevor sie ihre Hand in seine legte. Die Berührung war fest, aber zugleich sanft. Ein leises Summen durchzog die Luft. Etwas Magisches spannte sich zwischen ihnen und ließ den Raum um sie herum vibrieren.

Unwillkürlich musste sie an Nic denken. Seine Berührungen hatten immer eine Wärme ausgestrahlt, die sie sofort an Zuhause erinnert hatten – an Vertrautheit und Geborgenheit. Colias hingegen fühlte sich anders an: zurückhaltender, fast distanziert, als würde er eine Mauer zwischen sich und der Welt aufrechterhalten. Aber gerade jetzt schien er ihr näher zu sein als jemals zuvor.

Ben funkelte Colias an. „Du bist hierbei keine besonders große Hilfe, Mensch."

„Das ist er", widersprach Siglind. „Und jetzt gib Ruhe! Ich muss mich konzentrieren."

Sie hob ihre Arme und neigte ihr Gesicht dem Himmel entgegen. Dann flüsterte sie etwas Fremdartiges. Aus ihren Händen strömte bläuliches Licht, das Zentimeter um Zentimeter ihren Körper umschlang. Sie fasste die Busbyaner neben sich an und das Licht ging auf diese über. Reihum hüllte es jeden ein, bevor es sich bis zu den Baumwipfeln erhob und sie wie eine Halbkugel umschloss.

„Unglaublich!" Halen sah auf in den Himmel und beobachtete, wie das herrlich schimmernde Blau zu einem gigantischen, magischen Schutzschild wuchs.

Nacheinander sollten sie nun in den Kreis treten, damit der Schutzwall sie alle umschloss. Siglind selbst war als letzte dran. Sie hatte ihren Standpunkt nicht zufällig gewählt, er war Ein- und Ausgang ihres kleinen Verstecks.

Als der Schutzzauber abgeschlossen war, trat Siglind zu Halen. „Du darfst keine Zeit verlieren, Kind. Wenn du noch vor Sonnenuntergang dort sein willst, musst du bald aufbrechen."

„Siglind hat Recht", bestätigte Hanc.

Das machte Ben hellhörig. „Und wer entscheidet, wer hierbleibt und wer mit auf die Insel kommt?", wollte er wissen.

„Die Verletzten bleiben hier", erklärte Halen. „Ansonsten ziehe ich es vor, nur mitzunehmen, wer es selbst möchte. Außerdem müssen diejenigen schwimmen können."

Ein Raunen ging durch die Gruppe. Einige der Yroma tauschten unbehagliche Blicke, und Halen sah, wie sich ein älterer Mann nervös an den Saum seines Gewandes klammerte. Ein jüngerer Yroma schüttelte langsam den Kopf und trat einen Schritt zurück. Offenbar war nicht jeder begeistert von der Vorstellung, ins offene Meer zu schwimmen.

Halen wartete geduldig, während sie die Gruppe musterte. Sie wusste, dass es keine leichte Entscheidung war – und genau deshalb wollte sie, dass jeder selbst darüber entschied.

Colias trat als Erster vor, ruhig und entschlossen, ohne ein Wort zu verlieren. Kurz darauf folgte Ben, weniger still, aber mit verschränkten Armen, als wolle er damit seine Unsicherheit überspielen.

„Ich muss doch sichergehen, dass du keinen Unsinn machst", witzelte er, woraufhin Colias die Augen verdrehte.

„Ich bin natürlich auch dabei", meldete Hanc sich zu Wort.

„Du kannst schwimmen?", fragte Ben ihn belustigt.

Hancs Miene blieb ernst. „Ja, ob du es glaubst oder nicht."

„Wunderbar!", rief Ben aus. „Zwei solcher Jungspunde, auf die ich aufpassen muss. Ach, und die Prinzessin nicht zu vergessen."

„Wartet!", warf Siglind ein, bevor sie durch den Ausgang des magischen Schutzkreises traten. „Was ist, wenn ihr nicht wiederkommt?"

„Wir kommen wieder", versicherte Hanc.

Damit gab Siglind sich nicht zufrieden. Sie hielt ihn entschlossen am Arm fest. „Was, wenn euch etwas zustößt? Wo sollen wir dann hin?"

Hanc sah ihr in die großen dunklen Augen, aber er wusste nichts zu sagen.

„Geht die nördliche Küste entlang", schlug Colias vor. „Immer weiter Richtung Osten. Dort trefft ihr irgendwann auf eine Meerenge. Bei Ebbe könnt ihr sie problemlos passieren."

„Sie sollen Meerell verlassen?", entfuhr es Halen.

Colias nickte. „Ich denke, das wäre in diesem Fall das Beste."

Ben räusperte sich zaghaft. „Na dann sehen wir mal zu, dass wir nicht leidlich im Meer ersaufen." Entschlossen trat er der Küstenklippe entgegen.

Halen, Hanc und Colias traten zu Ben an den Rand der Steilküste und spähten vorsichtig über die Klippe und dem Meer entgegen. Unzählige Felsen, an denen gigantische Wasserfontänen in die Höhe schossen, sprenkelten das Küstengewässer.

„Ein falscher Sprung und wir sind Haifutter!", witzelte Ben, doch Furcht klang in seiner Stimme mit.

Hanc tigerte hin und her, bis er schließlich stehen blieb. „Hier ist eine gute Stelle. Ich werde als Erster springen. Sollte ich wieder auftauchen, wisst ihr, dass ihr mir gefahrlos folgen könnt. Wenn nicht, wählt lieber eine andere Stelle!"

Alle sahen ihn entsetzt an. Halen schluckte. Das hier konnte schiefgehen, bevor es überhaupt angefangen hatte. Die Klippe war hoch, viel zu hoch für ungeübte

Springer – mindestens zehn Meter. Ein falscher Winkel beim Eintauchen, und das Wasser wäre hart wie Stein. Ehe sie sich weiter darüber Sorgen machen oder ihn gar von seinem Vorhaben abhalten konnte, sprang Hanc mit einem gezielten Satz von der Klippe.

Halen eilte zu der Stelle, von der Hanc gesprungen war. Sie sah zu, wie dessen Körper im tiefdunklen Blau verschwand. Erst, als er auftauchte und ihnen mit beiden Armen zuwinkte, atmete sie wieder auf.

„Schön, ich springe als nächstes", murmelte Ben. Er warf einen traurigen Blick in Richtung des Schutzwalls, bevor er sich hinabstürzte.

Als Halen auch Ben Richtung Insel schwimmen sah, trat sie zu Colias.

„Lasst mir den Vortritt", bat sie und wartete noch sein Nicken ab.

Dann trat sie nach vorne und schaute ein letztes Mal nach unten, um sicherzugehen, dass es wirklich die felsenfreie Stelle war, in die sie sprang. Ihr Körper verkrampfte und ihre Gedanken bildeten nur noch den einen Satz: *Du kannst das nicht!*

Auch wenn sie die anderen durch den Schutzwall nicht mehr sehen konnte, hatte sie das unbehagliche Gefühl, ihre nervösen Blicke dennoch auf sich zu spüren. Es war irrational, sie wusste es, doch die Vorstellung ließ ihr Herz schneller schlagen.

„Habt Ihr Höhenangst?", hörte sie Colias gedämpft fragen.

„Ich habe keine Angst vor der Höhe", fauchte sie leise.

„Ihr könnt nicht schwimmen?", tippte Colias weiter.

„Ich kann!" Halen atmete tief durch. „Ich habe nur keine guten Erfahrungen mit Wasser gemacht."

Colias musterte sie für einen Moment, bevor er entschlossen nickte. „Warum sagt Ihr das erst jetzt?" Ohne weitere Diskussion zuzulassen, nahm er ihre Hand. „Dann springen wir zusammen!" Seine Stimme war ruhig, aber bestimmt, und ehe sie protestieren konnte, zog er sie mit sich über die Klippe.

Kapitel 23

Das Wasser war bitterkalt. Das salzige Wasser brannte in Halens Augen, aber sie ignorierte es, peitschte mit den Armen durch das Wasser und suchte verzweifelt nach Colias.

Erst jetzt bemerkte sie, wie tief sie gesunken war. Der Druck in ihrer Brust stieg, als die Dunkelheit um sie herum sich ausweitete. Colias war nirgendwo zu sehen, und auch die anderen beiden fehlten. Ihre Herzschläge wurden schneller, ihr Körper steif vor Angst.

Jetzt nicht die Nerven verlieren!

Nach einem Moment des Schwimmens, durchbrach sie die Wasseroberfläche. Ihre Lungen brannten, als sie tief Luft holte. Keuchend sah sie gen Himmel.

Sie nahm die Insel ins Visier und schwor sich, diese nicht aus den Augen zu lassen, bis sie sie erreicht hatte. Ihr Ziel wirkte unglaublich weit entfernt, und der Gedanke daran, wie verletzlich sie im Wasser war, lauerte an der Kante ihres Bewusstseins. Was, wenn die Aytigo ihre Sprünge bemerkt hatten? Was, wenn sie genau jetzt angriffen? Sie konnte nicht kämpfen, nicht fliehen – sie konnte nur schwimmen.

Halen konzentrierte sich darauf, einen Schwimmzug nach dem anderen zu machen, das Wasser hinter sich zu lassen und sich dem rettenden Ufer zu nähern. Als die Wellen an Intensität zunahmen, wusste sie, dass das Riff in nicht allzu weiter Ferne liegen musste.

„Wenn das Riff kommt, müssen wir dicht beieinanderbleiben!", schrie sie über die Wellen hinweg. Ben, Hanc und Colias konnte sie nicht ausmachen, doch sie mussten unmittelbar vor ihr sein.

Halen wusste, dass sie sich vorsehen mussten, wenn sie sich dem Riff näherten. Auf keinen Fall durften sie riskieren, von einer Welle unter Wasser gedrückt und gegen den Ringwall aus Korallen geschleudert zu werden.

Das Wasser zerrte an ihr, die Kräfte verließen sie mit jeder Welle. Augenblicklich kämpfte sie gegen die Strömung an. Das tobende Element gewann die Oberhand und Halen wurde gewahr, dass sie von der Welle immer weiter nach unten gezogen wurde.

Das Riff.

Es war ihr nicht möglich einen weiteren klaren Gedanken zu fassen. Sie atmete noch einmal tief ein und dann konnte sie sich nur noch von der nächsten Welle mitreißen lassen.

Jedwede Anstrengung würde wertvolle Kraft kosten, die sie benötigte, um wieder an die Wasseroberfläche zu finden. Also wartete sie ab, bis die Intensität der Welle nachgelassen hatte.

Sie öffnete die Augen. Um sie herum ragten zahlreiche Korallen in sanften Pastellfarben auf, in denen sich noch mehr Fische tummelten. Es war wie eine neue Welt, die Halen das erste Mal zu Gesicht bekam. Sie konnte ihren Blick kaum abwenden. Und doch begannen mit einem Mal ihre Schläfen zu pochen und in ihrem Brustkorb breitete sich ein unheilvolles Ziehen aus. Sie sah Richtung Licht und strampelte wie wildgeworden drauflos. Die farbenfrohe Welt um sie herum wurde schon bald von einer schleichenden Schwärze bedeckt.

Halen kämpfte um Besinnung und streckte ihre Hände dem immer kleiner werdenden Licht entgegen. Ihr war, als fiele sie in eine dunkle Tiefe, der sie nicht entkommen konnte.

Nein! Ich muss es schaffen! Ich …

Plötzlich spürte sie die eiserne Umklammerung zweier Hände um ihren Brustkorb, die sie heftig und ohne Vorwarnung mit sich zogen. Ob nach unten oder oben, konnte sie nicht sagen.

Reflexartig schlug sie um sich und versuchte, die Hände auf diese Weise von ihrem Körper zu lösen. Der Griff war unnachgiebig. Ihr Herz raste und ihre Bewegungen wurden immer hektischer.

Was, wenn ein Aytigo sie erwischt hatte? Ihre Lungen brannten, während sie versuchte, die Hände von ihrem Körper zu reißen – vergeblich.

Die Dunkelheit um sie herum schien dichter zu werden, ihre Schläge schwächer. Ein Teil von ihr wollte aufgeben und sich einfach treiben lassen. Doch ein anderer, stärkerer Teil klammerte sich an den Gedanken: *Kämpfe! Du darfst nicht aufgeben!*

Just als Halen die Wasseroberfläche erreichte, schnappte sie gierig nach Luft. Noch bevor sie sich orientieren konnte, fiel ihr Blick auf die bestürzten Gesichter von Hanc und Ben, die sie aus nächster Nähe ansahen.

„Ihr habt uns einen ganz schönen Schrecken einge-
jagt, Prinzessin!", rief Ben.

Erschrocken riss sie sich von den packenden Händen
los, die sie über Wasser gehalten hatten, und wirbelte
herum. Da sah sie Colias, mit ernstem Gesichtsausdruck,
der keine Zweifel daran ließ, dass er derjenige war, der
sie aus der Tiefe gezogen hatte.

Sie blickte noch einmal zurück zu den Wellen, die erbarmungslos gegen das Riff brandeten. Die Erschöpfung zog
sich durch ihre Muskeln. Halen zwang sich, weiter zu
schwimmen, den letzten Abschnitt der Strecke zur Insel hinter sich zu bringen. Ihre Bewegungen fühlten sich schwerer
an, doch schließlich erreichte sie den steinigen Strand.

Völlig durchnässt und fast all ihrer Kräfte beraubt,
ließ Halen sich auf dem steinigen Strandabschnitt nieder.
Die Sonne war selbst jetzt im September noch unerträglich heiß. Der salzige Rest des Meeres, der sich auf ihrer
Haut abgesetzt hatte, ließ die Sonne noch quälender erscheinen. Sie schloss die Augen und musste sich eingestehen, dass Wasser nicht ihr Element war – nicht wirklich.

Halen wartete, bis das Pochen in ihren Schläfen nachgelassen hatte. Erst dann setzte sie sich auf und sah zu
den zerklüfteten Felsen empor, die sich vor ihr auftaten.
Der dunkelgraue Stein schien zwar überwindbar, doch
in ihrem geschwächten Zustand stellte das durchaus eine
Herausforderung dar.

Colias schaute gen Himmel. „Die Aytigo sind verschwunden …"

„Wir hätten unsere Waffen mitnehmen sollen", meinte Ben mit besorgtem Gesichtsausdruck.

Hanc sah ihm genauso mürrisch entgegen. „Dann wären wir mit ihnen qualvoll ertrunken."

Auch Halen musste zugeben, dass sie sich mit ihrem Bogen sicherer fühlen würde. „Seht ihr den Felsvorsprung dort? Sieht aus wie der Eingang zu einer Höhle."

Sie spürte Hancs besorgten Blick auf sich. „Wir sollten uns erst ausruhen."

„Wir dürfen keine Zeit verlieren", überging sie seinen Ratschlag und wollte gerade aufstehen, als ihr schwindelte und sie gegen Colias taumelte.

„Ihr braucht eine Pause, Prinzessin!", meinte auch dieser, während er sie am Rücken stützte.

Halen fing sich schnell wieder und brachte Abstand zwischen sich und Colias. „Ausruhen werde ich, wenn wir die Aytigo als Verbündete gewonnen haben. Bis dahin lasse ich keine Sekunde tatenlos verstreichen."

Erschöpft warfen die anderen sich kurze Blicke zu, aber schließlich gaben sie ihren Widerstand auf. Ohne weitere Diskussion machten sie sich gemeinsam auf den Weg zur Höhle.

Die Felswand erwies sich als leichter zu überwinden als gedacht. Mit ihrer zerklüfteten Struktur bot der Fels zahlreiche Stellen, an denen sie sich festhalten konnten. Zudem war er fest und stabil.

Der Höhleneingang lag auf einem Felsvorsprung, hoch genug, um den größten Teil der Insel im Blick zu behalten, aber niedrig genug, dass sie ihn ohne größere Anstrengung erreichen konnten. Dort angekommen, bot der Eingang genug Platz, damit sie sich alle auf den harten Untergrund fallen lassen konnten, um sich einen Moment auszuruhen. Die pralle Sonne und der Wasserentzug hatten ihre Kräfte sichtlich aufgezehrt.

Hanc kam als Erster wieder auf die Beine. „Ich gehe rein. Ihr bleibt hier und wartet, bis ich wiederkomme."

Zum Protest erhoben sich Halen, Ben und Colias.

„Wir gehen zusammen", stellte Halen klar.

Hanc bedachte sie mit einem Blick, der besagte, dass er es besser wusste.

„Wozu sind wir denn sonst mitgekommen?", beharrte sie.

„Es ist besser so, glaub mir. Sie sind Fremden gegenüber nicht gerade aufgeschlossen. Ich hole euch nach."

„Und wenn etwas passiert? Woher wissen wir, dass wir dir helfen müssen?", wollte Ben wissen.

„Sie werden mir nichts tun." Das Zögern in Hancs Stimme ließ Halen aufhorchen.

Verstohlen beobachtete sie Ben und Colias, die im Schatten des Höhleneingangs standen. Das Meer hatte zwar den Dreck der letzten Tage aus ihrer Kleidung gewaschen, doch nun, da diese trockneten, kamen viele kleine Risse und Löcher zutage. Halen zog unbewusst den Saum ihres Hemdes gerade, als sie ihre eigene Kleidung musterte. Sie trug immer noch ihre Jagdkleidung – eine abgenutzte Tunika aus grobem Stoff, die an den Schultern leicht zerrissen war, und eine Hose aus Leder, die sich im Kniebereich zu beulen begann. Ihre Stiefel, einst robust, begannen sich an den Nähten von den Sohlen zu lösen.

Ein Griff an ihre Haare erinnerte sie außerdem daran, dass sie diese zu lange nicht mehr gekämmt hatte. Sie fühlten sich strohig und verfilzt an. So begann sie, mit den Fingern durch ihre langen Haare zu fahren. Nachdem sie sie grob durchgekämmt hatte, flocht sie sie zusammen.

„Hat die Prinzessin ihre Haarpflege vernachlässigt?", spöttelte Ben.

Halen warf ihm einen nüchternen Blick zu und zog ein dünnes Lederband von ihrem Handgelenk, um das Ende des Zopfes zu binden.

„Das war eine blödsinnige Idee! Hanc sollte nicht allein da reingehen. Wir sind zusammen hergekommen. Wir sollten uns den Aytigo gemeinsam stellen."

„Wohl gesprochen, Prinzessin", meinte Ben. Doch er bewegte sich keinen Zentimeter. Also ging Halen allein los.

„Wo wollt Ihr hin?", fragte Colias und sprang auf.

„Ich werde Hanc suchen!", beschied Halen und näherte sich der Höhle. „Ihr könnt mich begleiten oder hier warten. Mir ist beides recht."

Und damit war sie schon im dämmrigen Inneren der Höhle verschwunden.

Es war nicht leicht, sich in den engen Felsgassen der vergessenen Insel zurechtzufinden. Halen schlängelte sich zwischen den hoch aufragenden Felsen hindurch, deren Wände feucht vom salzigen Meerwasser waren. Die Kühle der Steine linderte die Hitze auf Halens Haut – ein willkommener Kontrast zur erbarmungslosen Sonne, die die Insel gnadenlos im Griff hatte.

Colias und Ben hatten schnell zu Halen aufgeschlossen und folgten ihr, bis sich vor ihnen eine Halle auftat, deren immense Größe ihnen die Sprache verschlug. Blinzelnd schauten sie dem Licht entgegen, das sich aus Löchern in der Steindecke über sie ergoss. Das Ende des Raumes war kaum auszumachen. Halen konnte lediglich ein fernes Glitzern entdecken. Ein weiterer Lichteinfall? Oder gar Wasser?

Als sich ihre Augen an die neue Umgebung angepasst hatten, erkannte sie, was ihr bisher verborgen geblieben war. Die Aytigo, die sie aus der Ferne über den Felsen der vergessenen Insel hatte fliegen sehen, hatten nichts mehr mit den Wesen gemein, die nun nach und nach ins Licht traten.

In dem Moment, als sie vor Halen zu Hunderten in Erscheinung traten und das Sonnenlicht sich auf ihren Flügeln reflektierte, verwandelte sich die Umgebung. Es fühlte sich nicht mehr wie ein Ort aus Stein an, sondern wie eine gigantische Halle des Himmels. Die meisten Flügel hatten die Farbe von Anthrazit – ein geheimnisvolles Grau, das im Licht beinahe metallisch wirkte. Einige stachen mit einem strahlenden Weiß hervor, als wären sie von purem Licht durchdrungen, während nur wenige Schwingen tiefschwarz glänzten.

Die drückende Erschöpfung mischte sich mit Angst, als Halen die Dutzenden von Pfeilen bemerkte, die auf sie gerichtet waren. Die Bögen unterschieden sich von denen, die sie kannte. Aus schwarzem Holz gefertigt, überzog eine blitzende Stahlklinge ihre Rücken, die an den Enden spitz zuliefen. Waren diese Bögen gleichzeitig als Schwerter zu verwenden? Die Aytigo hielten sie mittig, wo eine Einkerbung zwischen Klinge und Holz den Griff verstärkte. Am meisten aber faszinierte Halen die Sehne, die wie ein fadendünner Lichtstrahl von einer Bogenspitze zur anderen schimmerte.

„Wo ist Hanc?", murmelte Ben und riss sie damit aus ihren Gedanken über die fremdartigen Waffen.

Dann teilte sich die Menge der Aytigo und jemand trat aus dieser hervor. Halen fiel sofort das lange, schimmernd rote Haar auf.

„Warum hört ihr nicht auf mich?", ertönte plötzlich Hancs Stimme, ein leises Flüstern aus der Dunkelheit neben ihnen. Halen wirbelte herum und sah ihn aus dem Schatten eines Felsvorsprungs treten. „Ich wollte schauen, was uns erwartet. Doch ihr platzt hier rein wie ungebetene Gäste!"

„Das war nicht unsere Absicht!", verteidigte sich Halen, ihre Stimme fest, obwohl ein Hauch von Unsicherheit durchklang.

Der rothaarige Aytigo trat vor und fixierte Hanc mit einem warnenden Blick. „Mutig, dich hierher zu wagen!" Sein Akzent war eigenartig. Er zog die Worte in die Länge und betonte jedes *A* auf ungewohnte Weise.

Halen straffte sich und machte sich bereit, das Wort zu ergreifen. Sie musterte den ungewöhnlich großen Mann vor sich, der ihnen entgegentrat. Er war von schlanker Statur und wollte so gar nicht zu den anderen Aytigo passen, die wie Hanc zwar einen muskulösen Oberkörper boten, doch um mindestens einen Kopfspann kleiner waren.

„Ich wäre nicht hier, wenn es dafür keinen Grund gäbe", erwiderte Hanc ruhig.

Halen bemerkte, wie sich Hancs Schultern fast unmerklich zusammenzogen. Die Spannung in der Luft schien greifbar, und sie war sich sicher, dass auch der Aytigo vor ihnen diese Nervosität spürte.

„Jaja", höhnte dieser. „Dann verrate mir, was der Grund für dein Eindringen ist?"

„Asgor. Er ist in Meerell."

„Du hast es in Wanderia nicht geschafft, ihn zu besiegen, und du wirst es auch hier nicht schaffen. Du bist keiner mehr von uns." Der hochgewachsene Aytigo wandte sich ab.

Hanc schien nicht vorzuhaben, sich abwimmeln zu lassen. „In einer Sache gebe ich dir recht", rief er in seinen Rücken und hatte damit wieder seine Aufmerksamkeit. „Ich habe vielleicht meine Flügel verloren. Aber die Aytigo haben ihren Mut verloren!"

Der Aytigo drehte sich um, sein langes Gesicht verzogen vor Zorn. „Wie kannst du es wagen?"

Halens Magen verkrampfte und ihre Hände wurden schweißnass. So sollte das nicht laufen. Sie öffnete den Mund, um irgendetwas zu sagen, das die Situation von Hanc ablenken würde, doch er schien alle Vernunft vergessen zu haben.

„Ihr verkriecht euch in diesem Versteck aus Felsen und glaubt, ihr wärt hier in Sicherheit!", reizte Hanc den Aytigo weiter.

„Und wo warst du all die Jahre?", rief dieser. „Anstelle deines rechtmäßigen Platzes unter den Aytigo einzunehmen, hast du dich lieber im Wald verkrochen. Unter den Yroma. Unseren Feinden!"

Das hielt Halen nicht mehr aus. Entschlossen, das zu beenden, trat sie einen großen Schritt nach vorne, um die Blicke der Aytigo auf sich zu lenken. Es funktionierte. Ihre Bögen waren nun einzig auf sie gerichtet.

Halen sah in die Gesichter der Aytigo und blieb bei dem Hochgewachsenen hängen. „Die Yroma in Busby haben nichts mit Asgor und seinen Anhängern gemein", betonte sie mit ruhiger Stimme.

Der Aytigo mit dem schimmernd roten Haar machte große Augen. „Ach, ist das so?"

„Asgor ist ein Yroma, genau wie ich", fuhr sie fort. „Doch ich bin als Mensch aufgewachsen. Von meiner Herkunft habe ich erst vor ein paar Tagen erfahren, als Asgor meine Heimat angriff und meine Familie zu Gefangenen machte." Halen machte eine dramatische Pause und sah dem Aytigo vor sich tief in die Augen. „Asgor scheint geprägt vom Hass auf die Menschen und alle, die nicht so denken wie er. Wollen wir also verhindern, dass er uns völlig auslöscht, müssen wir vereint stehen!"

Der hochgewachsene Aytigo schaute widerwillig auf Halen hinab. „Und wer seid Ihr?"

„Halen Arkin von Wyatt", stellte sie sich vor – so stolz sie konnte. Sie war sich ihres zerzausten Aussehens nur zu bewusst und war entschlossen, die Aytigo das vergessen zu lassen.

„Von Wyatt", wiederholte er und musterte sie unverhohlen. „Ja, möglich, dass sich unter all den Lumpen eine Prinzessin versteckt."

„Und wie lautet Euer Name?", verlangte Halen zu wissen.

„Nathan. König der Aytigo."

Hanc räusperte sich vorsichtig. „Wir sind nicht hier, um dir zu sagen, was du tun sollst", sagte er beschwichtigend. „Viel mehr wollen wir mit dir gemeinsam einen Plan schmieden, um Asgor endgül—"

„Wir benötigen Eure Armee!", schnitt Halen ihm das Wort ab. Sie sah nicht zu Hanc, konnte seinen entsetzten Gesichtsausdruck aber förmlich spüren. Doch sie glaubte nicht daran, dass es etwas bringen würde, den Aytigo etwas vorzumachen. Als ihre Augen über die geflügelten Kreaturen glitten, fiel ihr sofort die imposante Größe und die muskulösen Körper auf, die sich mit einer natürlichen Eleganz bewegten. Ihre Flügel spannten sich kraftvoll aus, und die Bögen, die sie mit einer Selbstverständlichkeit hielten, wirkten fast wie eine Verlängerung ihrer Körper. Jeder Schritt, jede Geste zeugte von einem unerschütterlichen Kampfgeist, als wären sie geboren, um zu kämpfen.

„Das ist nicht—", begann Hanc wieder einzuschreiten. Halen funkelte ihn von der Seite an und er verstummte.

„Das ist die Wahrheit", fuhr Halen fort. „Darum sind wir hier." Sie sah wieder in die Augen des Aytigo-Königs vor sich, der sie nun mit mehr Interesse betrachtete.

„Wir wollen zurück nach Wyatt, ausgestattet mit so viel Unterstützung, wie wir finden können, um es zurückzuerobern und Asgor ein für alle Mal auszulöschen!"

Es herrschte langes Schweigen, bevor ein erwartungsvolles Gemurmel der Aytigo die Halle erfüllte. Alle warteten gespannt auf die Entscheidung ihres Oberhaupts.

Nathan sah kurz zu einem anderen, jüngeren Aytigo, der sich ihm näherte und flüsterte etwas in sein Ohr. Der andere nickte. Dann sah der Aytigo-König wieder zu Halen.

„Ich bin bereit, mir Euren Plan anzuhören. Doch zuvor will ich, dass ihr Euch wascht und neu einkleidet." Sein Blick glitt über ihre abgenutzte Kleidung. Halen spürte, wie ihre Wangen leicht zu glühen begannen. „Wir sprechen beim *Ligónn*."

Hinter sich vernahm Halen die erleichterten Seufzer ihrer Begleiter.

Ben trat an Hancs Seite. „Wobei?", fragte er verwirrt.

„Abendessen", antwortete Hanc.

Kapitel 24

Halen zuckte zusammen, ein kräftiger Griff riss sie aus dem Schlaf. Das stetige Plätschern des Wassers drang an ihre Ohren. Als sie die Aytigo-Frau vor sich sah, verflog die wohlige Ruhe sofort. Sie musste eingenickt sein. Hastig richtete sie sich auf. Warmes Wasser perlte von ihrer Haut, während ihr Herz heftig pochte.

Sie dachte daran zurück, als die muskulöse Aytigo sie wortlos durch die verschlungenen Gänge geführt hatte, bis sie in einer kleinen Halle angelangt waren. Das Wasser tropfte sanft von den Wänden und sammelte sich in der Mitte des Raumes in einer tiefen, ausgeschlagenen Mulde, die wie ein übergroßer Zuber wirkte. „So könnt ihr Euch beim Ligónn nicht sehen lassen. Ich bringe euch etwas … Passenderes", hatte die Frau kühl erklärt, nachdem sie ihre Augen kurz über Halens löchrige Kleidung gleiten lassen hatte.

Jetzt stand sie wieder da, die Aytigo, und hielt ihr ein Bündel Kleidung hin. Halen schlüpfte hastig in diese hinein, ohne sich die Stoffe genauer anzusehen. Sie fühlten sich kühl und ungewohnt schwer auf ihrer Haut an, doch es blieb keine Zeit, darüber nachzudenken. Ihre

Gedanken kreisten bereits um das bevorstehende Gespräch mit Nathan, und alles, was davon abhing. Sie straffte sich, atmete tief durch und verdrängte das Zittern in ihren Fingern.

Ohne ein weiteres Wort reichte die Aytigo ihr einen Kamm. Der Blick der Frau – dieser unausgesprochene Stolz, als Halen ihn durch ihr langes, dunkelblondes Haar gleiten ließ – brachte sie kurz zum Innehalten. Ein flüchtiges Lächeln lag auf dem Gesicht der Aytigo, doch sobald Halen dieses erwiderte, erstarrte es wieder. Mit einer knappen Geste bedeutete sie Halen, ihr zu folgen.

Die Dunkelheit der Gänge wirkte endlos. Der Kloß in Halens Magen formte sich langsam zu einer Last.

Sie ließ sich zurück in die große Halle an einen Steintisch führen, an dem Hanc, Colias und Ben bereits gegenüber von Nathan Platz genommen hatten.

Schon von Weitem hörte sie, wie Hanc in ein hitziges Gespräch mit dem Aytigo-König verwickelt war. Als sie sich dem Tisch näherte, musterte sie auch Ben und Colias, die in ihren cremefarbenen Wämsern und zurückgekämmten Haaren aussahen wie wahre Edelmänner. Nur Hanc hatte keine neue Kleidung an.

Bei ihnen angekommen, verstummten Hanc und Nathan abrupt. Ein Kribbeln breitete sich auf ihrer Haut aus, während sie den Kopf hob und den Rücken durchstreckte, um ihren Blicken standzuhalten.

Das anthrazitfarbene Kleid, das man ihr gegeben hatte, fühlte sich ungewohnt an – zu fein für Hände, die so lange von rauem Stoff und Schmutz geprägt worden waren. Kleine, hellschimmernde Perlen zierten die Ärmel und den Halsausschnitt. Bei jeder Bewegung glitzerten sie und fingen das Licht der Umgebung ein, nur um es an Halen zurückzuwerfen.

Man hatte die typischen Schlitze der Aytigo-Kleidung, die für deren Flügel gedacht waren, für sie wieder zugenäht. Die zurückhaltende Eleganz gefiel ihr, und für das Gespräch mit dem König der Aytigo fühlte sie sich gleich viel gestärkter.

Sie straffte die Schultern und zwang sich, ruhig zu atmen, um ihre Nervosität zu verbergen. Neben Hanc nahm sie Platz und betrachtete die Speisen vor sich. Das Essen bestand vorwiegend aus Fisch; das Grünzeug schien ebenfalls aus dem Meer zu kommen, war Halen allerdings unbekannt. Doch das war ihr egal. Sie hatte einen Bärenhunger und musste an sich halten, sich das Essen nicht sogleich in den Mund zu stopfen.

„Ich weiß, Ihr seid wahrscheinlich anderes Essen gewohnt", bemerkte Nathan. „Aber, wenn Ihr es probiert, werdet Ihr es nicht bereuen."

Zu seiner Rechten saß der junge Aytigo. Halen fragte sich, ob es sich bei diesem um seinen Sohn handelte, obwohl sie sich nicht im Geringsten ähnlich sahen.

„Es ist köstlich!", schwärmte Ben mit vollem Mund, was ihm einen scharfen Blick von Hanc einbrachte.

Also bediente auch Halen sich der Speisen. Sie genoss es, etwas anderes zu essen als das Wild aus dem nördlichen Wald.

Nathan musterte sie neugierig. „Halen von Wyatt, gestattet Ihr mir ein paar Fragen?"

„Nur zu!", gab sie zwischen zwei Bissen zurück.

„Ihr sagtet, Asgor besetzt Wyatt und hält Eure Familie gefangen."

„Das stimmt."

„Dann hat er einen persönlichen Draht zu Eurer Familie. Habe ich Recht?"

„Nun, ich denke, mein Vater kannte ihn. Aber mehr weiß ich über ihre Beziehung nicht", gestand Halen.

„Ihr wisst gar nichts über ihn?"

„Ich weiß, dass Wyatt einst sein Zuhause war. Bis die Menschen dort siedelten. Irgendwann kam es zum Krieg und Asgor verlor. Und verschwand." Halen hielt es für das Beste ihm nichts vorzumachen. Wollte sie seine Unterstützung, musste sie sein Vertrauen erlangen.

„Er kennt die Geschichte bereits", meinte Hanc mit einem ungeduldigen Blick zu Nathan.

„Hm. Nachdem Asgor aus Meerell verschwand, suchte er uns Aytigo auf. Er wollte uns als Verbündete gegen die Menschen gewinnen. Und gegen die Busbyaner. Aber wir weigerten uns. Wir wollten uns nicht in die Kriege anderer einmischen."

„Das hier ist kein Einmischen in einen anderen Krieg", erwiderte Halen, ohne nachzudenken. „Der Krieg ist bereits hier. Asgor ist hier. Und es wird nicht lange dauern, bis er von der vergessenen Insel und deren Bewohnern erfahren wird."

„Wollt Ihr mir drohen, Prinzessin Halen?"

„Ich ... Nein!"

„Sie meint, dass das Eure Gelegenheit ist, ihn endlich dafür zu strafen, was er Euch und Eurem Volk angetan hat", mischte sich Colias ein.

„Ihr seid ein Mensch", stellte der König der Aytigo nüchtern fest. „Was habt Ihr da am Hals?"

„Asgor hat die Wyattaner mit dem Runenzauber belegt, der sie alle seine Befehle befolgen lässt", antwortete Colias wahrheitsgemäß.

„Runenzauber?" Nathan wechselte einen besorgten Blick mit Hanc.

„Er missbraucht Federn, um den Menschen seinen Willen aufzuzwingen", entgegnete Hanc.

„Aytigo-Federn?", hakte Nathan nach.

Hanc nickte langsam.

Nathans Augen wurden groß. „Deine Federn?"

„Wie hätte ich sonst Colias heilen können? Es fließt immer noch Aytigoblut in meinen Adern!"

Halen bemerkte, wie Nathan die Lippen zusammenpresste, bevor er sich wieder Colias zuwandte.

„Ihr seid also Wyattaner?"

„Nein, ich komme von der Insel Kon."

Nathan, der offenbar schon wieder das Interesse an Colias verloren hatte, wandte sich Halen zu. „Und Ihr seid eine Yroma. Warum seid Ihr in Wyatt aufgewachsen?"

„Meine Mutter und meine Tante sind Yroma. Ich habe es gerade erst erfahren."

„Wisst Ihr, warum sie es Euch nie gesagt haben?", erkundigte sich Nathan fast beiläufig.

321

Plötzlich schob Hanc seine Ellenbogen auf den Tisch und suchte vergeblich den Blick seines Gegenübers. „Du hast sie jetzt genug ausgefragt!"

Nathan sah ihn nur mit hochgezogenen Augenbrauen an, die zum Ausdruck bringen sollten: *Was glaubst du wohl, wer du bist, mir den Mund zu verbieten?*

Nathan wandte sich wieder an Halen: „Und wo sind sie jetzt?"

Halen sah kurz zwischen den beiden hin und her. Sie fand es ungewöhnlich, dass Hanc so mit seinem König sprach.

„Ich weiß es nicht. Meine Mutter erkrankte damals in Wyatt, lange bevor Asgor auftauchte", erklärte Halen und spürte, wie ihr Magen durch die Erinnerung verkrampfte. „Sie konnte die Stadt nicht rechtzeitig verlassen. Meine Großmutter und meine Tante haben sich im nördlichen Wald unseren Feinden in den Weg gestellt, um uns die Flucht hierher zu ermöglichen."

Nathan sah sie erneut an. „Das tut mir leid."

Halen blickte auf ihren Steinteller und nickte.

„Und Euer Vater?", fragte Nathan weiter, was Hanc ein weiteres Stöhnen entlockte.

„Gefangener von Asgor", antwortete Halen mit zittriger Stimme. „Mit dem Runenzauber umgedreht."

Nathan nickte nur knapp, als wären ihre Worte kaum von Bedeutung. „Lasst uns über die Pläne für einen Angriff reden", lenkte er das Gespräch ohne Umschweife auf das, was für ihn von Bedeutung war.

Halen sah überrascht zu Hanc, bevor sie fortfuhr. „Für einen offenen Angriff wären wir selbst mit Eurer Armee deutlich in der Unterzahl. Wir sollten das Überraschungsmoment nutzen und heimlich in die Festung eindringen."

Nathans Augenbrauen zuckten nach oben. „Erzählt mir mehr!"

***

Sie saßen noch zusammen, als die restlichen Aytigo sich schon aus der großen Halle in ihre kleinen Höhlennischen zurückgezogen hatten.

Halen hätte gern mehr Zeit gehabt, sich die vergessene Insel anzusehen. Doch an der Küste Meerells warteten die Busbyaner, die endlich in ihre Heimat zurückkehren wollten. Die sich nach Frieden sehnten und keinerlei Interesse an Blutvergießen hatten. Die Wyattaner waren bereit, ihre Stadt zu verteidigen, doch sie konnten nichts gegen die magische Streitmacht des Geistes anrichten. Nun waren sie Umgedrehte und suchten nach Ihnen.

Sie hatte keine Zeit mehr zu verlieren, was Nathan nicht zu stören schien. Er wollte jedes Detail ihres Plans wissen. Halen hatte auf jede Frage eine Antwort. Sie kannte Wyatt in- und auswendig, und ihr Wille, ihre Familie zu befreien, war unbändig.

Ben hielt sich größtenteils zurück, worüber Halen dankbar war. Schließlich hatte er ein Talent dafür, einen zweifelhaften ersten Eindruck zu hinterlassen.

Auch Halen hatte einiges über die Aytigo in Erfahrung bringen können. Von Nathan erfuhr sie, dass sie einst in Wanderia, einem großen, grünen Kontinent jenseits östlich des Meeres der Welten, gelebt hatten.

„Es war unsere Heimat", erklärte Nathan ihr nun, seine Stimme schwer. „Dann kam Asgor. Nachdem wir eine Beteiligung an seinem Krieg ablehnten, führte er den Krieg zu uns."

Halen beobachtete, wie sich seine Hände zu Fäusten ballten.

„Er zerstörte unsere Städte und brannte unsere Wälder nieder. Beraubte unzähliger Aytigo ihrer Flügel. Am Ende blieb uns nichts." Nathan machte eine kurze Pause, als kämpfte er gegen die Worte. „Also flohen wir über das Meer. Nicht alle von uns überlebten diese Reise. Das Meer der Welten ist erbarmungslos."

Halen spürte einen Kloß in ihrem Hals, als sie sich vorstellte, wie die Aytigo verletzt und am Ende ihrer Kräfte ins Meer gestürzt und von den Wellen verschlungen worden waren.

„Und jetzt sitzt Ihr hier", bemerkte sie schließlich mit gedämpfter Stimme. „Bereit, einem neuen Krieg ins Auge zu sehen."

Es war Naélio, Nathans Berater und engster Vertrauter, der die Stille durchbrach. Der Aytigo, ungefähr in Hancs Alter, hatte sich bis dahin zurückgehalten, jetzt lehnte er sich vor und fixierte Halen herausfordernd.

„Wir werden nicht mehr fliehen", stellte er fest. „Aber das bedeutet nicht, dass wir Asgor blindlings entgegentreten. Wenn wir zusammenarbeiten, Prinzessin, haben wir eine Chance."

Halen sah zu Naélio, dessen Worte von der gleichen Entschlossenheit getragen wurden wie Nathans.

Sie ließ ihren Blick schweifen, während Nathan und die anderen weiter über die Details ihres Plans diskutierten. Ihre Aufmerksamkeit wanderte immer wieder zu den Waffen, die an der Wand hinter Naélio lehnten. Besonders ein Bogen stach ihr ins Auge. Er war kunstvoll gefertigt, die geschwungene Form erinnerte sie an eine Mondsichel. Das dunkle Holz schimmerte matt im Licht der Fackeln, und die feinen Gravuren darauf wirkten wie Runen, deren Bedeutung sie nicht verstand.

„Sie scheinen Euch zu gefallen?", fragte Naélio mit einem Hauch von Belustigung in seiner Stimme.

Halen schaute überrascht auf. Sie konnte ihre Augen tatsächlich kaum von Naélios eigenartiger Waffe abwenden. „Derartige Bögen habe ich noch nie gesehen."

„Wir nennen sie *Skolts*", erklärte der Aytigo. „*Mondhauer*. Sie sind aus Caliaholz gefertigt. Dieses ist so belastbar wie Euer Eibenholz, nur splittert es nicht so leicht bei der Anfertigung. Es stammt aus unserer Heimat Wanderia."

Halen bedachte Hanc mit einem vorwurfsvollen Blick. „Davon hast du mir gar nichts erzählt!"

„Er würde uns lieber vergessen", warf Nathan in vorgespielter Verzweiflung ein.

Hanc schüttelte den Kopf. „Warum sagst du so etwas?"

„Wie sollen wir deine Abwesenheit sonst deuten?", entgegnete Nathan gereizt.

Hanc seufzte. „Das müssen wir nicht jetzt besprechen."

Halen lauschte dem Gespräch mit Argwohn. Allmählich dämmerte ihr, dass Hanc ihr mehr verschwiegen hatte, als sie geahnt hatte.

„Du bist hier, es ist der perfekte Zeitpunkt! Lass die Vergangenheit ruhen und nimm endlich deinen rechtmäßigen Platz ein!"

„Auf einmal soll ich zurückkehren?", fragte Hanc verblüfft. „Ich glaube dir kein Wort!"

„Du bist unmöglich!", stieß Nathan aus. „Manchmal wünschte ich, deine Schwester wäre noch am Leben, sie würde die Krone nicht verweigern!"

„Die Krone?", fragte Halen eine Spur zu laut und sah gebannt von Nathan zu Hanc.

Nathan gab ein grausiges Lachen von sich. „Natürlich hast du allen verschwiegen, dass du ein Prinz bist!" Verächtlich schüttelte er den Kopf. „Das passt zu dir!"

Halen blickte zu Ben und merkte, dass auch er überrascht war. Sie studierte sein Gesicht, um zu ergründen, was er über diese Offenbarung dachte. Ein Funken Stolz blitzte in seinen Augen auf, und sofort fühlte sie sich ein Stück leichter.

Hanc, der sich langsam aus seiner eingesunkenen Haltung befreite, straffte seinen Oberkörper und sah seinem Vater ernst entgegen. Dieser sagte kein Wort mehr, bestrafte ihn nur mit seinem Schweigen. Halen kämpfte mit sich, nicht einzuschreiten. Sie wollte es nicht noch schlimmer machen.

Plötzlich ruckte Nathan auf der Steinbank ein Stück vor, als hätte er eine Entscheidung getroffen. Sein Blick schweifte über die Gruppe und blieb schließlich kalt und abwägend auf Halen ruhen.

„Ich muss gestehen, ich habe es mir anders überlegt", verkündete Nathan. Seine Worte ließen Halens Herz in die Tiefe stürzen. *Was meint er damit? Wird er seine Unterstützung zurückziehen? Jetzt, obwohl er meine einzige Hoffnung ist?*

„Ihr habt Euer Wort gegeben!", platzte es aus ihr heraus, schärfer als beabsichtigt.

Nathan hob beschwichtigend die Hände. Das Lächeln, das seine Lippen umspielte, verhieß nichts Gutes. „Ich ziehe mein Angebot nicht zurück, Halen Arkin. Noch nicht."

Halen schluckte schwer. *Noch nicht.* Sie zwang sich, ruhig zu atmen, während ihr Herz in ihrer Brust hämmerte.

Nathan wandte den Kopf in Hancs Richtung. „Doch es gibt eine Bedingung." Seine Stimme wurde leise, aber sie hallte dennoch wie ein Donnerschlag durch die Halle. „Wir kämpfen für die Yroma-Prinzessin. Und wir werden Asgor besiegen. Aber nur unter einer Voraussetzung, Hanc: Du wirst nach dem Sieg zu deinem Volk zurückkehren und dein Erbe antreten."

Hanc erstarrte. Es war, als hätte jemand die Zeit angehalten. Halen spürte, wie er neben ihr versteinerte, die Schultern versteift, die Hände zu Fäusten geballt.

„Das ist nicht dein Ernst", entgegnete er atemlos.

„Das ist mein voller Ernst", erwiderte Nathan ungerührt. „Die Aytigo folgen keinem Mann ohne Namen, Hanc. Ohne Erbe. Es ist Zeit, dass du akzeptierst, was du bist. Der Prinz der Aytigo. Der letzte, der die Krone tragen kann."

Hancs Kiefer mahlte. „Ich schulde den Aytigo rein gar nichts."

„Und doch bist du der Einzige, der sie retten kann", konterte Nathan. „Asgor hat dich gebrochen. Und jeder Atemzug, den er noch tut, spottet über dich und deine Schwester."

Hancs' Gesicht erstarrte, die Kiefermuskeln zuckten unter der Haut.

„Denk nach", erinnerte ihn Nathan. „Du willst Rache. Und ich will die Zukunft meines Volkes sichern. Alle gewinnen – oder alle verlieren. Die Wahl liegt bei dir."

Stille breitete sich aus. Halen wagte kaum zu atmen. Sie sah zu Hanc, dessen Blick streng auf seinen Vater geheftet war.

„Hanc", flüsterte Halen behutsam. „Wir schaffen das. Gemeinsam. Aber du musst diese Entscheidung selbst treffen."

Hanc starrte seinem Vater in die Augen, als würde er darin Antworten suchen, die er längst kannte, aber nicht wahrhaben wollte. Dann senkte er den Kopf und atmete tief durch. Seine Schultern strafften sich, als hätte er eine schwere Last angehoben.

Als er den Blick wieder hob, war da kein Zögern mehr. In seinen Augen loderte der alte Zorn – und Entschlossenheit. „Also gut. Nach Asgor ist mein Erbe an der Reihe. Aber das hier – das hier – tue ich für meine Schwester."

Nathan nickte zufrieden, fast ehrfürchtig. „Dann ist es entschieden."

Kapitel 25

Sie standen versammelt im Kreis einer Lichtung am nordwestlichen Waldesrand von Wyatt.

Ben räusperte sich, er schien die Stille nicht länger auszuhalten. „Dass wir hier anwesend sind, bedeutet wohl, dass die Prinzessin uns auserkoren hat, sie bei ihrem selbstmörderischen Abenteuer zu begleiten."

Halen bedachte ihn mit einem Kopfschütteln und Colias verdrehte die Augen.

Nur Hanc erwiderte: „Auch, wenn du so gern etwas anderes behauptest, du bist der einzige Busbyaner mit Kampferfahrung. Aber ob du uns begleitest, liegt ganz bei dir."

„Sicher!", entschied Ben und grinste. „Ich muss doch aufpassen, dass du keinen Unsinn machst. Und wo ist der geflügelte Hüne von König?"

Halen spürte einen kalten Luftzug. Mittlerweile erschrak sie nicht mehr, wenn Nathan neben ihr landete und seine schwingenden Flügel dabei Staub und kleine Partikel in die Luft wirbelten.

Dass in ihnen eine ungeheure Kraft steckte, hatte Halen zum ersten Mal am eigenen Leib erfahren dürfen, als er sie im Schutz der Nacht von der vergessenen Insel über den nördlichen Wald hierher geflogen hatte. Eine Erfahrung, die ihr mehr Vertrauen in den Aytigo gegeben hatte. Schließlich hätte er sie auch über dem Meer abwerfen können.

„Wurde auch mal Zeit!", warf Ben kleinlaut ein.

Nathan bedachte ihn daraufhin mit einem düsteren Blick, dem Ben nicht lange standhielt.

Halen trat in die Mitte. „Ich werde Wyatt nicht zurückbekommen, solange Asgor meine Familie gefangen hält und die Wyattaner umgedreht sind. Also werden wir in Wyatt eindringen, unbemerkt. Hanc wird die Wyattaner von dem Runenzauber befreien. So viele wie möglich. Und die Aytigo werden sie im Schutz der Dunkelheit in den Wald fliegen."

Ben lehnte lässig an einem Baum, die Arme verschränkt. Seine Augen waren scharf auf Hanc gerichtet.

„Das willst du allein tun?", fragte er beiläufig, aber die Falten auf seiner Stirn verrieten seine Zweifel. „Klingt nach einem soliden Plan, bis er sich wieder für Stunden nicht mehr bewegen kann. Oder wollt ihr das Risiko ignorieren, dass er mittendrin zusammenbricht?"

Hanc warf Ben einen herausfordernden Blick zu, als wollte er etwas entgegnen. Aber er blieb stumm.

„Vielleicht braucht er Unterstützung", fügte Ben mit einem Schulterzucken hinzu. „Aber was weiß ich schon?"

Naélio, der bisher schweigend zugehört hatte, richtete sich langsam auf. „Ich könnte helfen", schlug er mit ruhiger Stimme vor und neigte den Kopf. „Ich habe zwar nicht die gleiche Stärke wie Hanc, aber ich kenne die Runenmagie. Gemeinsam könnten wir die Belastung teilen und mehr Wyattaner in kürzerer Zeit befreien."

Hanc schnaubte und wollte protestieren, doch Naélio hob die Hand.

„Das ist kein Angriff auf deine Fähigkeiten, Hanc. Es ist ein Vorschlag, um die Chancen auf Erfolg zu erhöhen."

Halen nickte zufrieden. „In Wyatt wären Eure Flügel zu auffällig, aber Ihr könnt auch außerhalb Wyatts den Blutzauber wirken."

Nachdem sie von Nathans rechter Hand ein zustimmendes Nicken erhalten hatte, wandte sie sich Ben zu. „Du begleitest Hanc in die Festung, ja?"

Ben schnaubte leise und richtete seinen Blick ausdruckslos auf Halen. „Scheint vernünftig. Aber ich bin nur hier, um zuzusehen, wie euer Plan scheitert."

Halen ignorierte Bens provokanten Tonfall und nickte entschlossen. „Dann seid ihr beide dafür verantwortlich, die verzauberten Menschen aus Wyatt zu schaffen. Die Aytigo werden bereitstehen, um die Befreiten in Sicherheit zu bringen. Wir dürfen keine Zeit verlieren."

Nathan räusperte sich. „Es gibt da noch etwas zu besprechen. Wenn der Plan nicht aufgeht, werden die umgedrehten Wyattaner gegen uns kämpfen."

Er hatte ihre volle Aufmerksamkeit. Halen wusste, dass er sie darauf vorbereiten wollte.

„Aber so weit lassen wir es nicht kommen", entgegnete sie. „Ich töte Asgor, noch bevor irgendwer mitbekommt, dass wir überhaupt da sind. Der Umkehrzauber erlischt mit seinem Tod."

„Und woher wisst Ihr das?"

Hanc hob die Schultern. „Das vermuten wir. Aber sicher sind wir uns nicht."

„Asgor auszuschalten wird so oder so von Vorteil sein", meinte Halen.

„Ihr könnt nicht einfach da reingehen und ihn umbringen", gab Colias zu bedenken. „So einfach wird er es Euch nicht machen."

Halen erwiderte seinen Blick. „Das ist vermutlich das Letzte, womit er rechnet."

„Er weiß jetzt, dass ihr eine Yroma seid. Und er wird auf einen Angriff vorbereitet sein!"

„Wenn wir zweifeln, haben wir schon verloren!"

„Wir müssen auf alles gefasst sein", wandte Nathan ein. „Auch darauf, dass Wyatt von zahlreichen Yroma besetzt ist."

„Die feindlichen Yroma müssen wir ausschalten", stellte Halen klar. „Sie würden uns ohne zu zögern töten."

„Ihr tötet Eure eigenen Leute?", bemerkte Nathan ohne Umschweife.

Halen seufzte genervt. Warum musste er solche Fragen stellen und es noch unerträglicher machen, als es ohnehin schon war?

Ben schnaubte mit roten Wangen. „Sie haben Busby zerstört. Sie sind der Feind!"

Nathan und Halen tauschten einen flüchtigen Blick. Für einen kurzen Moment huschte ein Lächeln über Halens Gesicht, das sagte: *Wir wissen, was wir tun müssen.* Der Aytigo-König nickte, als hätte er verstanden.

„Sind das alle, die Euch begleiten sollen, Prinzessin?"

Noch so eine Frage. Halen schluckte, und zwang sich, Colias nicht anzusehen. „Ich benötige erfahrene Kämpfer wie Ben und Hanc. Sie werden mich in die Burg begleiten. Sollte einer von uns das Zeichen schicken—"

„ —sind wir sofort zur Stelle!", versicherte ihr Nathan.

Dankbar nickte Halen ihm zu. „Wir warten bis Mitternacht, dann brechen wir auf."

Halen wusste, dass es kein guter Plan war. Zu viele Risiken waren damit verbunden. Doch er war der Einzige, den sie hatten, und einen Besseren würden sie mit der Zeit auch nicht bekommen. Nathan und seine Aytigo-Armee waren bereit, sich auf ihr Vorhaben einzulassen. Sie alle hätten etwas davon, wenn Asgor und seine Anhänger endlich ein für alle Mal aus Meerell verschwinden würden. Dann könnten sie endlich wieder in Frieden miteinander leben.

Halen wusste, dass die Vorstellung ein Traum war. Doch was bliebe ihnen anderes? Sollten sie sich im nördlichen Wald verstecken und abwarten, wie Asgor immer mächtiger wurde, indem er sich noch mehr Zauber aneignete? Der Gedanke daran, weiterzuleben, während ihre Familie in Gefangenschaft war und mit Magie manipuliert wurde, schnürte ihr die Kehle zu.

Nathan, Hanc und Ben traten zurück in den Wald und ließen Halen und Colias allein zurück. Halen schaute Colias immer noch nicht an. Doch dann spürte sie, wie er sich auf sie zubewegte, und hob den Blick.

„Ihr habt mich ganz schön blöd dastehen lassen", meinte er ruhig. Die Enttäuschung in seinem Tonfall war unüberhörbar.

„Das war nicht meine Absicht! Ihr solltet den Plan kennen."

„Aber mitkommen soll ich nicht?", entgegnete er gereizt und sah sie fragend an. „Prinzessin, Ihr seid das Erbe von Wyatt. Asgor wird Euch entweder töten oder gefangen nehmen!"

Halens Kinn ruckte trotzig nach vorne. „Und was schlagt Ihr vor, was ich tun soll?"

„Geht nicht!"

„Geht nicht?" Halen lachte widerwillig. „Ich habe keine Wahl! Versteht Ihr das nicht?"

Colias trat noch einen Schritt näher, langsam, als wolle er sichergehen, dass sie den Abstand nicht vergrößert. Er hielt kurz inne, bevor er die letzten Zentimeter überbrückte und sein Arm den ihren streifte. Seine Nähe war unerwartet – geradezu beunruhigend. Halen spürte die Wärme, die von ihm ausging. Sie hielt den Atem an, als sie merkte, dass weder er noch sie die Arme zurückzogen.

„Das Gefühl, keine Wahl zu haben, verstehe ich", raunte er leise. Sein Blick war eindringlich und doch voller Zurückhaltung. „Aber die habt Ihr trotzdem."

Halen wollte etwas erwidern, aber die Worte blieben ihr im Hals stecken. Colias' Mundwinkel zuckte. „Manchmal muss man seinem Verstand folgen."

Er wich keinen Schritt zurück, als hätte er damit gerechnet, dass sie ihn fortstoßen würde. Doch das tat sie nicht. Stattdessen blieb sie reglos stehen. Ihre Gedanken waren ein einziges Chaos. Sein Arm blieb neben ihrem, eine Berührung so leicht, dass sie sie kaum spürte – allerdings reichte sie aus, um ihre Nerven in Aufruhr zu versetzen.

Halens Stirn zog sich zusammen, während sie seine Worte verarbeitete. War das wirklich, was er von ihr dachte? Dass sie ohne Überlegung handelte, getrieben von Impulsen und Emotionen? Ein leises Stechen durchzog ihre Brust, eine Mischung aus Ärger und etwas, das sie nicht benennen konnte – vielleicht der Wunsch, von ihm verstanden zu werden.

„Ihr glaubt also, ich mache nur, was mir in den Sinn kommt, ohne darüber nachzudenken?" Ihre Stimme klang gefestigter, als sie sich fühlte. Unwillkürlich wanderte ihr Blick zu seinen Augen, dunkel und unergründlich, als suchte sie in ihnen nach einem Hinweis, nach einem Funken Aufrichtigkeit oder Provokation.

Colias gab einen kehligen Laut von sich. „Ich weiß, dass es so ist. Ihr seid die Impulsivität in Person!"

Halen drehte sich weg, um Abstand zwischen sie zu bringen. „Und Ihr seid nervend ehrlich. Kein Wunder, dass die Busbyaner Euch den einsamen Wolf nennen."

„Der … einsame Wolf?", fragte Colias verwirrt in ihren Rücken.

Halen drehte ihm den Kopf zu. *„Salahar Mer."*

Colias runzelte die Stirn. „Und ich dachte, das wäre eine Beleidigung …"

Halen verdrehte die Augen und wandte sich ihm wieder zu. „Das ist es ja auch!"

Colias hob die Hände. „Ich wollte Euch nicht kränken!"

„Habt Ihr nicht. Mein Entschluss steht fest. Ich werde gehen. Und Ihr werdet hierbleiben. Es ist zu riskant, er könnte Euch wieder umdrehen!"

„Ich würde ihn umbringen, bevor er auch nur die Gelegenheit dazu bekäme", wandte Colias ein.

„Ihr sagtet selbst, dass es nicht so einfach wird!"

„Er hat meinen Bruder getötet ..."

„... Nic war auch mein Verlobter!"

„Ja ... richtig." Colias blickte zu Boden und kratzte sich verlegen am Hals. „Habt ... habt Ihr ihn geliebt?"

Halen sah ihn mit offenem Mund an. „Ich denke schon", log sie schließlich. Sie hatte ihn geliebt, wie einen Bruder. Doch das war sicher nicht die Art Liebe, von der Colias sprach.

Er wirkte enttäuscht, nickte aber.

„Hört zu!", setzte Halen an. „Jemand muss die Busbyaner beschützen, sollte irgendetwas schiefgehen."

Colias lachte widerwillig. „Ah, die schwachen und alten Yroma, die mich den einsamen Wolf nennen?"

Halen verkniff sich ein Lachen. „Das macht Euch zu schaffen?"

„Nein." Er sah sie mit traurigen Augen an. „Das ist mir egal."

Halen wandte sich abrupt von ihm ab. Sie konnte seine Nähe nicht länger ertragen, ohne dass die Gedanken in ihrem Kopf zu laut wurden. Wut stieg in ihr auf – auf ihn, aber auch auf sich selbst, dass sie sich von ihm so aus der Ruhe bringen ließ.

Im einen Moment brachte er sie zum Lachen, als wäre all die Feindseligkeit zwischen ihnen nie da gewesen. Im nächsten drang er durch ihre Fassade, riss alte Wunden auf und zerrte Gefühle ans Licht, die sie seit Tagen sorgfältig in sich eingeschlossen hatte. Es war gefährlich, ihm so viel Raum in ihrem Kopf zu geben, gefährlich, auch nur für einen Augenblick zu vergessen, wer er war – und was er vielleicht noch vor ihr verbarg.

Halen ballte die Hände zu Fäusten. Ihre Fingernägel gruben sich in ihre Handflächen. Colias hatte Geheimnisse, genau wie sie. Und obwohl sie wusste, dass Vertrauen in diesem Moment ihre einzige Wahl war, lag etwas Unausgesprochenes in der Luft, das sie nicht loswerden konnte. Ein Kribbeln auf der Haut, das sich immer wieder mit einem nervösen Blick in seine Richtung verstärkte. Waren seine Worte ehrlich? Oder war das nur ein weiteres Spiel?

Am meisten hasste sie, wie sehr er sie berührte – nicht mit seinen Worten oder Gesten, sondern mit der Art, wie er sie ansah, als könnte er all die Mauern durchschauen, die sie so mühsam errichtet hatte.

Sie zog sich weiter von ihm zurück, kämpfte mit den Tränen, die ihr in den Augen brannten. Stark musste sie jetzt sein. Doch das nagende Gefühl blieb, ließ sie nicht los. Am Rand der Lichtung blieb sie schließlich stehen, schloss die Lider und atmete tief ein, um sich zu sammeln. Erst dann drehte sie sich um, sah Colias, der noch immer an Ort und Stelle stand und ihr mit einem verwirrten Blick folgte.

„Bin ich Euch auch egal?", rief sie ihm schließlich entgegen.

Colias' Gesichtsausdruck änderte sich schlagartig. Seine Stirn zog sich in Falten, und seine Lippen verengten sich zu einem grimmigen Strich. In eiligen Schritten schloss er zu ihr auf.

Halen schnappte nach Luft. Verunsichert sah sie sich um und zwang sich, ihren Körper still zu halten. Als er nur wenige Handbreit vor ihr stehen blieb, ruckte ihr Kopf zur Seite.

„Ihr seid mir nicht egal, Prinzessin. Ihr seid wichtiger für dieses Reich, als es Euch wahrscheinlich bewusst ist. Ihr seid unerschrocken und mutig. Ihr habt all die Eigenschaften, die ich nie erwartet habe, … und ich … *schätze* Euch sehr!"

„Ihr *schätzt* mich?"

Colias räusperte sich. „Und ich hoffte, dass Ihr für mich dasselbe empfändet. Oder zumindest genug, dass Ihr mir vertraut und mich nicht schnöde zurücklasst, wenn es ernst wird."

Halens Herz wurde schwer. Sie fühlte sich an jenen Nachmittag zurückversetzt, als sie mit Nicholas im Stall war. *„Lass mich nicht hier allein zurück"*, hatte er zu ihr gesagt. Und nun war es Colias, der sie um etwas bat, von dem sie nicht wusste, ob sie es zu geben bereit war.

Halens Mund öffnete sich, doch kein Wort verließ ihre Lippen. Stumm blickte sie hoch in Colias' enttäuschtes Gesicht. Er ließ seinen Kopf nach unten sinken und betrachtete eingehend den Boden unter seinen Füßen.

Es war ein widerwilliges Nicken. „Ich verstehe", hauchte er, bevor er auf dem Absatz kehrtmachte und im Inneren des Waldes verschwand.

Halen schloss die Augen und suchte nach Worten, die sie ihm hinterherrufen könnte – finden konnte sie jedoch keine.

Kapitel 26

Halen hielt eine kleine polierte Kupferscheibe in das Mondlicht, was den Aytigo das Zeichen zum Aufbruch gab. Ihre Flügel schwangen geräuschvoll in den Himmel, ein kräftiger, rhythmischer Schlag, der die Luft zerriss. Als sie Höhe gewannen und in die Dunkelheit der Nacht eintauchten, wurde ihr Flug langsamer und kontrollierter. In beinahe unheimlicher Anmut glitten sie lautlos durch die Nacht, kaum mehr als ein Schatten gegen das fahle Licht der Sterne.

Vorsichtig stieg Halen zu Hanc und Ben in den Kahn. Die Bretter knarrten und das trügerische Schimmern des Mondlichts auf der Wasseroberfläche ließ die Dunkelheit um sie herum noch tiefer erscheinen.

„Wir dürfen keine Zeit verlieren!"

Zwischen ihnen und ihren Feinden lag noch das ganze Marschland, das es nun zu durchqueren galt. Die Aytigo hätten sie näher an Wyatt heranfliegen können, doch sie hatten beschlossen, jedes Risiko zu minimieren. Zwar bewegten sich die Schwingen der Aytigo in der Dunkelheit lautlos, aber das Gewicht von zwei weiteren Personen würde dennoch ihren Flug verändern und auffälliger machen. Der Kahn hingegen war unscheinbar zwischen den Wasserwegen des Marschlands und bot eine sichere Möglichkeit, näher an Wyatt heranzukommen. Zudem konnten sie nicht mit Sicherheit sagen, welche weiteren Schutzmaßnahmen Asgor vielleicht noch um Wyatt errichtet hatte. Magische Barrieren oder Fallen, die ihre Ankunft verrieten, waren keineswegs ausgeschlossen.

Schnell verließen sie den Schutz des Waldes und glitten geräuschlos auf dem Dyne durch das offene Gebiet der Marsch, einzig gefolgt vom schwachen Licht des Mondes. Halen kam es wie eine Ewigkeit vor, bis sie sich endlich dem Landtor, dem westlichsten Punkt von Wyatt, näherten.

„Legt die Mäntel um!", flüsterte Halen. „Das Landtor ist nicht weit, wir nehmen den oberen Flusslauf. Wir müssen an den ersten zwei bewachten Brücken vorbei. Wenn wir das Strandtor erreicht haben, sind wir so gut wie drin."

Halen hätte lieber wieder durch den Geheimeingang im ersten Zwillingsturm in die Festung gelangen wollen. Doch Colias hatte ihr gesagt, dass sie diesen Durchgang entdeckt hatten, nachdem Halen geflohen war.

„Ich hoffe, die Aytigo schalten die Wachen aus, bevor sie uns erkennen und Alarm schlagen", bemerkte Ben mit zerknirschter Stimme.

„Das werden sie", gab Halen zurück.

„Könntest du einmal den Mund halten und ruhig sein?", stieß Hanc genervt aus. „Wir haben eine ganze Nacht an diesem Plan gefeilt. Zweifel können wir jetzt nicht gebrauchen."

„*Scht!* Seid ruhig! Wir nähern uns der Brücke unter dem Bluttor."

Halen stakte das Ruder ins Wasser und der Kahn glitt unter der Brücke hindurch. Dabei sah sie unentwegt zu den zwei Wachen empor, die stur in das Dunkel vor ihnen stierten. Geräuschlos führte Halen den Kahn auch unter der Nordtorbrücke hinweg.

Gleich ist es geschafft.

Sie waren kurz vor der Strandtorbrücke. Halen konnte nicht erkennen, ob Wachen auf dessen Wehrgängen unterwegs waren.

Jetzt hieß es abwarten. Angespannt lauschte Halen in die Dunkelheit, jeder Muskel ihres Körpers gespannt wie eine Bogensehne. Plötzlich vernahm sie das leise Surren zweier Pfeile, die in schneller Folge abgefeuert wurden. Mit einem dumpfen Aufprall fanden sie ihr Ziel. Ein kurzes, gedämpftes Stöhnen – dann Stille.

Halen spürte, wie sich ihre Anspannung für einen Moment löste. Sie konnte nicht anders, als die Aytigo in Gedanken zu loben. Ihre Fähigkeit, selbst im tödlichen Angriff beinahe lautlos zu bleiben, war beeindruckend – ebenso wie ihre Bögen, die präzise und kraftvoll waren. Die Pfeile hatten nicht nur ihr Ziel getroffen, sondern dieses auch ohne Aufsehen ausgeschaltet. Eine solche tödliche Effizienz war ein Geschenk in dieser Nacht, in der jeder Fehler fatale Folgen haben konnte.

„Jetzt!", hauchte Halen.

Nacheinander huschten sie aus dem Kahn auf die dicht bewachsene Uferböschung. Das hohe Schilf bot ihnen Deckung, während sie vorsichtig den sumpfigen Boden unter ihren Füßen ausbalancierten. Kurz darauf hatten sie bereits die ersten Steine von Wyatts Stadtmauer erklommen.

Noch während Halen sich zufrieden umschaute, vernahm sie das Knarzen des Tores, das einen kleinen Spaltbreit geöffnet wurde. Zu dritt schlichen sie zum Tor, ihre Schritte so leise wie möglich auf dem feuchten Boden. Nur einen Moment später waren sie in der Festung verschwunden.

Halen führte Hanc und Ben zu den Aytigo, die im Wachturmzimmer auf sie warteten. Um keinen Verdacht zu erregen, hatten sie die Feuer im Turm, sowie auf den Wehrgängen, brennen lassen.

Halens Herz schlug schneller, als sie die Türklinke herunterdrückte. Ihre Aufregung verflog, als Nathan und Naélio in den Feuerschein traten und sich zu erkennen gaben.

„Der erste Schritt ist getan", bestätigte Halen den beiden. „Jetzt verschwindet! Bevor Euch jemand entdeckt."

Nathan nickte. Er hielt Halen, die sich bereits abwandte, am Arm fest und sah ihr eindringlich in die Augen.

„Geht keine unnötigen Risiken ein!", warnte er sie.

Halen schluckte schwer. Nathans warnende Worte klangen wie eine unheilbringende Vorahnung.

„Wir werden es zumindest versuchen", versprach Hanc leise und berührte den Arm seines Vaters, der daraufhin sofort von Halen abließ.

Die Tür fiel hinter Nathan und Naélio ins Schloss. Für einen Moment herrschte absolute Stille, doch sie war schnell von einer Spannung durchzogen, die in der Luft lag. Halen atmete flach und ihr Herzschlag pulsierte durch ihre Gliedmaßen. Sie tauschte einen kurzen Blick mit Hanc und Ben.

Kurz darauf schlichen sie den Flur entlang, ihre Schritte hallten gedämpft auf dem kalten Steinboden wider. Die Flammen der Wandfackeln warfen tanzende Schatten, die Halen jedes Mal zusammenzucken ließ, wenn sie eine Bewegung im Augenwinkel wahrnahm.

Halen hörte plötzlich ein Geräusch – ein leises Kratzen, wie von einem Schuh, der über den Stein scharrte. Sie blieb abrupt stehen und hob eine Hand, um die anderen zu warnen. Hanc erstarrte sofort, seinen Bogen halb gespannt, während Ben seine Axt fester umklammerte.

Da ist jemand! Halens Herz schlug schneller, während sie in die dunklere Ecke des Ganges starrte, aus der das Geräusch gekommen war.

Ben trat vor, seine Haltung angespannt, die Axt kampfbereit. Langsam schob er sich vorwärts.

Kaum hatte er die nächste Ecke erreicht, sprang eine Gestalt aus dem Schatten hervor. Ben reagierte blitzschnell und packte sie mit einer Hand, während er mit der anderen die scharfe Klinge seiner Axt an den Hals des Eindringlings drückte.

„Kein Ton. Sonst bist du tot", warnte Ben den Fremden, den er mit einer Hand umklammert hielt.

Halen hatte betont, dass sie niemanden töten durften, bevor nicht klar war, ob es sich um einen feindlichen Yroma oder einen umgedrehten Wyattaner handelte.

Hanc hatte schon einen Pfeil auf dem Bogen, doch als er die Klinge von Bens Axt aufblitzen sah, hielt er in seiner Bewegung inne.

„Nehmt die Waffen runter!", keuchte die Frau, die Ben festhielt. „Ich bin keine Bedrohung."

Halen schob Ben und die Fremde zusammen ins Mondlicht. „Was erzählt ihr da … Ylva Raymond?"

„Ich bin Areen! Hanc, erkennst du deine eigene Schwester nicht wieder?"

Hanc stand da wie erstarrt. Und trotz der Dunkelheit meinte Halen zu erkennen, wie seine sonst so gesunde Gesichtsfarbe schwand.

„Areen?", hauchte er schließlich.

„Ja, ich bin es."

Halen sah von einem zum anderen. Konnte das wahr sein? Sie ließ die Frau nicht aus den Augen, die sie als Ylva Raymond kennengelernt hatte. Auch wenn Colias bereits gesagt hatte, dass sie jemand anderes sei. Asgors Frau. Und nun sollte sie Areen sein. Hancs totgeglaubte Schwester? Die Tochter von Nathan, dem König der Aytigo? Das ergab alles keinen Sinn.

Halen starrte ihr mit offenem Mund entgegen. „Ben, nimm die Axt runter!", befahl sie ihm mit zittriger Stimme.

Ben bewegte sich kein Stück. „Bei der heiligen Kysu, das ist eine Falle!", knurrte er.

„Nein. Lass sie los!", beharrte Halen. Sie berührte seinen Arm und Bens Züge entspannten sich.

Er sah von Halen zu Hanc und schnaubte. „Ich hoffe, dass ihr das nicht bereuen werdet!"

Das hoffe ich auch, dachte Halen und sah zu Hanc. Auch wenn sie sich kaum kannten, hatte er sie jahrelang beschützt, und eine stille Verbindung bestand zwischen ihnen.

Die Frau wartete, bis Bens Griff sich lockerte, und als auch die Klinge der Axt nicht länger an ihrer Haut kratzte, lief sie ungestüm auf Hanc zu.

Dieser fing sie auf und zog sie in eine feste Umarmung. „Du lebst!", flüsterte er ungläubig und löste sich nur widerwillig von ihr.

„Der Gedanke an dich hat mich am Leben gehalten, kleiner Bruder. Ich dachte, ich würde dich nie wiedersehen. Doch als ich dich in Wyatt sah, da dachte ich, du würdest mich vielleicht erkennen."

„Wie könnte ich. Du siehst vollkommen anders aus. Was ist mit deinen roten Haaren passiert?"

Bevor Areen antworten konnte, hob Hanc langsam die Hand und ließ sie vorsichtig über ihren Rücken gleiten, genau dort, wo einst ihre Flügel gesessen hatten.

„Ich musste zu Ylva werden – Asgors Frau", erklärte sie und Tränen füllten ihre Augen.

Hanc drehte sich weg, als ob er erst jetzt das ganze Ausmaß dieser Enthüllung begriff.

„Das ist die perfekte Gelegenheit, ihn zu Fall zu bringen!", redete Areen schnell weiter. Sie griff nach Hancs Arm und drehte ihren Bruder zu sich um. „Ich habe den Plan seit Jahren in meinem Kopf. Und jetzt endlich bin ich hier."

„Du willst ihn töten", schloss Hanc kühl.

„Ich hätte ihn längst töten können." Areen lächelte schräg, doch ihre Augen wirkten schwer. „Ich will mein Leben zurück!"

Hanc ließ sich von ihrem Lächeln nicht beirren. Sein Blick verengte sich, während er sie musterte, als versuche er, das Unausgesprochene aus ihr herauszulesen.

„Weiß er, wer du wirklich bist?" Seine Stimme war leise, fast tonlos, doch das Gewicht seiner Worte war unüberhörbar.

Areens Kiefermuskeln waren sichtlich angespannt. „Nein", betonte sie. „Er weiß nichts von meiner Herkunft, nichts von den Aytigo. Ich habe ihn in dem Glauben gelassen, dass ich loyal zu ihm stehe. Und das werde ich nun ausnutzen."

Hanc schnaubte und seine Stimme klang schärfer, als er antwortete: „Das ist ein schmaler Grat, Areen. Du spielst ein gefährliches Spiel."

„Ich weiß, wie gefährlich es ist", entgegnete sie. Ein Hauch von Bitterkeit lag in ihrer Stimme. „Aber das ist der einzige Weg, ihn zu Fall zu bringen. Ich kenne seine Pläne, seine Strategien, seine Schwächen. Und diese Informationen können wir nutzen, um ihn zu besiegen."

Sie wandte sich Halen zu, ihr Blick entschlossen.

„Ich hätte niemals zugelassen, dass Eurer Mutter etwas geschieht, Halen. Ich habe alles riskiert, um diesen Moment zu erreichen. Es tut mir leid, dass Ihr meinen Lügen glauben musstet – aber jetzt habe ich die Möglichkeit, alles richtigzustellen."

Halen sah sie mit einer Mischung aus Erleichterung und Misstrauen an, aber es blieb keine Zeit für mehr Worte.

Hanc trat einen Schritt näher und legte Halen eine Hand auf die Schulter. „Wir müssen los."

Sie nickte. „Und ich muss Asgor finden."

Areen umarmte ihren Bruder ein letztes Mal.

Hancs Stimme war leise, aber fest: „Wir sehen uns bald wieder."

Der Abschied war kurz, aber erdrückend. Mit einem letzten Blick auf Hanc und Ben ging Halen voran.

Areen führte Halen durch das Treppenhaus der Turmanlage, bis sie zu einer Tür kamen, wohinter sich der Zwinger der Wehrmauer befand.

„Was machen wir hier?", flüsterte Halen unsicher.

„Vertraut mir, Prinzessin", entgegnete Areen. „Der Weg mag umständlich sein. Doch Wachen werden wir hier keine antreffen."

„Was ist? Ihr seht mich so eigenartig an?"

„Es ist nur …" Halen sah fragend auf Areens Bauch.

„Ihr besitzt Adleraugen, aber das hattet Ihr bei unserer letzten Begegnung nicht bemerkt?"

„Ich schätze, ich war mit anderen Dingen beschäftigt." Halens eigentliche Frage konnte ihr Areen vom Gesicht ablesen.

„Es ist nicht von Asgor", stellte Areen mit grimmiger Zufriedenheit klar.

„Aber er denkt es?", hakte Halen nervös nach.

Areen atmete schwer. „Reden wir über etwas anderes. Colias. Ist er …?"

„Er lebt", versicherte Halen ihr. „Warum interessiert er Euch?"

„Ist er hier?"

„Er ist ein Mensch und Asgor würde ihn lieber tot sehen ... Also, nein", antwortete Halen kälter, als es hätte sein müssen, und bereute es sofort. „Er ist in Sicherheit!", versicherte sie ihr. „Wusste er, wer Ihr in Wirklichkeit seid?"

Areen sah sie lange an. „Nein. Niemand wusste das."

Halen überkam eine Welle aus Mitleid für Areen. All die Jahre hatte sie ein Doppelleben unter den Yroma geführt, die Krieg über ihr Volk gebracht, sie gefoltert und vertrieben hatten. Wie hatte sie so lange stark bleiben können, ohne einen einzigen Verbündeten zu haben?

Als sie die schützenden Schatten des Zwingers verließen, befanden sie sich am Osttor, von wo aus der Hintereingang der großen Halle gut zu sehen war. Hinter den erleuchteten Fenstern war niemand zu erkennen.

„Wo ist er?", knurrte Halen.

Wie auf ein stilles Kommando hin tauchte Asgors Silhouette vor einem Fenster der großen Halle auf. Reglos stand er da, den Blick auf den Hof gerichtet. Halen trat instinktiv zurück, obwohl sie wusste, dass niemand sie erkennen konnte. Eingehüllt in schwarze Gewänder und im Schatten verborgen, war sie gut getarnt.

„Wollt Ihr das wirklich tun?", fragte Areen voller Unbehagen.

Halen drehte sich zu ihr um und bemerkte, wie Areen ihre Hände schützend vor den Bauch hielt, eine Geste, die sie fast unbewusst zu machen schien. Für einen Moment sah Halen die Erschöpfung in ihrem Gesicht, die Anspannung, die nicht nur von ihrer Angst, sondern auch von der Verantwortung herrührte, die sie nun trug.

„Das ist mein Zuhause." Halen zwang sich ein Lächeln auf ihre Lippen. „Ich hole zurück, was mir gehört."

Areen zögerte, ihr Blick wanderte erneut zu Asgors Silhouette, die sich im Fenster abzeichnete. Es war offensichtlich, dass sie diesen Kampf lange geplant hatte – und doch war sie jetzt nicht diejenige, die an der Frontlinie stand.

Halen konnte Schuld in Areens Augen lesen. Sie wollte Asgor zu Fall bringen, das war klar, aber jetzt, mit einem neuen Leben in sich, hatten sich ihre Prioritäten verschoben.

Als Asgors Umrisse verschwanden, schlüpfte Halen aus dem Schatten. Ihre Bewegungen waren ruhig, doch ihr Herz schlug laut in ihrer Brust.

Kapitel 27

In wenigen Schritten hatte sie die große Halle erreicht und ging unter dem äußersten Fenster in Stellung. Von drinnen drang kein Laut nach außen, und Halen lugte vorsichtig ins Innere. Asgor stand vor dem fast erloschenen Feuer, sein Rücken der Tür zugewandt. Perfekt.

Halen schloss die Augen und atmete tief durch, bevor sie sich lautlos auf den Eingang zubewegte. Die Tür hatte sie schon unzählige Male ungehört geöffnet, in der Hoffnung nicht bemerkt zu werden. Auch dieses Mal öffnete sie sie gekonnt mit dem rechten Ellenbogen, dann nockte sie einen Pfeil in die Sehne ihres Bogens und betrat die Halle.

Er stand immer noch mit dem Rücken zur ihr. „Halen Arkin von Wyatt. Ich hatte mich schon gefragt, wann du kommen würdest." Ohne Hast drehte er sich zu ihr um und deutete auf ihren Bogen. „Bist du gekommen, um mich zu töten? In meinem eigenen Zuhause?"

Halen schnaubte verächtlich. „Ihr nennt Wyatt Euer Zuhause?"

Asgors Miene blieb ernst. „Hier bin ich geboren. Aber davon weißt du nichts, richtig?"

Als Halen nichts erwiderte, schnaufte Asgor kräftig. „Zögerst du deswegen zu schießen?"

„Ich zögere nicht!" Kaum hatte sie den Bogen gespannt, spürte sie das vertraute Kribbeln, das von ihrer Hand bis in ihre Schultern zog. Es war kaum mehr als ein leichtes Strömen, das sich mit jedem Atemzug verstärkte. Seit Hancs Aufklärung wusste sie, dass es Magie war, die sich in diesen Momenten in ihr sammelte. Ihre Augen fixierten Asgor und die Welt um sie herum schien sich zu verlangsamen.

Der Pfeil löste sich von der Sehne und schoss durch die Luft. Sie spürte, wie ihre Magie sich an ihn band, ihn führte, als hätte sie ihn mit einem unsichtbaren Faden verbunden. Der Pfeil flog gerade, unaufhaltsam, nichts konnte ihn ablenken.

In Zeitlupe sah sie, wie Asgor sich bewegte. Er zuckte ein Stück zur Seite, sein Körper schneller, als ihre Magie ihn lenken konnte. Der Pfeil bohrte sich mit einem dumpfen Knall in den hölzernen Kaminsims, nur wenige Zentimeter neben Asgors Schwert, das griffbereit an die Wand gelehnt war.

Ihr Herz schlug schneller, ihr Atem wurde flach. Natürlich hatte sie ihn nicht erwischt – wie hätte sie auch? Tief in ihrem Inneren hatte sie es gewusst: Gegen ihn hatte sie keine Chance.

Ein überlegenes Lächeln legte sich auf Asgors Lippen. „Netter Versuch", spottete er, während er nach dem Schwert griff.

Halen hatte bereits den nächsten Pfeil auf der Sehne liegen, den Bogen ließ sie jedoch ungespannt.

„Ihr habt mich erwartet", stellte sie mit bitterer Stimme fest. „Der nächste Schuss geht nicht daneben!"

Er hielt die Hände nach vorne, um seine Ergebenheit zu signalisieren. „Natürlich habe ich dich erwartet, Prinzessin. Du hast es geschafft, meinem Runenzauber zu entkommen. So wusste ich, dass du eine Yroma bist. Es scheint, als habe ich mich in dir getäuscht. Der Grund, warum du mich glauben lassen konntest, du wärst ein Mensch, liegt auf der Hand. Du besitzt Faljans Auge."

„Faljan? Ist das einer Eurer vielen Götter?", fragte Halen gelangweilt.

„Es sind auch deine Götter", erwiderte Asgor. „Die Götter der Yroma. Also, wo ist das Amulett?"

Halen wusste, sie durfte sich nicht ablenken lassen. Sie war hier, um Asgor einen tödlichen Pfeil zu verpassen. *Aber wie kann er von dem Amulett wissen?*

Asgor machte einen Schritt in ihre Richtung, schien es sich dann aber anders zu überlegen. „Verkauf mich nicht für dumm, Halen Arkin. Das wäre ein fataler Fehler!"

Halen sah in Asgors Augen, in denen das letzte lohfarbene Licht des Feuers aufglomm. Ein triumphierendes Funkeln lag darin. Dann – eine einzelne Träne. Sie rollte über seine Wange, doch bevor sie weiterlaufen konnte, wischte er sie hastig mit dem Handrücken weg.

Sie dachte an Hancs Worte über Elementarmagie und welche Opfer sie einem abverlangt. *Ist es Luftmagie, die Euch zu schaffen macht?*

Aber sie tat, als hätte sie es nicht bemerkt. „Ist es das, was Ihr wollt?"

Asgors Stimme war eigenartig belegt. „Ich will nur zurück, was man mir genommen hat!"

Halen fasste ihren Bogen fester. Sie hätte den Pfeil längst auf seine Brust schießen sollen – doch sie konnte nicht loslassen. Nicht, bevor sie die Wahrheit kannte.

„Erzählt mir von Eames!", forderte sie.

„Eames Colias!" Asgor lachte hämisch auf. „Er hat dir also gesagt, wer er ist. Was hat er dir noch erzählt? Dass er mir nicht mehr folgt? Dass er Everett zurückwill? Er war die längste Zeit seines Lebens bei mir, ihm liegt nichts mehr an seiner Heimat. Ihm liegt auch nichts an dir. Er ist ein Mensch. Und Menschen können wir nicht trauen. Du müsstest das verstanden haben."

„Warum habt Ihr dann sein Leben verschont?"

Asgor hob mit unschuldiger Miene die Schultern. „Was sollte ich tun? Colias war gerade noch ein Kind, als sein Vater entschied, sich mir in den Weg zu stellen." Er lächelte sanft. Halen glaubte ihm kein Wort. „Außerdem war er mir nützlich", fuhr er fort, und sein Tonfall wurde kühler. „Er hat mich die ganze Zeit über mit Informationen gespeist. Ich weiß alles. Über die vergessene Insel, die Levia und dein Eulenamulett."

Ihre Finger um den Bogen verkrampften. „Wie?"

„Das ist irrelevant!", entgegnete Asgor mit eisiger Ruhe. „Wichtig ist nur, dass er dich verraten hat. Das sollte genügen."

Sein Grinsen schnitt durch ihre Beherrschung wie eine scharfe Klinge. Hitze schoss ihr in die Wangen, ihre Muskeln spannten sich. Alles in ihr schrie danach, den Pfeil endlich loszulassen.

„Hört auf zu reden!", presste sie hervor, ihre Stimme bebend vor unterdrücktem Zorn.

Ich muss es tun! Deswegen bin ich hergekommen, dachte sie, während ihre Augen sich auf Asgors Brust fixierten. Seine Worte hatten nichts geändert. Sie wusste, was er war: ein Lügner und ein Manipulator. Nichts, was er sagte, konnte ihre Entschlossenheit brechen.

Asgor neigte den Kopf, als würde er nachdenken, doch das war sicher nur eine weitere Inszenierung. „Du glaubst, ich wäre der Feind." Er hob den Kopf und fixierte sie mit einem Blick, der an einen Gepard erinnerte, der seine Beute inspiziert, bevor er zum Sprung ansetzt.

„Die Menschen sind dein wahrer Feind", fuhr er fort. „Das waren sie schon immer. Deine Familie ließ dich im Glauben aufwachsen, du wärst eine von ihnen. Dabei könntest du so viel mehr sein!"

Schieß endlich, schieß!

Zu Halens Verunsicherung zeigte Asgors Gesicht nun Mitleid. „Du brauchst dich nicht zu fürchten. Ich will dich nicht töten! Ich wusste nicht, dass du …"

„Dass ich was?", hakte Halen verwirrt nach.

„… eine so starke Yroma bist!", entgegnete er in die Stille. „Die Amulette der Götter erwählen nicht irgendwen. Früher oder später verlangen sie von dir eine Entscheidung. Für oder gegen sie."

„Ihr könnt mir nichts vormachen. Ich werde Euch niemals folgen. Ihr seid ein skrupelloser Mörder!" Halen schrie die letzten Worte heraus, ohne Rücksicht auf ihre Lautstärke.

„Das glaubst du?", fragte Asgor mit heuchlerischer Belustigung.

„Ihr habt Nicholas getötet", brachte Halen unter zusammengebissenen Zähnen hervor. „Und Ihr wolltet auch meinen Vater umbringen."

„Das mit Colias' Bruder war ein Unfall. Und ja, ich streite nicht ab, dass ich Uthred töten wollte. Aber ich habe es nicht getan. Bisher habe ich noch keinen Menschen willentlich umgebracht." Es klang, als wäre er stolz darauf.

„Und was ist mit den Busbyanern?", hakte Halen nach. *Warum diskutiere ich mit ihm? Ich sollte …*

„Das Bild, dass du von mir hast, ist falsch. Ich töte nicht wahllos. Ich töte, wer sich als mein Feind herausstellt. Und das, Halen Arkin, tust du genauso. Ach, und mir fällt ein, ich habe noch eine Überraschung für dich." Asgors Blick ging zur kleinen Halle. „Bring sie rein!"

Halen sah zu der aufschwingenden Tür der kleinen Halle, aus der, an beiden Händen gefesselt, Lydia von einem Mann hereingebracht wurde, der sogleich wieder verschwand.

„Tante Lydia!" *Du lebst!*

Asgor lächelte, aber der Ausdruck echter Freude blieb aus. „Ist die Überraschung gelungen? Ich brachte es nicht übers Herz, deine Mutter zu töten!"

Halens Kehle entrann ein unsicheres Lachen. „Was?", fragte sie heiser, während ihre Hände zu glühen begannen.

„Erzähl es ihr!", knurrte er Lydia an.

Lydias Augen füllten sich mit Tränen. „Hal, ich …"

„Nun mach schon! Sag ihr, wer du wirklich bist!", schrie Asgor sie an.

Lydia sah Halen tränenerfüllt entgegen. „Ich bin nicht deine Tante."

Halen lachte abermals kurz auf. „Was?" Sie schaute von Asgor zu Lydia. „Was ist das für ein kranker Scherz?"

„Kein Scherz!", betonte Asgor und trat langsam näher an Halen heran.

Ruckartig spannte diese ihren Bogen und beobachtete jeden seiner Schritte aus Argusaugen.

„Du wusstest, dass Uthred nicht dein echter Vater ist. Du musst es gespürt haben, denn du hast das Auge. Und du weißt auch, wer *ich* für dich bin ..."

„Bleibt, wo Ihr seid!"

Asgor blieb stehen. Für einen Wimpernschlag sah Halen zu Lydia. Ihr Herz schlug schneller und das Blut rann in kalten Strömen durch ihre Adern.

„Nein!", stieß sie schließlich aus. „Ich glaube Euch nicht!"

Asgor hob die Hände. „Schon gut. Du glaubst mir nicht. Das kann ich verstehen."

Ohne Halen aus den Augen zu lassen, ging er zu Lydia und umfasste ihre Schultern. „Deine liebe Mutter und ich waren einst ein reizendes Paar. Wir waren so glücklich! Bis die Nachricht, dass sie schwanger war, alles veränderte. Und alles zunichtemachte, was wir hatten." Er funkelte Lydia aus verengten Augen an und grub seine Fingernägel in ihre Schultern, bis sie vor Schmerzen aufschrie.

„So war es aber nicht!", rief Lydia verzweifelt. „Du warst—", versuchte sie zu erklären, doch Asgor knebelte sie mit einem Stofffetzen.

„Liebste Lydia", fügte er hinzu. „Halen hat genug Lügen gehört. Jetzt ist Zeit für die Wahrheit."

Er ließ von Lydia ab und widmete sich wieder Halen, als wollte er sichergehen, dass sie jedes Wort von ihm verinnerlichte. „Du warst noch im Leib deiner Mutter, als diese entschied, sich von mir abzuwenden. Und von dir. Sie ging in den Wald, um dich abzutreiben. Hätte ich das gewusst, hätte ich natürlich versucht, sie daran zu hindern. Doch die Götter haben dich schon damals beschützt. Du hast überlebt!"

Wie erstarrt stand Halen da. Etwas Schmerzhafteres hatte sie noch nie gehört.

„Halen, du weißt es!", rief er aus. „Du hast es schon immer gewusst. Zu Alethea hattest du eine besondere Verbindung, denn sie war immerhin deine Tante. Doch Uthred wollte mit dir das Gleiche machen, wie mit ihr. Dich als Menschen großziehen. Ohne Magie, bis du schließlich krank wirst und stirbst. Das ist für ihn der einzige Weg, uns Yroma aus dem Weg zu räumen."

Halen wusste, sie hatte ihm zu lange zugehört. Die Wahrheit in seinen Worten nagte an ihr. Sie wollte widersprechen, doch ihre Stimme versagte. Stattdessen keimten weitere Zweifel in ihr auf.

„Die Wahrheit lässt dich also kalt?", fragte Asgor und breitete lächelnd die Arme aus, als wolle er Halen ein noch größeres Ziel bieten. „Nur zu. Wenn du mich immer noch umbringen willst, wäre jetzt die Möglichkeit dazu. Eine bessere Gelegenheit wird sich dir nicht mehr bieten. Aber bedenke – wenn du mich tötest, werden sie auch dich töten!"

Rund ein Dutzend feindliche Yroma drangen vom Hintereingang aus in die große Halle, blieben aber auf Abstand zu ihr. Lydia war nicht mehr zu sehen.

„Keinen Schritt weiter!", schrie Halen und verfluchte sich innerlich selbst. Sie hatte ihre Chance verpasst. Asgors Leute waren überall. Vor allen Türen und auf der Treppe zum Obergeschoss, von überall her hatten sie ihre Schwerter auf sie gerichtet.

Eine unheilvolle Stille trat ein. Auch von draußen war kein Laut zu vernehmen.

Asgor hob beschwichtigend die Hände. „Senkt die Waffen, sie wird mir nichts tun."

„Lasst meine Familie frei!", forderte Halen ihn energisch auf. „Entlasst sie von Eurem Zauber!" Halen kam der Klang ihrer eigenen Stimme lächerlich vor.

„Hast du nicht langsam genug von ihnen?", drängte er. „Sie haben dich mit einer Lüge aufwachsen lassen. Haben dich zu einem Menschen erzogen. Und darauf vertraut, dass du deine Kräfte niemals entdeckst. Mit mir könntest du so viel mehr sein!"

Halen lachte grimmig. „Und was wäre das?"

„Frei", entgegnete Asgor ernst. „Frei zu tun, was immer du willst!"

„Das bin ich schon." Mit diesen Worten verließ ihr Pfeil den Bogen.

Halen spürte plötzlich einen stechenden Schmerz in ihrem linken Arm, so scharf, dass sie für einen Moment den Atem anhielt. Sie wusste nicht, ob es von der Anspannung kam – dem krampfhaften Halten des Bogens,

361

den endlosen Sekunden, in denen sie gezögert hatte, oder von etwas anderem. Doch sie zwang sich, den Schmerz zu ignorieren.

Die Yroma um sie herum verschwammen. Alles, was sie sehen konnte, war Asgor – seine kühle Miene, sein selbstsicheres Grinsen. Der Moment schien sich in die Länge zu ziehen, als sie auf das Ergebnis ihres Schusses wartete.

Es kam ihr vor, als stünde die Zeit still. Als wäre sie in der Lage, nochmal zu ihrem Pfeil zu laufen und ihn einfach in der Luft einzusammeln und davonzurennen. In den Wald. Weit, weit weg von Wyatt.

Doch das tat sie nicht. Sie erstarrte. Ihr Atem stockte, als ihr Pfeil vor Asgors linker Brust zum Stillstand kam. Im nächsten Atemzug drehte sich der Pfeil, bis er auf Halen zeigte. Fast ohnmächtig sah sie Asgor entgegen, der nun seine Linke hob.

„Ohne mich bist du gar nichts!", spie er aus. Und mit dem nächsten Zucken eines Fingers schnellte Halens eigener Pfeil auf sie zu.

Sie schmiss sich auf den Boden und hörte, wie der Pfeil hinter ihr an der Wand abprallte. Als sie wieder aufsah, bemerkte sie, wie Asgor nach seinem Schwert griff. Die feindlichen Yroma standen noch immer kampfbereit an Ort und Stelle. Doch Halen glaubte nicht, dass Asgor es ihnen vergönnte, die Prinzessin von Wyatt umzubringen. Sie war sich sicher, dass er das selbst erledigen wollte.

Halen erhob sich und nockte einen neuen Pfeil ein. *Noch vier Schüsse*, zählte sie in Gedanken. Sie machte ein paar Schritte nach rechts, um auf diese Weise mehr Abstand zwischen sich und Asgor zu bringen.

Auch Asgor entfernte sich lächelnd ein paar Schritte von ihr.

Halen war froh, dass er mitspielte. Sie schoss, doch er fing den Schuss ohne Mühe ab. Ganz so, wie Halen es erwartet hatte. Doch diesmal ließ er ihn nur auf den Boden vor sich fallen.

Noch drei Schüsse.

Wieder ging sie ein paar Schritte, bis sie das Ende der Tafel erreicht hatte. Sie schoss ihren Pfeil und Asgors Schwert teilte ihn entzwei.

Noch zwei.

„Dir gehen die Pfeile aus!" Asgor lächelte und sogleich feuerte Halen ihren vorletzten Pfeil ab.

Ohne hinzusehen, wie Asgor diesen an einer Wand zerschellen ließ, legte sie ihren letzten und präparierten Pfeil auf die Sehne.

„Ich bin gespannt", bemerkte er amüsiert. „Was wirst du wohl mit deinem letzten Pfeil anstellen?"

Verstärkung holen, dachte Halen, während sie am Kamin angekommen war und die Pfeilspitze in die Flammen hielt. Sie betete zu Elass, sie möge Feuer fangen. Sie konnte kaum wegsehen. Und als plötzlich eine flache Flamme um die Spitze des Pfeils züngelte, zielte sie Richtung Fenster und schoss den Pfeil ab.

Sekunden der Stille verstrichen, in denen alle Anwesenden abwarteten, was nun geschehen würde. Dann vernahm Halen das erwartete Surren von Pfeilen und warf sich hinter die nächste Bank. Gebannt beobachtete sie, wie der gefiederte Tod klirrend das Fensterglas durchbrach und ihre Feinde um sie herum auf den Boden schickte. Einige stöhnten auf und versuchten, sich vor der nächsten Pfeilwelle in Sicherheit zu bringen. Doch die Panik ließ alle bisher Unverletzten wild durcheinander laufen. Bereits auf dem Boden Liegende wurden schonungslos überrannt, während andere verzweifelt nach einem Ausgang suchten. Sie wollten so schnell wie möglich aus der Halle.

„Keiner verlässt die Halle!", donnerte Asgor in das Chaos.

Die wilde Menge hielt inne, einige verstummten und drehten sich zu ihrem Anführer um. Das Surren einer weiteren Pfeilwelle schnitt durch die Luft und zwang die, die noch ungeschützt standen, auf den Boden.

„Weg von den Fenstern!", rief Asgor weiter, seine Stimme schneidend. „In Deckung, sofort!"

Langsam begann sich Ordnung in das Chaos zu schleichen. Asgors Yroma suchten Schutz hinter Bänken und Säulen, während er auf Halen zu stapfte und ihren Bogen hasserfüllt in die Ecke schmiss.

Stechender Schmerz schoss durch Halens Kopf, als Asgors Hand in ihre Haare griff und ihren Kopf brutal nach hinten zog. Sie keuchte auf, unfähig, sich zu wehren, als sie unsanft auf die Beine gezerrt wurde. Der Griff in ihrem Haar war unerbittlich. Tränen stiegen ihr in die Augen – vor Schmerz und vor Wut. Doch sie war entschlossen, keinen Laut von sich zu geben.

Es ging so schnell, dass Halen kaum begreifen konnte, was geschah. Noch bevor sie reagieren konnte, spürte sie die kalte Schärfe einer Klinge an ihrem Hals. Ihr Körper erstarrte. Jeder Muskel brannte vor Anspannung, als hätte schon die kleinste Bewegung das Potenzial, alles zu beenden. Sie wagte nicht einmal, zu atmen.

Asgor schob sie vorsichtig zur Vordertür der Halle. „Schön ruhig, Prinzessin. Vertrau mir!" Aus seiner Kehle drang ein kratziges Lachen. „Öffne die Tür!"

Halen hielt ihre zitternden Handflächen gegen die schweren Türflügel, die knarzend aufschwangen.

Bis auf den Lichtschein von ein paar vereinzelten Wandfackeln, war der Hof finster. Verzweifelt suchte Halen mit ihren Blicken die Verstecke und Ecken ab, in der Hoffnung, Hanc und Ben zu entdecken.

Die Yroma aus der Halle drangen in den Hof und reihten sich hinter Asgor auf, die Bögen auf das Dunkel vor sich gerichtet.

„Kommt raus, ihr Feiglinge!", grölte Asgor. „Oder wollt ihr zusehen, wie eure kleine Prinzessin stirbt?"

Als Hanc mit gespanntem Bogen aus dem Schatten trat, warf Halen ihm einen verzweifelten Blick zu.

Asgor hielt sie noch etwas fester. „Ich kenne dich doch. Nein, sag es nicht. Leuchtend rotes Haar. Nicht mehr so lang wie damals. Der Aytigo-Prinz, dem ich die Flügel von seinem hübschen Rücken entrissen habe. Was war das für eine Wohltat. Ich hatte angenommen, dass du daran krepierst. Dann muss ich wohl etwas nachholen."

Hanc trat noch einen Schritt nach vorn. „Ihr könnt es ja versuchen. Aber lasst Halen frei!"

Asgor ließ ihn nicht aus den Augen. „Dann leg Pfeil und Bogen ab!"

Erst als Hanc seinen Mondhauerbogen auf den Boden gelegt und seinen Pfeil im Köcher verstaut hatte, nahm Asgor das Messer von Halens Hals. Ihr Herz schlug wieder ruhiger, aber die Starre in ihren Gliedern blieb.

Asgor hielt ihr die Hände am Rücken zusammen, bevor er sie fesselte und zur Seite schob.

„Nicht wieder abhauen!", hauchte er ihr ins Ohr.

Das ist mir ja gut gelungen, dachte Halen verbittert, während sie mit ansehen musste, wie Hanc sich einem aussichtslosen Kampf stellte.

Doch sie rief sich den Plan ins Gedächtnis. Ben und Hanc hatten den Pfeilhagel ausgelöst – eine taktische Finte, um Zeit zu gewinnen. Nathan und seine Aytigo warteten am Waldesrand, verborgen zwischen den Bäumen, bereit, auf ihr Signal zu reagieren. Innerhalb weniger Minuten würden sie hier sein, wenn der große Kampf unvermeidlich wurde.

Halen spürte, wie ihre Fingernägel sich in ihre Handflächen bohrten. Jede Sekunde, die sie zögerte, könnte das Ende für Hanc bedeuten.

Asgor ging nicht einmal in Kampfhaltung. Als Hanc merkte, dass sein Gegenüber nicht den Anfang machen würde, hob er seinen Mondhauer wie ein Schwert auf, dessen Griff sich in der Mitte befand.

Doch Ben verstellte ihm den Weg. Seinen Bogen gespannt. „Wenn du ihn willst, musst du erst an mir vorbei." Er schoss drei Pfeile hintereinander ab, die Asgor mit seinem Schwert abwehrte, sodass sie an der Wand hinter ihm abprallten.

Asgor lächelte. „Du hättest ihm sagen sollen, dass Pfeile mich nicht aufhalten."

Hanc zögerte nicht länger. In wenigen Schritten schnellte er nach vorne und schwang die Schwertspitze seines Mondhauers in einem langen Bogen auf Asgors Körpermitte zu.

Asgor wich seinem Schlag nach hinten aus. Noch während Ben mit seiner Eisenaxt nachhauen wollte, schwang Asgor sein Schwert mit voller Wucht dagegen. Hanc, der diesen Augenblick nutzte, fuhr mit der Stahlklinge seines Mondhauers auf Asgors Beine zu. Dieser reagierte sofort. Seine Schwertkante, die gegen Bens Axt hielt, zog er nach unten. Das schneidende Geräusch, wenn Stahl auf Stahl trifft, schmerzte in Halens Ohren.

Das Schwert hatte kaum den Boden berührt, da riss er es zu Hanc herum und traf dessen Mondhauer an der holzbesetzten Bauchseite. Hanc entriss es den Bogen und er landete rücklings auf dem Rücken.

Asgor lächelte. „Das ist viel zu einfach … Ich habe noch nicht einmal Magie angewandt!"

Halens Brustkorb zog sich zusammen. *Das hier schaffen wir nicht alleine.* Sie musste Nathan das Signal geben – sofort. Jede Sekunde, die sie verlor, könnte tödlich für ihre Freunde enden.

Ihr Blick huschte über den Hof. Es musste einen Weg geben, von den Fesseln loszukommen. Ein scharfkantiger Stein, ein unachtsamer Moment der Wachen – irgendetwas. Während sie suchte, entdeckte sie plötzlich Lydia. Sie stand am Rand des Hofes, ihr Knebel war verschwunden.

„Hört auf zu kämpfen!", schrie Lydia durch den Hof.

Halens Herz machte einen Satz. Der Schrei ließ Asgor, Ben und Hanc innehalten. Sie drehten sich zu Lydia um, die mit überraschender Entschlossenheit dastand. Der Moment der Ablenkung war da. Halen spannte ihre Finger an, fühlte das raue Seil an ihren Handgelenken und wusste, dass sie jetzt handeln musste.

Sie tauschte einen Blick mit Hanc. *Jetzt!* Sie sprach ein Stoßgebet zu Elass und vorsichtshalber auch zu den Göttern der Yroma.

Lydias Gesicht war vor Zorn gerötet. Ihre Augen blitzten gefährlich, als sie auf Asgor zuschritt. „Bist du jetzt vollkommen von Sinnen? Die ganze Geschichte wiederholt sich! Hast du wirklich nichts gelernt?"

Asgor starrte sie an, sichtlich überrumpelt – und sprachlos. Damit hatte er offensichtlich nicht gerechnet.

Dann veränderte sich sein Blick, und Halen beobachtete, wie die Erkenntnis in seinen Zügen aufstieg: Lydia spielte ihm etwas vor. Seine Augenbrauen zogen sich zusammen, und seine Miene verdüsterte sich – der Moment der Überraschung verflog.

„Halt den Mund, Weib!", fauchte er abweisend. „Ich bringe zu Ende, was ich angefangen habe." Er gab seinen Männern einen Wink. „Und jetzt bringt sie hier weg. Und behaltet sie besser im Auge!"

Als er sich wieder seinen Feinden widmete, erhellte eine Flamme den nächtlichen Himmel.

Halen bedankte sich bei den Göttern und sah gespannt in das Dunkel über ihr. Wie von der Zeit gefangen, vergingen einige Momente der Stille, bis sie das bekannte Rauschen vernahm, dass die Armee der Lüfte ankündigte.

Inzwischen hatten alle im Burghof ihre Köpfe in den Himmel gereckt. Halen vernahm einen dichten Flügelschlag gefolgt von einem dumpfen Aufprall. Ein erstickter Schrei erklang vom nordwestlichen Wehrgang und Nathans Gestalt erschien im orangenen Licht der Fackeln. Weitere Flügelschläge folgten, sowie weitere verzweifelte Aufschreie.

Asgors Mund formte sich zu einem Lächeln. „Nathan, alter Freund. Komm und stirb!"

Kapitel 28

Die feindlichen Yroma ließen ihre letzten Pfeile von ihren Bögen schnellen, bevor sie die Schwerter zogen. Doch sie konnten nichts gegen die geflügelten Kämpfer ausrichten, die plötzlich aus dem schwarzen Himmel auftauchten und sie zu Boden rissen, um ihnen die Klingen ihrer Mondhauer in den Leib zu stoßen.

Halen lief rückwärts, bis sie mit dem Rücken an die Wand der großen Halle stieß. Verzweifelt versuchte sie, ihre Hände von den Fesseln zu befreien. Glücklicherweise hatte Asgor sie ihr in der Eile zu nachlässig festgebunden.

Immer mehr Yroma und Aytigo drängten in den Festungshof. Halen dröhnte der Kopf vom lärmenden Kampfgeschrei und dem schneidenden Geräusch von Stahl auf Stahl.

Im nächsten Augenblick stürmte ein feindlicher Yroma auf sie zu. „Das ist kein Ort für eine Prinzessin!", knurrte er, packte sie grob am Arm und schliff sie mit sich.

Am Eingang der großen Halle angekommen warf Halen sich auf den Boden, sodass er laut fluchend den Halt verlor. Er ließ sie los, um seinen Sturz mit den Händen abzufangen.

Halen nutzte den Moment und rollte sich über den Boden von ihm weg. Doch eine Kraft zog sie zurück zu ihm. Halen wehrte sich mit allen Kräften, versuchte sich verzweifelt irgendwo festzuhalten. Doch es nützte nichts. Als sie dem Yroma wieder in die Augen sah, erkannte sie, dass es Luftmagie war, die sie zu ihm zog.

Hilf mir! Bitte!, flehte sie das Amulett an. Und tatsächlich spürte sie nur einen Lidschlag später, wie ihre Fesseln sich lösten.

Erst als sie bei ihm angekommen war, warf sie die entfesselten Hände nach vorne und schleuderte eine Luftwelle auf ihn, die ihn in einem langen Bogen nach hinten warf.

Hart landete er auf dem Rücken. Ein schmerzvoller Laut entwich ihm. Für einen Moment blieb er reglos liegen, dann funkelte er Halen zornig an.

Bevor er erneut Magie gegen sie einsetzen konnte, schob sich ein Schatten hinter ihn. Ein Schlag, und er sackte reglos zu Boden.

Halen starrte den Schatten an. Ihr Herz raste. Sie fühlte Hände, die sie packten – warm und fest. Ihre Beine zitterten, als sie auf diese gezogen wurde. Der Schatten entpuppte sich als Lydia, deren Gesicht von bitterer Entschlossenheit gezeichnet war.

„Du hättest nicht herkommen dürfen!", zischte sie und funkelte Halen an.

Diese wischte sich den Schweiß von der Stirn und blickte kurz zum Wehrgang hinüber. „Die Aytigo werden dich in den Wald bringen", versprach sie knapp. Ihre Stimme war fest, doch ihre Hände bebten.

Sie führte Lydia die Treppe zum Wehrgang hinauf, lehnte sich über die Brüstung und pfiff einen langen Ton. Nur kurze Zeit später landete ein Aytigo auf dem schmalen Wehrgang hinter ihnen. Halen erkannte Naélios Schatten sofort.

„Bring sie hier weg!", bat sie ihn. Naélio nickte.

Lydia hielt Halens Arm umklammert. „Ich lasse dich hier nicht zurück!"

Halen stieß ihre Hand von sich. „Doch, das wirst du", beschied sie. „Es reicht, wenn ich eine Mutter verliere!"

Lydias Blick traf sie wie ein Schlag. Ein Wirbel aus Verwirrung und unerklärlicher Angst erfasste sie. Natürlich wollte Halen, dass Lydia in Sicherheit war – das stand außer Frage. Doch gerade jetzt wünschte sie sich, Lydia wäre woanders. Der fürsorgliche Ausdruck in ihren Augen war mehr, als Halen ertragen konnte.

Lydia war ihre Mutter. Es war eine Wahrheit, die schwer wog, eine Wahrheit, an die Halen sich erst gewöhnen musste – oder vielleicht nie wirklich gewöhnen würde. Doch selbst wenn sie es nicht wäre – Halen wusste, dass Lydia sie niemals ungeschützt zurücklassen würde.

Den Gedanken abschüttelnd wandte sich Halen an Naélio. Er verstand sie ganz ohne Worte.

Lydias wehmütiger Blick wurde ernst und schließlich wütend, als Naélio sie einfach packte und sich mit ihr über die Brüstung warf. Halen sah ihnen hinterher, bis sie sicher war, dass sie unbeschadet die Waldgrenze erreicht hatten.

Dann ging sie in die Hocke, um weniger Aufmerksamkeit zu erregen, und schaute sich um. Die Schlacht war in vollem Gange. Der Trubel aus kämpfenden Yroma, Aytigo und Umgedrehten entfachte im Hof von Wyatt Castle ein Wirrwarr aus flackerndem Licht und Schatten, die an den Gemäuern wild miteinander tanzten. Es war Halen unmöglich, etwas oder jemanden zu erkennen. Niemand schien an ihr Interesse zu haben. Jeder war in seinen eigenen Kampf vertieft.

Halen verblieb in ihrer Hocke und bewegte sich vorsichtig vorwärts, jede Bewegung bedacht. Als sie über einen toten Yroma kletterte. Sie hielt kurz inne, während sie auf den leblosen Körper unter sich hinabblickte.

Mit zitternden Händen griff sie nach dem Kurzschwert, das halb unter dem Yroma begraben war. Es war schwer – viel schwerer, als sie erwartet hatte. Ihre Finger verkrampften sich um den Griff. Doch trotz des Gewichts war sie froh, überhaupt eine Waffe in der Hand zu haben.

Ein bitteres Lächeln huschte über ihre Lippen. Ein Bogen wäre ihr lieber gewesen. Vor allem ein Aytigo-Bogen, leicht und präzise, voller Macht, die er in den Händen eines Geübten entfaltete. Aber das hier musste genügen.

Sie legte den Kopf in den Nacken und ließ ihren Blick über die Silhouette des ersten Zwillingsturms wandern. Erinnerungen an Alethea durchzuckten sie. Ihr Herz zog sich zusammen, als sie daran dachte, wie Alethea im Turm gelebt hatte – krank, isoliert, und all die Jahre als ihre Mutter. Oder zumindest hatte sie das geglaubt.

Aber es war eine Lüge.

Diese Erkenntnis nagte an ihr und ließ ihre Gedanken kreisen, während sie die ersten Stufen hinauflief. Warum hatte Alethea ihr nie die Wahrheit gesagt? Trotzdem … sie war immer noch Alethea. Sie hatte sie aufgezogen und beschützt. Und jetzt, wo sie sie brauchte, würde Halen sie nicht im Stich lassen. Das würde sie niemals.

Mit neuer Entschlossenheit hastete sie die Stufen hinauf, bis sie das übernächste Stockwerk erreichte. Sie stieß die Tür auf. Ihre Augen durchkämmten das Zimmer.

Leer.

Halen presste grimmig die Lippen aufeinander. Ihr Blick zuckte zur Tür, aus der sie gekommen war. Eine Silhouette zeichnete sich im Türrahmen ab, undeutlich im schwachen Licht. War es Alethea? Oder jemand, der sie daran hindern wollte, sie zu finden?

Dann trat die Gestalt näher, und das fahle Licht fiel auf ein bekanntes Gesicht. Asgor.

Ihre Finger verkrampften sich um den Griff ihres Schwertes, das Blut rauschte in ihren Ohren. Der aufsteigende Zorn ließ ihren Körper erzittern.

Mit harten Schritten ging sie auf ihn zu, das Schwert in beiden Händen. Ihre Stimme war nicht mehr als ein Knurren. „Sie ist krank! Was habt Ihr mit ihr gemacht?"

„Sie hier weggebracht natürlich!", antwortete Asgor ruhig. „Dieser Turm ist kein Ort für eine kranke Yroma."

Halen sah ihm aufmerksam entgegen. Seine Kleidung war mit Blutflecken besprenkelt, doch er hielt kein Schwert mehr in der Hand.

„Es geht ihr gut", versuchte er, ihr zu versichern, und trat vorsichtig näher.

Halen hob ihre Rechte zur Warnung. „Keinen Schritt näher!" Das Schwert in ihrer Linken hielt sie fest umklammert.

Asgor blieb stehen und streckte beide Hände vor sich aus. „Ich bin unbewaffnet."

Halen gab ein spöttisches Lachen von sich. „Ihr haltet keine Waffe in der Hand, aber Ihr seid nicht unbewaffnet!"

„Und du glaubst, dass du damit umgehen kannst?"

„Einen Versuch ist es wert."

Asgor wandte sich zur Tür, ließ Halen dabei jedoch nicht aus den Augen. „Man kann dich in ganz Wyatt hören, Colias!", rief er nach draußen.

Die Tür schwang auf, krachte gegen die Wand. Colias trat ein, sein Schwert erhoben.

Halens Herz stolperte. Wärme flammte in ihrer Brust auf – Erleichterung, ein flatterndes Kribbeln, das kaum greifbar war. Doch es hielt nicht lange. Zweifel folgten auf dem Fuße, ein kalter Schatten, der sich in ihren Gedanken festsetzte.

„Was macht Ihr hier?" Ihre Stimme war leiser, als sie es gewollt hatte. Sie sollte ihn zurechtweisen, ihn auf Abstand halten. Doch ihr Blick blieb an ihm hängen – an der vertrauten Art, wie er dastand, an dem entschlossenen Funkeln in seinen Augen. Wärme breitete sich in ihr aus, so unerwartet wie fehl am Platz. Gleichzeitig zog sich ihr Magen zusammen. Wenn er hier war, dann war er in Gefahr.

„Euch vor einem Fehler bewahren!", entgegnete Colias und machte einen Schritt nach vorn, um einen sauberen Stich gegen Asgor zu führen. Dieser wich mit einer Leichtigkeit aus, die fast spielerisch wirkte, als hätte er den Angriff bereits vorhergesehen.

Colias setzte erneut zum Hieb an, doch bevor er zuschlagen konnte, spürte Halen die Veränderung in der Luft. Colias' Bewegung stockte, und er blieb wie versteinert stehen. Eine unsichtbare Macht hielt ihn fest und ließ es ihm unmöglich erscheinen, sich zu bewegen.

Magie, verstand Halen. Diesen Kampf konnte Colias nicht gewinnen.

Colias schrie auf und sein Schwert fiel klirrend zu Boden. Seine Gesichtszüge verzerrten sich.

Halen beobachtete, wie er zitternd vor Asgor stand, unfähig, sich zu wehren. Asgor lächelte kalt, als würde er die Situation genießen – ein Raubtier, das sich Zeit lässt, seine Beute zu brechen.

„Sag nicht, ich hätte dich nicht gewarnt! Du hast gesehen, was mit Menschen passiert, die mich enttäuschen. Und ich bin sehr enttäuscht von dir!"

Halen dachte nicht nach. Lautlos schnellte sie auf Asgor zu, das geklaute Schwert in der Hand, bereit zuzustechen. Im letzten Moment bemerkte sie, wie Asgors Blick sich in ihre Richtung drehte, als hätte er sie im Augenwinkel wahrgenommen. Seine Linke hob sich in einer fließenden Bewegung – und plötzlich begann Colias' Schwert, das eben noch reglos auf dem Boden gelegen hatte, auf sie zuzurasen.

Halen riss die Waffe hoch, um sich zu schützen. Hinter ihr schrie Colias auf, seine Stimme durchdrang den Raum. Er versuchte verzweifelt, sich loszureißen, doch die unsichtbare Macht hielt ihn weiter fest.

Die Klinge traf Halen seitlich am Kopf. Sie fiel mit dem Schwert zu Boden. Warmes Blut rann über ihr

Gesicht, gefolgt von einem stechenden Schmerz, der sich durch ihr linkes Auge bohrte. Sie zog scharf die Luft ein. *Nein.* Ihre Sicht verschwamm.

Sie hörte Klingen aufeinandertreffen und eine weitere Stimme. „Halen, bleib wach!"

„Hanc?", fragte sie benommen.

„Bring sie hier weg!"

Sie konnte die Stimmen kaum zuordnen oder sich auf diese konzentrieren. Der Schmerz war übermächtig und trübte ihre Sinne.

Jemand hob sie auf. Sie musste ihn nicht sehen. Sie fühlte, dass es Colias war. Trug er sie zum Fenster?

Was hast du vor?, wollte sie ihn fragen, doch keine Worte entwichen ihrem Mund. Alles, was sie hervorbringen konnte, war ein Krächzen.

Ein schriller Ton erklang. Halen kniff die Augen zusammen, was den Schmerz wiederbelebte.

„Es tut mir leid!", hörte sie Colias flüstern.

Sie fiel. So wie in den Träumen, die sie als junges Mädchen gehabt hatte. Doch dieses Mal endete der Fall nicht in einem erstickten Aufschrei. Sondern in einem Flug.

Kapitel 29

Kaum war Halen wieder bei Bewusstsein, überkam sie eine Welle von Schwindel. Dunkelheit drängte sich in ihr Sichtfeld, und sie ließ sich zurücksinken, während sie sich mit einer Hand an ihre Schläfe fasste.

Sie blieb liegen, ihre Atmung flach und schwer, während sie versuchte, ihre Umgebung zu erfassen. Schatten tanzten an den Wänden und der metallische Geruch von Blut und Stahl lag in der Luft.

Erinnerungen durchzuckten sie – Bruchstücke eines Albtraums, die sich mit der Realität vermischten. Das Klirren von Klingen, Colias' erstickter Schrei, Asgors selbstgefälliges Lächeln.

Halen drehte den Kopf und wagte es, sich langsam aufzurichten. Brennender Schmerz durchfuhr ihren Körper, ihre Venen traten hervor wie nach einem erbitterten Rennen, und ihr Atem kam stoßweise. Alles in ihr protestierte, doch sie wusste, sie konnte nicht länger liegen bleiben. *Ich muss herausfinden, was passiert ist.*

Dann spürte sie es – ein stechender, pulsierender Druck, der sich über ihr linkes Auge legte. Der Schmerz schien mit jedem Herzschlag zuzunehmen.

Die Erinnerung an eine Schwertklinge schoss ihr durch den Kopf, wie es sich in schneller Bewegung durch ihr Fleisch schnitt, den Knochen berührte und das Blut ihr die Sicht nahm.

Sie zitterte, und das nicht wegen der Kälte. Hitze brannte in ihrem Körper und feine Ströme von Schweiß liefen unaufhaltsam über ihre Brust und den Rücken. Ihr Kopf dröhnte und hinterließ einen hohen Ton in ihren Ohren.

Ein zaghaftes Klopfen durchbrach den unangenehmen Laut. Halen blinzelte und sah sich in der düsteren Behausung um, durch die kaum ein Lichtstrahl drang. Schatten krochen über die Wände und das dumpfe Gefühl von Orientierungslosigkeit ließ ihr Herz schneller schlagen.

Wo bin ich?

„Halen?", fragte eine Stimme von draußen, leise, aber eindringlich.

Halen hielt inne. Diese Stimme – sie erkannte sie sofort. Ihre Tonlage, die Art, wie sie sprach. Für einen Moment vergaß sie den Schmerz und die Dunkelheit um sich herum.

Bin ich jetzt vollkommen verrückt geworden?

„Mutter?" Das Wort kam kaum über ihre Lippen, schmeckte falsch, fremd. Ihre Kehle war wie zugeschnürt, als hätte die Wahrheit ihr die Luft genommen.

Alethea nickte lächelnd, setzte sich an Halens Bett und strich ihr mit einem Finger eine lose Haarsträhne aus dem Gesicht.

„Meine tapfere Halen", hauchte sie mit ihrer sanften Stimme, die Halen so sehr vermisst hatte.

Sie wollte ihre Arme fest um Alethea legen, wollte sie spüren, sie halten. Doch es war, als würde sie durch Nebel greifen. Ihre Finger fanden keinen Halt.

„Mein Körper hat mich verlassen, geliebte Tochter." Aletheas Stimme war beinahe gelassen – als wäre das alles eine Selbstverständlichkeit. Doch genau das verursachte auf Halens Armen eine Gänsehaut.

Ein Schluchzen stieg in ihrer Kehle auf. Sie wollte weinen, sich all der Verzweiflung, der Schuld und der Trauer hingeben – doch keine Tränen kamen. Stattdessen brannte ihre Kehle und ihre Brust zog sich zusammen, als ob die Luft sie im Stich ließ.

Ihre Stimme war kaum mehr als ein Krächzen, als sie fragte: „War ich denn deine Tochter?"

Alethea erwiderte ihren Blick mit Ernsthaftigkeit. „Du warst immer meine Tochter und das wirst du auch immer bleiben. Meine Liebe zu dir war echt!" Dann hauchte sie: „Es tut mir leid, wir hätten es dir sagen müssen …"

„Ja", erwiderte Halen, die Stimme angespannt. Ihre Fingernägel gruben sich in ihre Handflächen, doch die erwartete Welle aus Wut blieb aus. Stattdessen war da nur ein dumpfes Ziehen in ihrer Brust, ein Chaos aus Enttäuschung, Erschöpfung – und etwas, das sie nicht benennen konnte. Wie konnte man so lange belogen werden und am Ende kaum noch die Kraft haben, sich darüber zu empören?

„Ich träume, oder?" Halens Stimme war kaum mehr als ein Flüstern. Alethea stand vor ihr, ihr Gesicht weich und vertraut, doch ihre Gestalt schien nicht ganz mit der Welt um sie herum zu verschmelzen. Ein Hauch von

Licht umgab sie, als wäre sie nur ein Echo, ein Schatten aus einer anderen Realität. Und doch – die Wärme in ihrer Stimme, der Blick, der Halen so tief erreichte wie eh und je. Zu echt für einen Traum. Zu unmöglich für die Wahrheit.

„Das ist kein Traum", versprach Alethea ihr.

„Bist du wirklich …?"

„Es tut mir leid, dass ich dich verlassen habe", war Aletheas Antwort. „Aber du bist stark, du wirst es schaffen!"

„Es ist alles verloren. So viele sind gestorben."

„Es ist noch nicht vorbei. Du hast das Auge. Und mit Faljans Amulett kannst du alles schaffen, was du willst."

„Wen musstest du töten, um es zu erhalten?"

Alethea runzelte die Stirn. „Ich habe niemals jemanden getötet! Die Amulette wählen selbst ihren Träger. Doch der Träger bestimmt, wann er bereit ist, sich wieder davon zu trennen. Ist er nicht willens, es abzulegen, so wird das Amulett ihn auch nicht verlassen." Alethea lehnte sich zu ihr und flüsterte ihre letzten Worte: „Du musst es zu Ende bringen. Du bist Faljans Auge!"

Die Tür schwang auf und Halen blinzelte gegen das grelle Tageslicht. Als sie sich wieder ihrer Mutter zuwandte, war diese verschwunden.

„Verdammt, wer ist da?", fragte Halen grimmig und funkelte die Person an, die die Tür hinter sich schloss. Schon an den Umrissen hatte sie sie erkannt. „Ich will dich nicht sehen!" Ihre Stimme war rau, ihre Brust hob und senkte sich schwer, als Schmerz durch ihren geschwächten Körper zog.

Lydia trat vorsichtig auf sie zu, in der Hand eine Phiole mit einer durchscheinenden Flüssigkeit. „Bitte", flehte sie leise.

„Geh!", fauchte Halen, obwohl sie sich kaum aufrecht halten konnte. Der Schmerz in ihren Gliedern und das dumpfe Pochen in ihrem Kopf raubten ihr jegliche Kraft.

Lydia blieb stehen. Sie streckte die Hand mit der Phiole aus, ohne Halen dabei zu nahe zu kommen. „Ich … ich möchte dir helfen. Mehr nicht."

Halen schnappte nach Luft. Ihre Finger verkrampften sich um den Rand der Liege, auf der sie saß. „Warum jetzt? Nach all den Jahren?"

Lydia machte einen weiteren zaghaften Schritt auf sie zu, die Phiole in ihrer ausgestreckten Hand wie ein stummes Flehen. „Ich weiß, ich habe dir viel verschwiegen. Aber gib mir die Chance, es dir zu erklären. Du … du verdienst die Wahrheit. Es geht um das, was Asgor gesagt hat."

Ihre letzten Worte hingen schwer in der Luft. Halens Schultern sackten ein wenig nach unten, als hätte der Kampf in ihr kurz nachgelassen. Ihr gesundes Auge fixierte die Phiole. Ein Zittern lief über ihre Finger, die sich unbewusst zu Fäusten ballten. Sie konnte fast spüren, wie die kühle Flüssigkeit ihre brennende Haut beruhigen würde, den Schmerz dämpfen. Doch jedes Mal, wenn ihr Blick zu Lydia wanderte, schnürte ihr eine unsichtbare Hand die Kehle zu. Die Wut kochte ungezähmt unter ihrer Haut.

Lydia kam zaghaft noch einen Schritt näher. „Ich bin deine Mutter." Doch was eine Feststellung war, hörte sich eher nach einer Bitte um Halens Erlaubnis an.

Halen drehte ihr Gesicht weg. „Meine Mutter ist tot!",
spie sie aus. Sie fühlte sich nicht im Stande, Lydia anzusehen.

„Was sagst du da?", fragte Lydia nun aufgebracht
und schloss zu Halen auf. Sie fasste sie am Arm und
drehte sie zu sich um.

Halen blickte ihr hasserfüllt entgegen. „Alethea, meine Mutter, ist von uns gegangen. Sie ist tot!", schrie sie.

Lydia schlug die Hand vor den Mund und fiel auf
Halens Lager. Sie schaute ins Nichts. „Geliebte Schwester! Mögen die Götter dich in ihre Reihen aufnehmen!"

„Geliebte Schwester?", fragte Halen mit lächerlich
vorgetäuschter Belustigung. „Du bist verantwortlich für
ihren Tod!"

Lydia sah sie mit großen Augen an. „Jetzt gehst du
zu weit!"

Doch in Halen hatte es eine Wut freigesetzt, die sich
mit jeder Lüge über ihre Familie verdoppelte. Sie konnte
nicht mehr darüber nachdenken, sie wollte auch nichts
mehr verstehen. Sie wollte nur ihre Wut an denjenigen
auslassen, die an ihrer jetzigen Situation Schuld hatten.

Halen wollte schreien, doch ihre geschwächte Stimme ließ sie im Stich. Stattdessen zischten die Worte wie
Gift über ihre Lippen: „Ich hasse dich! Du hast sie sterben
lassen! So wie du mich umbringen wolltest!"

Ihre Finger verkrampften sich in dem Stoff, der unter
ihr lag. Ihr ganzer Körper bebte, nicht nur vor Wut, sondern auch vor Erschöpfung.

Lydia stand stumm vor ihr. Ihre Hände hingen
schlaff an ihrem Körper herab. Sie konnte Halens Blick
nicht standhalten. „Ich wollte das nicht", hauchte sie.

Ihre Stimme versagte. Sie schnaubte nur und drehte sich hastig weg.

Halens Sichtfeld verschwamm. Es war, als könnte sie die Flut der Emotionen nicht mehr halten. Aber sie hatte nicht vor, Lydia so schnell vom Haken zu lassen. „Warum hast du das getan? Warum wolltest du mich nicht?"

Lydia senkte den Kopf, als könnte sie der Last ihrer eigenen Worte nicht standhalten. „Ich hatte solche Angst. Ich war noch nicht bereit, Mutter zu werden. Ich wollte dir nicht schaden, das musst du mir glauben!" Tränen liefen über ihr Gesicht.

Halen prustete verächtlich. „Hör auf zu weinen und reiß dich zusammen. Erzähl mir alles!"

Lydia wischte sich die Tränen von den Wangen. Ihre Schultern bebten. „Ich wollte Asgor heiraten. Damals dachte ich, er wäre der Richtige. Stark, entschlossen, ein Anführer." Sie hielt inne, als ob die Worte sie ersticken würden. „Aber dann … als ich merkte, wie er sich veränderte, wie besessen er gegen die Menschen kämpfte, wusste ich, dass ich gehen musste."

Sie schluckte schwer und fuhr leise fort: „Asgor sah die Menschen nicht mehr als gleichwertig an. Für ihn waren sie Eindringlinge – Abschaum. Viele aus unserem Volk haben das so gesehen. Die Spannungen zwischen uns und den Menschen waren damals schon überall spürbar. Handelsabkommen wurden gebrochen, Allianzen zerfielen. Es war … ein gesellschaftlicher Abgrund. Und Asgor wollte ihn vergrößern."

Halen konnte die Bitterkeit in Lydias Stimme hören, die Risse, die dieser Krieg nicht nur in der Gesellschaft, sondern auch in ihrer Familie hinterlassen hatte.

„Als ich mich von ihm trennen wollte, hat er mich bedroht", flüsterte Lydia. „Er hat gesagt, dass ich diesen Schritt bitter bereuen würde."

„Weiter", drängte Halen.

Lydia schloss kurz die Augen, bevor sie weitersprach. „Zu diesem Zeitpunkt war ich bereits mit dir schwanger. Der Krieg gegen Uthred hatte begonnen, und Asgor wurde immer radikaler. Also brachte meine Mutter mich nach Busby, das gerade erst im Aufbau war. Dort konnten wir uns verstecken. Ich erzählte nicht einmal Alethea, wo wir uns aufhielten, aus Angst, dass sie durch Folter oder Druck doch irgendwann alles preisgeben würde."

Lydia senkte den Blick. „Als Asgor den Krieg gegen Uthred verlor und aus Meerell verschwand, dachte ich, ich würde ihn nie wiedersehen. Aber ich wusste, dass der Frieden trügerisch war. Busby wuchs in dieser Zeit, doch ich war niemals wirklich sicher."

„Und dann?", verlangte Halen zu wissen.

Lydia zitterte. „Ich kann das nicht …"

Halen packte sie an den Schultern und zwang sie, sie anzusehen. „Du musst!"

Traurig blickte Lydia auf. „Ich wollte von diesem Monstrum kein Kind bekommen. Aber du hast die Abtreibung überlebt. Und so gab ich dich Alethea und Uthred, die nach Jahren noch kinderlos waren."

„Sie waren sicher überglücklich!", entglitt es Halen in einem scharfen Ton.

„Aber ich bereute es! Ich habe es nicht ausgehalten, von dir getrennt zu sein. Deswegen bin ich nach Wyatt zurückgekommen. Ich wollte in deiner Nähe sein. Dich beschützen!"

Halen seufzte höhnisch auf. „Erst hast du versucht, mich abzutreiben, und dann hast du mich weggegeben und allein gelassen?"

Lydia nickte. Insgeheim musste Halen sich eingestehen, dass sie nicht wusste, wie sie an ihrer Stelle entschieden hätte.

„Alle redeten auf mich ein, dass es das Beste für dich wäre. Dass du schlecht in einem Walddorf aufwachsen könntest."

Halen kam ein Gedanke. „Wussten die Busbyaner, dass …" *Asgor mein Vater ist?*

Obwohl sie es nicht laut aussprechen konnte, verstand Lydia sofort, worauf sie hinauswollte. „Nein."

Halen atmete tief durch. „Warum bist du nicht krank geworden wie Mutter? Hast du deine Kräfte weiter angewendet?"

„Im Geheimen, ja", gab Lydia zu. „Ich kann mich mit Kysus Erde verbinden. So konnte ich während der Kettelseuche die Felder fruchtbar halten."

Halen nickte. „Deswegen gab es immer genug zu essen."

„Hör zu! Es war Aletheas Entscheidung, auf ihre Magie zu verzichten. Sie sah, wieviel Zerstörung sie mit sich brachte. Wir hatten keine Ahnung, dass sie das so krank machen würde, bis es zu spät war."

Halens Miene verhärtete sich. „Wolltet ihr, dass auch ich so ende wie meine Mutter?" Das letzte Wort sprach sie mit eiskalter Schärfe aus, als würde sie Lydia bewusst eine Grenze setzen.

Lydia zuckte zusammen, als hätte Halen sie geschlagen. Sie wich einen Schritt zurück. Ihre Schultern sanken, bevor sie Halen mit flehender Entschlossenheit ansah.

„Ich wollte es dir sagen. Ich wollte dir deine Magie zeigen und dich lehren, sie zu kontrollieren. Aber …" Ihre Stimme bebte. „Uthred hat es mir verboten. Er hatte Angst – Angst vor dem, was passieren würde, wenn herauskäme, dass seine Tochter eine Yroma ist."

Halens Herz raste, und ein Gedanke drängte sich in ihren Geist. Sie spürte, wie ihre Kehle trocken wurde, doch sie zwang die Worte aus sich heraus: „Weiß er, dass ich …" Der Rest blieb ihr im Hals stecken, als ob die Wahrheit sie ersticken könnte.

Lydia schüttelte heftig den Kopf. „Nein. Uthred weiß nichts von deinem wirklichen Vater."

Ein gefährlicher Ton schlich sich in Halens Stimme, jeder Buchstabe glich einem Dolchstoß: „Also war ich nur ein Risiko? Ein Geheimnis, das vertuscht werden musste, anstatt mich zu schützen?"

„Nein!" Lydia machte einen Schritt nach vorn. „Er wollte dich schützen, Halen. Aber er wusste nicht, wie. Er dachte, wenn du deine Magie nicht benutzt, würde sie verborgen bleiben – für immer."

„Und stattdessen habt ihr einfach nichts getan." Ihre Stimme war voller Bitterkeit. „Alethea hat sich geopfert, und ich sollte dasselbe tun, oder? Und jetzt wagst du es, mir zu sagen, dass ihr das Beste für mich wolltet?"

Lydia senkte den Blick, ihre Schultern sackten unter einer unsichtbaren Last zusammen. „Ich … ich habe Fehler gemacht. Aber ich wollte immer nur, dass du lebst."

Halen sah an ihr vorbei. „Ich muss an die Luft!"

„Nein, du musst dich ausruhen!" Lydia wollte Halen an den Schultern zurück auf das Lager drücken.

388

„Fass mich nicht an!", herrschte Halen sie an. Sie hob eine Hand, um Lydia wegzuschieben, doch ihre Kraft reichte kaum aus. Stattdessen wich Lydia bei der Berührung zurück, als hätte Halen sie verbrannt.

Als sie aufstand, wollte sich vor ihren Augen wieder Finsternis auftun. Diesmal stützte sie sich an einer Wand und wartete ab. Erst als ihre Sicht wieder klarer wurde, lief sie weiter und erreichte mit pochenden Schläfen die Tür. Sie zu öffnen kam Halen furchtbar schwer vor. Erst jetzt erkannte sie, wo sie sich befand. Sie hatten sie zum Stelzenhaus im Moor gebracht. Natürlich. Das geheime Dorf war zu weit entfernt, und sie brauchten einen Ort, der schnell erreichbar war. Das Moorhaus bot Dunkelheit und Schutz, zumindest vor neugierigen Blicken.

Kapitel 30

Das Blutmoor lag still und friedlich. Im ersten Moment entging Halen der Ernst ihrer Niederlage, doch als ihr Fuß an einer morschen Bohle hängenblieb und sie ins kalte Wasser stürzte, spürte sie die brennende Hitze, die von ihrem Körper ausging. Sie fieberte.

Schritte kamen näher. Sie blickte auf und entdeckte Siglinds besorgtes Gesicht. Dann nahm sie dankend ihre entgegengestreckte Hand und ließ sich von ihr aufhelfen.

„Du hättest nie nach Wyatt gehen dürfen", gab Siglind mit ernster Miene zu bedenken. Halen starrte sie an, versuchte zu begreifen, ob sie von ihrer Vergangenheit sprach oder von der Entscheidung, sich Asgor zu stellen. „Geh wieder rein und ruh dich aus, Kind."

Halen wollte etwas erwidern, bemerkte aber, wie Siglinds Blick zu ihrer Augenbinde glitt. Ein Schatten huschte über ihr Gesicht, ehe sich ihre Mundwinkel verzogen und sie an Halen vorbeischaute.

Als Halen den Kopf drehte, erkannte sie, wer Siglinds Missfallen erregt hatte.

„Sieh mal an, Lydia!", rief Siglind. „Willst du dich wirklich zu deinesgleichen gesellen?"

Bevor Lydia Luftholen und zu einem Konter ansetzen konnte, stellte Halen sich demonstrativ vor sie und zog Siglinds Aufmerksamkeit damit wieder auf sich.

„Wo ist Colias?", fragte sie.

Siglind schaute auf, als sei sie aus ihren Gedanken gerissen, und zog dann achselzuckend die Schultern hoch. „Ich weiß nicht. Und jetzt geh wieder rein, bevor du dir hier draußen noch den Tod holst!"

„Nein!", fauchte Halen. „Ich muss wissen, wie es um uns steht."

Siglind stöhnte. „Dann komm. Ich zeige es dir." Sie warf Lydia einen düsteren Blick zu, bevor sie einen Arm um Halens Schultern schlang und sie von ihr wegzog.

Sie führte Halen durch das provisorisch aufgezogene Lager aus einfachen Zelten und Hütten. Allesamt auf den Bohlenwegen des Blutmoors errichtet. Die feuchte Erde quoll zwischen den Brettern hervor, und überall lagen verstreute Decken und improvisierte Bandagen. Halen stockte der Atem. Die verletzten Aytigo stützten sich auf Krücken, andere lagen zusammengesunken in blutbefleckten Tüchern. Der beißende Geruch von Wundbrand und faulendem Fleisch mischte sich mit dem feuchten Erdgeruch.

Viele hatten Pfeilwunden davongetragen. Halen konnte sich kaum von den Anblicken lösen. Ihr kam der Gedanke, dass die Aytigo eine Art leichte Rüstung benötigten, um nicht so ein leichtes Ziel am Himmel darzustellen.

Auf einmal tauchte Nathan in ihrem eingeschränkten Sichtfeld auf. Er saß angelehnt an einem Baum und hatte die Beine vor sich ausgestreckt.

Halen entzog sich Siglinds Umarmung und wollte auf ihn zueilen. Doch ein unheilvolles Ziehen in ihren Beinmuskeln ließ sie innehalten. Der Schmerz schoss durch ihre Glieder und zwang sie, langsamer zu gehen. Bei ihm angekommen, kniete sie sich hin. „Ohne Euch wäre ich jetzt nicht hier", entgegnete sie mit einem Lächeln. „Ich bin Euch sehr dankbar!"

Nathan sah sie aus engen Augenschlitzen an. „Eure Dankbarkeit ... nützt mir jetzt auch nicht viel", brachte er angestrengt hervor.

„Was ist passiert?" Mit ihrem gesunden Auge suchte sie seinen Körper aufmerksam nach Verletzungen ab. Ihr Blick blieb an Nathans linker Bauchseite hängen, aus der die Spitze eines wyattanischen Pfeils herausschaute.

„Sie ... haben mir einen Pfeil verpasst, als ... ich Euch von dort weggeholt habe." Das Sprechen fiel ihm schwer. Halen signalisierte, dass sie genug gehört hatte.

Er stöhnte leise, bevor er hinzufügte: „Und Hanc ... Sie haben ihn ..." Seine Stimme brach, und ein Ausdruck von Schmerz und Zorn huschte über sein Gesicht.

Die Welt um Halen schien stillzustehen. Schwindel erfasste sie, als hätte jemand den Boden unter ihren Füßen weggerissen. Hanc. Gefangen.

„Nein ..." Das Wort kam kaum hörbar über ihre Lippen. Kalte Panik stieg in ihr hoch. Sie wollte schreien, ihn fragen, wie das passieren konnte, was sie tun konnten, um ihm zu helfen, aber ihr Verstand zwang sie, sich zu beherrschen.

„Prinzessin Halen?" Naélios Stimme riss sie aus dem Strudel ihrer Gedanken. Sie blinzelte, kämpfte gegen die Tränen an, die heiß in ihren Augen brannten, und holte tief Luft.

„Wir ... wir holen ihn da raus", versprach sie schließlich.

Naélio trat näher und warf ihr einen forschenden Blick zu, als wollte er abschätzen, ob sie das Gewicht dieser Situation wirklich tragen konnte. „Nathan muss versorgt werden." Sein Tonfall glich einem Anker in all diesem Chaos. „Sie haben ihn von hinten getroffen. Ein glatter Durchschuss."

Halen nickte. Sie hatte keine Wahl. Sie musste die Kontrolle behalten – für Nathan, für Hanc, für alle, die noch auf sie zählten.

„Warum habt Ihr ihn noch nicht entfernt?", verlangte Halen zu erfahren.

Naélio sah sie aus entsetzten Augen an. „Wenn wir ihn herausziehen, verblutet er!"

„Er stirbt, wenn wir es nicht tun!", fauchte Halen. „Wollt ihr das?"

„Nein!", antwortete Nathans Berater überflüssigerweise.

Erst jetzt erkannte Halen, dass er Angst hatte. Sie alle hatten Angst, ihren König zu verlieren. So sehr, dass sie sich unfähig sahen, ihm zu helfen. Keiner wollte für den Tod ihres Königs verantwortlich sein.

Halen kniete neben Nathan nieder und griff nach einem Streifen Stoff, den ihr jemand reichte. Sie riss ihn in zwei Hälften und legte eine vorsichtig beiseite. Dann brach sie den blutgetränkten Pfeil am Schaft.

Nathan gab ein leises Fluchen von sich, als der Ruck durch seinen Körper ging.

Halen sah in sein schmerzverzerrtes Gesicht. „Seid Ihr bereit?"

Nathan nickte schwach.

„Naélio, helft mir!"

Der Aytigo drehte seinen König auf die Seite, legte eine Hand an den Pfeilschaft und zog diesen mit einem schnellen Ruck heraus. Nathan schrie auf und wölbte seinen Brustkorb, doch Naélio drückte ihn zurück auf den Boden.

Halen presste den Stoffstreifen sofort auf die Wunde, während sie ihre Handflächen darüber hielt. Sie schloss die Augen und konzentrierte sich darauf, das Blut zu stoppen, indem sie ihre Magie bündelte. Doch das Blut strömte weiterhin wie ein Fluss aus der Wunde und tränkte Nathans Kleidung rot.

„Siglind! Wir brauchen saubere Stoffe", rief sie, so laut sie konnte und hoffte, dass diese in der Nähe geblieben war. „So viele wie möglich!"

Halen hielt weiterhin ihre Handflächen über Nathans Wunde. Das Blut strömte unaufhaltsam aus dieser hervor, und ihr Atem ging schwer, als sie ihre Magie zu bündeln versuchte. *Er muss es schaffen!*

Nach kurzer Zeit kehrte Siglind zurück und ließ sich neben Halen nieder. In ihren Händen hielt sie mehrere Stoffstreifen, die sie mit einem schnellen Blick aussortierte. „Das hier ist am saubersten", erklärte sie und half Halen, die Blutung zu stillen.

Endlich wurde der Blutfluss langsamer. Siglind legte ihre Hände neben die von Halen und schloss die Augen. Ihre Stimme war von Verzweiflung durchzogen, als sie meinte: „Ich kann nicht ewig so weitermachen …"

Inzwischen hatten sich einige Aytigo und Yroma um sie versammelt. Ihre Gesichter zeigten eine Mischung aus Sorge und Furcht. Halen hob den Kopf. Ihre Stimme schallte scharf über den Platz, als sie rief: „Na los, steht nicht nur so rum! Ihr habt gehört, was wir brauchen! Sucht weiteren Stoff – saubere Kleidung, Tücher – alles, was ihr finden könnt!"

Die Umstehenden stoben auseinander und kehrten nach kurzer Zeit mit mehreren Stofffetzen zurück.

Halen musterte die Gesichter um sich herum. „Wer hat schon mal einen Verband angelegt?" Keiner traute sich vorzutreten. Die Anspannung in der Luft war greifbar, bis eine Frau mittleren Alters mit rappelkurzen, grauen Haaren aus der Menge trat und ihr einen kleinen Beutel mit zerstoßenen Blättern reichte.

„Hier, Thymian und Wegerich. Das reinigt die Wunde und hält den Eiter fern", erklärte sie mit fester Stimme.

Halen nickte. „Danke."

Die Frau zerdrückte die Blätter zwischen ihren Fingerspitzen, vermengte sie mit einem Tropfen Wasser aus ihrem Trinkschlauch und trug die Mischung behutsam auf die Wunde auf. Nathan zuckte zusammen, doch er hielt tapfer still.

„Gut so", murmelte die Frau und verschwand wieder in der Menge, während Halen selbst den Verband anlegte. Gerade als sie die ersten Wicklungen begann, entdeckte sie Ben, der sich durch die Menge quetschte.

„Komm und hilf uns!", forderte ihn Siglind auf.

Ben trat zögernd nach vorne. „Ich … habe so etwas … noch nie …", stammelte er.

„Dann wird es höchste Zeit", meinte Siglind.

„Nimm das!", riet Halen und schaute zu den Stofffetzen, die ihm gereicht wurden. „Lege sie um die Wunde und zieh sie so straff wie du kannst."

Ben tat wie ihm geheißen. „Es blutet trotzdem", entfuhr es ihm verzweifelt.

Halen blickte in die Gesichter über ihr. „Bringt uns ein flaches Stück Holz!"

Die Frau von eben trat erneut dazu und reichte Ben das Holz. „Hier. Lege noch eine Stoffschicht darum, dann drückst du es auf die Wunde und verbindest es weiter. So wird die Blutung gestoppt!"

Als sie fertig waren, fielen Naélio und Siglind erschöpft auf den Boden. Sie sahen besorgt zu Nathan, der inzwischen ohnmächtig geworden war.

Ben zitterten die blutverschmierten Hände. „Wird er es schaffen?", fragte er nervös.

Halen sah zu ihm hoch, doch sie wusste nicht, was sie sagen sollte.

Unerwartet gellte ein Schrei durch das Blutmoor. Halen fühlte sich sofort an die Jagd zurückerinnert, als Nicholas und sie die Wasserleiche entdeckt hatten. Beim nächsten Schrei war sie wieder im Hier und Jetzt. Sie kannte diese Stimme.

Siglind folgte ihrem Blick. „Nein!", warnte sie.

Halen hatte sich schon erhoben. Ihre zitternden Gliedmaßen ignorierend, lief sie den Schreien entgegen.

Durch das Lager eilend erkannte sie einige Menschen aus Wyatt versammelt um ein Feuer stehen. Sie sahen erschöpft und ausgezehrt aus. Daneben befand sich ein kleiner Verschlag aus Ästen, aus denen lautes Stöhnen zu hören war. Halen fand Uthred auf dem Boden sitzend, seine Hände und Füße gefesselt. Er wirkte erschöpft, seine Schultern hingen herab, und sein Kopf neigte sich nach vorne.

Naélio trat hinzu. Erst jetzt sah er sie richtig an. Halen fragte sich, wie schlimm sie wohl wirklich aussah.

„Ein paar Wenige konnte Hanc noch in Wyatt von Asgors Zauber befreien", berichtete er. „Ich habe mit dem Blutzauber angefangen." Er hob seine Hände, die in einer unnatürlichen Art zitterten. „Aber, ich schaffe das nicht allein. Deswegen haben wir den anderen ein Beruhigungsmittel gegeben. Aber wir können nicht ewig so weitermachen. Wir brauchen Hanc!"

Halen sah zu Ben, der neben ihr aufgetaucht war. Er blickte schlagartig auf den Boden. „Ich hätte ihn dort niemals zurückgelassen … aber die Aytigo …"

„Scht …" Halen legte eine Hand auf Bens massive Schulter. „Hanc ist stark und ein Gestaltwandler. Er wird es schaffen … Da bin ich mir sicher!"

Siglind kam näher. „Halen, du solltest dich ausruhen! Du siehst nicht gut aus."

Doch ihre Worte drangen kaum zu ihr durch. Halens Blick blieb an Uthred hängen, ein längst vergessenes Gefühl aus Kindertagen durchzuckte sie: Hoffnung … und Angst zugleich.

Um sie herum herrschte gedämpftes Gemurmel. Die Bewohner Wyatts standen in kleinen Gruppen zusammen. Einige hielten ihre Waffen so fest umklammert, dass die Knöchel weiß hervortraten. Eine Frau drückte ihr Kind fester an sich, als könnte sie es so vor dem Unausweichlichen schützen. Ein älterer Mann sah sich ruhelos um, als erwartete er jeden Moment einen Angriff.

Halen schluckte. Sie alle hatten Angst. Und sie selbst war da keine Ausnahme.

Ein Mädchen löste sich aus der Gruppe. Halen erkannte Mari Bres, die Tochter des Stallmeisters. Sie stockte, als sie sah, wie abgemagert das Mädchen war. Halen hatte sie noch auf Wyatt Castle gesehen – damals war Mari kräftiger gewesen, hatte rote Wangen und strahlende Augen. Doch jetzt …

Halen schluckte schwer. Seit Asgor die Burg eingenommen hatte, musste Schreckliches passiert sein. Lydia hatte zwar dafür gesorgt, dass Getreide und Gemüse auf den Feldern wuchsen, aber unter Asgors Herrschaft war das offenbar nicht genug gewesen. Vielleicht hatten sie nicht einmal genug zu essen bekommen.

„Prinzessin Halen. Wir dachten, Ihr wärt tot!", entfuhr es Mari.

Halen schloss sich den Wyattanern an. „Ich bin froh, zu sehen, dass ihr wohlauf seid. Ihr müsst euch schleunigst in Sicherheit bringen."

Doch ein alter Mann spuckte ihr vor die Füße. Es war Caleb Bres, Wyatt Castles' Stallmeister. „Ihr seid eine Yroma! Ihr seid nicht länger unsere Prinzessin! Und wir nehmen keine Befehle mehr von Euch an!"

Seine Tochter trat an seine Seite und sah zu ihm hoch. „Dank ihr sind wir jetzt frei!"

„Dank der Yroma ist Asgor zurückgekehrt! Er will Krieg. Und den wird er bekommen. Und weißt du, wer dabei zwischen den Fronten steht? Wir Menschen!"

Halen hatte nicht mitbekommen, dass Ben immer noch hinter ihr stand, bis sie ihn aufgebracht schimpfen hörte: „Nicht wir waren es, die diesen Krieg mit Asgor angefangen haben!"

Halen drehte sich zu Ben um. *Musste das sein?* Dann sah sie wieder in die Augen der Menschen und erkannte mit Bedauern, dass sie keine Unterstützung von ihnen zu erwarten hatte.

„Es ist Euch frei zu gehen, wohin Ihr wollt", stellte sie klar. „Wenn der Krieg vorbei ist, wird Wyatt Euch immer eine Heimat sein."

Doch Caleb trat näher an Halen heran, so nah, dass sie unwillkürlich einen Schritt zurückwich. „Dieser Krieg wird nie enden!"

Halen hielt inne. Da war mehr in seinen Worten als nur Angst – eine müde Gewissheit, geboren aus Erfahrung. Er hatte schon im ersten Krieg miterlebt, wie Versprechen von Frieden zerbrochen sind.

Mit angespannten Schultern wandte Caleb sich ab. „Kommt, lasst uns hier verschwinden!", rief er den anderen zu. Diese sammelten hastig ihre wenigen Habseligkeiten auf und machten sich auf den Weg Richtung Süden.

Halen konnte sie nicht einfach ziehen lassen. Aber wie sollte sie sie umstimmen?

Noch bevor sie eine Lösung finden konnte, riss Naélio sie aus ihren Gedanken. „Prinzessin Halen, wir müssen reden!"

„Das werden wir!" Sie sah den Menschen hinterher. „Doch zuerst muss ich …"

„Nein, wir reden jetzt!" Der nächste Aytigo kam und schlagartig hatte sich eine geflügelte Meute um sie versammelt.

„Wir Aytigo sind uns einig", fuhr Naélio fort. „Unser König ist verletzt. Wir ziehen uns auf unsere Insel zurück!"

Nicht ihr auch noch.

„Jetzt ist nicht der Zeitpunkt, um aufzugeben!", rief Ben verzweifelt.

Der Aytigo warf ihm einen flüchtigen Blick zu. „Ich spreche nicht mit Euch!" An Halen gerichtet, fuhr er fort: „Wie viele müssen wir noch aufgeben? Unser König ist stark verwundet. Sein Sohn gefangen …"

Ben schnaufte aufgebracht. „Ihr wollt Hanc einfach so dem Geist überlassen?"

Naélio verschränkte die Arme vor der Brust, die Haltung trotzig. „Ich wusste nicht, dass Ihr Hanc so gut leiden konntet?"

„Hanc ist euer Prinz!", schrie Ben.

Halen blickte in Bens aufgebrachtes Gesicht. *Und wie ein Sohn für dich!*

Naélio gab nur ein genervtes Seufzen von sich. „Das war er nicht mehr, seit er sich entschieden hat, unter euch Yroma zu leben!"

Ben bewegte sich unvermittelt auf Naélio zu, sodass dieser in sich zusammenzuckte. Mit einem Finger tippte Ben auf die muskulöse Brust des Aytigos. „Nachdem ich ihn verletzt und verstümmelt im Fluss gefunden habe, haben wir ihn ein halbes Jahr gesund gepflegt!" Sein Blick wich nicht von Naélio ab. „Später widmete er sein Leben Prinzessin Halens Schutz! Soll das alles umsonst gewesen sein?"

Halen hörte jemanden scharf Luft einziehen. Die Meute der Aytigo teilte sich und dann sah sie ihn erneut. Uthred. Aufrecht. Befreit von den Fesseln.

Ohne ihn aus den Augen zu lassen, hielten die Aytigo Abstand zu ihm. Naélios Hand setze einen Pfeil an die unsichtbare Sehne seines Mondhauers.

„Hal!", brachte Uthred rau hervor.

Sie hielt inne. Der pochende Druck in ihrem Kopf baute sich weiter auf, schwer und drängend, als würde etwas in ihrem Inneren nach außen brechen wollen. Sie zwang sich, nicht an ihr verletztes Auge zu fassen, sondern ihrem Vater direkt in die Augen zu sehen.

Bens Finger streiften ihren Arm, kaum mehr als ein Hauch von Wärme. Seine Worte waren nur ein Flüstern: „Das ist nicht er."

Halen deutete ein Nicken an. Ihr Hals fühlte sich wie zugeschnürt an, während sie einen Schritt auf den Mann vor sich zu ging. „Bist du es, Vater?"

Aus dem Augenwinkel nahm sie wahr, wie Naélio seinen Mondhauer hob, und hielt ihn mit einer flüchtigen Handbewegung davon ab, einen Pfeil abzufeuern.

„Natürlich bin ich es!", versicherte Uthred ihr. Er sah sich um. „Dein Heer ist ausgedünnt ... Ich habe gute Arbeit geleistet!"

„Was wollt Ihr?", fragte Halen mit einer Kühle in der Stimme, die fähig war, den Blutsee erfrieren zu lassen.

Mit bedächtigen Schritten kam er ihr näher. „Frieden", hauchte er sanft.

Ein gequälter Ton stieg aus Halens Kehle auf. „Wollt Ihr mich verkohlen?"

Auch Uthred gab ein kratziges Lachen von sich. „Ich habe mir meine Heimat zurückgeholt. Es braucht kein weiteres Blutvergießen."

Als ob das alles wäre, was Ihr wollt!, dachte Halen. Doch laut sagte sie: „Dann lasst Hanc und die Menschen frei!"

Uthreds Augen verengten sich. „Dieses Friedensangebot ist einmalig! Ich mache es kein zweites Mal. Leider kann ich dir nicht geben, was du verlangst."

Halens Herz schlug schneller. „Dann wird es keinen Frieden geben!", hörte sie sich sagen.

Uthred brummte zufrieden. „Wir können es beenden! Hier und jetzt ..."

Er will, dass ich meinen Vater töte?

Ein Ziehen breitete sich in ihrer Brust aus, ihre Beine wurden schwach. Ihre Sicht flackerte – immer wieder verschwamm alles vor ihren Augen, als würde sie langsam den Halt zur Realität verlieren.

„Seid ihr wirklich so feige, dass Ihr Euch nur traut, im Körper eines anderen zu kämpfen?"

Uthred schrie auf und es kam Halen so vor, als ob er sich wehrte. Er hob seine Rechte, in der sich eine Klinge aus Licht auftat. Die Waffe des Geistes. Grölend rannte er Halen entgegen. Doch er war nicht mal auf der Hälfte des Weges zu ihr, da durchbohrte ein Pfeil seinen rechten Fuß. Uthred stürzte in einem langen Fall zu Boden. Er fluchte.

Ben und Naélio waren sofort über ihm und fingen an, seine Hände und Füße mit Seilen zu umschnüren.

Uthred funkelte Halen aus schwarzen Augen an. „Dein Tod ist besiegelt, Halen Arkin!"

Helles Licht kroch aus Uthreds Körpermitte und der Geist verschwand daraus. Halen wartete ab, bis das Licht zwischen den Baumkronen verschwunden war.

„Vater!" Halen schmiss sich zu Uthred auf den Boden. Sie bettete seinen Kopf auf ihrem Schoß. „Wach auf!", flehte sie ihn an. Doch er zeigte keine Regung.

Eine Hand legte sich auf ihren Oberarm. Halen folgte der Berührung und traf auf Siglinds Gesicht, ruhig und konzentriert. Diese fasste mit einer Hand Uthreds Fuß, mit der anderen zog sie den Pfeil aus dem Fleisch. „Ich muss den Fuß verbinden, aber er wird es überleben!"

Halen hörte ihre Worte, aber die Welt um sie herum begann sich bereits zu drehen. Ein dumpfes Rauschen übertönte alle Geräusche in ihrer Umgebung. Dunkelheit holte sie ein. Es folgte der dumpfe Aufschlag auf der Erde, bevor mehrere Personen begannen, sie wegzutragen.

Kapitel 31

Ein heiseres Krächzen zerriss die Stille der Nacht, gefolgt vom Flattern schwerer Flügel. Halen fuhr aus dem Schlaf hoch, ihr Atem ging flach. Sie blinzelte in das Halbdunkel. Ihre Lider waren schwer wie Blei. Der Raum schien sich zu drehen und sie spürte den dumpfen Druck in ihrem Kopf, der sie seit dem Kampf mit Asgor nicht losgelassen hatte. Ein stechender Schmerz zog durch ihr linkes Auge, das sie instinktiv zusammenkniff. Halen hob langsam eine Hand an ihre Stirn und rieb sich über die Schläfen. Die Bilder des Traums – oder eher die Fragmente davon – zuckten noch immer vor ihrem inneren Auge vorbei. Stimmen, Schreie, blendendes Licht. Alles verschwamm und hinterließ ein Gefühl von Schwere.

Beim Versuch, sich weiter aufzusetzen, wurde ihr sofort schwarz vor Augen. Sie ließ sich zurück auf das Bettlager sinken, hielt den Kopf in beiden Händen und wartete, bis die Welle der Schwäche nachließ.

Nach einer Weile zwang sie ihren Körper, sich zu erheben. Mit flachem Atem stützte sie sich an der Wand ab, als sie zur Tür taumelte. Ihr Blick fiel auf eine kleine Phiole, die auf dem Tisch neben ihrem Bett stand. Lydia hatte sie dort gelassen, mit dem Hinweis, dass sie die Schmerzen erträglicher machen würde.

Halen zögerte einen Moment, griff dann jedoch danach. Mit unsicheren Händen zog sie den Korken und trank die bittere Flüssigkeit in einem Zug. Ein brennendes Gefühl breitete sich in ihrer Kehle aus, doch es brachte zugleich einen Hauch von Erleichterung.

Dann stützte sie sich wieder an der Wand ab und setzte ihren Weg zur Tür fort, die Phiole achtlos zurücklassend.

Halen zog sich die Stiefel an und spürte dabei das Gewicht des kleinen Messers, das im Schaft des rechten Schuhs verborgen lag. Sie zögerte, bevor sie sich einen Wollmantel überwarf, der neben der Tür hing, und ihren Bogen schulterte.

Ihr linkes Auge zog bei jedem Schritt unangenehm, als würde etwas von innen dagegen pochen. Noch immer haftete der Traum an ihr, ein dunkler Schleier, den sie abschütteln musste. Also stieß sie die Tür auf – die feuchte Morgenluft strömte ihr entgegen, legte sich kühl auf ihre Haut und vertrieb die letzten Schatten der Nacht.

Der Tag war noch nicht angebrochen, doch die rotorangen Streifen am Horizont verrieten, dass es nicht mehr lange dauern konnte, bis die ersten Sonnenstrahlen den Moorwald mit Licht fluteten.

Ohne ein bestimmtes Ziel setzte sie ihren Weg fort. Sie ließ die Bohlenwege in Richtung Süden hinter sich und folgte einem von Tieren getrampelten Pfad, der an einem Ausläufer des Dyne entlangführte. Schweigend ging sie ihm bis zum südlichen Waldrand nach, an dem sie stehen blieb.

Halen starrte auf das endlose satte Grün, das sich vor Wyatt Castle erstreckte, und nur unterbrochen wurde vom Dyne und ein paar vereinzelten Birkenhainen.

Als die ersten Sonnenstrahlen des Tages ihren erhitzten Körper zu wärmen begannen, kam sie wieder zu sich. Völlig entkräftet ließ sie sich auf den staubigen Boden sinken und vergrub den Kopf in ihren Händen.

Wieder befiel der schmerzhaft hohe Ton ihre Ohren und machte es ihr unmöglich, die Geschehnisse des letzten Tages zu verarbeiten. Ihr blieb nichts anderes übrig, als dazusitzen und mit dem Kopf in den Händen abzuwarten.

Als der unerträgliche Laut endlich abebbte, hob sie ihren Kopf und horchte in den Wald hinein. Obgleich dieser eine vielfältige Geräuschkulisse bot, hörte sie nur das gleichmäßige Rauschen des Dyne. Sie stand auf und folgte diesem Geräusch, bis ihre Füße vom Wasser bedeckt waren. Ihr Blick war stur geradeaus gerichtet. Sie schloss ihr rechtes Auge und atmete tief ein. Als sie wieder ausatmete, betrachtete sie ihr Spiegelbild im Wasser.

Das erinnerte sie an ihren Sturz im Blutmoor. Doch nun würde sie in ein anderes Gesicht blicken. Die Binde zog sich quer über ihren Kopf und bedeckte ihr linkes Auge. Sie entdeckte auch das Ende eines Fadens, der die Haut über einer Verletzung zusammenhielt.

Ihr Atem ging schneller, als sie die Binde Stück für Stück von ihrem Kopf löste. Der Wind wehte den letzten Stoffrest weg und entblößte die abscheuliche Wunde.

Sie schnappte nach Luft. Lange sah sie auf sich hinab, bis ihre Hand nach etwas griff, ohne dass sie wirklich darüber nachdachte. Sie betrachtete die Schneide des Messers in ihrer Hand. Ein Zweig brach mit einem Knacken. Sie riss den Kopf hoch – am anderen Ufer verharrte Colias. Seine Stirn war in Falten gelegt, die Lippen leicht geöffnet. Als würde er etwas sagen wollen, es aber schließlich doch unterdrücken.

Halen nahm all ihren Mut zusammen und hob die Klinge auf die Höhe ihres Halses. Mit der anderen Hand griff sie nach ihrem Zopf und schnitt diesen ab, sodass die Strähnen ihr auf die Schulter fielen. Sie ließ das Bündel Haare auf den Boden fallen und ihr Messer zurück im Stiefelschacht verschwinden.

Halen ging in die Hocke und legte ihre rechte Hand auf die Wasseroberfläche, während die andere nach dem Amulett griff.

„Du kennst die Worte. Sag sie mir!", flüsterte sie.

Das Amulett begann zu beben – ein vibrierender Strom, der durch ihre Finger in ihren Körper floss. Halen umfasste es fester. Ihr Kiefer spannte sich an, als eine fremdartige Kraft in ihr aufstieg. Hitze flackerte unter ihrer Haut, pulsierte in ihren Adern wie ein Feuer, das nicht ihres war. Sie überkam das Gefühl, sich an etwas festklammern zu müssen, das nicht greifbar war.

Das Beben ging auf den Fluss über. Kräuselnd reagierte das Wasser, als spiegelte es ihren Zorn wider – dann zog es sich zurück. Es war kein sanftes Fließen – das Wasser schwand abrupt, indem es in riesigen Rinnsalen in das Erdreich gesogen wurde. Innerhalb von Sekunden war das Flussbett leer. Nicht ein Tropfen Wasser war mehr zu sehen.

Halen öffnete die Augen und starrte auf das rissige, trockene Flussbett vor sich. Sie wollte triumphieren, wollte die Macht feiern, die sie entfesselt hatte. Doch das Gefühl hielt nicht lange an. Ein plötzlicher Schwindel überkam sie, als hätte der Boden unter ihr nachgegeben. Ihre Hand schnellte zur Erde, um sich abzustützen, während sich alles um sie herum drehte.

Ihr Atem ging flach, und die Wut, die sie soeben noch gespürt hatte, wich etwas viel Intensiverem: Eine Welle aus Verzweiflung und Traurigkeit überrollte sie, als würde sie plötzlich in kaltes Wasser gezogen, das ihr den Atem raubte. Sie spürte, wie sich eine eisige Leere in ihr ausbreitete. Sie schnappte nach Luft. Tränen stiegen in ihre Augen und ein Gefühl, das sie nicht benennen konnte, legte sich schwer auf ihr Herz.

Das Amulett. Es hatte sie geschützt – aber nur vor Luftmagie. Jetzt, wo sie die Wassermagie entfesselt hatte, spürte sie den Preis, den diese Macht forderte. Sie presste ihre Hände an ihre Schläfen, doch es half nichts. Der Schmerz war nicht körperlich – er war emotional, ein Spiegel ihrer tiefsten Ängste und Zweifel.

Und dann sah sie es: Asgors tränendes Auge. Das Bild brannte sich in ihr Gedächtnis, ein Echo dessen, was sie in Wyatt Castle gesehen hatte. Ihre Hand verkrampfte sich um den Eulenanhänger an ihrem Hals.

„Asgor …"

Seine Macht hatte einen Preis, einen, den er vermutlich jeden Tag zahlen musste. Halens Knie gaben nach und sie sank auf die trockene Erde, ihre Finger immer noch um das Amulett gekrallt.

Der Fluss mochte versiegt sein, doch Halen fühlte sich, als würde sie ertrinken – nicht im Wasser, sondern in ihrer eigenen Hilflosigkeit. Sie verstand jetzt, was es bedeutete, Magie ohne Schutz zu nutzen. Und sie verstand, wie tief Asgors Schwäche reichte.

Als ihre Hand sich von dem Amulett löste, sah sie wieder zu Colias. Er stand nur wenige Schritte entfernt von ihr da. Seine Augen hafteten nicht an ihrem Gesicht, sondern an der linken Seite ihres Kopfes.

„Hal! Dein Auge!", entfuhr es ihm, seine Stimme klang ungläubig.

Ein nervöser Stich durchzog Halen. Sie griff ihren Bogen fester, als sie ihn in seine Richtung hob. „Komm nicht näher, oder ich schieße!"

Colias hob die Hände, sein Blick wanderte immer wieder zurück zu ihrer Wunde. „Was soll das?", fragte er verwirrt.

Halen atmete schwer. „Du hast mir von Anfang an etwas vorgemacht!"

„Ich habe dir gesagt, wer ich bin!"

„Darum geht es nicht. Er wusste Bescheid! Von den Levia, der vergessenen Insel ... und von meinem Amulett!"

Colias sah sie an, seine Stirn war in Falten gelegt.

„Niemand außer dir wusste davon!" Halen schluckte.

Colias schien ihr nicht mehr zuzuhören. Er drehte sich zur Seite und starrte ins Leere. Seine Hände vergruben sich in seinen Haaren. „Nein ... Nein ...", rief er aus.

Halen senkte den Bogen und beobachtete ihn mit Argwohn. *Was geht hier vor sich?*

Als er sich wieder zu ihr drehte, fischte seine Rechte etwas aus seinem Halsausschnitt.

„Was ist das?"

Colias sah von seiner zitternden Hand zu Halen. „Das ist das Amulett meines Vaters", antwortete er mit ruhiger Stimme.

Halen riss die Augen auf. „Du ... trägst ein Amulett?"

„Mein Vater gab es mir, als er im Sterben lag ..."

„Du sagtest doch, Asgor hätte ihn getötet."

Colias nickte. „Das hat er auch."

Halen ahnte Unheilvolles und blinzelte aufgeregt. „Also trägst du ein Amulett, dass eigentlich Asgor dient?"

Colias schüttelte entschieden den Kopf. „Magische Amulette dienen nicht. So sollte es nicht sein ..."

Sie wählen selbst ihren Träger. So hatte es auch Mutter gesagt.

„Doch vielleicht hat es dich nicht gewählt! Es muss mit Asgor verbunden sein, sonst hätte er nicht jeden unserer Schritte gewusst. Oder—"

„Oder was?", hakte Colias nach. „Was willst du sagen?"

„Oder du hast uns die ganze Zeit über hintergangen!"

Unwillkürlich machte Colias einen Schritt auf sie zu. „Ist das dein Ernst?"

Halen hob flugs ihren Bogen und spannte ihn noch straffer. „Warum hat er dich nicht getötet? Asgor hätte das Amulett doch längst selbst tragen können!"

Colias stöhnte. „Oh, er hat versucht, es mir abzunehmen ... Aber ich schätze ...", er schluckte vernehmlich. „... er brachte es nicht über sich, mich umzubringen!"

411

Halen schnaubte amüsiert. „Du glaubst, der Geist war nicht im Stande—"

„Einen unschuldigen Jungen zu töten, ja! Er ist nicht nur grausam!"

Halen schüttelte den Kopf und trat unwillkürlich einen Schritt zurück. „Ich habe mich geirrt. Ich dachte, du bist Asgors Schwäche, weil er in dir so etwas wie einen Sohn sieht."

Ein raues, beinahe manisches Lachen stahl sich über Halens Lippen, als sie den Blick zum Himmel richtete. „Aber es verhält sich ganz anders!" Ihre Stimme trug eine schneidende Schärfe in sich. „Asgor ist *deine* Schwäche! Er hat deinen Vater ermordet, sich deines Körpers beraubt und deinen jüngeren Bruder kaltblütig ermordet!"

„Hör auf!", schrie Colias.

„Durch deine Hand!", fuhr Halen unbeirrt fort. „Ich verstehe nicht, wie du ihn nach alldem immer noch in Schutz nehmen kannst?"

„Das tue ich nicht!", beharrte Colias. „Er … Er ist alles, was ich noch habe! Verstehst du das nicht?"

„Als du in Wyatt warst, sagtest du, du wolltest mich vor einem Fehler bewahren. Du wolltest mich davon abhalten, ihn umzubringen!"

„Weil du niemand bist, der andere kaltblütig umbringt!"

„Meinst du?"

Er trat langsam an sie heran. „Ja!"

„Komm bloß nicht näher!", forderte Halen ihn auf und machte noch einen Schritt nach hinten.

„Willst du mich wirklich töten?"

„Ich weiß nicht, was ich will", erwiderte Halen nüchtern. „Ich weiß nur, dass ich es tun muss, wenn du nicht stehen bleibst!"

„Genau das will er doch! Hass schüren, zwischen den Menschen und den Yroma. Einen Hass, der so groß ist, dass wir uns gegenseitig vernichten. Aber wenn es wirklich das ist, was du tun willst, dann schieß!"

Colias lief weiter auf sie zu. „Du hast ja keine Ahnung, wie oft ich mir gewünscht habe, tot zu sein! Also tu mir den Gefallen!"

„Colias ..."

Doch er lief ihr entgegen, bis Halens Pfeilspitze seine Brust berührte. Sie hielt den Atem an. Tränen benetzten ihr Gesicht.

Colias berührte ihren Bogen und drückte ihn bedächtig nach unten. Ihre Hände gaben nach und ihre Armmuskeln entspannten sich. Er schloss die Lücke zwischen ihnen, bis ihre Körper sich fast berührten. Colias hielt inne, legte seine Stirn vorsichtig gegen ihre, so dass er ihre Verletzung nicht berührte. Einen Moment verharrte er, als würde er ihr die Gelegenheit geben, zurückzuweichen. Doch sie blieb, wo sie war, und so fanden seine bebenden Lippen die ihren.

Ein warmes Kribbeln breitete sich in Halens Bauch aus, durchbrach den Schmerz, der von ihrem verletzten Auge ausstrahlte, und ließ sie für einen Moment alles andere vergessen. Sie schloss die Augen, löste die Anspannung ihrer Lippen und ließ sich in den Kuss fallen. Sie spürte Colias' kühle Hände auf ihren überhitzten Wangen.

Ihre Lippen waren noch vereint, als Halen ihre Handflächen auf seinen Oberkörper legte und ihn widerwillig von sich schob. Sie öffnete ihre Lider und sah in seine dunklen Augen.

„In den letzten Tagen ist mehr passiert als in meinem bisherigen Leben!", raunte sie heiser.

Colias seufzte. „Ich wünschte, ich könnte dasselbe behaupten."

„Bevor Asgor hier einfiel, war ich ein dummes Mädchen. Ich wollte unbedingt eine Kriegerin sein! Über das Wort *Krieg* hatte ich allerdings nie nachgedacht. Jetzt wünschte ich, wir könnten von hier verschwinden."

Colias nahm ihre Hände in seine. „Das könnten wir. Aber wir würden nie Ruhe finden."

„Ich werde Hanc nicht in Wyatt zurücklassen."

„Dann ist es entschieden", erklärte Colias knapp. „Wir machen weiter!"

„Es gibt kein *Wir*." Halen sah in sein fragendes Gesicht. „Was soll das bedeuten?"

„In Wyatt, da ist noch etwas passiert."

„Was? Was ist passiert?"

„Wir haben Hancs Schwester gefunden."

Colias löste sich von ihr. „In Wyatt?"

„Ja. Sie hat sich all die Jahre als Ylva ausgegeben, um zu überleben."

Colias schlug die Hand vor den Mund und drehte Halen den Rücken zu.

„Was ist mit dir?"

„Ich bin nur froh, dass Hancs Schwester lebt."

„Sag mir eins. Ist sie von Asgor schwanger?"

„Sie ist schwanger?" Seine Stimme klang plötzlich höher.

Halen stöhnte. *Typisch. Warum fällt das den Männern nicht auf?* „Hörst du mir nicht zu?"

„Ich … Ja … Ich meine, ich weiß es nicht. Tut mir leid."

„Aber ich weiß es. Sie sagte, es sei nicht von ihm." Sie machte eine kurze Pause, musterte Colias und versuchte, etwas in seiner Haltung zu erkennen. Da war etwas – seine Finger zitterten, während er die Hand zu einer Faust ballte, und sein Blick wich dem ihren aus.

„Colias …" Ihre Stimme senkte sich, und für einen Moment schien sie zu überlegen, ob sie ihn zur Rede stellen sollte. Doch als er nichts erwiderte, beließ sie es vorerst dabei. „Besser, Nathan erfährt davon vorerst nichts."

Halen legte den Kopf schief, bis er ihr endlich wieder in die Augen sah. „Wieso hast du mir all das verschwiegen? Deine Identität, das Amulett …" *Dein Kind?* „So etwas erzählt man sich, wenn man …"

„Wenn man *was*?", unterbrach Colias sie gereizt. „Wenn man einander wichtig ist? Wolltest du das sagen?" Er lachte bitter. Einen Moment lang schien er etwas hinzufügen zu wollen, doch er biss sich auf die Lippen und verkniff sich den Kommentar. „Was das Verschweigen von Dingen angeht, Halen, da stehst du mir in nichts nach!"

„Vielleicht werden wir nie fähig sein, uns zu vertrauen."

„Lass mich dir beweisen, dass wir das können!", drängte Colias, seine Stimme nun eindringlich, als wäre er nun von einem anderen Gefühl übermannt. „Lass mich dir helfen!"

415

„Du willst Asgor nicht töten. Wie könntest du mir also helfen?"

„Es gibt einen anderen Weg. Glaub mir!"

„Ich sehe klarer als je zuvor in meinem Leben. Und wenn es diesen Weg gäbe, dann würde ich ihn erkennen." Halen schob ihn mit zittrigen Händen von sich, ihre Bewegungen bestimmt. „Es geht nicht anders."

Colias griff nach ihrer Hand. Sein Atem stockte, als er die scharfe Klinge bemerkte, die sie gegen seinen Brustkorb gedrückt hatte.

„Halen … bitte …"

Halen löste sich abrupt von ihm und machte mehrere Schritte zurück. Ihre Bewegungen waren schnell und präzise, als würde sie eine unsichtbare Barriere zwischen ihnen errichten. Noch bevor Colias reagieren konnte, hatte sie ihren Bogen gespannt.

Ihre Stimme war brüchig, tränenerstickt. „Es tut mir leid. Ich muss es wissen."

Colias machte einen weiteren Schritt rückwärts. Doch das Surren des Pfeils schnitt durch die Luft und ließ keinen Raum für Flucht. Das Geschoss raste unaufhaltsam auf ihn zu.

Kapitel 32

Halen war auf dem Weg zurück zum Lager. Schniefend wischte sie sich die letzte Träne weg. Sie konnte die Yroma und Aytigo schon von Weitem hören, wie sie wild durcheinanderredeten. Halen konnte nicht sagen, welches Volk mehr Sturheit besaß.

Entschlossen ging sie der Meute entgegen. Nach und nach verebbten die Diskussionen. Sie starrten sie an, aber machten den Weg frei.

Ben war der Erste, der wieder zu sich kam und zu Halen trat. „Prinzessin, ich muss sagen, der Haarschnitt verleiht Euch eine gewisse … wilde Anziehungskraft." Er grinste breit, und ein Schimmer von Neckerei funkelte in seinen Augen.

Halen sah ihn misstrauisch von der Seite an. Insgeheim aber war sie dankbar, dass er ihr Auge unkommentiert ließ.

Sie trat zu Nathan, der sich inzwischen aufgesetzt hatte. Er sah immer noch mitgenommen aus, doch seine Haut hatte wieder etwas Farbe angenommen.

„Wo wart Ihr so lange?", fragte er geradeheraus. Auch er musterte sie, und obwohl er nicht gerade um spitzfindige Worte verlegen war, gab er diesmal keinen Kommentar ab.

„Geht es Euch besser?", fragte Halen anstelle einer Erklärung.

„Hm", murrte er. „Dank Euch!"

Naélio trat zu ihnen. „Asgor will nichts von uns", erinnerte er sie. „Er will nur die Yroma-Prinzessin. Wir sollten von hier verschwinden, bevor er noch mehr von uns tötet."

Halen konnte ihm seine Ansicht nicht verübeln. Auch wenn sie noch so starke Kämpfer waren – Asgors Bogenschützen hatten Dutzende von ihnen in den Tod geschickt.

Nathan schüttelte entschieden den Kopf. „Wir können jetzt nicht aufgeben. Asgor weiß, dass wir auf Meerell sind. Er wird nicht aufhören, uns zu verfolgen, bis er jeden von uns getötet hat!"

„Dann suchen wir uns eine andere Insel!", entgegnete Naélio.

Nathan verschränkte die Arme vor der Brust. Ein scharfes Zucken ging durch seine Kiefermuskeln, bevor er mit erhobener Stimme antwortete: „Und wie oft sollen wir das noch tun?"

„So lange es nötig ist! Unser Volk schrumpft. Und irgendwann ist keiner mehr von uns übrig! Erst hat er unsere Prinzessin getö—"

„Areen ist am Leben!", fiel Halen ihm ins Wort.

„Was redet Ihr da?", stieß Nathan aus und versuchte, Naélio abzuwehren, der ihn am Aufstehen hindern wollte.

„Sie ist am Leben", bestätigte Halen ruhig und sah dem stolzen König unverwandt in die Augen. „Es geht ihr gut!"

Naélios Blick war skeptisch. „Was verschweigt Ihr uns?"

„Sie lebt unter ihnen", erklärte Halen. „Verdeckt. Keiner von ihnen weiß, wer sie wirklich ist."

„Also denken sie, sie sei ein Mensch …?", hakte Nathan nach. Seine Miene spiegelte die Art von Besorgnis, die nur ein Vater zu spüren vermochte.

„Oder eine Yroma", entgegnete Halen. „Das weiß ich nicht."

Sie behielt die Tatsache für sich, dass Areen Asgors Gemahlin und in anderen Umständen war. Sie vermochte Nathans Reaktion darauf nicht einzuschätzen. Alles war so schon emotional genug.

Nathan bemühte sich unnachgiebig, aufzustehen, und so stützte ihn schließlich Naélio, damit er schleppend auf die Beine kam. „Wenn das stimmt, müssen wir kämpfen. Wir müssen meine Kinder befreien!"

Ben ging durch die Menge der Aytigo und klopfte ihnen auf die massigen Schultern. „Schön, dass wir noch auf euch zählen können!" Bei Halen angekommen, blieb er stehen. „Wann greifen wir an?", fragte er geradeheraus.

Halen erwiderte seinen Blick. „Gar nicht. Wir bleiben, wo wir sind!"

„Aber die Yroma werden nicht bleiben, wo sie sind", gab Naélio zu bedenken. „Sie werden kommen und uns überrennen!"

Halen hatte mit Widerstand gerechnet und sie musste ihre Worte mit Bedacht wählen, wollte sie ihm diesen irrsinnig klingenden Plan schmackhaft machen. Sie wusste, dass sie nur Naélio überzeugen musste. Nathan würde alles für seine Kinder tun, doch er war schwer verletzt. Und die Aytigo waren nicht erpicht darauf, das Leben ihres Königs erneut aufs Spiel zu setzen.

„Im Moor können sie nicht rennen", erklärte sie ruhig. „In Wyatt waren sie im Vorteil, aber hier im Blutmoor können wir sie schlagen!"

Naélio wandte sich bitter lachend ab, hielt dann inne und sah sie über die Schulter hinweg an. Einen Moment lang fühlte Halen seinen Blick auf sich, als suchte er in ihr nach einem Zeichen, dass sie den Verstand verloren hatte.

„Jetzt seid Ihr vollkommen verrückt geworden!", stieß er schließlich hervor.

Halen spürte Hitze in ihrem Gesicht aufsteigen, aber sie hielt dem Moment stand. Sie reckte das Kinn, als könnte sie sich allein durch diese Geste größer machen. „Ich sehe klarer als je zuvor!", erwiderte sie laut und unnachgiebig, trotz des nagenden Zweifels, den sie tief in sich zu verdrängen versuchte.

Nathan wandte sich ihr wieder zu. In seinen Augen lag ein warnendes Funkeln. „Vielleicht schätzt ihr Asgor falsch ein. Was, wenn er Wyatt Castle gar nicht verlassen wird?"

„Das wird er", versicherte Halen selbstsicher. „Denn ich habe etwas, dass er mehr will als alles andere. Faljans Amulett."

Naélio rieb sich die Stirn. „Ihr sprecht in Rätseln, Prinzessin!"

Doch die Busbyaner horchten beim Namen einer ihrer Götter auf und drängten schließlich näher, um sicher zu gehen, dass sie richtig gehört hatten.

„Es gibt sie wirklich? Die Amulette der Götter?",
wagte Ben zu fragen.

Nathans Blick war erstaunt. „Wollt Ihr andeuten,
dass es sich dabei um ein magisches Amulett handelt?"

„Solch einen Zauber gibt es nicht!", widersprach
Naélio.

Nathans rechte Hand war wirklich nicht leicht zu
knacken, merkte Halen.

„Ihr denkt, ich lüge?"

„Ich denke, Ihr würdet alles sagen, damit wir weiter
für Eure Sache kämpfen."

Halen legte die Stirn in Falten und zeigte auf sich.
„*Meine* Sache?"

Doch bevor Halen in ihrer Wut die falschen Worte sagen konnte, schritt Lydia ein und sprach: „Was redest du
da überhaupt? Das Eulenamulett gehörte Alethea!"

Halen erwiderte ihren Blick. „Von ihr habe ich es."

„Sie hätte es dir nie gegeben!", rief Lydia aus.

Halen beobachtete, wie Lydias Miene sich veränderte. Ihre Lippen pressten sich aufeinander, und ihre
Mundwinkel zuckten – Zeichen von Furcht, die sie
nicht verbergen konnte. Plötzlich schnellte Lydia vor,
und Halen, überrascht von der Bewegung aus ihrer
blinden Seite, konnte ihre Hand nicht rechtzeitig abwehren. Die Finger packten den Kragen ihres Mantels
und rissen ihn mit einem scharfen Ruck nach unten. Halen spürte den kalten Luftzug an ihrem Hals, als Lydia
hektisch den Saum musterte.

Doch als sie kein Amulett fand, glätteten sich ihre
Züge, und ihre Schultern sackten nach unten.

Halen stöhnte leise auf, ein winziges Lächeln umspielte ihre Lippen. „Sei nicht so schüchtern. Zeig dich!"

Als hätte es ihre Worte verstanden, kam nach und nach eine Lederschnur um Halens Hals zum Vorschein. Danach hölzerne Flügel und zum Schluss der Körper der Eule, dessen Augen hell aufleuchteten. Einige Yroma schlugen sich die Hände vor den Mund, andere fielen auf die Knie. Die Aytigo sahen beeindruckt aus, doch sie waren weit weniger überwältigt.

„Das war ja sehr faszinierend!", meinte Naélio höhnisch. „Aber was daran ist für Asgor so interessant?"

Siglind wandte sich ihm zu. „Das ist uralte Yroma-Magie! Es heißt, es ist ein Geschenk der Götter, in den Besitz eines Amuletts zu gelangen."

„Oder ein Fluch!", stieß Lydia aus. „Ich meine, diese Amulette haben ein Eigenleben. Sie verbinden sich mit ihrem Träger …" Sie schaute nachdenklich zu Halen. „… und dieser Bund kann nur durch den Tod wieder aufgehoben werden!"

Nathan räusperte sich unbehaglich. „Und was genau bedeutet das?"

Lydia schaute ihm direkt in die Augen. „Das bedeutet, Asgor muss Halen töten, um an das Amulett zu kommen!"

Halen fing ihren Blick auf und schüttelte den Kopf. „Das ist aber nicht wahr!"

„Ah, bist du dir so sicher?", stichelte Lydia. „Dann nimm es ab!"

Halen seufzte. Sie wusste, was Lydia vorhatte. „So einfach ist das nicht! Ich muss es ablegen wollen und das will ich nicht! Auch Mutter war nicht tot, als ich es von ihr bekam!"

Lydia sah Halen mit einem Blick an, der ihr einen Schauer über den Rücken jagte. „Ja, aber sie lag im Sterben. Verstehst du nicht? Einzig allein der Tod löst diesen Bund!"

Siglinds Lippen verzogen sich zu einem dünnen Strich, während sie tief durch die Nase ausatmete. „Es wird gesagt, dass das Amulett des Luftgottes verhindert, dass deren Träger das Augenlicht schwindet, wenn sie die Luft bewegen. Ist das wahr?"

„Das stimmt", bestätigte Halen.

„Dafür ist es ja wohl zu spät!" Lydia schnalzte mit der Zunge. „Halen hat ihr linkes Auge verloren. Und Faljans Macht beherrscht sie noch nicht einmal!"

„Ich kann mehr, als du glaubst", betonte Halen energisch. „Und du warst es, die mir den Umgang mit den Kräften verwehrt hat. Ich hatte nie die Gelegenheit, mich darin zu üben!

„Ach, jetzt bin *ich* daran schuld?"

„Schluss jetzt!", rief Nathan streng. „Ihr redet über mehrere Amulette. Wie viele gibt es?"

„Vier", antwortete Siglind. „So viele, wie es Götter gibt."

Naélio verdrehte die Augen. „Typisch Yroma. Ein Gott reicht euch wohl nicht?" Doch als er einen strafenden Blick seines Königs erntete, senkte er sein Haupt.

„So besagen es die Überlieferungen", erklärte Siglind weiter. „Sicher wissen wir es nicht …"

„Und besitzt Asgor eines dieser Amulette?", fragte Nathan weiter in die Runde.

423

Alle schauten zu Halen. Diese hob nur die Schultern. „Ich denke nicht", log sie. Na ja, zumindest entsprach das zur Hälfte der Wahrheit. Colias besaß das Amulett, das Asgor all die Jahre über versucht hatte, an sich zu reißen. Und sie war froh zu wissen, dass es Colias beschützte.

Als Halen ein Krächzen hörte, sah sie in die umstehenden Bäume. Nichts.

Lass dich nicht ablenken, schärfte sie sich ein.

Sie sah wieder in die Runde. „Wir können diesen Krieg nicht ohne Magie gewinnen! Ich muss wissen, welches Element euch zugetan ist."

Siglind verschränkte die Arme. „Wir sollen unsere Sehkraft, unsere Lebensenergie und unseren Verstand opfern?"

„Und unsere Lebensjahre, nicht zu vergessen!", betonte Ben.

Seit Mola nicht mehr da war, waren Ben und Siglind zu den Anführern der Busbyaner geworden. Auch wenn Halen sich sicher war, dass dieser Umstand den beiden kaum bewusst war. Manchmal wünschte sie sich, sie würden endlich ein Paar werden.

„Kommt schon!" Halens Geduld war aufgebraucht. „Wollt ihr diesen Krieg gewinnen oder hier auf den Tod warten?"

Lydia trat nach vorne, damit jeder sie verstehen konnte. „Sigi kann mit dem Wasser flüstern", offenbarte sie.

„Lydia!", rief Siglind empört.

Doch Lydia hielt ihr nur ihren Becher hin: „Los, zeig es uns", verlangte sie kühl. „Diesen Lök hier in Eis zu verwandeln, wird dich schon nicht verrückt werden lassen!"

Siglind verdrehte die Augen, bevor sie nach dem Becher griff. Sie atmete durch und nuschelte ein paar fremde Silben. Von einem Moment auf den anderen entstanden kleine Eiskristalle auf dem Tonbecher und auch dessen Inhalt gefror innerhalb weniger Sekunden.

Halen lächelte. „Beeindruckend!"

Siglind gab Lydia den Becher zurück. „Ich kenne noch das Wassergeflüster, um einen Nebel zu erzeugen, durch den man die eigene Hand vor Augen nicht mehr sieht!" Dann schaute sie zu Ben und zog ihre Augenbrauen erwartungsvoll nach oben.

Dieser schniefte und sah betreten zu Boden. Als er den Blick wieder hob, bewegte er seine Rechte, als ob er etwas in der Luft greifen wollte. „Es ist vielleicht besser, wenn ihr aus dem Weg geht …", riet er.

Sie alle traten ein Stück weit zurück, um ihm Platz zu machen. Nur einen Moment später hielt Ben seine Axt in der Hand, als ob sie schon die ganze Zeit dort gewesen war.

„Das habe ich schon bei Mola gesehen", murmelte Halen.

„Du hast das Auge?", rief Siglind erstaunt aus. „Warum hast du nichts gesagt?"

Ben hob verlegen die massigen Schultern. „Die Laute schweigt, solange niemand ihre Saiten zum Klingen bringt!"

Halen schmunzelte ob dieser ungewohnten Worte aus seinem Mund. Dann blickte sie weiter zu Lydia. „Du sagtest, du kannst Erde fruchtbar machen?"

Lydia zeigte zum ersten Mal ein kleines Lächeln. „Und noch ein wenig mehr …"

Sie kniete sich nieder und legte ihre Hände auf den feuchten Waldboden. Von jetzt auf gleich fing die Erde an, sich zu bewegen. Alle sahen auf ihre Füße und versuchten, nicht aus dem Gleichgewicht zu geraten. Als das Beben stärker wurde, hielt Halen sich an einem Baumstamm fest. Zarte Wurzeln sprossen aus dem weichen Erdreich.

Lydia hatte ihre Augen geschlossen und wirkte vollkommen abwesend. Die Wurzeln wurden größer und größer und schlängelten sich über den Waldgrund. Nervös wichen die Aytigo zurück, denen diese Magie nicht geheuer zu sein schien.

Plötzlich schlang sich eine Wurzel um Siglinds Knöchel. Sie zog sich so schnell fest, dass ihr keine Zeit zum Reagieren blieb. Als die Wurzel in ihr Fleisch schnitt, schrie sie auf.

Halen und Ben schossen gleichzeitig nach vorne und stürzten sich auf Lydia, die mit deren Berührung sofort wieder Herrin ihrer Sinne war. Noch bevor sie wahrnahm, was überhaupt geschehen war, drangen die Wurzeln wieder in ihr Erdreich zurück.

„Was ist passiert?", fragte Lydia vollkommen aus der Puste. Ein dünnes, blutiges Rinnsal floss aus ihrer Nase, welches sie schleunigst mit dem Ärmel wegwischte.

Siglind ging schnaufend auf Lydia zu. Ihr Gesicht war rot vor Zorn. „Wenn du deine Kraft nicht kontrollieren kannst, dann wird sie für uns zur Gefahr!" Sie zeigte ihr die wunde Strieme an ihrem Fuß.

Da war es wieder. Dieses Krächzen. Als Halen dieses Mal nach oben sah, flog ein Rabe über sie hinweg.

„Es tut mir leid!", beteuerte Lydia.

Halen starrte in den Himmel, als ein fester Griff an ihrem Arm sie aus ihren Gedanken riss. Ben stand neben ihr, und seine Miene verriet sofort, dass er die Spannung in der Luft spürte.

„Alles in Ordnung?", fragte er.

Doch Halen nahm ihn nicht mehr wahr. Sie beobachtete, wie der Rabe auf einem Ast landete. Er kreischte unaufhörlich weiter. Halen erkannte die roten durchdringenden Augen sofort.

Molas Rabe!

Der Vogel spreizte die Flügel, ging in den Sinkflug und landete auf dem Boden vor ihr.

Ein seltsames Kribbeln zog durch Halens Körper, das ihre Sinne schärfte. Alles um sie herum verblasste, der Wind, die Geräusche der Welt – nur sie und der Rabe blieben übrig.

Als sie auf ihn zuging, lag eine unheimliche Stille in der Luft. Niemand bewegte sich, niemand griff ein.

Halen ging vor dem Raben in die Hocke und streckte ihm ihre Linke entgegen. Er hüpfte darauf. Dann setzte sie ihn auf ihre linke Schulter und stand wieder auf. Als Halen sich umdrehte, ging ein Raunen durch die Menge.

Halen verstand zunächst nicht, was geschah, bis sie das helle, pulsierende Licht einfing, das den Raben wie ein schimmernder Schleier umgab. Der Schein flackerte und wirbelte, als würde es von einer unsichtbaren Macht gelenkt werden. Mit jedem Herzschlag wurde es intensiver, bis es schließlich in einem letzten, strahlenden Aufleuchten zerbarst. Wo eben noch der Rabe gewesen war, schälte sich ein anderes Wesen aus dem Licht, als hätte die Magie es neu geformt.

„Bei den Göttern!", raunte Ben. „Hat sich dieser Rabe gerade in eine Eule verwandelt?"

Siglind lächelte stolz. „Sie ist wunderschön!"

Lydia schienen andere Gefühle zu plagen. Um ihre feuchten Augen legten sich Falten des Kummers. „Das war Molas Rabe", hauchte sie. „Das bedeutet, dass meine Mutter wirklich von uns gegangen ist!"

Kapitel 33

Es fühlte sich an wie in einem Traum, Halen spürte ihr Herz deutlich unter ihrer Brust schlagen. Mit weit ausgebreiteten Flügeln schwebte sie über dem dicht bewachsenen Grün des Moorwaldes.

Noch lag das südliche Tal im dichten Nebel gefangen, doch bald sah sie in der Ferne die Zwillingstürme von Wyatt Castle aufragen.

Sie schlug ihre Flügel. Von kühler Luft umströmt, durchdrang sie den trüben Schleier. Die Anstrengung, die Eule mit ihren Gedanken zu lenken, lag wie eine unsichtbare Last auf Halen. Jeder Flügelschlag, jeder Richtungswechsel erforderte ihre volle Konzentration. Es war nicht nur die ungewohnte Verbindung, die sie forderte – auch die Eule schien sich zu wehren. Ihr eigener Wille zerrte an den Fäden, die Halen gespannt hatte. Jeder Gedanke, der sie kurz abschweifen ließ, brachte ihre Kontrolle ins Wanken. Halen musste sich zwingen, sich voll und ganz auf das Tier zu fokussieren. Doch das fiel ihr schwerer als gedacht. Je näher sie den Türmen kam, desto mehr fühlte sie das schwere Ziehen in ihrer Brust. Die Erinnerungen an ihre

Mutter, die jahrelang im ersten Zwillingsturm krank gelegen hatte, kamen wie eine Flut zurück – das ständige Warten, die hilflosen Blicke.

Als sie die Türme erreichte, schien es, als würde sich alles wiederholen. Männer in Rüstungen standen dort. Viele bewaffnet mit Schild und Schwert, andere mit Pfeil und Bogen. Hunderte. Und sie marschierten in langen, schmalen Reihen auf den Bohlenwegen durch das Marschland. Die Spitze ihrer Armee würde die Waldgrenze bald erreichen.

Als Halen die Augen wieder aufschlug, blinzelte sie kurz, um sich ihrer Umgebung bewusst zu werden. Ihr schwindelte, als sie in den Abgrund blickte, der nur wenige Zentimeter neben ihr lag. Nervös löste sie das Seil um ihre Hüfte. Es hatte ihren Körper daran gehindert, versehentlich von der Schwarzerle zu fallen, während ihr Geist die Eule beherrschte.

Das Moor breitete sich still unter ihr aus. Mit einem knappen Zeichen gab sie Nathan zu verstehen, dass es bald losging. Er reagierte mit einem Nicken.

Halen hatte den Aytigo-König nicht davon abhalten können zu kämpfen. Er hatte immer noch starke Schmerzen in der Seite und nach längerem Stehen musste er sich abstützen. Aber Halen wusste auch, dass die Aytigo nur seinetwegen noch an diesem Kampf beteiligt waren.

Es war so weit. Sie hörte ein entferntes Platschen. Jemand watete durch das Wasser in ihre Richtung. Ein kaltes Unbehagen zog sich durch Halens Körper, ihre Finger verkrampften sich um den Bogen. Es war ein Mondhauer, den Naélio ihr gegeben hatte, weil sein vorheriger Besitzer in Wyatt gefallen war.

Sie richtete ihren Blick wieder auf das Moor. Ihr Atem ging schneller, als sie Hengist entdeckte. Sie war nicht verwundert, dass Asgor als Vorhut die Umgedrehten schickte, um sie im ersten Pfeilregen sterben zu lassen. Doch Halen hatte nicht vor, einen Wyattaner anzurühren. Und sie hatte ihre Kämpfer angewiesen, die umgedrehten Menschen nicht zu Schaden kommen zu lassen.

Bei näherer Betrachtung fiel ihr auf, dass Hengist ein Tuch um den Hals trug. Und Halen schalt sich eine Närrin, als sie begriff, dass Asgor auch daran gedacht hatte. Sie allesamt trugen ein Tuch um den Hals, sodass nur ein Wyattaner die Umgedrehten von den feindlichen Yroma unterscheiden konnte.

Wieder sah Halen zu Nathan. Sie tippte sich an den Hals, dann deutete sie auf die Feinde unter ihnen. Er nickte knapp, doch seine Brauen zogen sich zusammen.

Asgors Männer hielten inne. Einige wechselten flüsternd ein paar Worte, andere verengten die Augen und ließen ihren Blick prüfend über die Baumwipfel schweifen.

Dann vernahm Halen das verdächtige Surren eines Pfeils. Er verfehlte sie nur knapp. Nur drei Bäume weiter fiel der erste Aytigo von seinem Ast und klatschte mit einem lauten Aufprall ins Wasser.

„In den Bäumen!", schrie jemand.

Die feindlichen Bögen wurden ruckartig in die Bäume gerichtet. Sobald sie sie entdeckt hatten, würden sie schießen.

Halen sah zu dem getroffenen Aytigo. Der Pfeil hatte ihn im Bein getroffen, weswegen er nicht aufstehen konnte. Seine Feinde umzingelten ihn, und noch bevor er seinen Mondhauer auf sie richten konnte, verpassten ihm seine Gegner einen tödlichen Schuss in die Brust. Halen verzog das Gesicht und fluchte. Doch schon kurz darauf fiel der nächste Kämpfer aus den Bäumen. Diesmal ein Busbyaner. Dann der nächste.

Halen sah entsetzt hin und her. Der Mondhauer glitt ihr fast aus den Fingern, doch sie umklammerte ihn fester. Ein Pfeil flog so nah an ihrem Kopf vorbei, dass sie dessen vibrierendes Surren spüren konnte.

Man hatte sie entdeckt. Überstürzt senkte sie den Kopf. Der nächste Pfeil verfehlte sie nur knapp und blieb wie eine Warnung über ihrem Kopf im Baum stecken.

Geschwind kletterte sie drei Äste höher. Doch die Pfeile waren nicht mehr aufzuhalten. Ihre Gegner schossen nun hemmungslos, um möglichst viele ihrer Feinde auszuschalten.

Halen suchte nach Lydia und Nathan, und als ihre grimmigen Blicke sich trafen, nickten sie sich kurz zu.

Mit zwei Fingern zwischen den Lippen pfiff Halen einen langanhaltenden Ton. Es war Zeit, anzugreifen. Als der Pfeilregen verebbt und ein kurzer Moment der Ruhe einkehrt war, griff sie nach der nächsten Waldrebe und stieß sich nach unten ab. Sie erfasste einen Feind von hinten und riss ihn zu Boden.

Der Nahkampf war nie ihre Stärke gewesen. Aber da sie ihn nicht als Wyattaner ausmachte, musste sie es tun. Sie musste ihn töten, bevor er sie erledigte. Obwohl er ein Yroma war. So wie sie und so wie die Busbyaner. Und dennoch war er ihr Feind.

Ihre Muskeln bebten vor Anstrengung, als sie ihm die Klinge ihres Mondhauers entgegenschlug, noch bevor er sich aufrichten konnte. Sie sah, wie sich seine Züge verhärteten, wie das Leben aus seinen Augen wich. Er war tot. Sofort. Doch nicht jeden würde sie so täuschen können.

Als Halen sich aufrichtete, waren unzählige Pfeilspitzen auf sich gerichtet. Ihre Hände zitterten und die Welt schien um sie herum zu verschwimmen.

Konzentrier dich! Halen schloss die Lider. Die vertraute Energie der Luftmagie flackerte wie ein instinktives Zucken in ihr auf. Sie griff nach den Strömungen um sich herum – mit purer Willenskraft.

Mit einem flüchtigen Atemzug zog sie die Luft an sich und formte sie zu einem unsichtbaren Schutz. Sie spürte, wie der Druck um sie herum wuchs, als die Pfeile durch die Luft schossen. Noch bevor sie ihre Magie vollständig entfesseln konnte, hörte sie, wie das laute Surren plötzlich verstummte.

Sie öffnete ihre Augen wieder. Die Busbyaner hatten sich von den Reben herabgeschwungen. Ihre Feinde schrien auf, als sie von hinten angegriffen wurden. Mit ausgebreiteten Flügeln und schrillem Kampfgeschrei sprangen die Aytigo von den Bäumen, ihre Mondhauer auf die feindlichen Yroma gerichtet.

Halen atmete zögerlich aus. Ihre Magie war noch immer nicht vollständig entfesselt.

Ein Geräusch ließ sie herumwirbeln. Hengist stand ihr gegenüber und funkelte sie bösartig an. Er näherte sich ihr in kurzen Schritten. Doch bevor er sie erreichte, erfasste Halen eine Luftwelle von der Seite, die sie mehrere Meter durch die Luft schleuderte.

Als sie mit dem Rücken auf etwas Hartem aufkam, durchzog ihren Oberkörper ein stechender Schmerz. Sie öffnete den Mund, wollte atmen, doch es war ihr nicht möglich. Sie starrte hoch in die Bäume.

Ich bin das Auge! Ich sehe die Luft! Und wenn ich dir befehle, meine Lungen zu füllen, dann wirst du das verdammt nochmal tun!

Es war nur ein Gedanke, ein verzweifelter Versuch, zu leben. Nur kurz darauf sah Halen ihre Eule über die Baumkronen des Moorwaldes hinwegfliegen.

Sie schloss die Augen und versuchte es erneut. Und tatsächlich strömte endlich kühle Luft zurück in ihre Lungen.

Schleppend kam sie auf die Beine. Ein dumpfer Schmerz zog sich wie glühende Drähte durch ihre Muskeln.

Wieder riss sie etwas zu Boden. Hengists Gesicht erschien über ihr. Er zückte ein Kampfmesser und hielt es ihr direkt unter die Kehle. Halens Linke schnellte nach vorne und hielt ihn am Handgelenk fest.

„Hengist, das wollt Ihr nicht tun!"

Doch er ließ nicht nach, sein Messer in Richtung ihres Halses zu drücken. Halen hob ihre andere Hand, um die Messerspitze daran zu hindern, ihre Kehle zu erreichen. Sein Körper presste sich hart gegen ihren, der Druck ließ ihre Lungen kaum noch Luft fassen.

Als sie begriff, dass sie das Messer nicht mehr aufhalten konnte, hielt sie nicht mehr dagegen, sondern stieß es mit ihrer letzten Kraft zur Seite. Die Klinge landete neben ihrem Hals im Dreck. Hengist machte sofort Anstalten, es aufzuheben.

„Wenn andere stärker sind, müsst Ihr eben schneller sein."

Halen stieß Hengist mit den Füßen von sich und schnappte nach dessen Messer. Sie kam so schnell auf die Beine, wie sie nur konnte.

Hengist schnaufte. Auch ihn hatte der Kampf Kraft gekostet.

Und so standen sie sich gegenüber. Halen hielt die Waffe in ihrer Linken, doch ihr fehlte die Kraft zum Angriff. Sie wollte ihm nicht wehtun. Sie wollte, dass er aufhörte. Dass er wieder er selbst wurde.

„Hengist, Ihr wollt das nicht tun! Ich kann Euch nicht töten, selbst wenn ich es wollte …"

Mit Verwunderung beobachtete sie, wie Hengist die Lippen bewegte und hervorpresste: „Bitte helft mir …"

Kaum hatte er diese Worte ausgesprochen, stürmte er auf sie zu. Halen war wie versteinert, als er sich ihr entgegenwarf und sie zusammen im nassen Morast landeten. Halen traute sich kaum, sich zu rühren. Hengist lag regungslos auf ihr. Ihre Hand hielt zitternd das Messer, das nun in Hengists Leib steckte.

„Hengist …? Hengist!" Halen rüttelte ihn energisch. „W-warum habt Ihr das getan?"

Halen rappelte sich auf und sah auf ihre Hände hinab, von denen Hengists Blut auf den moosüberzogenen Boden tropfte. Die Hand, in der sie das Messer hielt, öffnete sich. Endlos lange fiel es zu Boden, bis der dumpfe Aufschlag sie ins Hier und Jetzt zurück katapultierte. Hengist. Er war tot. Ein bekannter Schmerz durchzog sie, wie ein scharfer Schnitt, der jegliches Gefühl in ihr durchbrach. Hengist war mehr gewesen als ein Lehrer. Er war ein Mentor, ein Freund.

Erschrocken sah sie auf. Ihr Herz raste in ihrer Brust, als sie sich der vielen toten Körper um sich herum bewusst wurde. Aus ihren Leibern ragten Pfeile, ihre Kleidung war blutgetränkt und ihre Augen starrten leblos zu den Baumwipfeln empor. Ihr Blick fiel auf ihren Mondhauer, der nur wenige Schritte von ihr entfernt lag.

Doch noch bevor sie einen Fuß bewegen konnte, stellte sich ihr ein neuer Feind in den Weg. Halen starrte in sein Gesicht. Es war ihr fremd. Der Mann hob sein Kurzschwert an und stapfte auf sie zu. Halen lief rückwärts. Sie glaubte nicht, dass Hengists Messer ihr jetzt eine große Hilfe wäre. Sie bereute dennoch, es fallen gelassen zu haben.

Augenblicklich sackte der Yroma vor ihr in die Knie. Ein scharfes Keuchen entglitt seinen Lippen, bevor sein Körper schwer auf den Boden sackte.

Blut sickerte unter ihm hervor und verschmolz mit dem Schlamm. Hinter ihm tauchte Nathan auf, den Mondhauer in der Hand, sein Atem rau vor Anstrengung.

„Habt Ihr Asgor gesehen?", schrie er. Seine Stimme kam kaum gegen den ohrenbetäubenden Lärm der Schlacht an. Ringsum hallten Schreie und das Klirren von Klingen durch die Luft.

Halen schüttelte den Kopf. Sie wischte sich mit der Hand über die Stirn, wodurch sie eine Mischung aus Schweiß und Blut von ihrer Haut entfernte. „Er wird kommen!"

Nathan knirschte mit den Zähnen, sein Gesicht zeigte eine Maske aus Zweifel und Erschöpfung. „Wir verlieren zu viele! Vielleicht sollten wir —"

„Wir halten uns an den Plan!", unterbrach Halen ihn mit einer Wucht, die selbst sie überraschte. Ihre Finger umklammerten den Mondhauer so fest, dass ihre Knöchel weiß hervortraten. Für einen Moment schien die Zeit für sie stillzustehen, obwohl der Kampf um sie herum weiter tobte.

„Aber die Umgedrehten …!" Nathan zögerte, sein Tonfall hatte etwas Flehendes an sich.

Halens Blick verdüsterte sich. Sie starrte in Nathans blasses Gesicht. „Sie sind verloren …"

Kapitel 34

Kämpfend bewegten sie sich durch den nördlichen Wald, in dem sich die Toten bereits stapelten. Als der Boden unter Halens Füßen trockener wurde, wusste sie, dass sie ihrem Ziel näherkam. Sie konnte das Rauschen der Wasserfälle hören, bevor sie die Furt erspähte, die sie überqueren mussten, um die feindlichen Yroma in das totbringende Gebiet der weißen Schluchten zu locken.

Mitten im Fluss riss Siglinds Ruf Halen aus der Konzentration, doch das Donnern des Wassers verschluckte jedes Wort. Erst als sie das andere Ufer erreicht und sich umgedreht hatte, bemerkte sie den feindlichen Yroma, der mit geschlossenen Augen die Hände über das Wasser hielt. Halen war sich sicher, zu sehen, wie sich seine Lippen bewegten.

Mit wachsender Besorgnis stellte sie fest, dass die feindlichen Yroma ihnen nicht wie geplant über die Furt folgten. Stattdessen bezogen sie hinter dem wasserflüsternden Yroma Stellung. Halen blieb nichts anderes übrig, als den Fluss zu beobachten und zu hoffen, dass alle rechtzeitig am anderen Ufer ankommen würden.

Einige Busbyaner waren auf dem letzten Drittel des

Weges, als das Wasser plötzlich ruhig wurde. Schon einen Lidschlag später fing es an zu brodeln und die Ersten von ihnen schrien auf. Mit schmerzverzerrten Gesichtern erreichten sie das Ufer und wurden von den anderen in die Arme genommen. Sie zogen scharf die Luft ein, als sie ihre Füßlinge abstreiften und rote, von Bläschen überzogene Haut darunter zum Vorschein kam.

„Nein!", schrie Ben, während er zurück zum Ufer rannte. An der brodelnden Wasserschwelle kam er abrupt zum Stehen.

Halen schlug die Hand vor den Mund. Siglind war auf dem letzten Drittel des Flusses stehen geblieben und hatte sich ihren Feinden entgegengestellt. Immer wieder glitten Schreie über ihre Lippen, denn ihre Füße standen in kochendem Wasser.

Sie wankte und Halen überkam die Angst, sie könnte ganz ins Wasser fallen. Als Ben abermals nach vorne schnellen wollte, hielt Nathan ihn fest und zerrte ihn zurück.

„Lasst mich los, geflügelter Narr!", schrie Ben und schlug um sich.

Doch Siglind rief, ohne sich umzudrehen: „Bleib, wo du bist, Ben!"

Halen trat hinzu und legte Ben sanft eine Hand auf die Schulter. „Sie hält sich an den Plan!"

Während sie sprach, schloss sie die Finger um den Eulenanhänger an ihrem Hals. Das warme Holz lag vertraut in ihrer Hand. „Ich brauche deine Hilfe", flüsterte sie. Doch das Amulett blieb stumm. Kein Flüstern, kein Leuchten – nichts. Es versagte ihr seine Hilfe, und Halens Herz wurde schwer. *Ich wollte ihn nicht töten!*

Ben warf Halen einen verzweifelten Blick zu, dem sie kaum standhielt. „Wenn Sigi dortbleibt, wird sie sterben!"

„Wenn Ihr jetzt da reingeht", warnte Nathan und zeigte stirnrunzelnd auf das kochende Wasser, „sterbt Ihr auch!"

„Lasst mich los! Oder wollt Ihr Faljans Zorn auf Euch ziehen?", brach es aus Ben aus. „Ich schwöre, ich werde Euch mit einem Fluch belegen, der Eure Flügel daran hindert, je wieder in den Himmel aufzusteigen!"

Nathan sah ihn verwirrt an und ließ von ihm ab. Doch Ben lief nicht wie erwartet in das brodelnde Wasser, um Siglind zu retten. Er starrte stattdessen auf das Wasser vor seinen Füßen, aus dem keine Luftbläschen mehr aufstiegen.

Halen kniete sich an den Uferrand und hielt eine Hand in das Wasser. Es war noch warm, doch längst nicht mehr kochend heiß. Als sie wieder aufsah, bemerkte sie, wie sich die feindlichen Yroma durch den Fluss auf sie zubewegten.

„Ich hole sie", hörte sie Ben neben sich sagen.

Halen hielt ihn am Arm fest. „Nein!", befiehl sie scharf.

Ben sah stirnrunzelnd auf ihre Hand. Sein Blick verriet die Frage, was ihn noch an Ort und Stelle hielt – schließlich konnte allein Halens Griff das nicht bewirken.

Halen ließ Siglind nicht aus den Augen. „Sie hat noch eine Aufgabe zu erledigen." Sie warf Ben noch einen kurzen Seitenblick zu. „Scheint, als wärst du nicht der Einzige mit einem Talent für Luftmagie."

Ben hob eine Augenbraue, aber Halen ließ ihn nicht zu Wort kommen. „Mir ist im Lager schon aufgefallen, wie leicht ihr die Wassermagie fällt – im Gegensatz zu mir. Sonst hätte ich den Fluss selbst verzaubert." Sie hob ihr Kinn, während sie wieder zu Siglind sah. „Und du weißt genau, wie mächtig dieses Element sein kann."

Lydia trat neben sie und kniete sich an das Ufer. „Ich bin bereit!"

Erst als die feindlichen Yroma fast bei Siglind angekommen waren, gab Halen das Zeichen.

„Jetzt!"

Lydia hielt ihre Hände nah über die Wasseroberfläche und schloss die Augen. Halen machte sich bereit. Die Erde erzitterte unter ihren Sohlen und ihre Feinde wurde vom Fluss verschlungen. Gerade, als genug von ihnen schreiend im warmen Wasser untergegangen waren, war es an der Zeit für Siglinds Aufgabe.

Alle schauten gespannt zu ihr, als sie zum Wasser sprach: „Naj friolor dahaj mallond!"

„Das wird auch Menschen töten!", gab Nathan zu bedenken.

Halen nahm ihn kaum wahr. Was ihr aber sehr wohl auffiel, waren die feindlichen Yroma, die in ihrer Panik wild um sich schlugen, um nicht weiter im Wasser zu versinken. Die noch am Ufer Verbliebenen griffen zu ihren Bögen.

Sie braucht mehr Zeit!

„Gebt uns Deckung!", schrie Halen.

Sofort richteten die Aytigo ihre Mondhauer auf das gegenüberliegende Ufer und feuerten ihre Pfeile in die Luft.

In einem hohen Bogen überflogen diese das breite Flussbett und blieben dann kurz über den Köpfen der Yroma in der Luft stehen. An den jeweiligen Flussufern war es still geworden. Alle warteten darauf, was als Nächstes geschehen würde.

Halen schaute stur geradeaus, bis sie erkannte, dass auf der anderen Seite des Flusses etwas passierte. Die Menge teilte sich und Asgor trat ans Ufer. Sein Gesicht hatte sich vor Zorn rot verfärbt.

Halen blickte immer wieder zum Wasser. In ihrem Kopf hallte immer noch Siglinds Stimme wider: *„Naj friolor dahaj mallond!"*

Dann – endlich – passierte es. Halen sah, wie die Wasseroberfläche von einem weißen Glanz überzogen wurde.

„Zurück!", schrie ein feindlicher Yroma. „Das Wasser gefr—" Doch seine Worte erstarben auf seiner Zunge aus Eis.

Der Fluss gefror in Sekundenschnelle, und mit ihm erstarrten die Yroma und die Umgedrehten zu leblosen Statuen aus Eis. Die Schreie, das Stampfen und das Rufen wurden jäh von einer tödlichen Stille abgelöst. Halen spürte, wie die angestaute Luft schwer aus ihren Lungen entwich, als ob sie den Druck der Situation mit einem einzigen Atemzug loszuwerden versuchte – doch es klappte nicht.

Ben betrat als Erster die dicke Eisdecke. Dieses Mal hielt ihn keiner auf. Mit festem Schritt ging er zu Siglind und beugte sich zu ihr hinunter, als wolle er sicherstellen, dass es ihr gut ging. Ohne ein weiteres

443

Wort lief er dann weiter zu den zu Eis gewordenen Kriegern. Seine Bewegungen so angespannt, als würde er die Kälte um ihn herum nicht wahrnehmen.

„Hat es euch die Sprache verschlagen?" Ben hob seine Axt in die Luft, doch anstatt sie selbst zu schwingen, hielt er inne. Mit einer fließenden Bewegung ließ er seine freie Hand durch die Luft fahren, seine Finger angespannt, als ob er an unsichtbaren Fäden zog.

Die Axt löste sich wie von Geisterhand aus seinem Griff und schoss mit unheimlicher Präzision durch die Luft. Sie schlug wuchtvoll in mehrere gefrorene Feinde ein, sodass diese in Tausend Eisstücke zerbarsten.

Ohne dass Ben sich rührte, kehrte die Axt zu ihm zurück, drehte sich in einem eleganten Bogen um die eigene Achse und landete sicher in seiner Hand.

Dann ging er zurück zu Siglind, die sich inzwischen auf die Eiskante gesetzt hatte. Um ihre Füße herum hatte sich eine Pfütze gebildet. Mit einer Hand umfasste Ben ihren Rücken, mit der anderen ihre Beine und trug sie vorsichtig ans Ufer.

Halen konnte kaum atmen, als sich ein flaues Gefühl in ihr ausbreitete. Ihre Augen hefteten sich an Siglinds verbrannte Beine, die von dem heißen Wasser entstellt waren. Die Luft schien dicker zu werden, und ein ziehender Schwindel machte sich in ihr breit.

Ein grauenhaftes Lachen riss ihren Blick fort. Asgor stand mit weit gespreizten Beinen und in die Hüfte gestemmten Händen am gegenüberliegenden Ufer und lachte. Doch Halen verstand, dass das kein Ausdruck von Hohn war. Es war reinste Wut, die er da zu überspielen versuchte.

„Wusstest du, dass Wasser das mächtigste aller Elemente ist?", rief er zu ihr hinüber. „Es durchdringt die Erde, still und unbemerkt. Und es hat mehr Kraft, als der schlimmste Sturm es je haben wird. Lasst uns sehen, was es mit euch macht!"

Er machte eine theatralische Geste, als würde er den Fluss selbst befehligen. „Schau dich um, kleine Prinzessin. Das Eis mag stark sein, doch es ist nur eine Hülle, unter der das Wasser schlummert!"

Halen ballte die Fäuste und zwang sich, ihm ruhig entgegenzusehen. *Na los, setz es ein!*, dachte sie. *Zeig mir, was du kannst. Verausgab dich!*

Ein finsteres Lächeln huschte über sein Gesicht, während erste Risse das gefrorene Wasser durchzogen. Wassertropfen lösten sich von den Gefrorenen und fanden in schmalen Rinnsalen ihren Weg zurück in den Fluss, der gleichzeitig zu schmelzen begann. Der Klang von knackendem Eis wurde lauter, wie ein drohendes Grollen, das das Schlachtfeld erfüllte.

„Zur Seite! Jetzt!", schrie Halen aus voller Kehle. Sie wusste, was kommen würde – hatte es in ihrem Plan bedacht. „Bewegt euch weg vom Fluss! Sucht höheres Gelände!"

Die Aytigo zögerten nicht. Mit kraftvollen Flügelschlägen erhoben sie sich in die Luft und griffen gleichzeitig nach den nächststehenden Busbyanern.

„Haltet euch fest!", rief ein Aytigo, während er einen Yroma mit sich zog und sicher auf einem höher gelegenen Felsvorsprung absetzte.

Halen selbst bewegte sich seitlich, ihr rechtes Auge immer noch auf Asgor gerichtet, der sich langsam vorwärts bewegte.

Mit einem ohrenbetäubenden Knacken brach das Wasser aus seiner eisigen Umklammerung und erhob sich wie eine lebendige Wand, die mit rasender Wucht auf sie zuschoss.

Wie eine entfesselte Bestie tobte das Wasser und riss alles mit sich, was nicht fest verankert war. Ganze Bäume wurden von der Flut erfasst und ihre Wurzeln wurden aus dem Boden gerissen, während Äste krachten und splitterten. Die Strömung war gnadenlos und deren tosende Gewalt bewegte sich unaufhaltsam auf Halen zu.

„Schnell!", schrie sie und wandte sich den letzten Kämpfern zu, die noch am Ufer zögerten. „Zur Seite, sofort! Hoch auf die Felsen!"

Ihre Worte trieben sie in Bewegung. Die Kämpfer rannten, sprangen oder kletterten, während das Wasser näher und näher kam. Das grollende Rauschen kam immer näher. Sie blickte noch einmal über ihre Schulter, um sicherzugehen, dass niemand zurückgeblieben war, bevor sie selbst zur Seite hechtete.

Gerade, als Halen sich selbst in Sicherheit bringen wollte, spürte sie eine Bewegung aus den Augenwinkeln. Sie wirbelte herum und ihr Herz setzte für einen Moment aus. Colias löste sich mit angespannter Miene aus den Schatten am Ufer.

Ihre Blicke trafen sich mit einer Intensität, die all das Chaos um sie herum in den Hintergrund rücken ließ.

Er ist hier. Ihre Schultern sanken einen Hauch nach unten, als hätte ihr Körper die Anspannung kurz vergessen. Das bedeutete, dass sein Teil des Plans in Bewegung war. Sie spürte, wie ein Funken Hoffnung in ihr aufflammte, trotz des tosenden Chaos um sie herum. *Du hast es geschafft. Du bist zurückgekommen.*

Colias streckte ihr eine Hand entgegen. „Halen!", rief er, und obwohl seine Stimme im Rauschen des Wassers beinahe unterging, hörte sie darin etwas, das sie zugleich traf und tröstete – Sorge, Dringlichkeit, vielleicht sogar etwas, das an Liebe erinnerte.

Halen wollte seine Hand ergreifen, doch genau in diesem Moment spürte sie eine Kraft, die sie von hinten erfasste. Es war wie ein kalter Griff, der sich um ihren Körper legte und sie mit brutaler Wucht zurückzog. Ihre Augen weiteten sich, als die Wasserwand sie erreichte. Colias' Hand war noch immer ausgestreckt, doch sie war zu weit entfernt, um sie zu ergreifen.

Die Welle riss sie von den Füßen und das eisige Wasser umschloss sie gnadenlos. Ihr blieb keine Zeit, noch einmal Luft zu holen, bevor sie unter die Oberfläche gezogen wurde. Der tosende Fluss verschluckte ihre Schreie, während die Strömung sie herumgewirbelte. Holzsplitter kratzten über ihre Arme, Steine rissen an ihrer Haut, bis alles nur noch brannte. Die Welt um sie herum war nichts als Wasser und Schmerz.

Ihre Lungen brannten, der Schmerz kroch durch ihren Brustkorb. Verzweifelt schlug sie nach etwas, das Halt geben könnte, aber die Strömung riss sie weiter.

Instinktiv hob sie ihre Hände. Sofort spürte sie die Blockade, als ob unsichtbare Fesseln ihre Magie hielten – selbst der kleinste Funke konnte sich nicht entfalten.

Hilf mir doch!, flehte sie verzweifelt. Doch das Amulett behielt seine Magie für sich.

Ich habe Hengist umgebracht. Und nun hat es sich von mir abgewandt!, dachte Halen bitter, bevor ihr Körper ungebremst gegen die Steine schlug, die das Ufer der weißen Schluchten säumten. Halen spürte, wie ihr Herz Schlag um Schlag an Kraft verlor.

Sie hätte am liebsten aufgegeben, ihren Körper losgelassen und sich an den nächsten Felsen zerschmettern lassen. Doch dann wäre alles umsonst gewesen. Nic, Mola, ihre Mutter und Hengist wären umsonst gestorben. Für nichts.

Man hat immer eine Wahl. Entweder man kämpft bis zum letzten Atemzug oder man gibt auf und hat sein Leben bereits verwirkt.

Halen riss die Augen auf und erkannte ihre Chance. Sie raste dem nächsten Felsen entgegen. Wappnete sich. Brachte ihren Körper in höchste Anspannung. Während die Wassermassen sie frontal gegen den Felsen drückten, versuchte sie, mit den Händen Halt zu finden. Halen wusste nicht, woher sie die Kraft nahm. Irgendwie gelang es ihr, sich an den groben Kanten des abgeschliffenen Felsens festzuhalten.

Sie sah nach oben, dem Licht entgegen. Weit war es nicht, aber das Wasser drückte sie mit ungeheurer Kraft unter die Oberfläche. Zentimeter um Zentimeter schob Halen sich nach oben. Ihre Lungen brannten. Der Drang nach Luft stieg in ihr auf, ein brennendes Verlangen, das jede Faser ihres Körpers durchzog. Sie konnte die Oberfläche schon fast spüren, aber wenn sie sich zu schnell bewegte, lief sie Gefahr, vom Felsen abzurutschen.

Los! Das alles darf nicht umsonst gewesen sein. Kämpfe! Für Nic. Für Mola. Für Mutter. Für Hengist …

Als ihre Lungen sich endlich mit der erlösenden Luft füllten, brach ein scharfer Schmerz durch ihre Rippen. Er war anders – lebendig, kraftvoll. Ihre Haut prickelte, die Muskeln zuckten vor überschüssiger Energie. Sie hatte es geschafft. Und doch war sie noch mittendrin.

Halen drehte sich um, bis ihr Rücken gegen den Felsen drückte und sie freie Sicht auf etwaiges Geröll bekam, das die Wasserfluten mit sich trugen. Da hörte sie einen Schrei. Sie konnte niemanden erkennen, der in dem Wasser um sein Leben kämpfte. Der Schrei verstummte und kurz darauf sah Halen die Spitze von einem Aytigo-Flügel auftauchen, den die Strömung fortschleppte.

Ohne nachzudenken, streckte Halen dem Flügel eine Hand entgegen. Da verschwand dieser schon hinter dem Felsen, an den sie sich klammerte.

Und welche Wahl habe ich nun?, fragte sie sich bitter, als ein riesiger Baumstamm auf sie zukam. Diesen Aufprall würde sie auf keinen Fall unbeschadet überstehen. Aber wenn sie den Felsen losließ, würden die Fluten sie wieder unter Wasser drücken.

Ein Stich der Erkenntnis durchfuhr sie. Die Magie des Amuletts schien sie verlassen zu haben. Mit aller Kraft streckte Halen die Hände nach vorne, ihre Arme und Hände bebten, als sie die Magie formen wollte.

Fokussier dich!

Das Wasser hielt sie an den Felsen gedrückt, was ihr einen flüchtigen Moment der Stabilität verschaffte. Sie spannte ihre Muskeln an und konzentrierte sich auf den Stamm, der mit erschreckender Geschwindigkeit auf sie zuraste. Das Rauschen des Wassers füllte ihre Ohren, und die Strömung zerrte an ihr, als wollte sie sie mitreißen.

Es wird nicht funktionieren!, dachte sie verzweifelt. Ihr Herz hämmerte. Normalerweise hätte sie die Luft geformt, hätte sie zu ihrer Waffe gemacht – doch hier, umgeben von Wasser, war sie abgeschnitten, als hätte die Strömung ihre Kräfte weggespült. Der Baumstamm war ihr mittlerweile so nah, dass sie die Risse in dessen Rinde erkennen konnte.

Bitte! Jetzt!

Und dann geschah es. Ein Kribbeln durchzog ihre Arme, und eine unsichtbare Kraft brach aus ihren Händen hervor. Der Baumstamm stockte. Wie von einer unsichtbaren Kraft aufgehalten, kam er zum Stehen. Unbehelligt strömte das Wasser an seinen Seiten vorbei. Wasserfontänen brachen über ihm zusammen und die Flut tobte weiter.

Halen keuchte. Sie konnte immer noch nicht fassen, dass es tatsächlich funktioniert hatte.

Plötzlich nahm sie aus den Augenwinkeln eine Bewegung wahr. Ein grauer Schatten huschte über sie hinweg, lautlos und gespenstisch, bevor er in der Gischt verschwand.

„Nehmt meine Hand!", hörte sie Nathan rufen, seine Stimme verzerrt durch das Rauschen der Flut.

„Ich kann nicht!", schrie sie und hielt ihren Blick fest auf den Stamm gerichtet, der wie ein Damm im Flussbett thronte.

Nathan keuchte. „Vertraut mir, Prinzessin!"

Halen wusste, dass sie den massiven Stamm nicht mehr lange davon abhalten konnte, auf sie zuzurasen und ihren Körper zu zerquetschen.

Gerade als ihre Kräfte nachließen und das Ungestüm aus Holz ihr bedrohlich nah gekommen war, spürte sie Nathans Hände an ihrer Taille. Mit einem kräftigen Ruck zog er sie in die Luft.

Halen keuchte, als das Geschoss knapp unter ihren Füßen vorbeischrammte. Einen Herzschlag später krachte der Baumstamm gegen einen Felsen und splitterte in unzählige Stücke, die mit einem lauten Knacken und Knirschen über das Wasser verstreut wurden.

Nathan flog mit ihr über den tobenden Fluss. Das Bild, das sich Halen bot, ließ sie ihre Schmerzen völlig vergessen. Das Wasser preschte durch den nördlichen Wald und riss alles mit sich, was nicht fest genug im Erdreich verankert war.

Halen konnte den normalen Flusslauf nicht mehr ausmachen. Verzweifelt versuchte sie, in den Fluten irgendwen auszumachen. Doch alles, was sie sah, war Chaos.

Sie tippte Nathan an und zeigte zu einer Baumgruppe, in der sie meinte, etwas gesehen zu haben.

„Setzt mich dort ab!", bat sie ihn.

Sie behielt recht. Nachdem Nathan sie vorsichtig auf einen dicken Ast abgesetzt hatte, kam Lydia zu ihr hochgeklettert.

Sie musterte Halen aufmerksam. „Du bist verletzt!", entfuhr es ihr mit einem Blick auf Halens Arm.

„Ich lebe ...", gab Halen verbittert zurück.

Als Nathan ihnen den Rücken kehrte, versuchte sie, ihn aufzuhalten. Sie griff nach ihm, doch ihre Hand streifte nur seinen linken Flügel, wobei sich eine hellgraue Feder von diesem löste und schwingend zu Boden schwebte.

Nathan bemerkte dies und drehte sich zu ihr um.

„Ihr habt genug getan", versicherte sie und hoffte, dass er verstand. „Setzt Euer Leben nicht weiter aufs Spiel!"

Nathans Blick wurde finster. „Mein Leben ist nicht mehr viel wert", murmelte er trocken und blinzelte zu der bandagierten Stelle.

Halens Mund öffnete sich. Sie wollte ihm etwas sagen, das ihn aufhielt. Doch sie wusste, dass der Aytigo-König sich nicht so leicht überreden ließ.

„Hanc ist nicht tot, falls Ihr das denkt. Ich spüre das!"

Nathan gab ein trauriges Lachen von sich. „Ihr und Hanc wärt ein schönes Paar gewesen. Doch er hat sich gefangen nehmen lassen, dieser Idiot!"

Das ist tatsächlich eine nette Vorstellung, fand Halen. *Eine Yroma-Prinzessin und ein Aytigo-Prinz.*

„Hanc ist ein Mentigo", erinnerte Halen ihn und beobachtete Nathans Gesichtszüge. „Und damit ein Gestaltwandler. Er muss nicht befreit werden. Er wird entkommen, und Areen auch."

Nathan blickte ihr stur entgegen. Diesen Gesichtsausdruck hatte er sonst nur für seinen Sohn übrig. „Ich weiß, dass Hanc seine Gestalt wandeln kann. Es wäre für ihn ein Einfaches, aus Wyatt zu entkommen. Doch das ist er nicht. Irgendetwas muss passiert sein!"

„Was habt Ihr jetzt vor?", fragte Halen voller Unbehagen.

„Ich werde meine Kinder nicht im Stich lassen." Nathan machte eine Pause. „Hanc hatte recht. Ich habe mich verkrochen. Mich auf der vergessenen Insel in Sicherheit gewähnt. Ich habe schon viel zu lange gewartet. Also haltet mich nicht länger auf, Prinzessin!"

Tränen trübten Halens Blick. „Bleibt am Leben!", bat sie ihn.

„Passt auf Eure Familie auf, Prinzessin. Sie ist wertvoll, auch wenn es nicht immer so scheint!"

Ein sanfter Druck an ihrem Arm ließ Halen aufschauen. Lydias Griff fühlte sich warm und beruhigend an. Und die Entschlossenheit in ihren Augen war begleitet von der stillen Botschaft: *Du bist nicht allein.*

Halen rang nach Fassung, doch die Worte blieben ihr im Hals stecken. Stumm beobachtete sie, wie Nathan ihr den Rücken zukehrte. Seine Flügel richteten sich mit einem kräftigen Schwung auf und trugen ihn anschließend in die Luft. Die untergehende Sonne brach sich in seinen hellen Federn, und dieser Anblick brannte sich unwiderruflich in Halens Gedächtnis ein. Ihn gehen zu lassen, war wie ein schwerer Schlag, den sie nicht abwehren konnte.

Das Knacken eines Astes ließ sie aufhorchen. Ihre Nackenhaare stellten sich auf. Zwischen den Bäumen am Ufer nahm sie Bewegungen wahr. Gestalten tauchten auf, kaum mehr als Schatten in der aufkommenden Dämmerung. Ihre Blicke waren fokussiert und unbarmherzig, durchsuchten die Umgebung. Die Hände, fest um Bögen und Schwerter geschlossen, verrieten ihre Bereitschaft zum Kampf. Feinde.

Das leise Rasseln von Waffen drang an ihre Ohren, vermischte sich mit dem lauten Rauschen der Fluten unter ihr.

Innerlich fluchend und mit höchster Anspannung beobachtete das Geschehen. Dann hörte sie das Surren von Pfeilen, wie diese durch die Luft schnitten. Nathan flog höher, in dem Versuch, der tödlichen Gefahr zu entkommen. Doch es waren zu viele, und er war nicht schnell genug.

Der erste Pfeil traf ihn im rechten Oberschenkel. Erschrocken knickten seine Flügel nach oben weg, doch Nathan fing sich wieder. Er versuchte, weiter an Höhe zu gewinnen. Der zweite Pfeil durchbrach seinen linken Flügel, nahe am Rücken. Halen hörte seinen Schmerzensschrei.

Halte durch! Flieg weiter!

Sie konnte sehen, wie Nathan verzweifelt versuchte, in der Luft zu bleiben. Aber nach kurzer Zeit entspannten sich seine Flügel und Halen konnte nur noch dabei zusehen, wie er in die Fluten stürzte.

„Nein ... Nathan!"

„Hal ...", hauchte Lydia.

Bevor Halen auf einen unteren Ast klettern konnte, schlang Lydia ihre Arme von hinten um ihren Körper.

„Lass mich los!", fauchte Halen und versuchte sich aus Lydias Griff zu befreien. „Ich muss ihm helfen!"

Nathan verschwand in den Fluten.

Auf einen Schlag wurde das Rauschen leiser. Das Wasser zog sich in sein steiniges Flussbett zurück, das in scheinbar endlosen Kaskaden in das Tal zurückführte.

Halens Herz machte einen Sprung, als sie Nathan auftauchen sah. Mit zusammengekniffenen Augen erkannte sie, wie er sich zögerlich regte. Auch die feindlichen Yroma schienen das bemerkt zu haben und liefen schnellen Schrittes auf ihn zu.

Halen drehte den Kopf weg, als sie die erhobenen Schwerter in ihren Händen entdeckte. Nathans gequälte Schreie hallten kurz durch die Luft, bevor sie verstummten.

Das pfeifende Geräusch kehrte zurück und dröhnte in Halens Ohren. Sie wollte nichts mehr sehen, nichts mehr hören. Nichts mehr spüren.

Lydia hielt sie weiterhin fest. Ohne ein Wort legte sie eine Hand auf die Schulter ihrer Tochter – ein stilles Zeichen ihrer Präsenz.

Halen zögerte, dann lehnte sie sich gegen Lydia. Das Schweigen zwischen ihnen blieb bestehen, doch das war genau das, was Halen in diesem Moment brauchte. Mit einem erstickten Schluchzen ließ sie ihren Tränen freien Lauf.

Kapitel 35

Das Wasser war längst zurückgewichen, doch die Welt wirkte immer noch wie unter Schock. Schlamm bedeckte die Böden, zerbrochene Äste hingen wie Wunden in den Bäumen. Schreie hallten durch das zerstörte Gelände, Stimmen voller Panik, Schmerz – und Wut.

Es war Asgors Stimme, die Halen wieder zu Sinnen kommen ließ. „Komm raus! Ich weiß, dass du hier bist!"

Halen sah in Lydias Augen, die von Tränen geschwollen waren. Dann erst erkannte sie den improvisierten Verband um ihren Arm. Auch sie war verletzt. Halen blinzelte ein paar Mal, um ihre Tränen zu vertreiben und eine klare Sicht zu erlangen. Sie entdeckte Lydias Bogen, der an einem Ast hing, und griff nach ihm.

„Was machst du da?", fragte Lydia.

„Du bist verletzt!", entgegnete Halen scharf. „Hier bist du in Sicherheit. Komm erst runter, wenn Asgor und seine Anhänger verschwunden sind!"

Lydia packte Halen am Ärmel ihres Jagdwamses. „Was hast du vor?"

„Ich werde es zu Ende bringen!"

„Und wie?", wollte Lydia wissen, während sie sie wieder aus ihrem Griff entließ. „Du kannst einen Geist nicht einfach umbringen!"

„Er ist kein Geist", erwiderte Halen, ihre Stimme schärfer als beabsichtigt. „Er ist mein Vater und aus Fleisch und Blut!"

„Hal …" Lydia sagte etwas, doch Halen hörte ihr nicht mehr zu. Sie hielt sich am nächsten Ast fest. Ihre Finger krallten sich in die raue Rinde. Mit nur einem Auge fiel es ihr schwer, die Distanz zum nächsten Ast richtig einzuschätzen. Einmal griff sie ins Leere und ihr Herz setzte einen Schlag aus, bis sie sich mit einem hastigen Ruck wieder fangen konnte.

Jeder Zug nach unten ließ ihre Arme mehr zittern. Ihre Bewegungen fühlten sich schwer und unkoordiniert an. Sie ignorierte den Schmerz in ihren verkrampften Muskeln und tastete sich weiter Richtung Boden.

Als sie den letzten Ast erreichte, war ihre Hand kurz davor, den Halt zu verlieren. Mit einem verzweifelten Sprung ließ sie los. Sie landete unsanft auf dem matschigen Untergrund. Ihre Knie knickten ein, und ein stechender Schmerz jagte durch ihre Beine, doch sie blieb stehen. Keuchend hob sie den Kopf und ließ den Blick über ihre Umgebung wandern. Trotz des eingeschränkten Sichtfelds versuchte sie, mögliche Gefahren auszumachen.

Sie entdeckte Nathans Feder, eingeklemmt zwischen zwei niedrigen Felsen im Fluss, wo das Wasser sie fast vollständig umspülte. Das zarte Hellgrau, das an den Rändern beinahe silbrig schimmerte, hob sich kaum von den nassen Steinen ab.

Vorsichtig beugte Halen sich und zog die Feder hervor. Mit dem Anblick dieser kehrten auch die Erinnerungen an Hanc zurück, an das, was sie beide hierhergeführt hatte – und was sie verloren hatten.

Schnell schob sie die Feder unter ihr Wams. Sie ließ ihre Hand kurz über ihrem Herzen ruhen, als wollte sie die Hoffnung festhalten, dass sich alles zum Guten wenden würde. Dann hob sie den Blick. Asgor stand unweit entfernt, die Kaskade nur wenige Schritte hinter ihm. Ihre Strömung war tödlich, sollte man hineingeraten.

Sie hatte bereits einen Pfeil auf die Sehne gespannt und schoss diesen, ohne zu zögern ab, obwohl sie wusste, dass Asgor so nicht aufzuhalten war. Doch diesmal hielt er den Pfeil nicht in der Luft an. Stattdessen wurde sein Körper durchsichtig wie ein Geist, und der Pfeil schoss wirkungslos durch ihn hindurch. In der nächsten Sekunde nahm er wieder Gestalt an, als wäre nichts geschehen.

Halen blieb standhaft. Sie schoss einen weiteren Pfeil – und wieder lachte Asgor, während er sich in Nebel auflöste und ihren Angriff ins Leere führte.

Nach dem nächsten Schuss hatte er offenbar genug. Mit einer beiläufigen Handbewegung deutete er auf Halen. Aus dem Augenwinkel sah diese zwei Männer auf sich zukommen. Instinktiv hob sie die Hände, bereit, eine Luftwelle auf sie zu schicken. Doch bevor ihre Magie sie erreichen konnte, entfalteten die Männer ihre eigene. Die Luftwellen prallten aufeinander und formten einen mannshohen Strudel, der nach einem Moment der Spannung wieder in sich zusammenfiel.

459

Die Männer kamen unaufhaltsam näher. Halen spürte, wie ihre Beine sie kaum noch trugen, der Boden unter ihr fühlte sich fremd und schwankend an. Panik ergriff sie. Sie entschied sich dagegen, weiterzukämpfen. Wenn sie verletzt wurde, würde sie ihre Aufgabe nicht zu Ende bringen können. Sie hatte noch eine letzte Chance, aber dafür musste sie ihre verbleibende Kraft bewahren. Schwer atmend ließ sie die Arme sinken und erlaubte es ihren Gegnern, ihre Hände zu fesseln. Ohne ihre Hände war ihre Magie nutzlos – vorerst.

Asgor bewegte sich ungewohnt schwerfällig auf sie zu. „Luftmagie nützt dir wenig", klärte er sie auf. „Sie ist die geringste unter allen. Aber ich gebe dir eine letzte Chance, mehr aus deinen Kräften zu machen." Er schob sein Kinn stolz in die Höhe. „Du hast dich also entschieden, Menschen zu töten, um selbst mit dem Leben davonzukommen!"

„Ihr habt mich dazu gezwungen", schrie Halen. „Ihr habt sie zu Euren Marionetten gemacht. Entlasst die Menschen von Eurem Zauber und seht selbst, auf welcher Seite sie stehen!"

Asgor schnalzte ungeduldig mit der Zunge. „Na gut. Aber wo sind sie? Sie sind tot … weil du sie hast opfern lassen! Siglind hat ein wahres Talent, mit dem Wasser zu flüstern. Wo ist sie eigentlich? Hoffentlich nicht jämmerlich in den Fluten ertrunken? Das wäre eine wahre Verschwendung!"

„Hört auf, zu reden!", befahl Halen.

„Und wo sind eigentlich die Wyattaner, die du und deine mutige Gruppe befreit haben? Ihr habt sie doch von meinem Runenzauber erlöst, also wo sind sie jetzt?"

Halen wusste, dass er vorhatte, sie zu zermürben. Doch sie wollte ihm keine weitere Vorlage bieten.

„Was?", fragte Asgor entsetzt. „Du bist die Prinzessin von Wyatt! Sie können dir doch nicht den Dienst versagen!"

„Ich will nicht, dass die Menschen in diesen Krieg mit hineingezogen werden!"

„Versteh doch endlich – wegen der Menschen gibt es diesen Krieg! Doch er sollte nicht zwischen uns Yroma stattfinden. Solange wir gegeneinander kämpfen, wird dieser Krieg nie ein Ende finden!"

Halen sah ihm so eindringlich in die Augen, wie sie nur konnte. „Ich werde nicht gegen die Menschen kämpfen!"

„Aber das hast du doch längst! Du hast kaltblütig deinen Schwertlehrer zu seinem nowark'schen Gott geschickt. Wie heißt er doch gleich? Elam?"

„Elass!", presste Halen hervor, ohne ihre Lippen zu bewegen.

„Und nun sind die Menschen auf dem Weg hierher. Aber sicher nicht für ein Friedensangebot …"

„Was redet Ihr da?"

„Einer meiner Späher hat sie auf Wyatt zumarschieren sehen. Wer sie wohl dazu aufgerufen hat? Vielleicht deine Wyattaner. Oder war es Colias, der Verräter? Es scheint, dass er jetzt sein eigenes Spiel spielt, nicht wahr?"

„Wenn die Menschen auf dem Weg nach Wyatt wären, würdet Ihr die Festung doch nicht verlassen, um im nördlichen Wald gegen Euresgleichen zu kämpfen!"

Asgors Augen spiegelten Wut. „Ich will auch nicht gegen dich kämpfen. Ich will, dass du endlich zur Vernunft kommst! Sie werden kommen! Und wenn wir nicht wieder aus unserer Heimat vertrieben werden wollen, müssen wir Yroma vereint stehen!"

Halen hielt seinem Blick stand. „Ich werde nicht gegen die Menschen kämpfen. Niemals."

Asgor atmete schwer aus, bevor er weitersprach. „Die Menschen stehen nur auf ihrer eigenen Seite. Sie werden sich dir niemals anschließen. Denn sie haben längst erkannt, *was* du bist. Nur du selbst musst das noch anerkennen!"

„Es spielt keine Rolle, was ich bin!"

„Kleine, naive Prinzessin!" Asgor lächelte. „Oh doch, das tut es! Also triff deine Entscheidung. Ein weiteres Mal werde ich nicht fragen."

„Lass sie los, Asgor, oder du wirst es bereuen!"

Hektisch drehte Halen sich um. Colias schien aus dem Nichts aufgetaucht zu sein. In Sekundenschnelle hatten sich sämtliche Waffen der feindlichen Yroma auf ihn gerichtet.

Asgor schien sich davon nicht beeindrucken zu lassen. Ohne sich zu ihm umzudrehen, schrie er: „Verschwinde!"

„Bestimmt nicht", entgegnete Colias entschieden.

Asgor drehte sich mitleidig lächelnd zu ihm um. „Du hast die Seite der Schwächlinge gewählt. Aber willst du wirklich mit ihnen untergehen?"

„Du musst endlich damit aufhören!"

Asgors Gesichtszüge wandelten sich schlagartig zu einer wutverzerrten Grimasse. Er zeigte vage zu seinen

Anhängern. „Sie töten dich, wenn ich nur mit der Wimper zucke!" Dann aber sah er zum Wasserfall. „Oder ich könnte dich einfach in den Fluten verschwinden lassen …"

„Du denkst, das Wasser ist auf deiner Seite?" Colias' Mundwinkel zuckten, seine Worte scharf vor Zorn. „Das ist jetzt vorbei!"

Kaum hatte er gesprochen, begann der Fluss zu brodeln. Bläschen stiegen auf und dunkle Flossen durchbrachen die Wasseroberfläche.

Halen spürte ein triumphales Kribbeln in der Brust. Die Levia waren da. Endlich.

Asgors Warnruf ignorierend liefen die ersten Yroma mit gezogenen Schwertern in den Fluss und stachen wie wild auf das Wasser ein. Vergebens. Schreie erklangen, und die feindlichen Yroma schienen vom Wasser festgehalten zu werden. Einige versuchten panisch, ans Ufer zu fliehen, doch dort warteten die Busbyaner und umzingelten sie lautlos. Es gab kein Entkommen.

Als Synthia aus dem Wasser stieg, stockte Halen der Atem. Die Levia wirkte mit ihrer Größe und der eigentümlichen Mischung aus Schönheit und Bedrohlichkeit wie ein Wesen aus einer anderen Welt.

In entschlossenen Schritten watete sie durch das Wasser, das ihr bis zu den Oberschenkeln reichte, auf Asgor zu. Niemand hielt sie auf. Seine Anhänger waren damit beschäftigt, von den Levia nicht in Stücke gerissen zu werden.

Es war ein kurzer Kampf. Asgor hob die Hände. Seine Finger zitterten, während er verzweifelt versuchte, das Wasser zu formen. Strudel begannen sich zu drehen, doch kaum hatten sie sich gebildet, platschten sie wieder kraftlos in sich zusammen. Sein Blick war von Panik erfüllt. Schweiß vermischte sich mit den Wassertropfen auf seiner Stirn, als er erneut versuchte, die Strömung gegen Synthia zu lenken. Doch nichts geschah. Das Wasser gehorchte ihm nicht mehr.

Synthia ließ ihm keine Atempause. Ihre Bewegungen waren präzise und unaufhaltsam. Jeder Versuch von Asgor, Luftmagie gegen sie zu wirken, zerbrach unter ihrem gnadenlosen Angriff.

Halen stand wie erstarrt da, ihre Augen auf Asgor gerichtet. Der Mann, der einst mit Macht und Grausamkeit regiert hatte, wirkte nun klein und hilflos, seine einstige Stärke in Stücke zerfallen. Gleichzeitig bildete sich ein schwerer Knoten in ihrer Brust. War das hier wirklich das Ende eines Mannes, der stets so stark und unbezwingbar gewirkt hatte?

Seine Bemühungen, Synthia mit dem Schwert zu verletzen, schlugen kläglich fehl. Jedes Mal, wenn seine Klinge die Levia verfehlte und fauchend durch das Wasser schnitt, schwanden seine Kräfte mehr.

Ohne es zu merken, war er in die Mitte des Flusses getrieben worden, wo das Wasser ihm bis zum Bauch reichte. Synthia ließ ihn dort zurück, verschwand wieder in den Strömungen. Asgor stierte nervös in das Wasser und fuhr mit der Klinge immer wieder hinein, in der verzweifelten Hoffnung, sie durch Zufall zu erwischen.

Doch das geschah nicht. Halen beobachtete voller Genugtuung, wie er einen heiseren Aufschrei von sich gab und taumelnd im Wasser unterging.

Halen starrte immer noch auf die Stelle, an der Asgor verschwunden war, als sie einen Schatten neben sich aufragen sah. Dann tauchten Synthias dunkelleuchtende Augen auf. Mit einer schnellen Handbewegung durchschnitt sie mit ihren Krallen Halens Fesseln.

Halen hob den Blick und sah zu, wie Asgors Männer sich verzweifelt gegen die Levia stemmten. Die mächtigen Kreaturen des Wassers hatten die Soldaten ins Flussbett gedrängt, wo diese versuchten, den reißenden Strömungen zu entkommen.

„Du kannst das beenden!"

Halen sah Asgor entgegen. Er war inmitten des reißenden Flusses wieder aufgetaucht. Colias vor sich, Asgors Klinge an dessen Kehle gedrückt.

Halen hörte ein wütendes Zischen aus Synthias Kehle entweichen, doch sie gab ihr mit einem Kopfschütteln zu verstehen, sich zurückzuhalten.

„Ich schließe keinen Frieden mit Yroma, die Menschen umbringen!", rief Halen Asgor entgegen.

„Gib mir das Amulett!", verlangte Asgor.

Halen sah zu Colias.

„Nein!", entgegnete sie, so fest sie konnte.

„Verdammt, ich töte ihn! Willst du das?"

„Nein", sagte Halen. „Aber ich kann Euch nicht geben, was Ihr wollt!"

„Du kannst!" Asgors flehender Blick bohrte sich in ihre Seele. „Du musst es nur wollen!"

Halen zögerte. Augenblicklich schien das Amulett in ihrer Hand schwerer. *Aber ich will nicht*, dachte sie, während sich ihre Finger um das Relikt schlossen. Sie wusste, was er wollte – und dass es nichts besser machen würde. Würde sie ihm das Amulett geben, wäre er unaufhaltsam.

Aber konnte sie sicher sein, dass das Amulett ihm überhaupt gehorchen würde? Es hatte ganz eindeutig seinen eigenen Willen, das hatte es ihr mehr als einmal gezeigt. Die Yroma-Götter hatten dieses Artefakt erschaffen, doch zu welchem Zweck? Was, wenn sie nur Spielfiguren in einem weit größeren Plan waren?

„Ich werde nicht das Werkzeug deines Untergangs sein."

„Du weißt, was das bedeutet?"

Er zögerte es hinaus. Colias war wie ein Sohn für ihn. Halen hoffte, dass dies für Asgor ausreichen würde, um ihn am Leben zu lassen.

„Du musst ihn nicht töten", erinnerte sie ihn und versuchte, ruhig weiterzuatmen. „Nur mich!"

„Er ist der Einzige, der zwischen mir und meiner Tochter steht. Sein Tod ist längst überfällig …"

Asgor umfasste sein Schwert fester. Dessen Klinge hatte er noch immer an Colias' Hals gedrückt, so sehr, dass ein dünnes Rinnsal Blut seine Haut zeichnete. Doch statt zuzustoßen, ließ er das Schwert genau dort, wo es war.

Blitzschnell zog er mit der anderen Hand einen Dolch aus seinem Gürtel. Bevor Halen reagieren konnte, rammte er die Klinge mit einem grausamen Stoß in Colias' seitliche Bauchgegend. Colias' Augen weiteten sich vor Schmerz. Ein ersticktes Keuchen entkam seinen Lippen, bevor er schwer atmend den Kopf zurückwarf.

Seine Beine drohten einzuknicken, doch er hielt sich aufrecht. Eine Hand klammerte sich an Asgors Arm, die andere presste er auf die Wunde. Dunkles Blut sickerte hervor und färbte das Wasser des Flusses rot.

Halen erstarrte. Das Herz schlug ihr bis zum Hals. Gedanken wirbelten in ihrem Kopf, unzusammenhängend – Wut, Angst, Verzweiflung, der brennende Wunsch, alles zu verstehen, was sie gerade sah.

Asgor sah zu ihr hinüber. Sein Blick war kühl, fast ausdruckslos – doch etwas daran ließ Halen das Blut in den Adern gefrieren. War es Zorn? Schmerz? Sie konnte es nicht sagen. Aber er sagte nichts. Musste er auch nicht. Die Stille lastete schwerer als jedes Wort.

Er entließ Colias aus seinem Griff, wodurch dieser in sich zusammensackte und plätschernd in das hüfthohe Flusswasser fiel.

Etwas regte sich in ihr. Ihr Herz hämmerte, jeder Atemzug schien zu viel Zeit zu kosten. Die Angst schnürte ihr die Kehle zu, ließ ihre Muskeln erstarren. Doch dann sah sie die Gesichter derer vor sich, die sie verloren hatte. Die Angst verblasste.

Halen verengte ihre Augen zu schmalen Schlitzen, während ihre Hände sich wie von selbst hoben. Die Luftwelle, die sie freisetzte, war stärker als jede, die sie je zuvor erschaffen hatte. Ein unangenehmes Drücken pochte in ihrem verwundeten Auge, doch sie ignorierte es. Ihre Hände blieben erhoben, während die unsichtbare Kraft auf Asgor zurollte.

Er lächelte, doch diesmal fehlte ihm die gewohnte Siegesgewissheit. Das Lächeln gefror ihm endgültig, als er das wahre Ausmaß ihrer Magie erkannte. Die Luftwelle ließ das Wasser hoch aufspritzen, kleine Steinchen wirbelten durch die Luft und trafen ihn wie Geschosse. Halen sah, wie er sich duckte, bevor die Welle über ihn hinwegfegte.

Als der Sturm sich gelegt hatte, stand er wieder auf. Abgesehen von ein paar Kratzern war er unversehrt.

Halen biss die Zähne zusammen und fluchte. Sie durfte ihn nicht entkommen lassen. Ihre Hände zitterten, als sie die Luft erneut bündelte und zurücklenkte. Doch ihre Konzentration begann zu schwinden. Ein schrilles Fiepen setzte in ihren Ohren ein, begleitet von einem pochenden Schmerz. *Nicht jetzt*, dachte sie panisch. Ihr Körper schien gegen sie zu arbeiten.

Ihre Kräfte verließen sie immer mehr und auch der Luftwirbel verlor stetig an Intensität, bis er sich irgendwo im Fluss verlor.

Halen ließ die Arme hängen, als wäre jede Spannung aus ihnen gewichen. Ihre Knie fühlten sich weich an, doch sie zwang sich, stehenzubleiben. Ihre Augen brannten, als sie Asgor anstarrte.

Hancs Worte hallten in ihrem Gedächtnis wider. Er hatte ihr gesagt, dass sie im Kampf gegen Asgor nicht nur auf Magie zählen durfte. Und Halen hatte sich den Kopf zermartert, worauf sie dann zählen sollte. Alles war seit dem Aufflammen der Kettelseuche aus den Fugen geraten. Nichts war mehr sicher. Kein Leben. Kein Kampf.

Bis auf sie selbst.

Sie war Halen Arkin, Prinzessin von Wyatt. Dass sie nach allem, was passiert war, immer noch hier stand, trotz allem, was sie verloren hatte, gab ihr Hoffnung. Nein, mehr als das – es gab ihr Sicherheit. Vertrauen.

Diese Erkenntnis traf sie wie die Wellen des Flusses, die sich stetig gegen das Ufer warfen.

Halen machte einen Schritt vorwärts. Dann den nächsten. Das Wasser spritzte bei jedem Schritt um ihre Beine. Sie ließ sich nicht aufhalten. Schließlich rannte sie. Ihm entgegen.

Asgor befand sich nur wenige Schritte von der nächsten Kaskade entfernt, das Wasser reichte ihm bis zur Hüfte. Er war genau dort, wo sie ihn haben wollte.

Ihr Schrei zerriss die Luft, als sie auf ihn zuschoss. Mit der Wucht ihres gesamten Körpergewichts rammte sie sich gegen seine Brust. Er verlor das Gleichgewicht. Für den Bruchteil eines Moments weiteten sich Asgors Augen – dann stürzten sie beide.

Halen spürte, wie die Strömung sie erfasste und ihre Bewegungen zu hilflosen Strudeln verzerrte. Ein letzter Gedanke schoss ihr durch den Kopf: *Es muss enden.*

Die Wucht des Aufpralls drückte sie in die Tiefe. Das Wasser um sie herum leuchtete hell auf, gleißend weiß, als es sie erfasste und hinunterzog – in die Dunkelheit.

Content Warnung

Dieser Roman enthält Darstellungen von Gewalt, Krieg und Tod. Zudem gibt es explizite Schilderungen von Blut und Verletzungen, Sterbeszenen sowie sensible Themen wie Abtreibung und Vergewaltigung. Falls dich eines dieser Themen stark belastet, bitte sei achtsam beim Lesen. Deine mentale Gesundheit geht vor.

Danksagung

Dieses Buch ist nicht nur das Ergebnis unzähliger Stunden des Schreibens, Überarbeitens und Zweifelns – es ist auch das Ergebnis all der Menschen, die mich auf diesem Weg begleitet, unterstützt und daran erinnert haben, warum ich diese Geschichte erzähle.

Mein tiefster Dank gilt Annika und Svea von du & ich Lektorat, die meine Worte mit Fingerspitzengefühl geschärft und ihnen den letzten Schliff verliehen haben. An Jace Moran, die mit ihrem Korrektorat nicht nur Fehler gefunden, sondern meine Geschichte mit Respekt behandelt hat. Und an Jack Sandmann, der ihr mit dem perfekten Buchsatz die Form gegeben hat, die sie verdient.

Ein besonderer Dank geht an Murphi Winter, dessen unglaubliche Illustrationen im Buch sowie die Charakterdesigns von Halen, Colias und Hanc meinen Figuren ein Gesicht gegeben haben – und mein Herz jedes Mal höherschlagen lassen. Und natürlich an Jaqueline Kropmanns, die mit ihrem Cover meine Geschichte nicht nur eingefangen, sondern zum Leuchten gebracht hat.

Danke an all die wundervollen Blogger*innen und die Bookstagram-Community – eure Begeisterung, eure Worte und euer unermüdlicher Support bedeuten mir mehr, als ich je ausdrücken könnte. Ihr bringt Geschichten zum Leben, und ich bin unendlich dankbar, dass meine eine davon sein darf.

Und zuletzt – aber mit Abstand am wichtigsten – danke ich meiner Familie und meinen Freund*innen. Fürs Zuhören, fürs Ermutigen, fürs Aushalten meiner Selbstzweifel. Für jedes „Du schaffst das", wenn ich es selbst nicht mehr geglaubt habe. Ohne euch gäbe es dieses Buch nicht. Ohne euch gäbe es mich nicht so, wie ich heute bin. Dieses Buch gehört nicht nur mir. Es gehört auch euch.

Über die Autorin

Charlene schreibt Fantasy-Geschichten, in denen starke Charaktere zwischen Licht und Schatten wandeln, nach ihrem eigenen Weg suchen – und manchmal die Welt dabei in Brand setzen. Inspiriert von mittelalterlichen Mythen, düsteren Legenden und der wilden Schönheit der Natur, erschafft sie Welten voller Magie, Macht und Rebellion.

Geboren 1989, studierte sie Sozialpädagogik und lebt heute mit ihrem Partner und ihrem Sohn in Leipzig. Wenn sie nicht gerade schreibt, taucht sie mit Pfeil und Bogen in fremde Zeiten ein, erkundet Irlands raue Landschaften oder verliert sich in Büchern, die genauso dunkelbunt sind wie ihre eigenen.

Mit ihren Geschichten möchte sie zeigen, dass Stärke viele Gesichter hat – und dass jeder seinen Platz in der Welt finden kann, egal wie oft er stolpert.